清代名家詞選刊

樊榭山房詞校箋

[清]厲鶚◎著
蘇小隱◎校箋

華東師範大學出版社
·上海·

圖書在版編目(CIP)數據

樊榭山房詞校箋/(清)厲鶚著;蘇小隱校箋. —上海:華東師範大學出版社,2022
(清代名家詞選刊)
ISBN 978-7-5760-3150-8

Ⅰ.①樊… Ⅱ.①厲…②蘇… Ⅲ.①詞(文學)—作品集—中國—清代 Ⅳ.①I222.849

中國版本圖書館CIP資料核字(2022)第152968號

清代名家詞選刊
樊榭山房詞校箋

原 著 者 [清]厲 鶚
校 箋 者 蘇小隱
叢刊策劃 鍾 錦
責任編輯 時潤民
責任校對 龐 堅
封面題簽 錢之江
裝幀設計 盧曉紅

出版發行 華東師範大學出版社
社 址 上海市中山北路3663號 郵編200062
網 址 www.ecnupress.com.cn
電 話 021-60821666 行政傳真 021-62572105
客服電話 021-62865537 門市(郵購)電話 021-62869887
地 址 上海市中山北路3663號華東師範大學校内先鋒路口
網 店 http://hdsdcbs.tmall.com

印 刷 上海盛隆印務有限公司
開 本 890×1240 32開
印 張 14.125
字 數 314千字
版 次 2022年9月第1版
印 次 2022年9月第1次
書 號 ISBN 978-7-5760-3150-8
定 價 60.00元

出 版 人 王 焰

目録

樊榭山房詞卷乙……一〇一

樊榭山房集外詞補

前言

蘇小隱

厲鶚（一六九二—一七五二），字太鴻，又字雄飛。先世爲浙江慈溪人，因以四明山樊榭名其居，學者稱「樊榭先生」。後遷居錢塘（今浙江省杭州市），遂爲錢塘人。中年後一度寓居錢塘之南湖，又自號「南湖花隱」。

厲鶚在清代雍、乾之際詩壇與學界，都是一個非常重要的人物。他是浙西詩派的代表作家，也是浙西詞派中期盟主。他的著作，《樊榭山房集》以外，還有《遼史拾遺》、《南宋院畫録》、《玉臺書史》、《湖船録》、《增修雲林寺志》、《東城雜記》等，並與人合撰《絶妙好詞箋》、《南宋雜事詩》，可謂著述宏富。

厲鶚出身寒素，少孤家貧，其兄賣淡巴菰葉爲業以養之。僦居杭城東園，敝屋數椽，讀書不輟。二十九歲鄉試中舉，同年會試下第，三十三歲再次應試不售。四十五歲應博學鴻詞徵，誤寫論在詩前，遂報罷。五十七歲時再次參加銓選，過天津水西莊，與查爲仁合撰《絶妙好詞箋》而錯過選期，未入京而返。越四年，病逝於杭州，享年六十一歲。

前人論樊榭，多稱其狷潔孤高，胸懷淡泊，於其科場淹蹇頗有開脱，包括將詞科誤寫論在詩前視作其主動放棄。樊榭於功名追逐固不十分熱烈，但説他主動放棄，則未免矯飾。視其好友揚州馬氏兄弟、陳章、余元甲等人，均同舉詞科而竟不起，樊榭若係主動放棄，又何爲辛苦轉輾，多此一舉。由此一端，可知樊榭雖一心嚮往林泉，但並未完全放棄對仕宦之希望，只是從青年到中年以後，心態由主動進取變爲被動消極，然並未達到心如止水的境界，在機會面前仍欲一試。這樣來看，其晚年爲一縣令之微職參加銓選，却因傾心注書而延誤選期，始合乎情理之中。

樊榭自青年時代館於杭州汪氏，後又館於揚州馬氏，大半生靠設館授徒和友朋接濟維持生活。雖然孤貧清苦，晚年愈轉拮据，甚至於典衣買藥，却始終未改搜討書卷、耽遊山水之趣。揚州馬氏兄弟慷慨好施，與樊榭相交垂三十年，視樊榭爲益友良師，而樊榭無所多求，滿足於寄居尺椽棲身和盡閲遺文秘牒而已。當其首次參加會試之時，「湯侍郎西崖大賞其詩。會報罷，侍郎遣人致意，欲授館焉。樊榭襆被潛出京，翌日侍郎迎之，已去矣」（全祖望《厲樊榭墓志銘》）。返程且作詩云：「一昔都亭路，歸裝只似初。恥爲主父謁，休上退之書。」（《南歸次琉璃河》）樊榭性情孤峭，甘於寒素，不肯隨人曲折，因人而熱，爲吏固非所宜。或者天欲樊榭爲一詩人、詞人、學人，而其詩詞與學術成就亦足以睥睨當時，垂名後代，是天於樊榭亦不薄矣。

樊榭詩名早著，二十二歲時已作《前後遊仙詩》二百首，在杭州與金農、周京、陳撰、金志章、倪國璉、全祖望等人往還。二十八歲後遊歷揚州，結交趙虹、程鳴、陳章、馬曰琯、馬曰璐等人，此後常年往返杭、揚之間，多爲山水遊覽、文字之會。樊榭畢生以覓句爲自得，詩詞所做甚多，曾兩次手删其稿，名以《樊榭山房集》和《樊榭山房續集》，録詩近兩千首，詞一百四十二首。且云「三十年以來所作，隨手棄斥，存篋中者僅十之二三」（《樊榭山房集》自序）。早年詞集《秋林琴雅》原一百六十首，録入《樊榭山房集》僅五十六首，可知其去取之嚴。相比於詩，樊榭作詞數量雖然較少，但却爲其贏得了更大的聲譽和影響。樊榭歿後，弟子汪沆爲輯《樊榭山房文集》，序云：「（先生）尤工長短句，瓣香乎玉田（張炎）、白石（姜夔），習倚聲者，共奉先生爲圭臬焉。憶前此十餘年，大江南北，所至多争設壇坫，皆以先生爲主盟，一時往來，通縞紵而聯車笠。韓江之雅集，沽上之題襟，雖合群雅之長，而總持風雅，實先生爲之倡率也。」謝章鋌《賭棋山莊詞話》云：「雍正、乾隆間，詞學奉樊榭爲赤幟。」謝氏於樊榭詞指摘最多，仍不得不歎服如此。

樊榭賦性孤峭，其詞亦如奇花幽石，迥乎俗流。在清人詞中，樊榭詞最以「幽雋清綺」著稱，思致幽微，清淡幽咽。「在豪健勁爽、婉委綿密、醇雅秀潔等風格外，別具一種審美情調。」（嚴迪昌《清詞史》）陳廷焯《白雨齋詞話》云：「厲樊榭詞，幽香冷艷，如萬花谷中，雜以芳蘭。在國朝詞人中，可謂超然獨絶者也。」王煜《樊榭山房詞鈔序》云：「幽雋清綺，分席姜（夔）、王（沂孫），繼竹垞（朱彝尊）而興，奠浙詞之宇。」此類評價皆比較恰當地揭明了樊榭詞的特色，多非虚譽。樊榭詞遠宗南宋姜夔、史達祖、王沂孫、張炎等人，近推浙西詞派開創者朱彝尊，講究字清句雅、含宫咀商，又刻意營造一種清幽淡遠的境界，把前人所提出的清空、醇雅之旨，提升到可謂極致的水平。樊榭詞中，最能體現其幽雋之美，也是最高成就的，是以景寫情和吟哦山水的作品。代表作如《百字令·月夜過七里瀧》、《憶舊遊·辛丑九月既望》、《齊天樂·吴山望隔江霽雪》、《惜餘春慢·戊戌三月二十日泛湖》等，均傳誦一時。其表現對光陰流逝、身世漂泊、才人困頓的感傷之作，用字極典雅，造境又極清冷，故情味愈淡而遠，如《百字令·丁酉清明》、《水龍吟·用丁宏庵韻》、《探春·次趙飲谷韻》等俱是。

樊榭一生除了四次北上求官，行跡不出江浙，大部分時間往返於杭州與揚州兩地。詞的内容則多數是抒寫性情，刻畫山水，描摹物象，雖有哀婉怨抑之音，而幽深杳渺之意幾難捉摸。陳廷焯《白雨齋詞話》云：「樊榭詞拔幟於陳（維崧）、朱（彝尊）之外，窈曲幽深，自是高境。然其幽深處，在貌不在骨，絶非從楚騷來，故色澤甚饒，而沈厚之味終不足也。」樊榭嘗自稱其作「無當於鐘吕之響」（《樊榭山房集》自序），然又云：「今諸君詞之工不減小山，而所託興乃在感時賦物、登高送遠之間。」（《群雅詞集序》）二説足以自況。清代康、雍、乾三朝號稱盛世，實則文網羅織，詩案頻發，漢人士子皆鉗口以避現實，無人能免。樊榭詞中遁世隱逸的消極之思最多，固然由其性情決定，同時也不可忽視政治環境的影響。樊榭詠南宋故物遺蹟諸闋，流露出對故都臨安繁華消散的悵惘，或隱然有所寄託，也極爲細微；間有詠史之作，多紀事而少抒發，此與朱彝尊等清初詞人借古抒懷，表達江山易代之悲感已全然不同。

朱彝尊論詞推舉「清空」、「醇雅」，然彼時尚未成系統，浙詞理論至樊榭而趨於健全，其手法面目亦至樊榭始告於成。樊榭的詞學主張，集中體現於《論詞絶句》十二首，在爲陸培、張雲錦、吴焯等人所作詞集序言中亦多有述及，主要闡揚張炎和朱彝尊的詞論，進一步明確詞宗南宋，求「清」求

「雅」。樊榭在推尊南宋婉約詞的同時，也鮮明地表示對豪放詞風的擯抑態度。《張今涪〈紅螺詞〉序》云：「嘗以詞譬之畫，畫家以南宗勝北宗。稼軒、後村諸人，詞之北宗也。清真、白石諸人，詞之南宗也。」《論詞絶句》云：「中州樂府鑒裁別，略仿蘇黄硬語爲。若向詞家論風雅，錦袍翻是讓吴兒。」這種明確的論調，和朱彝尊詞論的包容南北是不同的。需要注意的是，《論詞絶句》也提出了詞的寄託之用，如「美人香草本離騷」、「殘蟬身世香蓴興」，「一片冬青冢畔心」等，皆屬此意，認爲詞宜賦物以言情，發傺侘之悲，抒興亡之感。不過時易事遷，社會環境發生了很大變化，兼之個人身世、經歷、性情的原因，樊榭詞中的寄託深沈之作並不多見。

朱彝尊爲浙西詞派之始創者，厲鶚則爲中期領袖，故後世論浙詞者多以朱、厲並舉，且每予比較，所執不一。郭麐《靈芬館詞話》云：「大抵樊榭之詞，專學姜、張，竹垞則兼收衆體也。」《續修四庫全書提要·〈秋林琴雅〉四卷》云：「其實鶚詞不爲朱派所限，蓋彝尊以南宋爲最高，鶚並不以姜、張、周、王爲止境也。」樊榭與竹垞之詞，由同尊姜、張，而發展爲兩種不同的風格取向，實由於對姜、張詞的不同的個人情感因素。竹垞與玉田經歷家國之痛相似，其詞醇雅而兼沈鬱，與玉田相近；樊榭半世江湖清客，與白石身世略近，故其詞力追白石，清幽而峭拔。竹垞主醇雅而不限於醇雅，詞風多變，衆體兼長；樊榭則浸淫於南宋爲限的精神世界，將清空騷雅的詞風進一步升華。持平而論，朱、厲二家之於浙詞，一有華縷之功，一有深浚之力，各具成就，兩人不惟性情、身世有別，所處時代亦自不同，實不宜簡單以高下論之。而在樊榭身後，浙西詞派漸趨式微，至常州詞派興起，固亦時代發展所使然。

竹垞於詠物詞搜索蕪雜，創爲徵典之作，實爲浙詞開一弊端。樊榭《〈半緣詞〉跋》云：「自竹垞翁標舉南渡，爲此中别開户牖，或剽擬太過，尚雕繢而乏自然，遂成澀體。」但他自己也不免地陷入其中，如詠貓及擬《樂府補題》諸闋，體物賦形而已。後來者群而效之，「餖飣瑣屑」遂爲浙詞流習。譚獻《復堂詞話》云：「後來巧構形似之言，漸忘古意，竹垞、樊榭不得辭其過。」這一流習固然有兩人先後倡導的因素，也是浙詞尚「雅」之風所必然導致的結果。

樊榭詞的版本，最早有清康熙六十一年（一七二二）《秋林琴雅》四卷刻本（《續修四庫全書》所收爲重刻本），其次有乾隆四年（一七三九）付刊之《樊榭山房集》中詞二卷、乾隆十六年（一七五一）付刊之《樊榭山房續集》中詞一卷，此三種皆樊榭身前手訂，亦爲後世各種版本所據。乾隆四十四年（一七七九）《四庫全書》收入《樊榭山房集》，後又有道光十一年（一八三一）馮登府抄本《秋林琴雅》，同治九年（一八七〇）徐琪抄本《樊榭山房詞》，光緒七年（一八八一）嶺南述軒重刊本《樊榭山房集》，光緒九年（一八八三）汪氏酒邊人倚紅樓重校刊本《秋林琴雅》。光緒十年（一八八四）錢塘汪氏振綺堂刻《樊榭山房全集》，則將《秋林琴雅》四卷補入集外詞（前集與續集已收録其中一部分，茲爲其餘），另輯得集外詞《河傳》十五首，詩文搜羅也更完備，此後之各種翻刻、排印本，遂均依振綺堂本爲據。本書點校，正、續集以乾隆本《樊榭山房集》、《樊榭山房續集》爲底本，集外詞《秋林琴雅》以《續修四庫全書》所收之重刻康熙本爲底本。參校本包括上述其他各本，以及查爲仁《擬樂府補題》、蔣重光《昭代詞選》、王昶《國朝詞綜》、王昶《琴畫樓詞鈔》、姚階《國朝詞雅》、孫麟趾《國朝七家詞選》、譚獻《篋中詞》、陳廷焯《詞則》等清代詞選。校勘異文之取捨，若魯魚亥豕之訛或顯係僞脱者，多予忽略，底本顯誤者則據校本酌改。

本書在點校同時，於詞作背景及所涉典故酌予箋釋。囿於個人學識，疏漏、舛誤之處在所不免，懇請方家不吝教正。

華東師範大學鍾錦先生與出版社責編時潤民先生，對本書成稿與付梓給予了很多幫助，特致謝忱。

辛丑春日於遼東

樊榭山房詞

樊榭山房詞卷甲

國香慢

素蘭[一]

路遠三湘。記幽崖冷谷，采遍瑶房。仙人鍊顔如洗，尚帶鉛霜。窈裊東風摇翠[二]，返魂處、佳珥成行。飄零遇張碩，已墮紅塵，還舞霓裳。　月中何限怨，念王孫草緑，孤負空香。冰絲初弄，清夜應訴悲涼。玉斲相思一點，算除是、連理唐昌。閒階澹成夢，白鳳梳翎，寫影雲窗。

【評】

陳廷焯《詞則·大雅集》卷五：（「閒階澹成夢，白鳳梳翎，寫影雲窗」三句）聲調清越是樊榭本色，亦是樊榭所長。

【箋】

《樊榭山房集》正、續二集，爲樊榭生前手訂付梓。詩卷編年爲序，於每年第一首下自注干支。詞卷未注作年，按諸詞作内容，亦應以先後爲序。本卷前二首詞作年未知，惟詩卷始自康熙五十三年甲午（一七一四），詞卷之始當不早於是年。

「路遠」三句：屈原《九歌・湘夫人》：「沅有芷兮澧有蘭。」江淹《魏文帝曹丕遊宴》：「秋蘭被幽崖。」周密《選冠子》：「臨檻自采瑶房，鉛粉沾襟，雪絲縈指。」

「仙人」兩句：周邦彦《大酺・春雨》：「牆頭青玉旆，洗鉛霜都盡。」

返魂：吴文英《瑣窗寒・玉蘭》：「遺芳掩色，真姿凝澹，返魂騷畹。」

「飄零」三句：干寶《搜神記》卷一：漢時有杜蘭香者，數詣張碩，説事邈然久遠。作詩曰：「阿母處靈嶽，時遊雲霄際。眾女侍羽儀，不出墉宫外。飄輪送我來，豈復恥塵穢。從我與福俱，嫌我與禍會。」

王孫草緑：王褒《送觀甯侯葬詩》：「桂樹思公子，芳草惜王孫。」

「冰絃」兩句：宋玉《諷賦》：「臣援琴而鼓之，爲《幽蘭》、《白雪》之曲。」周密《花犯・賦水仙》：「冰絃寫怨更多情，騷人恨，枉賦芳蘭幽芷。」

連理唐昌：《太平廣記》卷六九：長安安業唐昌觀，舊有玉蕊花。其花每發，若瓊林瑶樹。唐元和中，有女子年可十七八，容色婉娩，迥出於眾。竚立良久，將乘馬，顧謂黄衫者曰：「曩有玉峰之期，自此行矣。」時觀者如堵，咸覺煙飛鶴唳，景物輝煥。望之已在半空，方悟神仙之遊。白居易《代書詩一百韻寄微之》：「唐昌玉蕊會，崇敬牡丹期。」

白鳳梳翎：温庭筠《遊南塘寄知者》：「白鳥梳翎立岸莎，藻花菱刺泛微波。」

【校】

［一］本詞《秋林琴雅》作：「路遠三湘。向幽崖冷谷，覓遍瑶房。仙人鍊顔如雪，尚怯春霜。玉戟參差摇翠，返魂處、多謝東皇。飄零遇張碩，已謫紅塵，還舞霓裳。　月中無限怨，念王孫草緑，孤負空香。冰絲彈徹，清夜如訴悲涼。粉指何堪摘取，除非是、連理唐昌。閒階澹成夢，白鳳梳翎，寫影雲窗。」（按：本書取《秋林琴雅》三種參校，三者異文相同時，僅稱《秋林琴雅》以概之，如三者之間互異，則分别稱「康熙本」、「馮抄本」、「倚紅樓本」以區别，詳見前言校勘説明。）

［二］「窈裊」：《詞則》作「窈窕」。

齊天樂

吴山望隔江霽雪［一］

瘦筇如唤登臨去，江平雪晴風小。濕粉樓臺，釅寒城闕，不見春紅吹到。微茫越嶠。

但半沍雲根，半銷沙草。爲問鷗邊，而今可有晉時櫂。清愁幾番自遣[二]，故人稀笑語，相憶多少。寂寂寥寥，朝朝暮暮，吟得梅花俱惱。將花插帽。向第一峰頭，倚空長嘯。忽展斜陽，玉龍天際繞。

【評】

譚獻《篋中詞》卷二：頓挫跌宕。

陳廷焯《雲韶集》卷十八：（上闋）雪霽晴景如畫。（下闋）風流俊逸，警絶。（結句「忽展斜陽，玉龍天際繞」）神來氣來，出徐紫山一闋之右。

李佳《左庵詞話》卷上：樊榭老人詞有云：「寂寂寥寥，朝朝暮暮，吟得梅花俱惱。」用疊字是從李易安詞脱胎，然亦自諧。

【箋】

吴山：在今浙江省杭州市西湖東南。梁詩正《西湖志纂》卷九：「吴山在浙江省城鳳山門内。《名勝志》：春秋時爲吴南界，以别於越，故名吴。或曰以祠伍子胥，訛『伍』爲『吴』，故郡志亦稱胥山。凡城南隅諸山，曼衍相屬，總曰吴山。」

微茫越嶠：皇甫冉《同韓給事觀畢給事畫松石》：「海嶠微茫那得到。」蘇軾《送葉朝奉》：「夢裏吴山連越嶠。」

雲根：深山雲起之處。釋適之《金壺字考》：「雲觸石而起，故石曰雲根。」

鷗邊：《列子·黄帝》：「海上之人有好漚鳥者，每旦之海上，從漚鳥遊，漚鳥之至者百住而不止。其父曰：『吾聞漚鳥皆從汝遊，汝取來，吾玩之。』明日之海上，漚鳥舞而不下也。」

晉時櫂：《世説新語·任誕》：「王子猷居山陰，夜大雪，眠覺開室，命酌酒，四望皎然，因起彷徨，詠左思《招隱詩》，忽憶戴安道。時戴在剡，即便夜乘小船就之。經宿方至，造門不前而返。人問其故，王曰：『吾本乘興而行，興盡而返，何必見戴。』」

「寂寂」三句：盧照鄰《長安古意》：「寂寂寥寥揚子居，年年歲歲一牀書。」蘇軾《和秦少游梅花詩》：「爲愛君詩被花惱。」

將花插帽：胡仲參《郊行暮歸》：「梅花滿插帽簷香。」

第一峰頭：完顔亮《題臨安山水》：「提兵百萬西湖上，立馬吴山第一峰。」吴山下瑞石洞側巖壁上有米芾手書「第一山」三字。東南紫陽山石壁上又有「吴山第一峰」五字，相傳爲朱熹手書。

【校】

［一］本詞《秋林琴雅》作《如此江山·吴山望隔江殘雪》：「孤筇翼我登臨去，江空雪晴風小。濕粉樓臺，釅寒城闕，不見春紅吹到。微茫越嶠。但半積雲根，半銷沙草。爲問鷗邊，而今可有晉時櫂。　清愁幾番自遣，故人稀笑語，相憶多少。寂寂寥寥，朝朝暮暮，吟得梅花俱惱。將花插帽。且第一峰頭，未妨長嘯。忽放斜陽，玉龍天際繞。」

［二］「清愁」：《詞則》作「清歌」。

百字令

丁酉清明

春光老去，恨年年心事，春能拘管。永日空園雙燕語，折盡柳條長短。白眼看天，青袍似草，最覺當歌懶。愔愔門巷，落花早又吹滿。　凝想煙月當時，餳簫舊市，慣逐嬉春伴。一自笑桃人去後，幾葉碧雲深淺。亂擲榆錢，細垂桐乳，尚惹遊絲轉。望中何處，那堪天遠山遠。

【評】

《篋中詞》卷二：忍俊不禁。

《雲韶集》卷十八：（「恨年年、心事春能拘管」）恨得妙。（下闋）淒切之情，雅正之筆。（結句「望中何處，那堪天遠山遠」）悠然無際。

【箋】

作於康熙五十六年丁酉（一七一七）清明，在杭州。

「春光」三句：杜安世《憶漢月》：「吹開吹謝任春風，恨流鶯、不能拘管。」

「折盡」句：周密《武林舊事》卷三：「清明前三日爲寒食節，都城人家，皆插柳滿簷，雖小坊幽曲，亦青青可愛，大家則加棗錮於柳上，然多取之湖堤。有詩云：『莫把青青都折盡，明朝更有出城人。』」

「白眼」三句：《晉書·阮籍傳》：「籍又能爲青白眼，見凡俗之士，以白眼對之。」杜甫《飲中八仙歌》：「舉觴白眼望青天。」劉克莊《贈高九萬並寄孫季蕃作》：「白眼冷看天。」古詩：「青袍似春草。」陳陶《水調詞十首》：「離居漸覺笙歌懶。」

愔愔門巷：周邦彦《瑞龍吟》：「愔愔坊陌人家，定巢燕子，歸來舊處。」張炎《長亭怨慢》：「望花外、小橋流水，門巷愔愔，玉簫聲絶。」

餳簫：賣飴糖人所吹之簫。《詩·周頌·有瞽》：「簫管備舉。」鄭玄箋：「簫，編小竹管，如今賣餳者所吹也。」孔穎達疏：「其時賣餳之人吹簫以自表也。」宋祁《寒食假中作》：「簫聲催暖賣餳天。」

「一自」兩句：孟棨《本事詩》：博陵崔護，舉進士不第，清明獨遊都城南。得村居，花木叢萃。叩門久，有女子自門隙問之。對曰：「尋春獨行，酒渴求飲。」女子啟關，以杯水至，獨倚小桃柯佇立，而意屬殊厚。崔辭，送至門，如不勝情而入。崔亦眷盼而歸，嗣後絶不復至。及來歲清明日，忽思之，情不可抑，徑往尋之。門牆如故，而已鎖扃之。因題詩於左扉曰：「去年今日此門中，人面桃花相映紅。人面只今何處去，桃花依舊笑春風。」江淹《休上人別怨》：「日暮碧雲合，佳人殊未來。」

亂擲榆錢：施肩吾《戲詠榆莢》：「風吹榆錢落如雨，繞林繞屋來不住。」

細垂桐乳：《太平御覽》卷九五六引《莊子》：「空門來風，桐乳致巢。」司馬彪注：『桐子似乳，著葉而生，烏喜巢之。』」朱彝尊《霜天曉角·早秋放鶴池上作》：「青桐垂乳。容易凝珠露。」

「望中」兩句：何籀《宴清都》：「憑畫樓，那更天遠山遠，水遠人遠。」

西江月

静極翻如有待，眠多未是無憀。柳花毬轉碧窗綃。不信東風纔到。　閉月三三小徑，藏鶯六六彎橋[一]。香囊蟬錦懶重挑。乞取春愁閒了。

【箋】

作於康熙五十六年丁酉（一七一七）三月，在杭州。

「静極」兩句：唐彦謙《漢代》：「静多如有待，閒極似無憀。」

「柳花」句：蘇軾《臨江仙》：「雨翻榆莢陣，風轉柳花毬。」

「閉月」兩句：楊萬里《三三徑》詩序：「東園新開九徑，江梅、海棠、桃、李、橘、杏、紅梅、碧桃、芙蓉九種花木，各植一徑，命曰『三三徑』。」陳仁錫《西湖月觀》：外六橋，堤南一橋曰映波，第二橋曰鎖瀾，第三橋曰望山，第四橋曰壓堤，第五橋曰東浦，第六橋曰跨虹。裏六橋，第一橋曰環璧，第二橋曰流金，第三橋曰卧龍，第四橋曰隱秀，第五橋曰景行，第六橋曰濬源。

【校】

［一］「藏鶯」：徐抄本作「藏陰」。

疏影

湖上見柳影因賦此闋［一］

輕陰冉冉。正嫩苔弄碧，庭宇深掩。千縷柔魂，摇蕩如煙，無端忽度闌檻。章臺路暗人歸處［二］，看足了、斜陽濃淡。又幾痕、水際低窺，近日楚腰全減。　依約匀梳月底［三］，亂雲鋪滿徑，籠住文簟。欲結同心，空試荑苗，作去聲就三分銷黯［四］。寒添白袷清明後［五］，掃不盡、隨風微斂。最鏡中、再寫秋疏，記得踏枝鴉點。

【箋】

作於康熙五十六年丁酉（一七一七）春暮，在杭州。

「輕陰」三句：周邦彥《蘭陵王・柳》：「柳陰直，煙裏絲絲弄碧。」蘇軾《首夏官舍即事》：「垂柳陰陰晝掩扉。」

章臺：尤袤《全唐詩話》卷二：「韓翃有寵姬柳氏，翃成名，從辟淄青，置之都下。數歲，而寄詩曰：『章臺柳，章臺柳，往日青青今在否。縱使長條似舊垂，也應攀折他人手。』答曰：『楊柳枝，芬芳節。可恨年年贈離別。一葉隨風忽報秋，縱使君來豈堪折。』」

楚腰全減：《韓非子》：「楚靈王好細腰，而國中多餓人。」孫覿《柳》：「修纖似束楚腰支，楊柳春風二月時。」

「欲結」兩句：牛嶠《楊柳枝》：「吳王宮裏色偏深，一簇纖條萬縷金。不憤錢塘蘇小小，引郎枝下結同心。」《詩・衛風・碩人》：「手如柔荑，膚如凝脂。」朱熹《集傳》：「茅之始生曰荑，言柔而白也。」

【校】

[一]《秋林琴雅》、《國朝詞雅》詞題作「柳影」。

[二]「歸處」：四庫本作「歸去」。

[三]「依約」：《琴畫樓詞鈔》作「依舊」。

[四]「作」：《秋林琴雅》作「做」。「銷黯」：《篋中詞》作「淒黯」。

[五]「清明後」：《秋林琴雅》作「長亭杳」，《國朝詞雅》作「清明候」。

桃源憶故人

螢[一]

夜涼那更秋情獨。冷燄雨餘輕撲。墜處濕黏簾竹。瞥見因風逐。　穿煙照水猶難足。小簟窺人新浴。殘月剛移桐屋。一箇牆陰緑。

【評】

《詞則·别調集》卷五：筆意幽冷。

《雲韶集》卷十八：（上闋）只寫正面，儘有情致。（下闋）兼寫旁面。結得冷雋，「緑」字真絶。

【箋】

作於康熙五十六年丁酉（一七一七）秋，在杭州。是年秋，鄉試不售，詞或因此頗有孤寂之意。

「夜涼」兩句：趙聞禮《賀新郎·螢》：「入夜涼風吹不滅，冷燄微茫暗度。」

「墜處」句：周邦彦《大酺·春雨》：「蟲網吹黏簾竹。」

穿煙照水：錢珝《江行無題》：「螢飛透水煙。」白居易《池上》：「雙飛照水螢。」

窺人：朱彝尊《綺羅香・和宋仲舉別駕詠螢》：「傍牖依闌，暗裏慣窺人住。」

「一箇」句：元稹《秋相望》：「蠨蛸低户網，螢火度牆陰。」

按：《秋林琴雅》本詞題作「螢同陳玉几作」。陳撰（一六七八——一七五八），字楞山，號玉几，浙江鄞縣人。雍正十二年（一七三四）以布衣薦舉博學鴻詞科，不赴。早年投鑾江項氏玉淵堂爲客，後又館於筱園主人程夢星。晚年因江都江鶴亭邀請入康山草堂。室藏書畫甚富，精鑑賞，畫格尤高，而詩多淒斷怨咽之音。著有《玉几山房吟卷》三卷，名列「揚州八怪」。玉几序樊榭《秋林琴雅》云：「其與予同寓廣陵時，當日斜花外，必相約爲倚聲，往往予未及脱稿，而樊榭點筆已就，予輒爲之罷去。」想見二人過從之密。

【校】

［一］《秋林琴雅》詞題作「螢同陳玉几作」。

惜餘春慢

戊戌三月二十二日泛湖用清真韻

緑遍山腰，青迴沙尾，花信幾風吹斷[一]。屏間鳥度，鏡裏舟移，乍試苧衫綃扇[二]。

常把禪機破除，難負春妍，流光如箭。正蘅皋稅駕，襪塵不動，黛明波遠。看漸是、弱絮縈煙[三]，新荷鑄水，麗景一番熏染。初啼鴂後，將噪蟬前[四]，池閣嫩晴千變[五]。誰道凭闌，有人暗憶年華[六]，自憐幽倩。且停橈淺酌，霏雨霑衣數點[七]。

【箋】

作於康熙五十七年戊戌（一七一八）三月二十二日，在杭州。

「花信」句：程大昌《演繁露》卷一：「三月花開時風名花信風。初而泛觀，則似謂此風來報花之消息耳。案《吕氏春秋》曰：『春之德風，風不信則其花不成。』乃知花信風者，風應花期，其來有信也。」

「屏間」兩句：李白《清溪行》：「人行明鏡中，鳥度屏風裏。」

「常把」句：韓偓《病憶》：「曾把禪機銷此病，破除纔盡又重生。」

「正蘅皋」三句：稅駕，猶解駕、停車。曹植《洛神賦》：「爾迺稅駕乎蘅皋，秣駟乎芝田。」又：「淩波微步，羅襪生塵。」張炎《水龍吟·白蓮》：「波明香遠。」

新荷鑄水：荷葉初生其形似錢，故云荷錢。洪適《漁家傲》：「四月圓荷錢學鑄。」

「初啼」兩句：蔣捷《永遇樂·緑陰》：「未有蟬前，已無蝶後。」

按：周邦彦《清真集》詞調名作《過秦樓》。《欽定詞譜》於《過秦樓》調後考證云：「《片玉集》

以周邦彦《選官子》詞，刻作《過秦樓》，各譜遂名周詞爲《仄韻過秦樓》，不知《選官子》調，其體不一，應以周詞編入《選官子》調内，不得以《仄韻過秦樓》另分一體。」又於《選冠子》調名下注：「魯逸仲詞，名《惜餘春慢》。」

周邦彦《過秦樓》原作：「水浴清蟾，葉喧涼吹，巷陌雨聲初斷。閒依露井，笑撲流螢，惹破畫羅輕扇。人静夜久憑闌，愁不歸眠，立殘更箭。歎年華一瞬，人今千里，夢沈書遠。　空見説、鬢怯瓊梳，容銷金鏡，漸懶趁時勾染。梅風地溽，虹雨苔滋，一架舞紅都變。誰信無聊，爲伊才減江淹，情傷荀倩。但明河影下，還看疏星幾點。」

【校】

[一]「花信幾風吹斷」：《秋林琴雅》作「幾信花風吹斷」。

[二]「乍試」：《秋林琴雅》作「初試」。

[三]「弱絮縈煙」：《秋林琴雅》作「弱柳繅煙」。

[四]「初啼鳩後，將噪蟬前」：《秋林琴雅》作「已啼鶯後，未噪蟬前」。

[五]「嫩晴」：《秋林琴雅》作「陰晴」。

[六]「暗憶」：《秋林琴雅》作「暗數」。

[七]「霏雨霑衣數點」：《秋林琴雅》作「恐惹霑衣雨點」。

摸魚兒[一]

得汪舍亭婺州晚春見懷詩用蜕巖韻答之

又騰騰、一番春晚，無情潮落江浦。故人猶憶春前別，不肯載愁流去。窗暝處。展淡墨吴牋，忽見殷勤語。客懷定苦。在縠水雙流，沈樓一角[二]，日日獨看雨。淒涼意，不數淋鈴督護。風流那減張緒。平生我亦多情者，更掐酒邊遺譜。還問取。問青子緑陰，可記城南路。休歌爾汝。待再覓郵筒，餘花晚筍，刻意爲君賦。

【評】

《雲韶集》卷十八：樊榭詞自是樊榭筆墨，隨舉一篇，知非白石，非玉田，非草窗、夢窗，非梅溪、竹屋，非其年、竹垞也。

【箋】

作於康熙五十七年戊戌（一七一八）春暮，在杭州。

汪舍亭：汪坤，字大隅，號舍亭，浙江仁和人。康熙五十三年（一七一四）舉人，官内閣中書。著有《村樂堂集》等。樊榭自康熙五十三年甲午，受聘館汪氏聽雨樓，授經於其二子汪浦、汪沆。

婺州：今浙江省金華市。隋置婺州，治金華。

蜕巖：張翥（一二八七—一三六八），字仲舉，晉寧（今山西臨汾）人。《元史》有傳。其父爲吏，從征江南。從仇遠學詩，盡得其音律之奥，遂以詩文知名一時。已而薄遊維揚，居久之，學者及門甚衆。長短句亦工，著有《蜕巖詞》二卷。

吴牋：范成大《吴郡志》卷二九：「綵牋，吴中所造，名聞四方。以諸色粉和膠刷紙，隱以羅紋，然後砑花。今蜀中作粉牋，正用吴法，名『吴牋』。」

縠水雙流：《方輿勝覽》卷七：「蘭溪在金華縣西七里，一名瀫水，岸多蘭茝，故名。」《明一統志·金華府》：「雙溪在府城南。其源有二，一出東陽縣大盆山，一出處州縉雲縣，與東陽、義和二溪合流，故名。」

沈樓：在浙江省金華市南隅，婺江北岸。南朝齊隆昌元年（四九四）沈約爲東陽太守時所建，南宋淳熙十四年（一一八七）擴建，元皇慶年間燬於火，明萬曆年間重建。《萬曆金華府志》：八詠樓在府學西，舊名元暢，太守沈約建，有八詠詩。宋至道間知州馮伉易名「八詠」。

淋鈴督護：《雨淋鈴》，唐教坊曲。元稹《琵琶歌》：「因茲彈作雨淋鈴，風雨蕭條鬼神泣。」《宋書·樂志一》：「《督護歌》者，彭城内史徐逵之爲魯軌所殺，宋高祖使府内直督護丁旿收殮殯埋之。逵之妻，高祖長女也，呼旿至閤下，自問斂送之事。每問，輒歎息曰：『丁督護！』其聲哀切。後人因其聲，廣其曲焉。」

風流張緒：《南史・張緒傳》：「緒吐納風流，聽者皆忘飢疲，見者肅然如在宗廟。雖終日與居，莫能測焉。劉悛之爲益州，獻蜀柳數株，枝條甚長，狀若絲縷。時舊宮芳林苑始成，武帝以植於太昌靈和殿前，常賞玩咨嗟，曰：『此楊柳風流可愛，似張緒當年時。』其見賞愛如此。」

「平生」兩句：蘇軾《虞美人》：「我亦多情無奈酒闌時。」

「問青子」兩句：杜牧《悵詩》：「狂風落盡深紅色，緑葉成陰子滿枝。」蘇軾《正月二十六日偶與數客野步嘉祐僧舍東南野人家雜花盛開》：「緑陰青子送春忙。」

爾汝：《世説新語・言語》：「禰衡被魏武謫爲鼓吏。」劉孝標注引《文士傳》：「(衡)少與孔融作爾汝之交，時衡未滿二十，融已五十。」杜甫《醉時歌》：「忘形到爾汝。」

郵筒：古時封寄書信之竹筒。張孝祥《棲真寄南康錢守》：「作詩付郵筒，聊復寄消息。」

晚花餘筍：元稹《褒城驛》：「四年三月半，新筍晚花時。」

張翥《摸魚兒・送黄任伯歸豐城時任伯放其妾還家》原作：「正怱怱、楚鄉秋晚，孤鴻飛過南浦。同來桃葉堪惆悵，一舸載春先去。愁絶處。問那曲闌干，曾聽人低語。今宵最苦。向楓樹溪橋，蘆花野館，翦燭卧聽雨。　吴霜鬢，破帽西風怎護。絲絲都是離緒。舊情頓冷新愁重，總付墜鞭詞譜。君記取。待雪夜相思，乘輿柴岡路。唱予和汝。要款段隨車，輕盈喚酒，重爲國香賦。」

【校】

［一］《秋林琴雅》詞調名作「邁陂塘」。

［二］「沈樓」：《詞則》作「池樓」。

臺城路

蠶

青萍葉大桐花落，村村又鳴鳩婦。細雨如塵，餘寒若水[一]，蟻動吳奩時候。狸奴聘否。怪生客偏憎，閉門長晝。守定蘆簾，三眠三起似人柳。深窗幾回罷繡[二]。挽籠鉤陌上，親費摻手。夜屋燈邊，曉牆煙外，最怕銀筐饑後。心情漸逗[三]。記瓦卦曾占，蔟山將就。待寫雙蛾[四]，更呼隣女耦。

【箋】

作於康熙五十七年戊戌（一七一八）春暮，在杭州。

鳩婦：施宿《會稽志》卷一七：「陸璣云：鶻鳩，一名斑鳩，似鶉鳩而大。鶉鳩，灰色，無繡項。陰則屏逐其匹，晴則呼之，語曰『天將雨，鳩逐婦』者是也。」

細雨如塵：李咸用《春暮途中》：「細雨如塵散暖空」。

狸奴聘否：朱彝尊《雪獅兒》：「吳鹽幾兩，聘取狸奴，浴蠶時候。」自注：「吳俗以鹽易貓，故陸務觀詩有『裹鹽迎得小貍奴』之句。」

生客偏憎：汪日楨《湖蠶述》引乾隆《湖州府志》：「蠶時多禁忌，雖比户，不相往來。」又引《西輿蠶書》：「收蠶之日，即以紅紙書『育蠶』二字，或書『蠶月知禮』四字貼於門，猝遇客至，即懼爲蠶祟。」

「三眠」句：荀子《蠶賦》：「三俯三起，事乃大已。夫是之謂蠶理。」秦觀《蠶書》：「蠶生，明日或桑或柘葉，晝夜五食九日，不食一日一夜，謂之初眠。又七日，再眠如初。又七日，三眠如再。又七日，謂之大眠。」《本草綱目》卷三五引《三輔故事》：「漢武帝苑中有柳，狀如人，號曰『人柳』，一日三起三眠。」

摻手：女子纖手。《詩・魏風・葛屨》：「摻摻女手，可以縫裳。」

銀筐飢後：吴均《陌上桑》：「蠶飢妾復思，拭淚且提筐。」

「瓦卦」兩句：杜甫《戲作俳諧體遣悶》：「瓦卜傳神語，畬田費火耕。」仇兆鼇注引王洙曰：「巫俗擊瓦，觀其文理分析，以卜吉凶。」劉克莊《征婦詞》：「瓦卦偏無準，燈花未必知。」蔟山，指蠶蔟、蠶山，供蠶吐絲作繭之具，多用竹、木、草等製成。《晉書・左貴嬪傳》：「修成蠶蔟，分繭理絲。」

【校】

［一］「餘寒」：《秋林琴雅》作「穉寒」。

［二］「幾回罷繡」：《秋林琴雅》作「幾日停繡」。

［三］「漸逗」：《秋林琴雅》作「迤逗」，徐抄本作「漸透」。

［四］「待寫雙蛾」：《秋林琴雅》作「待設添梯」。

夢芙蓉

戊戌五月十八日泛舟碧浪湖作[一]

曉天魚板響。趁青蘋風起，碧鷗波漲。一枝塔影，斜裊打雙槳。道場山在望。仲姬猶剩眉樣。劃碎玻瓈，占蘆灣柳汊，新雨欲沈網。何處紋簾捲上[二]。白紵歌輕，去也終惆悵。雙鬟可買，應作五湖長。水雲連浩蕩。杜郎元是疏放。有日重來，願身爲鵲鏡，妝臉鎮相傍。

【箋】

作於康熙五十七年戊戌（一七一八）五月十八日，與金農客吴興（今浙江省湖州市），訪長興令鮑鈐，遊碧浪湖。

碧浪湖：在湖州城南。乾隆《烏程縣志》：「碧浪湖，縣南三里，納諸山之水，清而碧，每風浪湧，其色可觀，故名。又名峴山漾，以其在峴山前也。」湖西、南、北三面有峴山、蘇臺山、道場山、金蓋山環伺。

魚板：李白《送殷淑三首》：「嗚榔且長謡。」王琦注：「潘岳《西征賦》：『嗚榔厲響。』」李善注：「《説文》云：榔，高木也，以長木叩船爲聲，所以驚魚，令入網也。」一説榔船板也，船行則響，謂之鳴榔。

青蘋風：謂初起之風，小風。宋玉《風賦》：「夫風生於地，起於青蘋之末。」

一枝塔影：多寶塔，又名文筆塔，在道場山頂，俗稱道場塔。朱彧《萍洲可談》卷三：「道場山在州南離方，文筆山也，低於他州，故未有魁天下者。僧乃丐緣，即山背建浮屠，望之如卓一筆。既成，語人曰：三十年出狀元。大觀賈安宅、政和莫儔相繼爲廷試魁。」

道場山：在湖州城南，爲天目山尾閭。乾隆《烏程縣志》：「道場山在縣南十二里，舊名雲峰，後人建寺奉佛，謂之道場山。有伏虎巖，半山有虎跑泉、一掬泉、甘泉亭、瑶席池。麓有百步碪。從松陰而上，曲徑盤旋，數折而至其巔。爲一郡之望，與湖山相接。」

仲姬：管道升，字仲姬，元吴興人，趙孟頫妻。擅畫墨竹，筆意清絶。又工山水、佛像、詩文書法，負盛名，世稱管夫人。

「何處」句：杜牧《贈别》：「春風十里揚州路，捲上珠簾總不如。」

白紵歌：樂府吴舞曲名。鮑照《白紵歌》：「古稱渌水今白紵，催絃急管爲君舞。」《新唐書·禮樂志》：「清樂三十二曲中有《白紵》，吴舞也。」

「雙鬟」兩句：辛延年《羽林郎》：「一鬟五百萬，兩鬟千萬餘。」陳師道《寄豫章公》：「生須百斛買雙鬟。」《晉書·桓玄傳》：「太元末，出補義興太守，鬱鬱不得志。嘗登高望震澤，歎曰：『父爲九州伯，兒爲五湖長！』棄官歸國。」

「杜郎」句：杜牧《歎花》：「自恨尋芳到已遲，往年曾見未開時。如今風擺花狼藉，緑葉成陰子滿枝。」《太平廣記》卷二七三引《唐闕史》：大和末，杜牧在宣州幕，聞湖州名郡，風物妍好，且多奇色，因甘心遊之。見鴉頭女，年十餘歲，視爲國色，謂其母曰：「且不既納，當爲後期。吾不十年，必守此郡。十年不來，乃從爾所適可也。」爲盟而別。大中三年，始授湖州刺史，比至郡，則已十四年矣。所約者已從人三載，而生三子。因賦詩以自傷。

鵲鏡：《太平御覽》卷七一七引《神異經》：「昔有夫婦將別，破鏡，人執其半以爲信。其妻與人通，其鏡化鵲飛至夫前，其夫乃知之。後人用鑄鏡爲鵲安背上，自此始也。」

【校】

［一］《秋林琴雅》詞題作「碧浪湖」。

［二］「紋簾」：《秋林琴雅》作「犀簾」。

永遇樂

戊戌閏中秋

恨海填平，情天補就[一]，月共秋駐。秋半偏雙，月圓却再，減了閒風雨。井梧知信，又開一葉，羅薦較涼前度。想沈沈、青冥萬里，此情此夜尤苦。殷勤露下，把杯重問，也算平生希遇。虬箭聲添，鸞簫約爽，不少傷心處。干卿何事，清輝依舊，更按桂花新譜。便鴉啼、紋窗影轉，忍教睡去[二]。

【箋】

作於康熙五十七年戊戌（一七一八）閏八月十五日，在杭州。

鸞簫約：劉向《列仙傳》卷上：「蕭史者，秦穆公時人也，善吹簫，能致孔雀、白鶴於庭。穆公有女，字弄玉，好之。公遂以女妻焉。日教弄玉作鳳鳴，居數年，吹似鳳聲，鳳凰來止其屋。公爲作鳳臺，夫婦止其上，不下數年。一旦，皆隨鳳凰飛去。故秦人爲作鳳女祠於雍宮中，時有簫聲而已。」

干卿何事：陸游《南唐書・馮延巳傳》：元宗嘗因曲宴内殿，從容謂曰：「『吹皺一池春水』，干卿何事？」延巳對曰：「安得如陛下『小樓吹徹玉笙寒』之句。」

清輝依舊：孔宗翰《題壁》：「嬋娟再見中秋月，依舊清輝照客眠。」

桂花新譜：唐雜曲歌辭有《桂花曲》。

【校】

［一］「恨海填平，情天補就」：《秋林琴雅》作「恨海誰填，情天易老」。

〔二〕「忍教睡去」：《秋林琴雅》作「怎生睡去」。

浣溪沙

數到湘琴未滿絃。春殘過了摘櫻天。芳時卯飲最思眠。　八字眉痕剛半畫，二分月影恰重圓。第三橋外見飛仙。

【評】

《雲韶集》卷十八：（下闋）婉約有味。

【箋】

作於康熙五十七年戊戌（一七一八）秋冬之際，在杭州。按：此首蓋爲題畫之作。樊榭集中題詠倡和之作甚多，此等就題而賦者，字面與現時並無必然相關。又此首編次在本年中秋以後，次年正月之前，與字面之「春殘」無關。

摘櫻天：指農曆三月。參見卷續《一翦梅·立夏後一日》。

卯飲：早晨飲酒。白居易《卯飲》：「卯飲一盃眠一覺，世間何事不悠悠。」余懷《板橋雜記》卷上：「淩晨則卯飲淫淫，蘭湯灩灩。」

八字眉：白居易《時世妝》：「雙眉畫作八字低。」楊慎《升庵集》卷六八記：唐明皇令畫工畫《十眉圖》。一曰鴛鴦眉，又名八字眉。

第三橋：見本卷《西江月》(靜極翻如有待)箋。

蝶戀花[一]

一片東風吹艷雪。錦瑟如人，忍使華年歇。夢去青溪溪畔月。洛神休寫王家帖。非霧非花疑剗襪。楚客多愁，鳳紙新來絶。落葉依枝飛又怯。秋奩空羡泥金蝶。

【箋】

艷雪：許渾《聞薛先輩陪大夫看早梅有寄》：「素艷雪凝樹，清香風滿枝。」

「錦瑟」兩句：李商隱《無題》：「錦瑟無端五十絃，一絃一柱思華年。」

「夢去」句：青溪，古水名，發源於南京鍾山西南，入秦淮，曲折十餘里。吴均《續齊諧記》：會稽趙文韶，宋元嘉中爲東扶侍，廨在青溪中橋。秋夜步月，悵然思歸，乃倚門唱《烏飛曲》。有女郎聞歌至，年可十八九許，容色絶妙。令侍婢歌《繁霜》，自脱金簪，扣箜篌和之。婢乃歌曰：「歌繁霜，繁霜侵曉幕。何意空相守，坐待繁霜落。」留連宴寢，將旦別去。明日，乃知所見青溪神女也。

「洛神」句：王獻之有《洛神賦帖》。沈周《花下睡鵝图》自題：「鵝群本是王家帖，傳過羲之又獻之。」

「非霧」句：白居易《花非花》：「花非花，霧非霧。夜半來，天明去。」李後主《菩薩蠻》：「剗襪步香階，手提金縷鞋。」

「落葉」句：隋無名氏《青溪小姑歌》：「日暮風吹，葉落依枝。」

按：《秋林琴雅》詞題「題杭堇浦鶗紅集」。杭世駿（一六九七—一七七三），字大宗，號堇浦，晚號秦亭老民。仁和人。雍正二年（一七二四）甲辰舉人，乾隆元年丙辰（一七三六）薦試博學鴻詞，授編修，改監察御史。有《道古堂文集》四十六卷，《詩集》二十六卷，及《三國志補注》等。堇浦與樊榭於金石、史學、詩學等常相切磋砥礪，相交甚厚，其《厲母何孺人壽序》云：「余自羈貫與樊榭交，申登堂之敬，常拜太夫人於堂下。樊榭巾帢之契，計莫有先於余者，則知樊榭之深，又孰有過於余者乎？」

【校】

［一］《秋林琴雅》有詞題「題杭堇浦鶗紅集」。

霓裳中序第一

宋德壽宮芙蓉石在南榷署

牆陰擁翠浪。搔首繁華成俯仰。藤絡苔皴草長[一]，是親見光堯，蓬萊無恙。香銷玉葬。怕夜深、山鬼來往。淒涼處、奉華舊閣，記否捲簾賞。　惆悵。疏蛩藏響[二]。雨洗淨、嶙峋十丈[三]。芙蓉孤倚月幌。問點額宮梅[四]，已歸天上。冷衙蜂乍放。不照到、銅溝膩漲。青蕪裏、宣和金字，也是此情況。宋梅已枯。

【評】

《詞則·大雅集》卷五：措語幽艷，氣韻蒼涼，就形似而論，正不減中仙也。

《雲韶集》卷十八：（上闋）遣詞濃麗，而氣骨悲涼，可稱絕唱。（下闋）淒咽芊綿，不堪卒讀。結亦不忽。

【箋】

詞題：《宋史·輿服志六》：「德壽宮在大内北望仙橋，故又謂之北内。紹興三十二年所造，宮成，詔以德壽宮爲名。高宗爲上皇，御之。」岳珂《桯史》：「德壽（高宗）在北内，頗屬意玩好。」翟灝《湖山便覽》：咸淳四年（一二六八），以其半改築道宮，奉感生帝，易名宗陽。國朝康熙丙午，道宮燬，舊跡罕存，惟南關署中苔梅一、芙蓉石一，傳是宋德壽舊物。藍瑛摹其狀，刻於碑，題曰「梅石雙清」。南榷署，即南新關督榷衙門，又稱南關榷署，康熙間設於宗陽宮故址北，掌管過境貿易。參見集外卷《百字令・六月望夜》。

苔皴：范成大《范村梅譜・古梅》：「其枝樛曲萬狀，蒼蘚鱗皴，封滿花身。又有苔鬚垂於枝間，或長數寸，風至，緑絲飄飄可玩。」

光堯：宋紹興三十二年（一一六二），高宗禪位於皇太子趙眘，是爲宋孝宗。尊高宗爲太上皇，稱光堯壽聖太上皇帝。

「怕夜深」句：李彭《次韻東坡五更山吐月》：「林猿霜後嘯，山鬼夜深行。」

奉華舊閣：奉華閣，宋高宗寵妃劉貴妃所居宮殿之名。

點額宮梅：《太平御覽》卷三〇引《雜五行書》：「宋武帝女壽陽公主，人日卧於含章殿簷下。梅花落公主額上，成五出花，拂之不去。皇后留之，看得幾時。經三日洗之乃落。宮女奇其異，競效之，今『梅花妝』是也。」

「冷衙」句：虞儔《夜讀邵堯夫詩戲效其體再賦蠟梅》：「紛紛蜂子競生涯，每到花時輒放衙。」

銅溝膩漲：杜牧《阿房宮賦》：「緑雲擾擾，梳曉鬟也。渭流漲膩，棄脂水也。」陳維崧《滿庭芳・詠宣德窯青花脂粉箱爲萊陽姜學在賦》：「但銅溝漲膩，流出宮牆。」

「青蕪」兩句：宣和，宋徽宗年號。周密《癸辛雜識別集》卷上：「徽宗定鼎碑，瘦金書。舊皇城内民家，因築牆掘地取土，忽見碑石穹甚，其上雙龍，黿趺昂首，甚精工，即瘦金碑也。」

郭則澐《十朝詩乘》卷一一：「苑中異石名青蓮朵者，南宋德壽宫故物也。石狀如朵雲，旁有古梅，虬枝交錯，梅枯而石僅在。高宗南巡，見而賞之，大吏因輦致京師，置之御苑，錫以是名，命内直諸臣各賦詩紀之。……按樊榭有詞詠宋德壽宫芙蓉石，云『在南榷署』。其『問點額宫梅，已歸天上』句，注謂『宋梅已枯』，或即是石，得邀宸賞。」

郭則澐《清詞玉屑》卷三：「《樊榭詩集》附詞，有《詠宋德壽宫芙蓉石・霓裳中序第一》云云。注謂：『石在南榷署，宋梅已枯。』按：淀園有異石，名青蓮朵，相傳爲南宋德壽宫故物，旁有古梅，今梅枯石在。南巡臨賞，乃輦致神京，别錫嘉名寵之。意即樊榭所詠。平湖張龍威以《雨霖鈴》調詠宋芙蓉石亦云：『問訊宫梅，却早已、花散如雪。指一抹、牆角斜陽，不照蓬萊舊宫闕。』與樊榭意同，蓋同時所作。其結拍云：『只一拳、乘話淒凉，是宋偏安物。』寄慨甚深。庸知後來輦入昆瀛，復與石舫、銅犀同供後人慨歎哉。嘉道後，無詠是石者，是其確證。」

【校】

［一］「草長」：《秋林琴雅》作「竹長」。

［二］「疏蛩」：《秋林琴雅》作「秋蛩」。

［三］「洗浄」：《秋林琴雅》作「洗出」。

［四］「問」：《秋林琴雅》作「覓」。

菩薩蠻

題《呵手梅妝圖》

斜紅不暖凝酥面。春來未許春鶯見。小凭侍兒肩。花寒人可憐。　無言空擁袖。蘭氣熏花透。髻壓一枝斜。前身萼緑華。

【箋】「髻壓」句：周遵道《豹隱紀談》：「徐參政清叟微時，贈建寧妓唐玉詩云：『上國新行巧樣花，一枝聊插鬢雲斜。嬌羞未肯從郎意，故把芳容故故遮。』」「前身」句：范成大《范村梅譜·緑萼梅》：「凡梅花跗蒂皆絳紫色，惟此純緑，枝梗亦青，特爲清高，好事者比之九嶷仙人萼緑華。」

摸魚兒

己亥初春過太湖次李秋堂韻

尚忽忽、垂虹春早，殘蘆風裏如語。愁陰不散煙汀闊，一葉軟波翔舞。扶柂去。望練繞吴城，幾點青旗字。鱸鄉社樹。想霧鬢風鬟，也憐寒峭，淺翠照眠鷺。千年事，零落荒臺别墅[一]。乾坤元是孤旅。漫臨奩鑑驚清影，客子何堪塵土。須小住。看重疊雲衣，裏就湖天暮。低眠舊浦[二]。續漁具因緣，茶人滋味，休寫斷腸句。

【箋】

作於康熙五十八年己亥（一七一九）正月，過太湖。

李秋堂：李演，字廣翁，號秋堂，約宋理宗寶佑末年（一二五八）前後在世。工詞，與李彭老唱和，有《盟鷗集》。

垂虹：范成大《吴郡志》：「垂虹橋在吴江東門外。」朱長文《吴郡圖經續記》：「慶歷八年，縣尉王庭堅建橋，有亭曰垂虹。」

「乾坤」句：蘇軾《臨江仙》：「人生如逆旅，我亦是行人。」

「客子」句：陸游《雨夕》：「客袂厭塵土。」

李演《摸魚兒·太湖》原作：「又西風、四橋疏柳，驚蟬相對秋語。瓊荷萬笠花雲重，裊裊紅衣如舞。鴻北去。渺岸芷汀芳，幾點斜陽字。吴亭舊樹。又繫我扁舟，漁鄉釣裏，秋色淡歸鷺。長干路，草莽疏煙斷墅。商歌如寫羈旅。丹溪翠岫登臨事，苔屐尚黏蒼土。鷗且住。怕月冷吟魂，婉冉空江暮。明燈暗浦。更短笛銜風，長雲弄晚，天際畫秋句。」

【校】

［一］「别墅」：《秋林琴雅》作「古墅」。

［二］「低眠舊浦」：《秋林琴雅》作「低篷蘂浦」。

滿庭芳

寄暢園在惠山下，梁溪勝地也。引第二泉穿垣而入，匯爲大池，有聲幽潺。池中多磐石，上芘喬木，皆數百年物，軒楹倒影，與波澹蕩。己亥暮春十有三日，汪青渠邀予來遊，坐蔭弄水，顧而樂之。同行虞山沈生，彈箏作秦聲以佐酒，因成此調。青渠近買吴姬，自杭來家梁溪，故戲及之［一］。

屋借峰園，徑隨泉改，過橋别是深清。闌干十二，真在鏡中行。不道黄衫去久，風前樹、猶帶茶聲。江南好，菟裘似此，何用買傾城。　攜朋。春已謝，梅丸緘怨，蕉紙書情。任陰陰隔葉，啼老吴鶯。明日片帆催發，幽崖畔、正有雲生。句留住，箏紋設否，容我聽調箏［二］。

【評】

《雲韶集》卷十八：（上闋）淡淡數語，寫景已足，自是高手作法。（下闋）寫情處多，寫景處少，頗似美成。

【箋】

康熙五十八年己亥（一七一九）三月，出遊揚州，應汪漕之邀，盤桓吳門數日，同遊寄暢園、虎阜、惠山。按：《樊榭山房集》卷二詩《三月十五日晚泊東新關》，其時尚在杭州，詞作當在此之後。

汪青渠：汪漕，字青渠，號慧日居士，杭州人。

「屋借」兩句：《江南通志》卷一三：「惠山在無錫縣錫山之西。山有九隴，蜿蜒如龍，故又名九龍山。山上有九峰，下有九澗。有惠山寺，第二泉在焉。」

「不道」兩句：陸羽，字鴻漸，唐竟陵人，著有《茶經》。《新唐書·陸羽傳》：「羽嗜茶，著《經》三篇，言茶之原、之法、之具尤備，天下益知飲茶矣。時鬻茶者，至陶羽形置煬突間，祀爲茶神。」張又新《煎茶水記》載陸羽鑒定水品，以無錫惠山寺石泉水第二，「第二泉」之名由此而來。封演《封氏聞見記》卷六：「有常伯熊者，又因鴻漸之論廣潤色之，於是茶道大行。王公朝士無不飲者。御史大夫李季卿宣慰江南，至臨淮縣館。或言伯熊善茶者，李公爲請之。伯熊著黄衫，被烏紗帽。手執茶器，口通茶名，區分指點，左右刮目。」

「菟裘」兩句：菟裘，地名，在今山東省泗水縣。《左傳·隱公十一年》：「羽父請殺桓公，將以求大宰。公曰：『爲其少故也，吾將授之矣。使營菟裘，吾將老焉。』」後因以稱告老退隱之居處。黄庭堅《再和元禮春懷十首》：「美酒壯人如敵國，千金一笑買傾城。」

「任陰陰」兩句：杜甫《蜀相》：「隔葉黄鸝空好音。」

「簟紋」兩句：周邦彦《滿庭芳》：「歌筵畔，先安枕簟，容我醉時眠。」

【校】

［一］《秋林琴雅》詞題作「惠山寄暢園」，無小序。

［二］「調筝」：《秋林琴雅》作「捱筝」。

浣溪沙

奔牛道中初晴

莎雨前宵打布帆。柳花今日撲征衫。催春杜宇怨春酣。　天有心情雲破碧，風無氣力水挼藍［二］。銷魂時節在江南。

【箋】

作於康熙五十八年己亥（一七一九）三月，自吴門赴揚州途中，過武進。

奔牛：在江蘇省武進市西。一名奔牛塘，又名奔牛堰。傳説茅山曾出金牛，奔至此，故名。

「風無」句：黄庭堅《同世弼韻作寄伯氏在濟南》：「山光掃黛水挼藍。」

【校】

〔一〕「挼藍」：《國朝詞雅》作「拖藍」。

揚州慢

廣陵芍藥〔一〕

疏雨催妍，穉寒凝態〔二〕，天涯相見魂銷。問春歸幾日，未盡減春韶。算亭北、新妝老去，不多風露，暗展輕綃。送杯中、婪尾香心，欲話無聊。　鵶黄初試，記當年、曾識煙苗。奈月幌低籠，雲階斜倚，夢到迢迢。除却謝郎俊句，無人與、淺暈深描〔三〕。想難禁攜贈，離情都在紅橋。

【評】

《篋中詞》卷二：縹緲之音。

【箋】

作於康熙五十八年己亥（一七一九）四月，在揚州。以下至《高陽臺·題華秋岳横琴小像》，均爲在揚州遊賞題賦之作。按：樊榭遊歷揚州之什，《樊榭山房集》中録入者始自本年。《秋林琴雅》有《倦尋芳》詞，序云：「揚州與江佩水别三年矣。辛丑春日，在都下重見……」辛丑之前三年爲戊戌，若是，則去年即有揚州之行，此行或爲訪友而來。《秋林琴雅》有《探芳信》序云：「廣陵雨夜，同故人徐紹武、汪抱樸集飲於許渭符獵微堂。」

「算亭北」句：李白《清平調》：「解釋春風無限恨，沈香亭北倚闌干。」自注：「開元中，禁中種木芍藥」。

「送杯中」句：陶穀《清異録》卷上：「胡嶠詩『瓶裏數枝婪尾春』，時人罔喻其意。桑維翰曰：『唐末文人有謂芍藥爲婪尾春者。婪尾酒乃最後之杯，芍藥殿春，亦得是名。』」

謝郎俊句：謝朓《直中書省》：「紅藥當階翻，蒼苔依砌上。」

「想難禁」兩句：《詩經·鄭風·溱洧》：「維士與女，伊其將謔，贈之以芍藥。」崔豹《古今注》卷上：「芍藥一名可離，故將别以贈之。」亦名將離。

紅橋：康熙《揚州府志》：「紅橋在北門外，一名虹橋。朱欄跨岸，緑柳盈堤，酒簾掩映，爲郡城勝遊地。」吴綺《揚州鼓吹詞序》：「紅橋在城西北二里。崇禎間形家設以鎖水口者。朱欄數丈，遠通兩岸，雖彩虹卧波，丹蛟截水，不足以喻。而荷香柳色，雕楹曲檻，鱗次環繞，綿亘十餘里。春夏之交，繁絃急管，金勒畫船，掩映出没其間，誠一郡之麗觀也。」李斗《揚州畫舫録》卷一五：「廿四橋即吴家磚橋，一名紅藥橋。」姜夔《揚州慢》：「念橋邊紅藥，年年知爲誰生。」

【校】

［一］《秋林琴雅》詞題作「廣陵寓齋芍藥同程松門陳楞山賦」。

［二］「穉寒凝態」：《秋林琴雅》作「餘寒釀恨」。

［三］「淺暈」：《篋中詞》作「淺黛」。

賣花聲［一］

徐翩翩書扇自稱「金陵蕩子婦」

花月秣陵秋。十四妝樓。青溪迴抱板橋頭。舊日徐娘無覓處，芳草生愁。　金粉一時休。團扇誰留。嫦人只有小銀鉤［二］。句尾可憐書蕩婦，似訴漂流。

【評】

《篋中詞》卷二：才人同感。

《詞則·閒情集》卷五：結二語可括《琵琶行》，不煩多著墨也。

《雲韶集》卷十八：起五字淒艷絶世。一味淒絶。

【箋】

詞題：徐翩翩，明萬曆年間金陵名妓，以色藝擅聲，能寫墨蘭。朱彝尊《静志居詩話》卷二三：「徐翩翩，字飛卿，一字驚鴻。南院妓。有集。翩翩年十六時，名未起，學琴不能操縵，學曲不能按板，因舍而學詩。謝少連於衆中見之曰：此陳王所云『翩若驚鴻』者也。由是人咸以驚鴻目之。翩翩晚年嫁江陰郁生，郁卒，還秣陵開剃爲尼，居蓮子營小庵以老。」袁枚《隨園詩話》卷一一：「皇甫古尊在金陵市上得金字扇一柄，乃前朝名妓徐翩翩所書，扇尾署名『金陵蕩子婦某』。古尊喜甚，求題於厲太鴻先生，得《賣花聲》一闋云云。余讀之，不覺魂銷，亦以《揮扇士女圖》索題，先生爲填《南鄉子》云云。」皇甫古尊，未詳。

「花月」句：秣陵，今南京。周應合《景定建康志》卷一五記：秦改金陵爲秣陵，在舊江寧縣東南六十里秣陵橋東北。孔尚任《桃花扇傳奇》有《秣陵秋》曲詞，參見集外詞《滿江紅・題桃花扇傳奇》。

十四妝樓：楊慎《詞品》卷二：「永樂中，晏振之《金陵春夕》詞『花月春江十四樓』，人多不知其事。蓋洪武中建來賓、重譯、清江、石城、鶴鳴、醉仙、樂民、集賢、謳歌、鼓腹、輕煙、淡粉、梅妍、柳翠十四樓於南京，以處官妓。」

青溪：見本卷《蝶戀花》（一片東風吹艷雪）。

板橋頭：余懷《板橋雜記》卷上：舊院人稱曲中，前門對武定橋，後門在鈔庫街。妓家鱗次，比屋而居。屋宇精潔，花木蕭疏，迥非塵境。長板橋在院牆外數十步，曠遠芊綿，水煙凝碧。迴光、鷲峰兩寺夾之，中山東花園亙其前，秦淮朱雀桁繞其後。洵可娛目賞心，漱滌塵俗。

舊日徐娘：《南史・元徐妃傳》：「徐娘雖老，猶尚多情。」

「金粉」句：余懷《板橋雜記》卷中：「亦足以徵江左之風流，存六朝之金粉也。」白居易《履道新居二十韻》：「萬事一時休。」

「團扇」句：班婕妤《怨歌行》：「常恐秋節至，涼風奪炎熱。棄捐篋笥中，恩情中道絶。」

銀鉤：《晉書·索靖傳》：「蓋草書之爲狀也，婉若銀鉤，飄若驚鸞。」

【校】

［一］《昭代詞選》詞調名作「浪淘沙令」。

［二］「只有」：《篋中詞》作「只是」。

玲瓏四犯

惲正叔《西湖泛月圖》爲陳玉几賦

寒玉砌瀾，修蛾横緑，青天明月初湧。人間今夕好，柳外涼陰重。沈沈兩堤跨蝀。問何人、曲聲吹送。酒面邀秋，船頭照影，吟思欲飛動。　煙空遠，眸堪縱。想菱颸亂起，荷氣深擁。清歡驚易曉［一］，光景隨塵鞚。南田詞客今仙去，剩沙鳥、來成幽夢。誰與共。裴回寫、閒情數種［二］。

【箋】詞題：惲壽平（一六三三—一六九〇），名格，字惟大，後改字壽平，又字正叔，别號南田。江蘇武進人。開創没骨花卉畫風，爲常州畫派開山祖師，畫作被譽爲有清「一代之冠」，並善書法詩文。此首爲陳撰持惲壽平畫作向樊榭索賦。

「柳外」句：葉茵《酒邊次徐靈淵韻》：「柳外緑陰重。」

「吟思」句：韓維《西軒欲雨同諸君偕賦》：「清思欲飛動。」

按：本詞依姜夔自度曲。宋人填此調，多用周邦彦體，句讀、用韻均迥别。

【校】

［一］「清歡」：《秋林琴雅》作「悠悠」。

［二］「剩沙鳥、來成幽夢。誰與共。裴回寫、閒情數種」：《秋林琴雅》作「剩圓魄、佳時誰共。沙鳥夢。無端寫、閒情數種。」

水龍吟

用丁宏庵韻

客懷偏恨秋陰，故遮一半闌干影［一］。蛩欺人獨，鵲欺書滯，何曾慣聽［二］。疊疊吴雲，迢迢楚水，悠悠醒枕。漫尋思那日，門前銀浦，不抵似、關山永[三]。　凝立風簾露井[四]。可能拚、參差簧冷。飄零愁髮，蕭條長鋏，無言自領。樓月斜初，篝煙清後，舊家標韻。又新涼陡起，添衣時候，作去聲西窗暝[五]。

【評】

《雲韶集》卷十八：（上闋）一片淒感，出入兩宋而獨樹一幟。（下闋）淒切芊綿。

【箋】

丁宏庵：丁宥，字基仲，號宏庵。南宋錢塘人。生卒年不詳，嘗與吳文英往還。

銀浦：天河。李賀《天上謠》：「天河夜轉漂迴星，銀浦流雲學水聲。」

參差簧冷：周密《月下聞笙次趙元父韻》：「十三簧冷參差影，廿四欄高縹緲聲。」

「飄零」兩句：李白《搗衣篇》：「樓上春風日將歇，誰能攬鏡看愁髮。」《戰國策・齊四》：齊人有馮諼者，貧乏不能自存，願寄食孟嘗君門下。居有頃，倚柱彈其劍，歌曰：「長鋏歸來乎！食無魚。」後有頃，復彈其劍鋏，歌曰：「長鋏歸來乎！無以爲家。」

丁宥《水龍吟》原作：「雁風吹裂雲痕，小樓一綫斜陽影。殘蟬抱柳，寒蛩入户，淒音忍聽。愁不禁秋，夢還驚客，青燈孤枕。未更深，早是梧桐泫露，那更度、蘭宵永。　空歎銀屏金井。醉鄉醒、温柔鄉冷。征塵倦撲，閒花謾舞，何心管領。蔥指冰絃，蕙懷春錦，楚梅風韻。悵芙蓉城杳，藍雲依黯，鎖巫峰暝。」

【校】

［一］「客懷偏恨秋陰，故遮一半闌干影」：《秋林琴雅》作「客懷最恨秋陰，故來遮斷闌干影」。

［二］「慣聽」：《秋林琴雅》作「忺聽」。

［三］「抵似」：徐抄本作「抵是」。

［四］「風簾」：《國朝七家詞選》作「風前」。

［五］「作」：《秋林琴雅》作「做」。

采桑子

晚秋同程松門泛舟紅橋登平山堂［一］

重陽過也成虚負，賴有詩仙。肯作延緣。人與黄花共一船。沿堤轉盡垂楊路，水影橋邊。山影樽前。畫出傷秋雨後天。

【箋】

作於康熙五十八年己亥（一七一九）九月，在揚州。

程松門：程鳴，字友聲，號松門。安徽歙縣人。僑居揚州，長期寓程夢星筱園。工画山水，詩學王士禛。

平山堂：趙之壁《平山堂圖志》卷一：「平山堂在府西北五里蜀冈上。宋慶曆八年二月，廬陵歐陽修守揚州時，爲堂於大明寺之坤隅。江南诸山，拱揖檻前，若可攀躋，故曰『平山堂』。」

延緣：《莊子·漁父》：「刺船而去，延緣葦間。」蘇軾《懷西湖寄晁美叔同年》：「應逢古漁父，葦間自延緣。」又《次韻鄭介夫》：「海上偶來期汗漫，葦間猶得見延緣。」

【校】

［一］《秋林琴雅》詞題作「晚秋同程松門江研瀾泛舟紅橋登平山堂」。

高陽臺

題華秋岳横琴小像

劒氣横秋，詩腸滌雪，風塵湖海年年。三徑歸來，慵將身事㡧天［一］。草堂不著櫻桃夢，寄疏狂、菊磵梅邊。想清遊，如此鬚眉，如此山川。　枯桐在膝冰徽冷，縱一絃雖設，亦似無絃。世外音希，更求何處成連。幾時與子蘇堤去，采蘋花、小艇衝煙。笑平生，忘了機心，合伴鷗眠。

【箋】

作於康熙五十八年己亥（一七一九）九月，在揚州，下月返杭。

華秋岳：華嵒，字秋岳，號新羅山人。福建臨汀人，居揚州。工書畫，亦善詩，爲「揚州八怪」之一。

三徑：陶潛《歸去來辭》：「三徑就荒，松菊猶存。」李善注引趙岐《三輔決録·逃名》：「蔣詡，字元卿，舍中三徑，唯羊仲、求仲從之遊，皆挫廉逃名不出。」

戕天：陸龜蒙《奉酬苦雨見寄》：「初悲濕翼何由起，末欲戕天叩天耳。」

櫻桃夢：櫻桃宴，科舉時代慶賀新進士及第之宴席，始於唐僖宗時。王定保《唐摭言》卷三：「新進士尤重櫻桃宴。乾符四年，永寧劉公第二子覃及第，獨置是宴，大會公卿。時京國櫻桃初出，雖貴達未適口，而覃山積鋪席，復和以糖酪者，人享蠻榼一小盎，亦不啻數升。」

「枯桐」句：枯桐，琴之別稱。《後漢書·蔡邕傳》：「吴人有燒桐以爨者，邕聞火烈之聲，知其良木，因請而裁爲琴，果有美音，而其尾猶焦，故時人名曰『焦尾琴』焉。」柳宗元《初秋夜坐贈吴武陵》：「若人抱奇音，朱絃緪枯桐。」琴徽，琴絃音位標誌，古琴面板左方一排圓星點，以貝殼、磁或金屬鑲製而成。蘇軾《歐陽晦夫遺接羅琴枕戲作此詩謝之》：「兒送琴枕冰徽寒。」

無絃：蕭統《陶靖節傳》：「淵明不解音律，而蓄無絃琴一張，每酒適，輒撫弄，以寄其意。」

世外音希：《老子》：「大音希聲。」王弼注：「聽之不聞名曰希，不可得聞之音也。有聲則有分，有分則不宮而商矣。」

成連：《樂府解題》：伯牙學琴於成連先生，三年不成。成連云：「吾師方子春今在東海中，能移人情。」乃與伯牙俱往。至蓬萊山，曰：「子居習之，吾將迎師。」刺舡而去，旬時不返。伯牙近望無人，但聞海水汩滑崩折之聲，山林窅寞，群鳥悲號，愴然而歎曰：「先生將移我情！」乃援琴而歌。曲終，成連迴，刺船迎之而還。伯牙遂爲天下妙矣。

蘇堤：《西湖志》卷三：「宋元祐間，蘇軾築堤湖上，自南山抵北山，夾道植柳，林希榜曰蘇公堤。」

機心：《莊子・天地》：子貢過漢陰，見一丈人方將爲圃畦，鑿隧而入井，抱甕而出灌，用力甚多而見功寡。子貢曰：「有械於此，一日浸百畦，用力甚寡而見功多，夫子不欲乎？」爲圃者笑曰：「吾聞之吾師：有機械者必有機事，有機事者必有機心。機心存於胸中，則純白不備。純白不備，則神生不定。神生不定者，道之所不載也。吾非不知，羞而不爲也。」

【校】

［一］「身事」：徐抄本作「身世」。

尾犯

坐趙谷林西池泊花檻，看新種青蘆，悠然動江湖之興[一]

水空雲浄。見菰蒲叢外，數枝交映。梢梢瑟瑟，無人處、被荷風吹醒。摇波十里，遠界破、青山影。作去聲秋聲、不到秋來[二]，要君倚檻閒聽。　最是淡煙低暝。逗漁燈、前浦冷。便移栽蕩户，添箇根邊，鴨雛游泳。捲葉鳴笳，揉花裝被，尚遲清興。又何似、折取横江，相思還踏三徑。

【箋】

作於康熙五十九年庚子（一七二〇）春，在杭州。

趙谷林：趙昱（一六八九—一七四七），原名殿昂，字功千，號谷林，浙江仁和人。貢生，乾隆元年（一七三六）舉博學鴻詞。有《愛日堂吟稿》，附稿詞一卷。與樊榭等人唱酬，並同編《南宋雜事詩》。家有春草園，池館之勝，甲於一郡。袁枚《隨園詩話》稱揚州小玲瓏山館、杭州小山堂、天津水西莊爲清代三大私家園林。小山堂在春草園内，袁枚所指蓋春草園也。

西池泊花檻：在趙氏春草園内。趙昱《春草園小景分記》：「西池。池可三畝餘，又鑿其陰，令屈曲圍繞，環植楊柳、芙蓉、蘆葦，春風駘蕩，秋雨扶疏，月落水平，荷香四起。鮚埼亭長以補陀雪藕來栽，品逾凡種，雜以金蓮藻荇，水底如鋪錦罽焉。」又：「泊花。臨池小憩，荷花環繞。額爲李長蘅書。」

移栽蕩户：蕩户，恃湖塘水産爲生之人家。葉紹翁《賦葛天民栽葦》：「蕩户和萍送，溪翁當竹看。」

鴨雛游泳：吴潛《隔浦蓮近拍》：「葦岸游緑鴨。」

捲葉鳴笳：庾信《出自薊門行》：「笳寒蘆葉脆。」張孝祥《丙戌七夕入衡陽獨遊岸傍小寺》：「捲蘆作鳴笳。」

揉花裝被：歐陽玄《貫公神道碑》：「（貫雲石）嘗過梁山濼，見漁父織蘆花絮爲被，愛之，以綢易被。漁父見其以貴易賤，異其爲人，佯曰：『君欲吾被，當更賦詩。』公援筆立成，竟持被往。詩傳人間，號『蘆花道人』。」

折取横江：蘇軾《遊武昌寒溪西山寺》：「今朝横江來，一葦寄衰朽。」

【校】

〔一〕《秋林琴雅》詞題作「賦新蘆」，無小序。

〔二〕「作」：《秋林琴雅》作「做」。

清平樂

風梭織雨。萍葉籬根聚。水滿蘭橈應斷渡。昨夜夢魂來去。　春衫起樣休寬。偷描一一輕鸞。將息釀花天氣，憑他料理餘寒。

【箋】

「春衫」兩句：起樣，新製服裝樣式。孫棨《題北里妓人壁》：「東鄰起樣裙腰闊，剩蹙黄金一兩條。」李商隱《擬沈下賢》：「千二百輕鸞，春衫瘦著寬。」

釀花天氣：指暮春牡丹花時。楊慎《升庵集》卷七五：「《花木譜》云：越中牡丹開時，賞者不問疏親，謂之『看花局』。澤國此月多有輕陰微雨，謂之『養花天』。」

曲遊春

郊外探春作

一水仙源曲，被柳條遮斷，千縷婀娜。有約湔裙[一]，怪逢伊還向，重簾單舸。出意新梳裏。看颺鬟、蕊黄微涴。縱近來、遠似天涯，誰倩玉顔初破。禁火。心情偏妥。伴錢藕偷分，鈿荇輕墮。容易斜陽，恐穿煙鳳子，尚尋珠唾。波面虹橋卧。任怨咽、玉簫吹過。無奈澹月籠燈，翠扉恨鎖。

【評】

《篋中詞》卷二：至境迷離。

《雲韶集》卷十八：（上闋）情生文。（下闋）詞絶麗，情絶深，而措語雅正，詞人有此，庶幾無憾。

【箋】

作於康熙五十九年庚子（一七二〇）寒食前後，在杭州。

湔裙：杜臺卿《玉燭寶典》卷一：「元日至於月晦，民並爲酺食、渡水，士女悉湔裳、酹酒於水湄，以爲度厄。」注：「今世唯晦日臨河解除，婦女或湔裙也。」張炎《高陽臺·都下寒食》：「池亭小隊秦箏，就地圍香，臨水湔裙。」則湔裙之俗已易至寒食節矣。

禁火：宗懔《荆楚歲時記》：「去冬節一百五日，即有疾風甚雨，謂之寒食，禁火三日，造餳、大麥粥。」

錢藕：封演《錢譜》：「漢有厭勝錢、藕心錢，狀如干盾，長且方而不圓，蓋古刀布之變也。」

鳳子：《古今注》卷中：「（蛺蝶）其大如蝙蝠者，或黑色，或青斑，名爲鳳子。」朱彝尊《瑤華》：「愁春未醒，定化作鳳子，尋香留住。」

【校】

[一]「有約湔裙」：《秋林琴雅》作「衣待湔香」。

一枝春

城東許氏水軒，臨流梨花一株，妍浄可念，主人命酒邀賞，已半落矣。感而賦之[一]

縹蒂無多，過清明、幾度東闌愁凭。飄摇素羽[二]，漲曉乍迷天鏡[三]。垂楊倦眼[四]，似相見、雪融酥凝。拚早趁、深盞沽春，護惜夢雲輕冷[五]。聲聲鶗鴂催暝。憶初籠香雨，煙綃娟靚。清蟾墜小[六]，瘦減玉兒妝影。憑誰看取，好留向、繡牀低映[七]。還帶葉、偷綴瓊絲，晚風未肯。

【箋】

作於康熙五十九年庚子（一七二〇）三月，在杭州。

縹蔕：劉歆《西京雜記》卷一：初修上林苑，群臣遠方各獻名果異樹，亦有製爲美名以標奇麗。梨十，其一名「縹葉梨」。杜牧《出宫人》：「醉折梨園縹蔕花。」

天鏡：指水面。李白《下尋陽城汎彭蠡寄黄判官》：「開帆入天鏡，直向彭湖東。」

夢雲：王建《夢看梨花雲歌》：「薄薄落落霧不分，夢中唤作梨花雲。」

鵓鴣：亦作鵓姑、鵓鳩。陸游《東園晚興》：「竹雞群號似知雨，鵓鴣相唤還疑晴。」參見本卷《臺城路·蠶》。

玉兒：《南史·王茂列傳》：「東昏妃潘玉兒有國色，武帝將留之，以問茂。茂曰：『亡齊者此物，留之恐貽外議。』帝乃出之。軍主田安啟求爲婦。玉兒泣曰：『昔者見遇時主，今豈下匹非類。死而後已，義不受辱。』及見縊，潔美如生。」

【校】

［一］《秋林琴雅》詞題作「梨花初落」，無小序。

［二］「素羽」：《秋林琴雅》作「蝶羽」。

［三］「漲曉」：《秋林琴雅》作「漲緑」。

［四］「垂楊倦眼」：《秋林琴雅》作「微開柳眼」。

［五］「護惜」：《秋林琴雅》作「護取」。

［六］「清蟾墜小」：《秋林琴雅》作「紋疏月小」。

［七］「憑誰看取，好留向、繡牀低映」：《秋林琴雅》作「憑誰看繡，好留向、象牀低映」。

感皇恩

已是殺釭花，月籠深閤。何處行雲到巫峽。一灣流水，只有浮萍開闔。依稀親記鬬、池邊鴨。　明日暖風，蘭紗裁夾。玉剪多情度簾押。蜜犀躅忿，定帶露痕偷掐。幾時頻見也、纖紅甲。

【箋】

「依稀」句：鬬鴨，使鴨相鬬之博戲。劉歆《西京雜記》卷二：「魯恭王好鬬雞鴨及鵝雁。」蜜犀躅忿：陳維崧《疏影·詠瓶中蠟梅》：「簾紅瓷翠。襯蜜犀花朵，色凝髹几。」嵇康《養生論》：「合歡躅忿，萱草忘憂，愚智所共知也。」

丁香結

暮春初霽用清真韻

吹落嬌雲，展開平碧〔一〕，枝上雨殘猶隕。恨流光偏迅。數景物、剩得鶯憨蜂潤〔二〕。

小紅曾記否，朝酲殢、薄寒自忍。可憐遊舫散後，定是蕪菁開盡[三]。　相引。早餖飣陰晴，花信催過幾陣。曲巷幽坊，柳綿竹粉，翠樓生暈。謝家飄蕩紫額，翦麴塵盈寸。憑闌干那曲，冶葉何人摘損。

【評】

《篋中詞》卷二：太鴻思力，可到清真，苦爲玉田所累。

【箋】

作於康熙五十九年庚子（一七二〇）春暮，在杭州。

小紅：泛指侍女。陸友仁《研北雜志》卷下：「小紅，順陽公（范成大）青衣也，有色藝。順陽公之請老，姜堯章詣之。一日授簡徵新聲，堯章製《暗香》、《疏影》兩曲，使二妓肄習之，音節清婉。堯章歸吳興，公尋以小紅贈之。」

蕪菁開盡：韓愈《感春》：「黃黃蕪菁花，桃李事已退。」

餖飣：紛亂、不定之意。王觀《慶清朝慢》：「晴則箇，陰則箇，餖飣得天氣有許多般。」

謝家：溫庭筠《更漏子》：「香霧薄。透重幙。惆悵謝家池閣。」華鍾彥注：「唐李太尉德裕有妾謝秋娘，太尉以華屋貯之，眷之甚隆。詞人因用其事，而稱謝家。蓋泛指金閨之意，不必泥於秋娘也。」

冶葉：李商隱《春》：「冶葉倡條遍相識。」

周邦彦《丁香結》原作：「蒼蘚沿階，冷螢粘屋，庭樹望秋先隕。漸雨淒風迅。澹暮色、倍覺園林清潤。漢姬紈扇在，重吟翫，棄擲未忍。登山臨水，此恨自古，銷磨不盡。　牽引。記試酒歸時，映月同看雁陣。寶幄香纓，熏爐象尺，夜寒燈暈。誰念留滯故國，舊事勞方寸。唯丹青相伴，那更塵昏蠹損。」

【校】

［一］「平碧」：《篋中詞》作「早碧」。

［二］「蜂潤」：《篋中詞》作「蝶潤」。

［三］「定是」：《篋中詞》作「空是」。「蕪菁」：《國朝詞雅》作「青蕪」。

高陽臺

成窯九十九子瓷合，金壽門索賦，云是宫中妝具也［一］

秘翠分峰，凝花出土，依稀粉滴脂函。鈿合前塵，宫羅冷却荑尖。浮梁猶有當時月，向夜深、孤照秋奩。怨長門，夢斷蒼龍，字漬眠蠶。　戲嬰圖子誰描得，恰臨妝試仿，黛筆[三]重添。數比螽斯，未曾盈百休嫌。從今舊價卑哥汝，宛青娥、紅淚偷淹。莫銷魂，漢苑瑶箱，久落江南。明時瓷器進御者，皆出浮梁之景德鎮。

【評】

《詞則·大雅集》卷五：起八字精鍊。（上片後半）冷艷絶世。「數比」二語纖小，「未曾」六字尤疲軟。

《雲韶集》卷十八：（下闋）何等感喟，言中有物，故耐人玩索。

【箋】

金壽門：金農（一六八七—一七六三），初名司農，字壽田，後更名爲農，字壽門，號冬心先生。浙江錢塘人。乾隆元年（一七三六）舉博學鴻詞，不就。善詩文，書出入楷隸，畫梅尤工，精金石考訂，喜鑑別收藏。性情逋峭，世多以迂怪目之。晚寓揚州，爲「揚州八怪」之一。有《冬心集》四卷。

成窯：明成化年間官窯，所製瓷器以小件與五彩者最爲名貴。沈德符《敝帚軒剩語》卷中：「本朝窯器，用白地青花，間裝五色，爲今古之冠，如宣窯品最貴。近日又重成窯，出宣窯之上。」

秘翠分峰：陸龜蒙《秘色越器》：「九秋風露越窯開，奪得千峰翠色來。」越窯爲唐宋時著名青瓷窯之一，窯址在今浙江餘姚上林湖一帶，古代屬越州，因名。王世貞《宛委餘編》卷一五：「舜爲陶器，迄於秦漢，今河南土中有羽觴無色澤者，即此器也。陸龜蒙詩所謂『九秋風露越窯開，奪得千峰翠色來』，最爲諸窯之冠。至吴越有國，日愈精，臣庶不得用，謂之秘色，即所謂柴窯也。」

浮梁：漢鄱陽縣地，唐武德四年（六二一），析置新平縣，天寶元年（七四二）改名浮梁，明、清皆屬饒州府。今屬江西省景德鎮市。藍浦《景德鎮陶録》：「景德鎮屬浮梁之興西鄉，去城二十五里，在昌江之南，故稱昌南鎮。其自觀音閣江南雄鎮坊至小港嘴，前後街計十三里，故又有陶陽十三里之稱。水土宜陶，陳以來，土人多業此。至宋景德年始置鎮，奉御董造，因改名景德鎮。元置本路總管監鎮陶。明洪武二年就鎮之珠山設御窯廠，置官監督燒造解京。」

「怨長門」三句：長門宫，漢孝武帝陳皇后失寵後所居，司馬相如爲作《長門賦》。陸倕《石闕銘》：「蒼龍玄武之製，銅雀鐵鳳之工。」李善注引《三輔舊事》：「未央宫東有蒼龍闕，北有玄武闕。」庾信《周大將軍隴東郡公侯莫陳君夫人竇氏墓誌銘》：「室委眠蠶，衣留畫雉。」

戲嬰圖：宋人好畫《戲嬰圖》，描於陶瓷器上較普遍，寓多子、吉祥、辟邪等兆，畫面多以宫廷爲背景。陳深《戲嬰圖》：「秘矣宫中戲，人間那得窺。開圖付一笑，能不類兒嬉。」

「螽斯」兩句：孔穎達《毛詩正義》卷一：「《螽斯》，后妃子孫衆多也。言若螽斯不妒忌，則子孫衆多也。」《後漢書·皇后紀》：「夫陽以博施爲德，陰以不專爲義，螽斯則百，福之所由興也。」

哥汝：哥窯、汝窯，均爲宋代五大名窯之一。陸深《春風堂隨筆》：「哥窯，淺白斷紋，號百圾碎。宋時有章生一、生二兄弟，皆處州人，主龍泉之琉田窯。生二所陶青器純粹如美玉，爲世所貴，即官窯之類。生一所陶者色淡，故名哥窯。」陶宗儀《輟耕録》卷二九引葉寘《坦齋筆衡》：「本朝以定州白瓷器有芒，不堪用，遂命汝州造青窯器，故河北、唐、鄧、耀州悉有之，汝窯爲魁。」「漢苑」兩句：王勃《梓州通泉縣惠普寺碑》：「故能使琱形畫塔，象設年滋，彩帙瑶箱，龍編月久。」司馬光《皇太后閣》：「風前飄蕩參差羽，還似瑶箱呈瑞時。」

【校】

按：據《秋林琴雅》詞題，有汪塤同作。汪塤，字袚江，翰林院檢討，原籍安徽休寧，祖輩寄籍揚州。寅衷子。袚江爲郡庠生時，娶揚州二馬之妹。寅衷又爲二馬兄曰楚之岳父。

［一］《秋林琴雅》詞題作「成窯九十九子瓷合同袚江壽田作」。

［二］「黛筆」：《集草軒藏明清翰林學士手札》作「黛碧」。

眼兒媚

一寸横波惹春留。何止最宜秋。妝殘粉薄，矜嚴消盡，只有温柔。　當時底事忽忽去，悔不載扁舟。分明記得，吹花小徑，聽雨高樓。

【評】

《雲韶集》卷十八：（上闋）句法古直在骨，頗似陳其年。（「分明記得，吹花小徑，聽雨高樓」）雅湛。

【箋】

「一寸」兩句：傅毅《舞賦》：「目流睇而横波。」韋莊《秦婦吟》：「一寸横波翦秋水。」

聽雨高樓：蔣捷《虞美人》：「少年聽雨歌樓上，紅燭昏羅帳。」

西江月[一]

春淺初勻細黛，寒輕不上仙肌。玉梅花下見來遲。夜月深屏無睡。　心倚紅牋能説，情除青鏡難知[二]。試香天氣惜香時。人静街痕如水。

【箋】

「玉梅」句：詹玉《浣溪沙》：「玉梅花下遇昭君。」

試香：猶焚香。張炎《瑣窗寒》：「待移燈翦韭，試香温鼎。」

按：據《秋林琴雅》詞題，有張瞻同作。張瞻，字東扶，號滌岑居士，浙江錢塘人。著有《瑞石山房詩》、《東老庵稿》。

【校】

[一]《秋林琴雅》有詞題「擬艷同張東扶賦」。

〔二〕「難知」：徐抄本作「誰知」。

三姝媚

櫻桃花

嬌鶯含得未。正眠燈風收，縈心低綴。薄暈微頳，學玉窗匀面，粉淹脂淚。悄探芳期，先占了、沿溪桃李。無語銷魂，偷折斜枝，下階遊戲。　休觸蜂鬚飛墜〔一〕。到細數圓珠，好春流水。翠沼深深，照一庭朧月，暖香吹碎。記挽單衫，相送懶、難醒殘醉〔二〕。隔著重簾花下，瞢騰喚起〔三〕。

【箋】

「嬌鶯」句：《禮記·月令》：「是月（仲夏之月）也，天子乃以雛嘗黍，羞以含桃先薦寢廟。」鄭玄注：「含桃，櫻桃也。」《淮南子·時則訓》：「羞以含桃。」高誘注：「含桃，鶯所含食，故言含桃。」

「無語」三句：李賀《美人歌》：「背人不語向何處，下階自折櫻桃花。」

「相送」三句：元稹《襄陽爲盧竇紀事》：「猶帶春醒懶相送，櫻桃花下隔簾看。」范成大《賞雪騎鯨軒》：「瞢騰畫屏暖，喚起眼餘纈。」

【校】

［一］「休觸」：《秋林琴雅》作「忍觸」。

［二］「相送懶」：《秋林琴雅》作「迴半盼」。

［三］「喚起」：《秋林琴雅》作「懶起」。《秋林琴雅》詞末有自注引李賀與元稹詩。

淒涼犯

庚子十二月二十四日，宿濟南敖陽店，寒甚，有懷故園節物，悽然作此解［一］

疏林宿鳥［二］。柴門裏、凝塵半榻誰掃。倦程繫馬，風刀裂酒，雪花欺帽。何時古道。看長倚、敖山翠小。又燈昏、寒星照户［三］，不使客愁少。　敧枕尋思處，畫句爐閒［四］，印梅窗杳。歲殘氣味，歎詩人、在家貧好。底事飄蓬，竟輸與、蛾兒夜鬧。恐明朝、漸看鬢影似暗老［五］。

【評】

翁方綱批點：（「倦程」三句）狂放之襟懷，所以爲妙。（振綺堂本章鈺輯録）

【箋】

康熙五十九年庚子（一七二〇）三月鄉試中舉，十一月末啟程赴京師參加會試，符之恒、倪國璉同行。詞作於北上途中。

敖陽店：在今山東省新泰市東。康熙中爲新泰縣，屬泰安州，雍正間改屬泰安府。

疏林宿鳥：劉禹錫《詶樂天小亭寒夜有懷》：「寒夜陰雲起，疏林宿鳥驚。」

風刀裂酒：黄庭堅《柳閎展如蘇子瞻甥也作詩贈之》：「風力欲冰酒。」

敖山：又名具山，清初改名青雲山。爲泰山南麓支山，在新泰城東。乾隆《新泰縣志》：「山形尾乾而首巽，其勢欲走。孤峰嵯峨，懸崖壁立，見於百里之外。」清順治十年（一六五三）開闢九省通衢，取道新泰敖陽，敖山遂爲陸路南北往來必經之所。

畫句爐閒：蘇軾《寄餾合刷瓶與子由》：「寄君東閣閒烝栗，知我空堂坐畫灰。約束家僮好收拾，故山梨棗待歸來。」

印梅窗杳：史達祖《鷓鴣天》：「半窗月印梅猶瘦，一律瓶笙夜正長。」

在家貧好：戎昱《中秋感懷》：「遠客歸去來，在家貧亦好。」元好問《帝城》：「世俗但知從仕樂，書生只合在家貧。」

蛾兒夜鬧：《大宋宣和遺事》：徽宗宣和六年十二月預賞元宵，自十二月初一點燈。近元宵，京師民有似雲浪，盡頭上戴著玉梅、雪柳、鬧蛾兒，直到鰲山下看燈。詞中乃因「敖山」而聯想至「鰲山」。

【校】

［一］詞序：《秋林琴雅》作「十二月二十四日，宿濟南敖陽店，寒甚，同倪子珍賦」；「十二月二十四日」：《國朝七家詞選》作「歲暮」。

［二］「疏林」：《秋林琴雅》作「栗林」。

［三］「又燈昏」：《秋林琴雅》作「漸燈昏」。

［四］「畫句」：《秋林琴雅》作「劃句」。

［五］「漸看」：《秋林琴雅》作「驚看」。

慶清朝慢

辛丑長安元夕，同王雪子、金繪卣集汪西亭水部寓齋賦［一］

掃雪燈樓，障風酒幕，千門春散京華。閒情似夢，小歡深醉銷佗［二］。莫趁走橋人去，故園伴侶在天涯。當杯有，一般好月，燭影初斜。　簫鼓隔牆未厭，況水曹詩俊，淡墨棲鴉。疏香共憶［三］，窗外應少梅花。從此滿城鬭草，細娘催上卓金車。心期遠，鶯邊古寺，雁外晴沙。

【箋】作於康熙六十年辛丑（一七二一）正月十五日，赴會試，在京師。

王雪子：王昊，字晉三，號雪子，仁和人。康熙庚子順天舉人，乾隆丙辰薦應博學鴻詞，不與試。有《論古堂集》。

金繪卣：金志章，初名士奇，字繪卣，又字繪友，號江聲，錢塘人。雍正癸卯順天舉人，由中書官至口北道。有《江聲草堂詩集》二十卷。

汪西亭：汪立名，號西亭，婺源人，隸籍浙江錢塘。曾官工部主事。通六書，著有《鐘鼎字源》。水部，明、清對工部司官之别稱。

「千門」句：千門，代指京城。王同祖《京城元夕》：「玉皇不賜傳柑宴，散與千門萬户春。」

走橋：潘榮陛《帝京歲時紀勝》：「元夕婦女群遊，祈免災咎。前一人持香辟人，曰『走百病』。凡有橋處，三五相率以過，謂之度厄，俗傳曰『走橋』。」

水曹：水部别稱。杜甫《北鄰》：「愛酒晉山簡，能詩何水曹。」洪邁《容齋四筆·官稱别名》：唐人好以它名標牓官稱，水部爲水曹。

鬭草：宗懔《荆楚歲時記》：「五月五日，四民並蹋百草，又有鬭百草之戲。」晏殊《破陣子》：「燕子來時新社，梨花落後清明。」又：「疑怪昨宵春夢好，元是今朝鬭草贏。」則鬭草爲春日遊戲，不必泥於端午。

「細娘」句：陳維崧《喝火令》：「兜娘懶上卓金車。」

【校】

［一］《秋林琴雅》詞題作「辛丑長安元夕同王雪子陳楞山金繪友集汪西亭水部寓齋賦」。《樊榭山房集》卷二有《題金繪卣江聲草堂圖》，柯煜有《題金繪友江聲草堂圖》詩，則「繪友」亦是金志章之字。

［二］「佗」：《秋林琴雅》、《篋中詞》作「他」。

［三］「共憶」：《秋林琴雅》作「共感」。

玉漏遲

永康病中夜雨感懷

薄遊成小倦。驚風夢雨，意長牋短。病與秋争，葉葉碧梧聲顫。濕鼓山城暗數，更穿入、溪雲千片。燈暈翦。似曾認我，茂陵心眼。　少年不負吟邊，幾熨帛光陰，試香池館。歡境消磨，盡付砌蟲微歎。客子關情藥裹，覓何地、煙林疏散。懷正遠。胥濤曉喧楓岸。

【評】

《雲韶集》卷十八：情詞之妙，獨有千古，似周草窗，而騷情雅致，尤覺過之。

《篋中詞》卷二：柔厚幽淼。

【箋】

康熙六十年辛丑（一七二一）七月，出遊永康，詣房師張昉。染疾，留張昉齋中十日，八月歸杭。《樊榭山房集》卷二《將返武林留別張梁友先生》：「十日琴堂住，天涼抱病歸。」樊榭於去年十一月赴京應試，三月下第返里，故詞中頗寓蕭索之意。

濕鼓：薩都剌《過高郵射陽湖雜詠》：「雨溼鼓聲重。」

茂陵心眼：《漢書·司馬相如傳》：「相如既病免，家居茂陵。」李商隱《寄令狐郎中》：「茂陵秋雨病相如。」

熨帛：謂推敲文字。方回《送劉都事五十韻》：「文詞落筆下，布帛極熨帖。」

關情藥裹：杜甫《酬郭十五受判官》：「藥裹關心詩總廢，花枝照眼句還成。」

胥濤：魯應龍《閒窗括異志》：「伍子胥逃楚仕吳，吳王賜以屬鏤之劍，自殺，浮其屍於江，遂爲濤神，謂之胥濤。」

百字令

月夜過七里灘，光景奇絶。歌此調，幾令衆山皆響

秋光今夜，向桐江、爲寫當年高躅。風露皆非人世有，自坐船頭吹竹。萬籟生山，一星在水，鶴夢疑重續。挐音遥去，西巖漁父初宿。　心憶汐社沈埋，清狂不見，使我形容獨。寂寂冷螢三四點[一]，穿破前灣茅屋[二]。林浄藏煙，峰危限月，帆影摇空緑。隨流飄蕩，白雲還卧深谷。

【評】

《篋中詞》卷二：與于湖洞庭詞，壯浪幽奇，各極其勝。

《詞則·大雅集》卷五：煉字煉句，歸於純雅。而於寫景之外，尤饒餘味。似此真可步武玉田矣。

《雲韶集》卷十八：無一字不清俊。先生自云「幾令群山皆響」，斯言信不誣也。（下闋）千錘百鍊之句。（「隨流飄蕩，白雲還卧深谷」）結更高遠。

陳廷焯《白雨齋詞話》卷四：樊榭《百字令·月夜過七里灘》云：「萬籟生山，一星在水，鶴夢疑重續。艣音遥去，西崖漁父初宿。」無一字不清俊。下云：「林浄藏煙，峰危限月，帆影摇空緑。

隨風飄蕩。白雲還卧深谷。」煉字煉句，歸於純雅，此境亦未易到也。（按，所引詞句略有出入。）《續修四庫全書·秋林琴雅提要》：雕章琢句，不見其跡，彌覺其筆力精拔。

【箋】

作於康熙六十年辛丑（一七二一）八月，自永康返杭途中，過桐廬。

七里灘：又名七里瀨，富春江之一段。《浙江通志》卷一九：「七里灘在桐廬县西四十五里，與嚴陵瀨相接。兩山夾峙，水駛如箭。諺云：『有風七里，無風七十里』，蓋舟行艱於牽挽，惟視風以爲遲速。」《後漢書·嚴光傳》李賢注引顧野王《輿地志》：「七里瀨在東陽江下，與嚴陵瀨相接，有嚴山。桐廬縣南有嚴子陵漁釣處，今山邊有石，上平，可坐十人，臨水，名爲嚴陵釣臺也。」

「幾令」句：《宋書·宗炳傳》：「凡所遊履，皆圖之於室。謂人曰：『撫琴動操，欲令衆山皆響。』」

「向桐江」句：桐江，錢塘江在桐廬境内段之稱。《後漢書·嚴光傳》：嚴光，字子陵，會稽餘姚人也。少有高名，與光武同遊學。及光武即位，乃變名姓，隱身不見。帝思其賢，乃令以物色訪之。後齊國上言：「有一男子，披羊裘釣澤中。」帝疑其光，乃備安車玄纁，遣使聘之。三反而後至。除爲諫議大夫，不屈，乃耕於富春山，後人名其釣處爲嚴陵瀨焉。《晉書·陶潛傳》：「養粹巖阿，銷聲林曲。激貪止競，永垂高躅。」

「風露」句：吕聲之《遊石城山》：「風露了非人世界，濯纓秋後玉壺天。」

一星在水：《後漢書・嚴光傳》：「因共偃卧，光以足加帝腹上。明日太史奏：『客星犯御座甚急。』帝笑曰：『朕故人嚴子陵共卧耳。』」

鶴夢：蘇軾《後赤壁賦》：「時夜將半，四顧寂寥，適有孤鶴，横江東來。……須臾客去，予亦就睡，夢一道士，羽衣翩躚，過臨皋之下，揖予而言曰：『赤壁之遊樂乎？』問其姓名，俛而不答。嗚呼噫嘻，我知之矣，疇昔之夜，飛鳴而過我者，非子也耶？道士顧笑，予亦驚悟。開户視之，不見其處。」

「挐音」兩句：挐音，槳聲。《莊子・漁父》：「乃刺船而去，延緣葦間。顔淵還車，子路授綏，孔子不顧，待水波定，不聞挐音，而後敢乘。」成玄英疏：「船遠波定，不聞橈響，方敢乘車。」柳宗元《漁翁》：「漁翁夜傍西巖宿，曉汲清湘燃楚竹。」

汐社：南宋遺民謝翱創立之文社。謝翱，字皋羽，建寧人。宋咸淳間試進士不第，慨然求諸古。元兵取宋，丞相文天祥至閩檄州郡舉師勤王，翱傾家貲率鄉兵赴難，遂參軍事。天祥被執，翱遂流寓。所著《晞髮集》，詩八卷，文二十卷。《宋史・謝翱傳》：「與嚴侣、方鳳、吴讓齊輩爲汐社，名取晚而有信。」方鳳《謝君翱行狀》：「後避地浙水東，留永嘉、括蒼四年，往來鄞越復五年，大率不務爲一世人所好，而獨求故老與同志，以證其所得。會友之所名汐社，期晚而信，蓋取諸潮汐。」桐江釣臺有東西之分，東臺爲嚴子陵垂釣處，西臺爲謝翱與汐社友人遥祭文天祥處。參見集外詞《蘇武慢・謝疊山先生贈家半村先生詩真蹟卷子》。

「清狂」兩句：杜甫《冬至》：「江上形容吾獨老，天邊風俗自相親。」

前灣茅屋：杜荀鶴《釣叟》：「茅屋深灣裏。」

「帆影」句：梁武帝《西洲曲》：「海水摇空緑。」

「白雲」句：方鳳《謝君翺行狀》：「復愛子陵臺下白雲原，唐玄英處士舊隱，有終焉之志，且欲爲文冢，瘗所爲稿臺南。」吴謙《謝君臯羽壙誌》：「嚴子陵釣臺南畔，唐玄英處士白雲舊隱，西一里是爲晞髮處士謝君臯羽之墓。」孟貫《贈棲隱洞譚先生》：「深谷卧雲霞。」

【校】

[一]「三四點」：《秋林琴雅》作「三兩點」。

[二]「穿破」：《篋中詞》作「穿過」。

憶舊遊

辛丑九月既望，風日清霽，唤艇自西堰橋，沿秦亭、法華灣洄，以達於河渚。時秋蘆作花，遠近縞目，回望諸峰，蒼然如出晴雪之上。庵以「秋雪」名，不虚也。乃假僧榻，偃仰終日，唯聞櫂聲掠波往來，使人絶去世俗營競所在。向晚宿西溪田舍，以長短句紀之[一]

遡溪流雲去，樹約風來，山翦秋眉。一片尋秋意，是涼花載雪，人在蘆漪[二]。楚天舊愁多少，飄作鬢邊絲。正浦溆蒼茫，閒隨野色，行到禪扉。忘機。悄無語，坐雁底焚香，蛩外絃詩。又送蕭蕭響，盡平沙霜信，吹上僧衣。憑高一聲彈指，天地入斜暉。已隔斷塵喧，門前弄月漁艇歸。[三]

【評】

《篋中詞》卷二：白石却步。

《詞則·大雅集》卷五：筆意超脱，胸中無些子俗塵。

《雲韶集》卷十八：起三句寫景清妙。（下闋）樊榭胸中本無些子俗意，落筆自與他人不同。「入」字煉。

《續修四庫全書·秋林琴雅提要》：騷雅遒逸，讀之忘疲。

【箋】

作於康熙六十年辛丑（一七二一）九月十六日，在杭州。

西堰橋：在杭州老和山麓下古蕩鎮，向西南行經秦亭、法華諸山，達於西溪。

秦亭：梁詩正《西湖志纂》卷九：「秦亭山，法華之分脈也。《杭州府志》：高百丈，周迴三里，山饒松竹楊梅薪蓧。在北山棲霞嶺後。相傳祖龍駐蹕於此，又云秦少游築亭其上，俗訛蜻蜓山。」

法華：吴本泰《西溪梵隱志》卷一：「西湖北山一支，其陽爲竺國靈鷲，其陰爲法華，有晉法華僧靈蹟，因以名山。」田汝成《西湖遊覽志》卷一：「過北十里爲西溪。」

河渚：在西溪東北部。《西湖志》卷六引《錢塘縣志》：「本名南漳湖，又曰蒹葭深處，又曰渦水，俗稱河水。沙嶼縈迴，秋深荻花如雪，故其地又名秋雪。再進爲深潭口，四圍斷岸，非櫂不能渡。」

秋雪庵：《西湖志》卷一三：「秋雪庵在西谿東蒹葭深處，原名資壽院。庵水週四隅，蒹葭彌望，花時如雪。陳繼儒題曰秋雪。崇禎戊寅，拓庵爲院，人仍以秋雪名之。」

涼花載雪：周密《玉京秋》：「采涼花、時賦秋雪。」

人在蘆漪：《吴越春秋》：「與子期乎蘆之漪。」

「憑高」句：《秋林琴雅》詞末有自注：「庵有彈指樓。」

【校】

［一］《秋林琴雅》詞題作「河渚秋雪庵」，《國朝詞雅》詞題作「泛湖至秋雪庵」，俱無小序。

［二］「蘆漪」：《篋中詞》作「蘆碕」。

［三］《秋林琴雅》詞末有自注：「庵有彈指樓。」按：吴本泰《西溪梵隱志》卷二：「（崇禎戊寅）拓庵爲院，復古額曰『資壽』。人仍以秋雪名之。中爲懺堂，吴選部本泰顔曰『圓修』。上爲樓，榜曰『彈指樓開』，董宗伯其昌書。」郭則澐《清詞玉屑》卷三：「樊榭集中遊西溪詞有云：『憑高一聲彈指，天地入斜暉。』當時傳誦，後人復於其地建彈指樓焉。」周慶雲《西溪秋雪庵志》載陶鏞《題秋

雪庵》詩序云：「近人湖州周夢坡，新葺秋雪庵，復彈指樓之舊。」或即郭氏後人復建之語所本，而樓以「彈指」名，自非取於樊榭詞意也。

聲聲慢

題符幼魯《風雪歸舟圖》

征衫換色，客枕催寒，川塗自古酸辛。楚尾吳頭，風雪獨自歸人。低迷凍鷗片影，恐吟魂、攪亂江雲。遠望外，有敗蘆斷竹〔二〕，何處孤村。　莫怪蒼山白首，看淒清到此，愁也如君。濕重帆遲，贏得畫裏閒身。灘空夢回犬吠，正鴻妻、相候柴門。待歲晚，酌椒花、全未是貧。

【箋】

符幼魯：符曾（一六八八—一七六〇），字幼魯，號藥林，浙江錢塘人。監生，雍正六年（一七二八）以大理寺卿汪漋薦，職户部貴州司，十二年舉博學鴻詞科，值父憂不與。乾隆六年（一七四一）補户部陝西司額外主事。累官至郎中。弱冠以詩自負，見賞於查慎行，嘗與厲鶚、趙昱、趙信、吳焯等七人同撰《南宋雜事詩》。著有《春凫詞稿》一卷，佚。

楚尾吳頭：《方輿勝覽》卷一九：「（豫章）地接衡廬，上控百粵，爲楚尾吳頭。」亦泛指長江中下游一帶地方。

「風雪」句：蘇軾《送伯父小詩》：「如何風雪裏，更送獨歸人。」

攪亂江雲：杜甫《朝雨》：「涼氣晚蕭蕭，江雲亂眼飄。」王之望《鷓鴣天》：「撩亂江雲雪欲飛。」

「灘空」兩句：劉長卿《逢雪宿芙蓉山主人》：「柴門聞犬吠，風雪夜歸人。」《後漢書・逸民列傳》：「（梁鴻）每歸，妻爲具食，不敢於鴻前仰視，舉案齊眉。」

「待歲晚」兩句：《荊楚歲時記》：「正月一日，長幼以次拜賀，進椒酒。」《晉書・列女傳》：「劉臻妻陳氏嘗正旦獻《椒花頌》。」

【校】

［一］「有」：《秋林琴雅》作「壓」。

長相思

緑萼梅

生九疑。住九疑。自小山光染玉姿。碧羅天上飛。　春到時。雪到時。獨向花中詠緑衣。斷魂煙月知。

【箋】詞題：緑萼梅，見本卷《菩薩蠻·題呵手梅妝圖》。吴本泰《西溪梵隱志》卷二記：永興寺，在西溪市杪安樂山下。明萬曆間，馮太史夢禎延僧真麟飭新之，手植緑萼梅二本，題其堂曰「二雪」。花時緑雪交柯，滿庭芬馥，堪爲韻士清賞。《西湖志·西溪探梅》：「更有湘英、緑萼，花種不一，以永興寺前二株爲最。」

緑衣：見本卷《菩薩蠻·題呵手梅妝圖》。《太平廣記》卷五七：「萼緑華者，女仙也。年可二十許，上下青衣，顏色絶整。以晉穆帝升平三年己未十一月十日夜降於羊權家。自云是南山人，不知何仙也。」

沁園春

心

一寸通犀，脈脈難窺，含無限情。記鍼纔棘刺，捧時尤媚，鎮餘銀液，捫罷偏驚。小恰容憐，芳能颺恨，莫近彈棋最不平。羅襟掩，歎幾曾灰盡，半爲琴聲。覆蓮狀未分明。愛慧性玲瓏在目成。乍歡娛著處，怦如危柱，別離催就，亂若懸旌。門裏輕挑，秋來暗合，閒悶閒愁特地生。花前見，算除非換得，方表深盟。《子華子》：「心狀如覆蓮。」黃庭堅詞：「爭知我、門裏挑心。」吳文英詞：「何處合成愁，離人心上秋。」顧敻詞：「換我心，爲你心，始知相憶深。」[一]

【箋】

一寸通犀：李商隱《無題》：「身無綵鳳雙飛翼，心有靈犀一點通。」

脈脈難窺：漢樂府《視刀鐶歌》：「今朝兩相視，脈脈動人心。」

鍼鑱棘刺：《晉書・文苑傳》：「（顧愷之）嘗悅一鄰女，挑之弗從，乃圖其形於壁，以棘鍼釘其心，女遂患心痛。愷之因致其情，女從之。遂密去鍼而愈。」

捧時尤媚：《莊子・天運》：「故西施病心而矉其里。其里之醜人見而美之，歸亦捧心而矉其里。其里之富人見之，堅閉門而不出；貧人見之，絜妻子而去之走。」成玄英疏：「西施，越之美女也，貌極妍麗。既病心痛，嚬眉苦之。而端正之人，體多宜便，因其嚬蹙，更益其美。是以閭里見之，彌加愛重。鄰里醜人見而學之，不病强嚬，倍增其醜。」

鎮餘銀液：李賀《惱公》：「犀株防膽怯，銀液鎮心忪。」王琦匯解：「水銀主治安神鎮心。銀液即水銀也。」

捫罷偏驚：盧綸《雪謗後書事上皇甫大夫》：「覽鏡愁將老，捫心喜復驚。」

「莫近」句：李商隱《無題》：「莫近彈棋局，中心最不平。」《夢溪筆談》卷一八：「棋局方二尺，中心高如覆盂，其巔爲小壺，四角隆起。」蓋爲兩人對局之博戲。

幾曾灰盡：《莊子·齊物論》：「南郭子綦隱機而坐，仰天而噓，荅焉似喪其耦。顏成子遊立侍乎前，曰：『何居乎？形固可使如槁木，而心固可使如死灰乎？今之隱機者，非昔之隱機者也。』」

半爲琴聲：《漢書·司馬相如傳》：「是時，卓王孫有女文君新寡，好音，故相如繆與令相重，而以琴心挑之。」

目成：皇甫冉《見諸姬學玉臺體》：「傳杯見目成，結帶明心許。」

危柱：柳宗元《河間婦傳》：「閉目曰：『吾病甚。』與之百物，卒不食。餌之善藥，揮去。心怦怦若危柱之絃。」

懸旌：《戰國策·楚策》：「寡人卧不安席，食不甘味，心摇摇如懸旌，而無所終薄。」

「閒悶」句：朱淑真《秋夜牽情》：「閒悶閒愁百病生。」

【校】

［一］詞後自注：《秋林琴雅》於「子華子」上有以下數句：「棘鍼，用顧長康事。李賀詩：『銀液鎮心忪。』」

齊天樂

秋聲館賦秋聲[一]

簟淒燈暗眠還起[二]，清商幾處催發[三]。碎竹虛廊，枯蓮淺渚，不辨聲來何葉。桐飆又接。盡吹入潘郎，一簪愁髮[四]。已是難聽，中宵無用怨離別。　陰蟲還更切切。玉窗挑錦倦，驚響簷鐵。漏斷高城，鐘疏野寺，遥送涼潮嗚咽。微吟漸怯。訝籬豆花間[五]，雨篩時節。獨自開門，滿庭都是月。

【評】

《篋中詞》卷二：詞禪。

《詞則・大雅集》卷五：筆意幽冷。

《雲韶集》卷十八：（上闋）淒切哀怨。（下闋）遣詞琢句忽離忽合，四面敷助，繪出秋聲，較之蔣竹山《聲聲慢》一闋，體格雖不同，而淒怨之情則無不同也。

【箋】

作於康熙六十年辛丑（一七二一）九月，在杭州。

秋聲館：符之恒所居。符之恒（一七〇六—一七三八），字聖幾，號南竹，錢唐人。性愛閒靜，可終日未通一言。竭力作詩，不分晝夜，思慮成疾，年三十三而卒。爲樊榭得意弟子，師生二人性情相近，感情深厚。有《秋聲館吟稿》，失傳。樊榭《秋聲館記》：「符子聖幾築館於所居堂之右偏，地可半畝，有屋，爲楹三。翼然其榮，呀然其背，冏然其牖，宜燕坐也。後夾以二箱，製狹而幽，宜憩息也。怪石錯徑，雜花扶闌，前隙地之東西，有二古桐，負垣立，高可造雲，不風而風，不雨而雨。歊景赫曦，其外彤彤，其中淒淒，若招拒行節，風至雨歸，憀慄刁調，如臨空巖而泛涼波。予爲贈曰『秋聲』，所以誌也。」

「清商」句：《古詩十九首》：「清商隨風發。」

碎竹虛廊：雍陶《盧嶽閒居十韻》：「秋聲碎竹間。」劉兼《秋夕書懷》：「竹聲敲玉近虛廊。」

「蛩吹入」兩句：潘岳《秋興賦》序：「余春秋三十有二，始見二毛。」史達祖《齊天樂》：「秋風早入潘郎鬢，斑斑遽驚如許。」

「中宵」句：謝惠連《喜雨》：「羨彼明月輝，離別經中宵。」

「陰蟲」句：皇甫冉《送魏十六還蘇州》：「陰蟲切切不堪聞。」

挑錦：《晉書·列女傳》：「竇滔妻蘇氏，始平人也，名蕙，字若蘭。善屬文。滔，苻堅時爲秦州刺史，被徙流沙，蘇氏思之，織錦爲迴文旋圖詩以贈滔。宛轉循環以讀之，詞甚悽惋。」

「漏斷」兩句：李頎《宿瑩公禪房聞梵》：「花宮仙梵遠微微，月隱高城鐘漏稀。」

「獨自」兩句：歐陽修《秋聲賦》：「余謂童子：『此何聲也？汝出視之。』童子曰：『星月皎潔，明河在天。四無人聲，聲在樹間。』」

【校】

[一]《秋林琴雅》、《國朝詞雅》詞題作「秋聲」。

[二]「燈暗」：《秋林琴雅》作「燭暗」。

[三]「幾處」：《國朝七家詞選》作「幾回」。

[四]「愁髮」：《國朝七家詞選》作「華髮」。

[五]「花間」：《篋中詞》作「花開」。

賣花聲

壬寅立春日作

春信一番新。春水生鱗。春花春鳥尚逡巡。翦就釵頭春勝也，添箇春人。　準擬踏春塵。春色初勻，春風困著小腰身。製就春詞知幾首，帖寫宜春。

【箋】作於康熙六十年辛丑十二月十七日，在杭州。是日立春。

春勝：舊俗於立春日翦綵成方勝爲戲，或爲婦女首飾，稱爲春勝。蘇軾《章錢二君見和複次韻答之》：「分無纖手裁春勝，況有新詩點蜀酥。」

春詞：周煇《清波雜志》：「翰林書待詔請春詞，以立春日翦貼於禁中門帳。」

帖寫宜春：《荆楚歲時記》：「立春之日，悉翦綵爲燕，戴之，帖『宜春』二字。」崔道融《春閨》：「欲翦宜春字，春寒入剪刀。」

按：蘇軾《減字木蘭花·己卯儋耳春詞》：「春牛春杖。無限春風來海上。便與春工。染得桃紅似肉紅。　春旛春勝。一陣春風吹酒醒。不似天涯。捲起楊花似雪花。」樊榭此首疊用「春」字，蓋仿蘇詞。

西湖月

明慈聖李太后賜畫九蓮觀音像在靈隱寺借秋閣[一]

忽忽夢了華胥，早鷲嶺窗前，貯將圖畫[二]。翠瓔長帶，銖衣細疊[三]，冷綃光砑。巖居瞻瑞相，展一幢松風塵外掛[四]。任水際、苦入秋心[五]，依舊九蓮開也。署年彷佛神宗，説侍養深宫，白頭閒話。月輪圓裏，山河小影，似驚飄瓦。興亡多少事，便指與枯禪應淚灑。已零落，阿監當時，奉香黄帕。

【箋】

作於康熙六十一年壬寅（一七二二）春，在杭州。

詞題：《明史·後妃列傳》：「孝定李太后，神宗生母也，漷縣人。侍穆宗於裕邸。隆慶元年三月封貴妃。生神宗。即位，上尊號曰慈聖皇太后。」楊士聰《玉堂薈記》：「九蓮菩薩者，孝定皇后夢中授經者也。覺而一字不遺，因録入佛大藏中，旋作慈壽寺。其後建九蓮閣，内塑菩薩像，跨一鳳而九首，乃孝定以夢中所見語塑工而爲之。寺僧相傳菩薩爲孝定前身，其來久矣。」靈隱寺，又名雲林寺，始建於東晉咸和元年（三二六），在杭州西湖以西。借秋閣，原在寺右側，今已不存。

華胥：《列子·黄帝》：「晝寢，而夢遊於華胥氏之國。華胥氏之國在弇州之西，台州之北，不知斯齊國幾千萬里，蓋非舟車足力之所及，神遊而已。」

鷲嶺：飛來峰在靈隱寺前，一名靈鷲峰。《淳祐臨安志》卷二三引《輿地記》：「晉咸和元年，西天僧慧理登兹山，歎曰：『此是中天竺國靈鷲山之小嶺，不知何年飛來？佛在世日，多爲仙靈所隱，今此亦復爾邪？』因掛錫，造靈隱寺，號其峰曰飛來。」宋之問《靈隱寺》：「鷲嶺鬱岧嶢，龍宫隱寂寥。」

鷲山，借指佛寺。蘇軾《海會殿上樑文》：「庶幾鷲嶺之雄，豈特鵝湖之冠。」

白頭閒話：元稹《行宫》：「白頭宫女在，閒坐説玄宗。」

飄瓦：喻事物飄忽不定。李彌遜《客至》：「人事等飄瓦，生涯各轉蓬。」

「興亡」兩句：蘇舜欽《宿華嚴寺與友生會話》：「老僧怪我何爲者，説盡興亡涕淚俱。」

奉香黄帕：黄帕，黄色帳子。張昱《右丞周伯温出示前爲宣文閣授經郎代祀孔子廟次韻》：「盒封黄帕内庭香。」

【校】

[一]《秋林琴雅》詞題作「明李太后寫九蓮觀音在借秋閣」。

[二]「貯將」：《秋林琴雅》作「現將」。

[三]「銖衣細疊」：《秋林琴雅》作「穠纖筆勢」。

[四]「展一幢」：《秋林琴雅》作「傍一榻」。

[五]「任水際」：《秋林琴雅》作「任世上」。

綺羅香

壬寅春分約徐丈紫山同賦[一]

水榭收燈，虹梁待燕，判斷韶華如許。九十芳辰，一半自今堪數。嬌意緒、欲暖翻寒，懶心性、乍晴還雨。已飄殘、梅雪鱗鱗，井桃花信未遲暮[二]。　簫樓應惜治思，誰在生香徑裏，和鶯低語。約略東風，好似破瓜眉嫵。剛宿露、蝶夢攙勻，更惹煙、柳絲偷取。悵年時、一掬春愁[三]，試分知解否。

【箋】

作於康熙六十一年壬寅（一七二二）二月初五日，在杭州。

徐紫山：徐逢吉（一六五六——一七四〇），原名昌薇，字紫凝。更名逢吉，字紫山，一作紫珊，自號青蓑老漁。錢塘人，諸生。少時即擅吟詠，遠遊四方，足跡半天下，名列「西陵後十子」。晚年歸隱西湖清波門外學士港，南宋時稱清波門爲闇門，故時人稱闇門先生。屋前有古井，井上銀杏樹大數抱，相傳爲南宋時物。每當霜風初厲，落葉堆階，遂名所居曰「黄雲山房」。齋中插架皆書，終日丹黄，暇即譜詩餘自遣，清微婉妙，樊榭稱其絶似宋人。有《春暉詞》。

破瓜：樂府《情人碧玉歌》：「碧玉破瓜時，情爲郎顛倒。」翟灝《通俗編》：「宋謝幼槃詞：『破瓜年紀小腰身。』按俗以女子破身爲破瓜，非也。瓜字破爲二八字，言其二八十六歲耳。」

一搦春愁：劉才邵《相思曲》：「誰憐方寸間，常貯一搦愁。」

按：樊榭與紫山相識於去歲晚秋（《樊榭山房集》卷二《試天目茶歌同蔣丈雪樵徐丈紫山作》），紫山去歲臘月於華秋岳處讀樊榭《高陽臺·題華秋岳横琴小像》一詞，「心嚮往之」，「新年過訪，披襟暢談，語語沁人心脾，遂相訂爲倡和之作，共得題如干，並注以調名，乃不數日，兩家已各成其半。」（徐逢吉《秋林琴雅序》）。是樊榭於本年正月過訪紫山，始訂相與唱和。

【校】

［一］《秋林琴雅》詞題作「春分」。

［二］「井」：《秋林琴雅》作「溪」。

［三］「一搦」：徐抄本作「一樹」。

皂羅特髻

賦包頭

膠鬢攏罷，稱滑笏吴綃，摺成如水。淺緪素額，更斜遮蟬翅。重窺鏡、非關怕冷，上頭初、愛道隨時世。最宜淡濘，恁略施珠翠。　還把一痕綿擘，襯微微紅起。春愁困、莫教半卸，到殘妝、秀暈分明是[一]。碧煙抹斷，看兩蛾尤細。

【評】

《雲韶集》卷十八：（下闋）字字工麗，不落纖冶。結筆工秀。情致不泛。

【箋】

滑笏吴綃：謂吴綃輕柔，可滑笏也。元稹《贈劉採春》：「新妝巧樣畫雙蛾，謾裹常州透額羅。正面偷匀光滑笏，緩行輕踏破紋波。」

蟬翅：即蟬鬢。崔豹《古今注》卷下：「魏文帝宫人有絶所寵者，有莫瓊樹、薛夜來、田尚衣、段巧笑四人，日夕在側。瓊樹乃製蟬鬢，縹緲如蟬翼，故曰蟬鬢。」

「上頭初」三句：白居易《時世妝》：「時世妝，時世妝，出自城中傳四方。時世流行無遠近，腮不施朱面無粉。」

【校】

［一］「秀暈」：《秋林琴雅》作「端正」。

夏初臨

初夏雨中同蔣丈静山泛湖

蘸就魚天，搓成鷗雨，空濛撥櫂遲遲。無數蘋花，輕香點破漣漪。遠風沿岸斜吹[一]。濕青篷、誰弄參差。湖心亭柳，千條映波，纔是愁時[二]。　可憐春去，追送今朝，破除酒病，更鬬槍旗。簾釘窗眼，曲遊俊侣都非。那不淒迷。放殘陽、緑過橋西[三]。記蘇堤。衣香後船[四]，柔艣枝枝。

【箋】

作於康熙六十一年壬寅（一七二二）四月，在杭州。

蔣静山：蔣淑，字令儀，號静山。錢塘人，有《静山詩鈔》。樊榭妻蔣氏世叔。

「破除」兩句：葛長庚《風臺遣心》：「數時長病酒，今日且分茶。」郎瑛《七修類稿·茶旗槍》：「世傳烹茶有一横一豎，而細嫩於湯中者謂之旗槍茶。《麈史》謂：『茶之始生而嫩者爲一槍，寢大而展爲一旗，過此則不堪矣。』」

【校】

［一］「遠風沿岸」：《秋林琴雅》作「微風掠岸」。

［二］「纔是」：《秋林琴雅》作「正是」。

［三］「殘陽」：《國朝詞雅》作「殘楊」。

［四］「後船」：《秋林琴雅》作「别船」。

喜遷鶯

初夏

竹香新引。漸緑到岸東［一］，荼蘼吹盡。描繡心慵，行棋聲歇，長日瑣窗清潤。閒臨小風揮扇，涼思先歸鬆鬢。爲誰瘦，彈單衫，尚束春前幽恨［二］。　芳信。緘密意，蠅字玉釵，待掐榴巾問。鬬茗樓前，澡蘭屏底，猶記那回眉印。幾絲麝煤飛度，山枕天涯翻近。夢催破，聽迎梅雨點，敲簷初緊。

【箋】

作於康熙六十一年壬寅（一七二二）四月，在杭州。

鬭茗：江休復《江鄰幾雜志》卷上：「蘇才翁嘗與蔡君謨鬭茶。蔡茶精，用惠山泉，蘇茶劣，改用竹瀝水煎，遂能取勝。」

藻蘭：《荆楚歲時記》：「五月五日謂之浴蘭節，四民並蹋百草之戲，採艾以爲人懸門户上，以禳毒氣，以菖蒲或鏤或屑以泛酒。」

山枕天涯：陸游《枕上》：「枕上三更雨，天涯萬里遊。」

迎梅雨點：《埤雅・釋木》：「故自江以南，三月雨謂之迎梅，五月雨謂之送梅。」陸游《苦雨》：「儘道迎梅雨，能無一日晴。」

【校】

〔一〕「岸東」：《秋林琴雅》作「池東」。

〔二〕「幽恨」：《秋林琴雅》作「閒恨」。

八歸

隱几山樓賦夕陽〔二〕

初翻雁背，旋催鴉翼，高樹半掛微暈。銷凝最是登樓意，常對亂波紅蘸，遠山青襯。

不管長亭歌欲斷[二]，漸照去、鞭痕將隱。想故苑、燕麥離離，滿地弄金粉。何況春遊乍歇，花愁多少，只惱黄昏偏近。冷和帆落，慘連笳起，更帶孤煙斜引。誤雕欄倚遍，霽色明朝也應準。無言處、望中容易，下却西牆，相思人老盡。

【評】

《篋中詞》卷二：無垂不縮。

《雲韶集》卷十八：（上闋）淋漓淒切，情詞兼有。（下闋）淒絶。

朱庸齋《分春館詞話》卷三：《八歸·隱几山樓賦夕陽》詞，爲樊榭代表之作，妙用宕筆，疏遠有致。上闋結云：「想故苑燕麥離離，滿地弄金粉。」下闋有句云：「冷和帆落，慘連笳起，更帶孤煙遠引。」此等語若翁山、蕫齋爲之，當更蒼涼沈厚。

【箋】

作於康熙六十一年壬寅（一七二二）四月，在杭州。

隐几山樓：在趙昱春草園内。趙昱《春草園小記》：「隱几山樓，築臺起樓，高竟三丈，遠矚湖山，俯睇煙市。額爲陳老蓮書。」

「初翻」三句：周邦彦《玉樓春》：「煙中列岫青無數，雁背夕陽紅欲暮。」又《西河》：「亂鴉棲鳥夕陽中，參差霜樹相倚。」杜甫《復愁十二首》：「昏鴉接翅歸。」

「銷凝」三句：王粲《登樓賦》：「白日忽其將匿。」曾由基《西湖夜景》：「十里湖光蘸夕陽。」洪咨夔《庾樓》：「淮山青處夕陽明。」

鞭痕將隱：段義宗《又題》：「掉鞭歸去夕陽中。」

燕麥離離：形容景象荒涼。劉禹錫《再遊玄都觀絶句》引：「重遊玄都，蕩然無復一樹，唯兔葵燕麥，動摇於春風耳。」

黄昏偏近：李商隱《登樂遊原》：「夕陽無限好，只是近黄昏。」

「冷和」兩句：陸龜蒙《夕陽》：「渡口和帆落。」謝逸《陪王守遊明水》：「夕陽樓上吹笳管。」

孤煙斜引：王維《使至塞上》：「大漠孤煙直，長河落日圓。」

「霽色」句：陸游《冬至》：「明朝晴霽猶堪出，南陌東阡共一樽。」

「下却」兩句：韓偓《夕陽》：「不管相思人老盡，朝朝容易下西牆。」

【校】

〔一〕《秋林琴雅》、《國朝詞雅》詞題作「夕陽」。

〔二〕「長亭」：《秋林琴雅》作「離亭」。

大聖樂

東園餞春追和草窗韻

空苑遊絲，舊池飛燕，薄陰千樹。正小闌、人意厭厭，細數亂花，翻怨錦鳩呼雨[一]。皺得綠波新如倦，似無奈啼絹臨別浦。春何在，在南陌麴塵，西窗煙縷。　閒思古今事苦。有紫曲青樓千萬語。且寄愁彩筆，横塘重見，楊枝應許。尚戀淺寒羅衾曉，記門掩紅香深院宇。傷飄泊，是誰倚、疏簾吹絮。

【箋】

作於康熙六十一年壬寅（一七二二）四月，在杭州。

東園：樊榭《東城雜記·富景園》：「武林城中曰東園者，宋御園也。至淮張展城後，迤東十里許，居民甚鮮，多爲池塘畦稜，因概以東園名。鄉先輩或云宋東苑，似未得其詳。」下有詳細考證。淮張，指張士誠。並參見集外詞卷《臺城路》詞序。

錦鳩呼雨：見本卷《臺城路·蠶》。

啼絹：《太平御覽》卷八〇三引《博物志》：「鮫人從水出，寓人家，積日賣絹。將去，從主人索一器，泣而成珠滿盤，以與主人。」

寄愁彩筆：《南史·江淹傳》：「又嘗宿於冶亭，夢一丈夫自稱郭璞，謂淹曰：『吾有筆在卿處多年，可以見還。』淹乃探懷中，得五色筆一以授之。爾後爲詩絶無美句，時人謂之才盡。」張泌《惆悵吟》：「江淹彩筆空留恨，莊叟玄譚未及情。」

橫塘重見：賀鑄《青玉案》：「淩波不過橫塘路。但目送、芳塵去。」

楊枝應許：李商隱《柳枝五首》序：「柳枝，洛中里孃也。父饒好賈，風波死湖上。其母不念他兒子，獨念柳枝。生十七年，塗妝綰髻，未嘗竟，已復起去。吹葉嚼蕊，調絲擫管，作天海風濤之曲，幽憶怨斷之音。居其傍，與其家接故往來者，聞十年尚相與，疑其醉眠夢物，斷不娉。余從昆讓山，比柳枝居爲近。他日春曾陰，讓山下馬柳枝南柳下，詠余《燕臺》詩，柳枝驚問：『誰人有此？誰人爲是？』讓山謂曰：『此吾里中少年叔耳。』柳枝手斷長帶，結讓山爲贈叔乞詩。明日，余比馬出其巷，柳枝丫鬟畢妝，抱立扇下，風鄣一袖，指曰：『若叔是？後三日，鄰當去濺裙水上，以博山香待，與郎俱過。』余諾之。會所友有偕當詣京師者，戲盜余卧裝以先，不果留。雪中讓山至，且曰：『爲東諸侯取去矣。』明年，讓山復東，相背於戲上，因寓詩以墨其故處云。」

門掩紅香：歐陽修《蝶戀花》：「門掩黄昏，無計留春住。」

「是誰」句：史達祖《祝英臺近》：「謝郎日日西湖，如今歸後，幾時見、倚簾吹絮。」

周密《大聖樂·東園餞春即席分題》原作：「嬌緑迷雲，倦紅顰曉，嫩晴芳樹。漸午陰、簾影移香，燕語夢回，千點碧桃吹雨。冷落錦宫人歸後，記前度蘭橈停翠浦。憑闌久，凝想鳳翹，慵聽金縷。　留春問誰最苦。奈花自無言鶯自語。對畫樓殘照，東風吹遠，天涯何許。怕折露條愁輕别，更煙暝長亭啼杜宇。垂楊晚，但羅袖、暗沾飛絮。」（按：相較周詞，樊榭上片「南陌」前多一「在」字。）

【校】

［一］「翻怨」：《秋林琴雅》作「埋怨」。

雪獅兒

華亭錢葆馚以此調詠貓，竹垞翁屬和得三闋，徵事無一同者。予與吴繡谷約，戲效其體，凡二家所有，勿重引焉。昔徐鉉與弟鍇，共策貓事，鉉得二十事，鍇得七十事。作此狡獪，殆非詞家清空婉約之旨，觀者幸毋以夢窗質實爲誚也［一］

雪姑迎後，房櫳護得，黄睛明潤［二］。撲罷蟬蛾，更弄飛花成陣。穿籬遠近。未肯傍、茸氊安穩。念寒夜、偎衾暖處，夢尋燈暈。　繞膝聲聲低問。似無魚分訴，憐伊嬌困。展膊屏前，彷彿三生猶認。懷春最恨。漸取次、歸來難準。瓊籤盡。上案晴蟾鋪粉。白雪姑，貓名，見《清異録》。宋葉紹翁《貓》詩：「醉薄荷，撲蟬蛾。」見《隨隱漫録》。張良臣《山房惠貓》詩：「從來憐汝丈人鳥，端正銜蟬雪不如。江海歸來聲繞膝，定知分訴食無魚。」又《祝貓》詩：「江上孤篷雪壓時，每懷寒夜暖相依。從今休慣穿籬落，取次懷春屢不歸。」宋吳仲孚《貓》詩：「弄花撲蝶悔當年，喫到殘糜味却鮮。不肯春風留業種，破氈尋夢佛燈前。」《名畫評》：「何尊師貓，有展膊者。」金王良臣《貓》詩：「三生白老與烏圓。」徐集孫詩：「亂葉打窗貓上案。」

【箋】

康熙六十一年壬寅（一七二二）六、七月間，與吳焯遊吳中。本詞以下至《思佳客・吳中作，和繡谷》，皆此時之作。

錢葆馚：錢芳標，字葆馚，華亭人。康熙丙午舉人，官內閣中書，己未舉博學鴻詞。有《湘瑟詞》。

竹垞：朱彝尊（一六二九—一七〇九），字錫鬯，號竹垞，晚號小長蘆釣魚師，又號金風亭長。浙江秀水人。康熙十八年（一六七九）以布衣招試博學鴻詞，授檢討，充日講起居注官，參修《明史》。彝尊博學多聞，擅長考據，於經學、史學、文學、目録學皆成就卓異。詩學盛唐，以才藻魄力擅勝，與王士禛並稱「南朱北王」，爲浙詩開山。詞體尤爲大家，奉南宋姜夔、張炎爲圭臬，務歸醇雅，隸事最博，爲浙西六家之一，開浙詞一派風氣。與陽羨陳維崧爲清初詞壇二巨擘，並稱「朱陳」，「嘉慶以前，爲二家牢籠者十之七八。」（譚獻《篋中詞》）撰有《曝書亭集》八十一卷、《日下舊聞》四十二卷、《經義考》三百卷，與汪森合編《詞綜》三十卷。三首《雪獅兒》見其詞集《茶煙閣體物集》。

吴繡谷：吴焯（一六七六——一七三三），字尺鳧，號繡谷，别號蟫花居士。浙江錢塘人，祖籍安徽歙縣，貢生。家有瓶花齋，藏書之富，名於天下。博覽群籍，有《玲瓏簾詞》一卷。樊榭與之相交至深，序其詞集云：「尺鳧之爲詞也，在中年以後，故寓託既深，攬擷亦富，紆徐幽邃，惝怳綿麗，使人有清真再生之想。予素有是好，與尺鳧倡和，見其摇譜尋聲，不失刌度，且兢兢於去上二字之分，若宋人鬲指、正平諸調遺論猶未墜者，亦可見其使才之工矣。」（《吴尺鳧玲瓏簾詞序》）

徐鉉與弟鍇共策貓事：毛先舒《南唐拾遺記》中所載。

瓊籤：漏箭。温庭筠《湘東宴曲》：「重城漏斷孤帆去，惟恐瓊籤報天曙。」

王初桐《貓乘小引》：「貓之見於經史者，寥寥數事而已，其餘則雜出於傳記百家之書。南唐二徐競策貓事，或二十事或七十事，其事皆無可考。我朝錢葆馚舍人製《雪獅兒》詠貓詞，前後和者不一，皆捃摭貓事爲之，極徵幽僻之能，余亦有效顰三闋，狡獪伎倆，無當於詞家婉約清空之旨。」

郭則澐《清詞玉屑》卷一一：「華亭錢葆馚《雪獅兒》調詠貓云：『花氍卧醒，又閒趁、十二闌邊，一雙蝶舞。繡倦空閨，幾遍春纖親撫。奔騰玉距。亂繩拂、紅絲千縷。試驗取、雙瞳似綫，庭陰日午。　好是蠶時早乳，問當年果否，共調鸚鵡。八蜡迎來，何處遠村巫鼓。雲圖錦帶，漫搨得、張家遺譜。燈明處。合對金猊小炷。』一時和什如雲，竹垞和成三闋，遍搜貓典。後厲樊榭與吴繡谷復效其體。樊榭有詞四闋，選典益僻，自稗官瑣録以逮前人詩句、古時俗諺，搜羅殆備。然如其詞云：『雪姑迎後，……晴蟾金粉。』運用故實，初無堆砌之嫌，故可尚也。録此可概其餘。」

【校】

［一］《秋林琴雅》詞序作「詠貓效竹垞翁體」，第二句與原作小異，依書舟律吕也」。按：「書舟律吕」，指程垓詞，《欽定詞譜》列爲正體，第二句爲「輕煙斷暝」。朱彝尊三首《雪獅兒》第二句分别爲「聘取狸奴」、「誰向人前」、「似虎分形」，平仄與程垓詞相異。

［二］「潤」：四庫本作「閏」。

又

前題

花毛褐染，炎天尚記，荷塘争浴。鼠卜閒時，晝損砌苔幽緑。闌干幾曲。任側輥、横眠初熟。恰又斂、翛翛金尾，蝶衣偷蹴。　忽起驚跳風竹。聽蠅鳴茶鼎，何曾輕觸。暮眼纔圓，香綺叢邊看足。簷聲斷續［一］。休喫盡、草芽盈掬。娱幽獨。勝了狻猊鏤玉。

《酉陽雜俎》：「楚州射陽出貓，有褐花者。」《埤雅》：「貓亦如虎，晝地卜食，俗謂之鼠卜。」元好問《貓》詩：「側輥横眠却自如。」錢惟善

《貓》詩："秋花石上玉狻猊，金尾翛翛斂四蹄。"唐盧延遜詩："貓跳觸鼎翻。"《埤雅》："貓旱暮則眼圓。"宋張至龍詩："貓卧香綺叢。"《田家雜占》："貓喫青草，主雨。"

【箋】

蠅鳴茶鼎：黄庭堅《次韻李任道晚飲鎖江亭》："酒杯未覺浮蟻滑，茶鼎已作蒼蠅鳴。"

狻猊鏤玉：刻鏤成獅狀之玉質香爐。毛滂《更漏子·熏香曲》："玉狻猊，金葉暖。馥馥香雲不斷。"王初桐《貓乘》卷一引《事物紺珠》："貓曰狸性，又曰狸奴，又曰狻猊。"

【校】

［一］"簷聲斷續"：《秋林琴雅》作"雨簷聲續"。

又

前題

妝樓鎮卧，底須詰取，於菟癡小。解事吴娃，戲學鳳仙親擣。紅絲繚繞。便萬貫、呼來還少。防失却、裹蹄重鑄，閒坊尋到。　蟋蟀吟中醒悄。正無聲四壁，立殘斜照。不捕依然，階藥紛披藏好［一］。攜兒乳飽［二］。坐榻畔、微温相惱。春回早。八九牆陰新掃。《詰貓》詩，劉後村作。柳貫《貓》詩："花陰閒卧小於菟。"《癸辛雜識》："回回國婦女，以鳳仙花染貓爲戲。秦氏女孫失貓，下臨安府訪之不得，賂以金貓乃已。」袁桷《醉貓》詩：「醒來獨立闌干畔，四壁無聲蟋蟀吟。」李靄之畫貓在藥苗間。程鉅夫《貓》詩：「金絲色軟坐常温，飽食深宮錦作墩。」古諺云：「八九七十二，貓犬尋陰地。」張摶家貓名「萬貫」，見《記事珠》。

【箋】於菟：音烏徒，虎之别稱。《左傳・宣公四年》：「楚人謂乳穀，謂虎於菟。」

【校】

［一］「紛披」：四庫本作「粉披」。

［二］「攜兒乳飽」：《秋林琴雅》作「乳兒初飽」。

又

前題

稱伊虎舅，斑斑玳瑁，身邊頻覷。食有溪鮮，又上小庭高樹。如邱拗怒。想唤汁、多應回顧。何事費、峨眉畫手，穴中空怖。　延頸盤旋争赴。笑緑紗幃底，深憐群聚。銷得侯封，也算北門長護。青錢百數。買雙耳、微痕添鋸。窺鸜鵒。月季花前亭午。陸游詩自注：「俗謂貓爲虎舅，教虎百爲，惟不教虎上樹。」「殺鼠如邱」，用柳文。白斑《湛淵静語》：「唇音汁汁，可以致貓，聲類鼠也。」宋僧道宏，峨眉人，往人家畫貓，則無鼠。《南部新書》：「連山張大夫摶好貓，每視事退，入中門，數十頭曳尾延頸接入。以緑紗爲幃，聚其中以爲戲。」金李之純《貓飲酒》詩：「只向北門長卧護，也應銷得醉鄉侯。」《説苑》：「騏驥騄駬，使之捕鼠，不如百錢之貍。」《爾雅翼》：「貓耳經捕鼠之後，有缺如鋸。」丘餘慶畫有《月季貓》。

【箋】

吴焯作《雪獅兒》同題四首，序云：「竹垞先生賦貓詞二篇，吾友樊榭廣爲三作，皆徵事實，斐然可誦。爰仿其體，二家所有者不引焉。凡四首。」兹録其第一首：「種來西竺，攜籠古驛，無聲如塑。爲護經臺，怎把生魂摧樹。花墩困午。展一綫、烏鍼雙豎。饒他是、青驄有色，竹鞭休舉。須記銀塘浴處。正圓停回暖，暗星飄度。金鎖誰銜，那得飛錢留取。鸚哥唤汝。早不遇、生前阿武。吟太苦。野外雪深無路。」

思佳客

吴中作，和繡谷

窄窄紋窗小小舟。空波一片漾難收。滿天細雨曾成夢，壓水涼陰半倚樓。深玉盞，暖香篝。夾紗衣薄不曾秋。吴中舊事君知否，晚泊荷花爲洗頭。

【箋】

「空波」句：皎然《古别離》：「望所思兮若何，月蕩漾兮空波。」

「滿天」句：秦觀《浣溪沙》：「自在飛花輕似夢，無邊絲雨細如愁。」

「夾紗」句：韓翃《送李舍人攜家歸江東覲省》：「夜月迴孤燭，秋風試夾衣。」

「吴中」句：陸游《六月二十四日夜分夢范至能李知幾以尤延之同集江亭諸公請予賦詩記江湖之樂》：「吴中近事君知否。」

「晚泊」句：杜光庭《墉城集仙録》卷九記：明星玉女居華山，白日升天。祠前有五石臼，號曰玉女洗頭盆，其中水色碧緑澄澈，雨不加溢，旱不減耗。盧象升《湄隱園記》：「樓前三丈許，鑿藕池半畝，引流以入。星布怪石於蓮芡間，可據坐以釣。疊石爲島嶼，峙乎中流。荷香釃時，或一披襟其上，亦不減登華頂看玉女洗頭盆也。」

吴焯《思佳客》原作：「江上凉雲江上舟。閶門晚市未曾收。銀絲燈映東西水，梔子花香上下樓。　分半臂，理雙簧。河風簫瑟夜如秋。琴臺一點西施月，猶照吴王城上頭。」

樊榭山房詞卷乙

東風第一枝

癸卯元夕雪晴

拂柳蛾消，妝梅鶴瘦，玉煙吹散無影。放教明月初圓，最憐倚篝漏永。街泥不斷，已減却、燈邊遊興。料粟肌、籠袖香留，笑裏有人偷並。　占響卜、紫姑誰證。思舊約、素娥暗省。一番花信添寒，十分草痕洗浄。凝情買夜，漫再認、飛鸞窺鏡。悔少年、爭逐輕塵，得似煮茶風景。

【箋】

作於雍正元年癸卯（一七二三）正月十五日，在杭州。

「占響卜」句：響卜，舊時迷信，聽别人講話可卜吉凶，謂之「響卜」。一般在除夕夜進行。王定保《唐摭言》卷八：「畢諴相公及第年，與一二同人聽響卜。夜艾人稀，久無所聞。俄遇人投骨於地，群犬爭趨；又一人曰：『後來者必銜得。』」朱弁《曲洧舊聞》卷九：「王建集有《鏡聽詞》，謂懷鏡於通衢間，聽往來之言，以占休咎。近世人懷杓以聽，亦猶是也。又有無所懷而直以耳聽之者，謂之響卜。」劉敬叔《異苑》卷五：「世有紫姑神，古來相傳，云是人家妾，爲大婦所嫉，每以穢事相次役。正月十五日，感激而死。故世人以其日作其形，夜於厠間或豬欄邊迎之。祝曰：『子胥不在（是其婿名也），曹姑亦歸曹（即其大婦也），小姑可出戲。』投者覺重，便是神來。奠設果酒，亦覺貌輝輝有色，即跳躞不住，能占眾事，卜未來、蠶桑。」

買夜：趙令畤《侯鯖録》卷四：「京師元夕，放燈三夜。錢氏納土，進錢買兩夜。今十七、十八夜燈，因錢氏而添之。」朱翌《猗覺寮雜記》卷下辯之云：「近有《侯鯖録》載京師上元放燈三夕，錢氏納土，進錢買兩夜，今十七、十八夜是也。乃世俗妄傳。乾德五年，詔謂時和歲豐，展十七、十八兩夕，事見《太祖實録》、《三朝國史》、《國朝會要》。」《樊榭山房續集》卷六《元夕集吴甌亭齋中賦武林踏燈詞四首》之一：「若教兩夜添晴色，不負錢王買夜錢。」

浣溪沙

蘭語脆疑鶯谷近，柳情慵覺燕簾孤。晚風休減玉肌膚。

磬折春波吹婢魚。粉塘煙竹迴蕭疏。此中堪注水經無。

【箋】

作於雍正元年癸卯（一七二三）春，在杭州。

「磬折」句：磬折，言春波曲折如磬。周必大《題神岡廟其神蓋六朝時劉竺使君也》：「二水有情猶磬折。」厲荃《事物異名録》卷三八：「《爾雅翼》：鱖鯞名旁皮鯽，又名妾魚、婢魚，以其行以三爲率，一前二後，如妾婢然，故云。」

「粉塘」句：晏幾道《蝶戀花》：「粉塘煙水澄如練。」

水經：《水經注》，北魏酈道元所著。

「晚風」句：張泌《生查子》：「可惜玉肌膚，消瘦成慵懶。」

高陽臺

落梅

縞月啼香，青禽警瘦，遺環與恨俱飄。雪没鞋痕，何人爲掃溪橋。東風欲避層臺遠，御風歸、第一春銷。惱相思，枝北枝南，冷夢迢迢。　山空記得吟疏影，拾參差片腦[一]，自裹冰綃。湖水無聲，流殘舊怨新嬌。餘酸已在濃陰裏，怕重屏、半萼難描。更堪他，消息經年，雨暮煙朝。

【評】

《篋中詞》卷二：靚妝獨立之態。

《雲韶集》卷十八：（上闋）泠秀在骨。（下闋）無一語不淒涼，無一字不精湛。結更一往淒絶。

【箋】

作於雍正元年癸卯（一七二三）春，在杭州。

青禽：《藝文類聚》卷九一引《漢武故事》：「鉤弋夫人卒，上爲起通靈臺，常有一青鳥集臺上。」

遺環：《列仙傳》卷上：江妃二女者，不知何所人也。出遊於江漢之湄，逢鄭交甫。見而悦之，不知其神人也。二女遂手解佩與交甫。交甫悦，受而懷之，趨去數十步，視佩，空懷無佩。顧二女，忽然不見。吴文英《高陽臺・落梅》：「夢縞衣、解佩溪邊。」杜甫《詠懷古跡》：「環佩空歸月夜魂。」

「雪没」兩句：趙聞禮《瑞鶴仙》：「任殘梅、飛滿溪橋。」

御風歸：《莊子・逍遥遊》：「列子御風而行，泠然善也。」楊萬里《尤延之檢正直廬窗前紅木犀一小株盛開戲呈延之》：「水沈國裏御風歸，粟玉肌膚不肯肥。」

枝北枝南：張炎《疏影・梅影》：「枝北枝南，疑有疑無，幾度背燈難折。」

疏影：林逋《山園小梅》：「疏影横斜水清淺，暗香浮動月黄昏。」《欽定詞譜》卷三五：「《疏影》，姜夔自度仙吕宫曲。」

片腦：即龍腦，從龍腦樹幹提取，有清涼氣味，可入藥。蔣捷《木蘭花慢》：「多少梅花片腦，醉來誤整香籌。」

【校】

[一]「片腦」：《篋中詞》作「碎玉」。

木蘭花慢

城西開元宫，本宋周漢國公主府，元時句曲外史張伯雨入道於此。外史《開元宫得月軒詞》有「環堵隘，花狼藉。溝水漲，雲充斥。似石魚湖小，酒船寬窄」之句。今闌入軍營中，僅矮屋數楹，奉高真像。旁有隙地，積水縱横，猶是當日陳跡也。雍正癸卯二月十九日過之，書此以貽訪古者

自吹簫伴去，還再往、列仙儒。想瑶草呼龍，梅花待鶴，詩鬢慵梳。平生愛尋先隱，

冷襟懷、要與俗人疏。可惜風騷零落，而今纔到清都。　漫郎曾賦石魚湖。流水繞階除。剩一片涓涓，斷雲新柳，照影荒渠。宫奩已銷餘艷，覓彩毫、何處寫黄圖。説與遊人記得，羽觴泛也應無。

【評】

《詞則·别調集》卷五：超然絶俗。「冷襟懷」八字，只是自寫其詞。（「宫奩」句）冷艷入骨。

《雲韶集》卷十八：先生之詞、先生之品，不必絶俗，要非俗人所能望其項背。（結句）情韻並勝。

【箋】

作於雍正元年癸卯（一七二三）二月十九日，在杭州。

開元宫：田汝成《西湖遊覽志》卷二〇：開元宫在清湖橋西射圃之北，本宋周漢國端孝公主故第也。公主理宗女。元時改道院，制爲道院之魁。元至正初燬，粹德真人王壽衍與其徒張雨重建，名彦題記甚多，豐碑傳筆照耀一時，今皆仆圮，其基半爲射圃矣。

張伯雨：張雨（一二八三—一三五〇），字伯雨，錢塘人。年二十棄家爲道士，居茅山，道名嗣真，道號貞居子，又自號句曲外史。師事茅山周大静。開元宫王壽衍攜之入京，璽書賜驛傳，欲官之，誓不更出，往來華陽、雲石間。作黄篾樓，儲古圖史甚富。工詩文，擅書畫。著有《貞居集》

五卷，詞集名《貞居詞》。按：張雨後曾主持開元宫，而非入道於此，詞序誤。

得月軒詞：張雨《滿江紅·開元斗室落成玄覽真人命名得月軒》：「溝水漲，雲充斥。環堵隘，花狼藉。似石魚湖小，酒船寬窄。」樊榭詞序引述有出入。

列仙儒：《漢書·司馬相如傳》：「相如拜爲孝文園令。上既美子虚之事，相如見上好仙，因曰：『上林之事未足美也，尚有靡者。臣嘗爲《大人賦》，未就，請具而奏之。』相如以爲列仙之儒居山澤間，形容甚臞，此非帝王之仙意也，乃遂奏《大人賦》。」顔師古注：「儒，柔也，術士之稱也，凡有道術皆爲儒。」

瑶草呼龍：見本卷《天香·煙草》。

清都：神話中天帝所居宫闕。屈原《遠遊》：「集重陽入帝宫兮，造旬始而觀清都。」《列子·周穆王》：「清都、紫微、鈞天、廣樂，帝之所居。」

「漫郎」句：唐人元結，號漫叟。顔真卿《元君表墓碑銘序》：「後家瀼濱，乃自稱浪士，著《浪説》七篇。及爲郎，時人以『浪者亦漫爲官乎』，遂見呼爲『漫郎』。」石魚湖，在今湖南省道县。元結《石魚湖上作》序：「漶泉南上，有獨石在水中，狀如游魚，魚凹處，修之可以貯酒。水涯四匝，多攲石相連，石上堪人坐。水能浮小舫載酒，又能繞石魚洄流，乃命湖曰石魚湖。鐫銘於湖上，顯示來者，又作詩以歌之。」

黄圖：駱賓王《同崔駙馬曉初登樓思京》：「白雲鄉思遠，黄圖歸路難。」陳熙晉注：「言京城也。」

點絳唇

次韻答紫山見寄

節近清明，一池春緑蛙催雨。凭闌無緒。目送年芳去。　擬翦湘天，不供戕愁句。相思苦。花無重數。紅認斜陽暮。

【箋】

作於雍正元年癸卯（一七二三）二月末，在杭州。

徐逢吉《點絳唇·同樊榭作》：「似箭流光，梅花雪後櫻桃雨。忽忽離緒。春要平分去。記得年時，共賦銷魂句。今何苦。落花無數。人隔春城暮。」

思佳客

柳

自琢新腔唱柳枝。段家橋外水仙祠。絲輕最在無眠處，腰弱尤看不舞時。　鶯一囀，笛孤吹。碧波澹澹影依依。春風若爲長條惜，應遣情人少别離。

【箋】

「自琢」句：柳枝，詞調名，又名《楊柳枝》。白居易《楊柳枝》：「古歌舊曲君休聽，聽取新翻楊柳枝。」

段家橋：即西湖斷橋。周密《武林舊事》卷五：「斷橋，又名段家橋，萬柳如雲，望如裙帶。」

水仙祠：蘇軾《飲湖上初晴後雨》：「此意自佳君不會，一杯當屬水仙王。」自注：「湖上有水仙王廟。」《西湖志纂》卷一：「宋時有水仙王廟，在蘇堤三橋之南。明季移建於孤山路口，曰『望湖亭』，後圮。國朝康熙三十八年，聖祖仁皇帝巡幸西湖，建亭其址，前爲石臺，三面臨水，御題『平湖秋月』扁額。」

「絲輕」兩句：吴文英《訴衷情令》：「柳腰空舞翠裙煙，盡日不成眠。」

「春風」兩句：李商隱《楊柳枝》：「人世死前唯有别，春風争擬惜長條。」

少年遊

春日訪紫山，同坐學士橋望湖

南屏新畫，西泠小隱，動即到君家。船載湖光，橋分野色，一鳥落雲沙。十年無限傷春意，説與小桃花。結客金空，遊仙枕在，風外祝蒼華。

【箋】

作於雍正元年癸卯（一七二三）二月末，在杭州，訪徐逢吉黄雪山莊。

學士橋：田汝成《西湖遊覽志》卷三：「自清波門過流福水橋，瀕湖爲學士橋，當宋聚景園前。」

「十年」兩句：張先《雨中花令》：「此時無限傷春意，憑誰訴、厭厭地。」

結客金空：韓翃《送王誕渤海使赴李太守行營》：「少年結客散黄金。」

遊仙枕：王仁裕《開元天寶遺事》卷上：「龜茲國進奉枕一枚，其色如碼碯，温温如玉，其製作甚樸素。若枕之，則十洲三島、四海五湖，盡在夢中所見。帝因立名爲『遊仙枕』。」

蒼華：《雲笈七籤》卷一二：「髮神蒼華，字太元，形長二寸一分。」白居易《和祝蒼華》：「蒼華何用祝，苦辭亦休吐。」

絳都春

清明風雨

烏衣過客。約孤注賽春，春還輕擲。潤被换香，低几留燈愁通夕。餘寒猶是連寒食。强偷眄、清明天色。傍簷攜手，茸茸柳眼，淚痕頻滴。　　攲側。前年舊旅，寄單枕、悶把卧枝花摘。水外澹紅，簾底纖瓊遊蹤隔。文園多病何人惜。有鬢影、參差知得。便教晴蝶敲風，岸陰翠織。

【箋】

作於雍正元年癸卯（一七二三）三月初一日清明，在杭州。

烏衣：貧賤者之服。《三國志·鄧艾傳》：「值歲凶旱，艾爲區種，身被烏衣，手執耒耜，以率將士。」

潤被換香：吴文英《解語花·立春風雨中餞處静》：「簷花舊滴，帳燭新啼，香潤殘冬被。」

「低几」句：宋無名氏《卜算子》：「風雨愁通夕。」

前年舊旅：前年（康熙六十年辛丑）三月，樊榭值下第返鄉途中。

「寄單枕」句：晏幾道《更漏子》：「枕上卧枝花好。」

文園多病：司馬相如漢武帝時拜孝文園令，故稱文園。杜甫《贈李八秘書别三十韻》：「文園多病後，中散舊交疏。」參見卷甲《玉漏遲·永康病中夜雨感懷》。

瑞鶴仙

賦聖幾齋中牡丹，名「藕絲霓裳」，種來自亳州

海天霞未捲。和曉岫空青，付誰裁翦。花師戲成幻。約嬌春千里，翠深紅淺。回頭意懶。但微認、崔徽背面。映衫痕、一色惺憁，誤道藕絲秋半。　曾見。夢中彩筆，歌畔檀唇，醉餘羅扇。雲窗月館。湖山在，舊情遠。便聽風聽水，霓裳譜得，自對珍叢夜怨。問尋芳、人瘦如何，細看帶眼。

【箋】

花師：曾慥《類説》卷一一：「宋單父，字仲儒，能種藝術，牡丹變易千種。上皇召至驪山，植花萬本，色樣各不同，内人呼爲『花師』。」

崔徽：唐歌妓名。白居易《崔徽歌序》：「崔徽，河中府娼也。裴敬中以興元幕使蒲州，與徽相從累月，敬中使還。崔以不得從爲恨，因而成疾。有丘夏善寫人形，徽托寫真寄敬中曰：『崔徽一旦不及畫中人，且爲郎死。』」李日華《題妓李因牡丹圖》：「珠箔銀鉤獨坐春，抛將繡譜領花神。胭輕粉薄重重暈，恰似崔徽自寫真。」

「映衫痕」兩句：温庭筠《菩薩蠻》：「藕絲秋色淺。」

夢中彩筆：李商隱《牡丹》：「我是夢中傳彩筆，欲書花葉寄朝雲。」參見卷甲《大聖樂·東園餞春追和草窗韻》。

「聽風」兩句：毛幵《念奴嬌·追和張巨山牡丹》：「舞破霓裳，一枝渾似，醉倚香亭北。」王建《霓裳詞》：「弟子部中留一色，聽風聽水作霓裳。」

「自對」句：周邦彦《六醜·薔薇謝後作》：「静繞珍叢底，成歎息。」

帶眼：《梁書·沈約傳》：「百日數旬，革帶常應移孔，以手握臂，率計月小半分。以此推算，豈能支久？」

念奴嬌

甲辰六月八日，予將北遊。東扶、聖幾餞予湖上，泊舟柳影荷香中，日落而歸，殊覺黄塵席帽，難爲懷抱矣。因用白石道人韻，歌以誌别

孤舟入畫，怪人間、誰寫漁朋鷗侣。起坐不離雲鳥外，倒影山無重數。柳寺移陰，葑田拖碧，花氣涼於雨。詩成猶未，遠蟬吟破秋句。　忽記身是行人，勞君把酒，暫揖湖光去。共惜風亭今夜笛，月逗離聲前浦。千里幽襟，一堤野思，終擬將家住。甚時攜

手，水荇摇曳煙路。

【評】

《詞則·大雅集》卷五：此詞佳句絶多，造語之妙，亦近似白石、玉田矣。

《雲韶集》卷十八：(上闋)真神仙中人也。「花氣涼於雨」五字精秀。「吟破」二字精鍊。「逗」字鍊。「煙路」二字妙。

【箋】

雍正二年甲辰(一七二四)六月初，擬北上京師，啟程當在中旬，九月自京返程。本詞至以下《蝶戀花·長安秋雨夜賦》作於此期間。按：全祖望《厲樊榭墓誌銘》云：樊榭於康熙六十年(一七二一)會試報罷後，「自是不復入長安，及以詞科薦，同人强之始出」。詞科薦乃在十二年後之乾隆元年(一七三六)，全祖望應非不知此番北遊，蓋爲樊榭掩飾之辭。又，樊榭在京作《寄内》詩云：「行卷賃居成左計，心關桂玉路三千。」是年九月京師會試，詩中頗寓感慨。

葑田拖碧：《宋史·河渠志》：「臨安西湖周回三十里，源出於武林泉。錢氏有國，始置撩湖兵士千人，專一開濬。至宋以來，稍廢不治，水涸草生，漸成葑田。」成化《杭州府志》：「元時不事濬湖，沿邊泥淤之處没爲茭田荷蕩，屬於豪民。湖西一帶葑草蔓合，侵塞湖面，如野陂然。」《西湖志》卷二：「雍正二年二月初五日，皇上特念地方水利關繫民生，最爲緊要，勅令工部查議浙江西湖年久並無疏濬，應行該督撫確勘具題。」

「忽記」句：蘇軾《臨江仙》：「人生如逆旅，我亦是行人。」

「千里」三句：王庭筠《念奴嬌》：「修竹林邊，寒梅樹底，准擬全家住。」

「水荇」句：姜夔《徵招》：「水荇晚、漠漠摇煙，奈未成歸計。」

姜夔《念奴嬌》原作：「鬧紅一舸，記來時、嘗與鴛鴦爲侣。三十六陂人未到，水佩風裳無數。翠葉吹涼，玉容銷酒，更灑菰蒲雨。嫣然摇動，冷香飛上詩句。　日暮。青蓋亭亭，情人不見，争忍淩波去。只恐舞衣寒易落，愁入西風南浦。高柳垂陰，老魚吹浪，留我花間住。田田多少，幾回沙際歸路。」按：姜詞過片「暮」字短韻，樊榭未從。

好事近

吴江月夜

夾岸響青蘆，瑟瑟吴波摇碧。天借一帆風勢，看垂虹秋色。　滿船明月照無眠，今夕是何夕。應被素娥笑我，太疏狂蹤跡。

【箋】

作於雍正二年甲辰（一七二四）六月中旬，北上京師，过吴江。

「今夕」句：《詩・唐風・綢繆》：「綢繆束薪，三星在天。今夕何夕，見此良人。」

點絳唇

題授衣《讀書稻田隅圖》

片雨斜陽，柳陰濯足看行水。世間良計，識字耕夫耳。　風約雲萍，又向蕪城會。推書起。酒闌無味。爲我言田意。

【箋】

雍正二年甲辰（一七二四）六月下旬，北上京師过揚州，爲陳章作。

授衣：陳章（一六九六—一七五九），字授衣，號紱齋，別號竹町居士，浙江錢塘人。乾隆元年（一七三六）舉博學鴻詞，以親老辭不就。雍正元年（一七二三）客居揚州，館於馬氏小玲瓏山館，後遂卒於揚州。有詩名，工書法，尤精楷體，雍、乾之際揚州數種精刻詩文集，皆出其手。有《孟晉齋詩集》二十四卷、《文集》稿本傳世。詞集名《竹香詞》。

「識字」句：范成大《密室僊坐》：「本來識字耕夫耳，今乃仍添百不能。」

「爲我」句：《漢書・高五王傳》：「（劉）章進歌舞，已而曰：『請爲太后言耕田。』高后兒子畜之，笑曰：『顧乃父知田耳，若生而爲王子，安知田乎？』章曰：『臣知之。』太后曰：『試爲我言田意。』」

菩薩蠻

馬佩兮梅花卷子寓騎省之戚，徵予賦此

微波泠託湘筠色。高枝早信尋難得。玉骨不爲泥。輕於雲一絲。　　鏡花留半影。最薄東風命。楚角莫飛聲。人間無此情。

【箋】

雍正二年甲辰（一七二四）六月下旬，北上京師过揚州，爲馬曰璐作。樊榭與馬曰璐、曰琯兄弟相交，始自此時。按：樊榭坐館馬氏小玲瓏山館之始，前人所論不一，有康熙五十八年（一七一九）、雍正二年、雍正七年（一七二九）諸説。此次過揚，實乃初交，坐館之始當以雍正七年爲近。

馬佩兮：馬曰璐（一七〇一—一七六一），字佩兮，號半槎，曰琯弟。安徽祁門人，徙居江蘇江都。監生，官候補知州。乾隆元年（一七三六）舉博學鴻詞，不赴。著有《南齋集》六卷，《南齋詞》二卷。家築小玲瓏山館，藏書甲於大江南北，又爲韓江吟社之主要活動場所。李元度《國朝先正事略》卷四二：「園亭曰小玲瓏山館，曰街南老屋。四方名士過邗上者，觴詠無虚日。時盧雅雨都轉提唱風雅，全謝山、符幼魯、陳楞山、厲樊榭、金壽門、陶篁村、陳授衣諸君來遊，皆主馬氏，結邗江吟社，與昔之圭塘玉山埒。」

騎省之戚：潘岳《秋興賦》：「寓直於散騎之省。」後因以「騎省」代指潘岳。潘岳又有《悼亡詩》三首悼亡妻，「騎省之戚」即爲悼亡之代稱。

蝶戀花

長安秋雨夜賦

曲巷低窗雲色暮。節近黄花，又下淒涼雨。長記江南楊柳渡。孤篷翦燭曾聽處。

悔别翻將書信誤。雁落吴天，已是愁難訴。今夜長安千萬户。相思不爲砧聲苦。

【箋】

作於雍正二年甲辰（一七二四）九月初，在京師。

「孤篷」句：張炎《甘州·餞草窗歸霅》：「不恨片篷南浦，恨翦燈聽雨，誰伴孤吟。」

「今夜」兩句：李白《子夜四時歌》：「長安一片月，萬户擣衣聲。」

定風波

甲辰冬杪，南歸過邗城，祓江見留。酒間款語忘暮，月黑江寒，行五六里，送至舟中而別。到家旬餘，祓江書來，作此寄之

記來時、傍柳維舟，歸人一寸心折。歲晚高鴻，天寒修竹，欲下山陰雪。硯香凝，酒鱗熱。語短情長不成別。淒咽。悔秋燈種了，星星僧髮。野橋路滑。聽江聲、送客愁如結。又空林門掩，疏簾夢阻，低共梅花説[一]。杜陵荒，浩歌發。猶有詩傳布衾鐵。天末。幾時同看，蕪城明月。

【箋】

作於雍正二年甲辰歲末。九月自京師歸，或會試下第，十二月過揚州，汪塤爲置酒盤桓，乃歸杭。

天寒修竹：杜甫《佳人》：「天寒翠袖薄，日暮倚修竹。」

山陰雪：見卷甲《齊天樂·吴山望隔江霽雪》。

「低共」句：吴曾《冬》：「半生客裏無窮恨，告訴梅花説到明。」

「杜陵」三句：杜甫《茅屋爲秋風所破歌》：「布衾多年冷似鐵。」

【校】

［一］「低共」：《琴畫樓詞鈔》作「底共」。

疏影

菊影和祓江

幽姿欲舞。見棱棱幾葉，空際微吐。半枕遊仙，飛作輕雲，不怕滿城風雨。琉璃屏上秋多少，也澹到、痕無描處。記昨宵、灑背新霜，翠袖翦燈窗户［一］。　尚有籬根淺醉，攲斜簪帽底，曾費回顧。笑問尊前，人瘦如花，花瘦可憐如許。東西活脱殘枝畔，合賺得、閒情詞賦。待醒來、重覓横陳，低捲小簾寒曙。

【箋】

作於雍正二年甲辰（一七二四）歲末，在杭州。汪塤寄書附詞，因爲和此。

棱棱：形容消瘦貌。程垓《生查子》：「不怕瘦稜稜，只怕梅開盡。」

半枕遊仙：見本卷《少年遊·春日訪紫山》。

滿城風雨：釋惠洪《冷齋夜話》卷四：「黄州潘大臨工詩，多佳句，然甚貧。東坡、山谷尤喜之。臨川謝無逸以書問有新作否，潘答書曰：秋來景物，件件是佳句，恨爲俗氛所蔽翳。昨日閒卧，聞攪林風雨聲，欣然起，題其壁曰『滿城風雨近重陽』。忽催租人至，遂敗意，止此一句奉寄。」方岳《九日道中淒然憶潘邠老之句》：「滿城風雨近重陽，城脚誰家菊自黄。」

「記昨宵」兩句：韓偓《横塘》：「秋寒灑背入簾霜，鳳脛燈清照洞房。」

「尚有」兩句：梅堯臣《和吴沖卿學士省中植菊》：「一自籬根圖暫醉。」葛長庚《重九》：「兩三枝菊總斜簪。」

人瘦如花：葛長庚《醉中賦别》：「鏡中人瘦如花瘦。」李清照《醉花陰》：「簾捲西風，人比黄花瘦。」

活脱：非常相似。楊萬里《冬暖》：「小春活脱是春時，霜熟風酣日上遲。」

「待醒來」兩句：葛長庚《梅花》：「月夜一枝香暗度，溪樓數點影横陳。」

【校】

［一］「翦燈」：四庫本作「翦燭」。

解語花

春日見閨人撾鼓

簾遮晝影，釵翦春痕，香度深深院。玉嬉鶯婉。無愁處、小坐釘花牀畔。飛空碎遠。

看一朵、翠翹難顫。驚夢回、聲落高唐，白雨隨酥腕。長記柑筵飲散。遇紅蘭潮曆，青柳垂眼。唾霏休濺。飄鸞袖、應是細敲腸斷。微音弄釧。料無此、漁陽嬌怨。生晚寒、燈暈妝樓，鼓被池人倦。

【箋】

作於雍正三年乙巳（一七二五）正月，在杭州。

撾鼓：《荆楚歲時記》：「村民臘日打細腰鼓而宴。諺曰：『腰鼓鳴，春草生。』」

釘花牀：庾信《和趙王看伎詩》：「細縷纏鍾格，圓花釘鼓牀。」

「驚夢」兩句：宋玉《高唐賦》：「昔者楚襄王與宋玉遊於雲夢之臺，望高唐之觀。……王曰：『朝雲始出，狀若何也？』玉對曰：『其始出也，䁀兮若松榯。其少進也，晰兮若姣姬。揚袂鄣日，而望所思。忽兮改容，偈兮若駕駟馬，建羽旗，湫兮如風，凄兮如雨，風止雨霽，雲無處所。』」

柑筵飲散：蘇軾《上元侍飲樓上三首呈同列》：「歸來一盞殘燈在，猶有傳柑遺細君。」自注：「侍飲樓上，則貴戚爭以黄柑遺近臣，謂之『傳柑』。」

漁陽嬌怨：《世說新語·言語》：「禰衡被魏武謫爲鼓吏。正月半試鼓，衡揚枹爲『漁陽摻撾』，淵淵有金石聲，四座爲之改容。」

被池：顏師古《匡謬正俗》卷五：「或問今以卧氈著裏施緣者，何以呼爲池氈？答曰：《禮》

云『魚躍拂池』，池者，緣飾之名，謂其形象水池耳。左太沖《嬌女》詩云『衣被皆重池』，即其證也。今人被頭別施帛爲緣者，猶呼爲被池。此氈亦爲有緣，故得名池耳。俗間不知根本，競爲異說。」趙令時《侯鯖録》卷一：「……當時已少有知者，況比來士大夫耶。獨宋子京博學，嘗用作詩云：『曉日侵簾壓，春寒到被池。』」

琵琶仙

乙巳早春過吴門作

帆色新年，又輕約、水枕春寒同載。堤上沽酒人家，湘梅已先賣。斜照傍、紅樓未啟，惜猶護、一層芳靄。趁燕裙歸，調鸚檻遠，塵夢都改。　悄彈指、閒立平沙，更吹綠吴波緩衣帶。堪笑天涯蹤跡，有垂楊相待。人意與、東風是客，洗軟香、雨際煙外。且聽鐘度楓橋，舊情如在。

【箋】

作於雍正三年乙巳（一七二五）正月，離杭赴揚，過吴門。

鐘度楓橋：張繼《楓橋夜泊》：「姑蘇城外寒山寺，夜半鐘聲到客船。」王鏊《姑蘇志》卷二八：

「寒山禪寺在閶門西十里楓橋下，舊名妙利普明塔院。宋太平興國初節度使孫承祐建浮圖七層，嘉祐中改普明禪院。然唐人已稱寒山寺矣，相傳寒山、拾得嘗止此，故名，然不可考也。」又：「楓橋，閶門西七里。《豹隱紀談》云：舊作封橋，後因張繼詩相承作『楓』。」

又

康山在揚州，鞏土爲之，以康對山寓此得名，今屬吴氏。乙巳二月四日，袚江招飲其上，四顧曠然，俯仰今昔。同集者尺鳧、授衣，各賦一解

休恨無山，小闌外、略借江南眉色。何況山在人家，梯青喚雙屐。吹不斷、風前笑語，怕驚起、退紅簾隙。古堞飛帆，平林指塔，春望無力。　舊知己、觴送花迎，畫歌舞屏間未頭白[二]。誰道琵琶纔掐，剩康家陳跡。豪氣被、蕭蕭草樹，甚曳裾、有此狂客。爲問天畔歸鴻，遠愁銜得。

【評】

《雲韶集》卷十八：鞏土爲山，起四語却寫得如此豪興，便如突過真山者。

【箋】

作於雍正三年乙巳（一七二五）二月四日，在揚州。

康山：在今江蘇揚州市東南隅。《清一統志·揚州府》引《江南通志》：「相傳浚河時積土而成。」又引《揚州府志》：「其上構堂，董其昌題曰『康山草堂』，爲康海與客燕飲彈琵琶處。」按：康海，字德涵，號對山，陝西武功人，明弘治十五年（一五〇二）殿試第一，授修撰，詩文名列「前七子」之一，有《對山集》。康海削職後於正德年間到揚州寓居，築康山草堂。崇禎間大理寺卿姚思孝買得舊址重葺，董其昌此後來遊，始爲題額。

古堞飛帆：康山草堂前有數帆亭，額亦爲董其昌所書。

平林指塔：位於揚州城南古運河東岸文峰寺内之文峰塔，建於明萬曆年間。宗元鼎《遊康山草堂記》：「極目平原，曠莽無際，遠則江南金、焦、北固，近則文峰佛塔。」

「舊知己」兩句：嘉慶《揚州府志》：「康海被放後寓於此，聚女樂，置腰鼓三百副，飲宴廬饗，一時稱盛。」白居易《春老》：「歌舞屏風花障上，幾時曾畫白頭人。」

「誰道」兩句：康海精音律，善彈琵琶，與同時王九思齊名，並稱「康王」。吴偉業《琵琶行》：「琵琶急響多秦聲，對山慷慨稱入神。」

「甚曳裾」句：《漢書·鄒陽傳》：「飾固陋之心，則何王之門不可曳長裾乎？」康海《與彭濟物》：「（劉）瑾之用事也，蓋嘗數以崇秩誘我矣。當是時，持數千金壽瑾者不能得一級，而彼自區區於我，我固能談笑而却之，使饕虓巇嶮之人，卒不敢加於我。此其心與事亦雄且甚矣！當朝大臣蓋皆耳聞目見而熟知其然。」後爲營救李夢陽而謁劉謹，謹爲倒屣迎，明年謹敗，坐黨落職。

【校】

［一］「晝」：《琴畫樓詞鈔》作「儘」。

摸魚兒

蕪城清明

杏餳香、鬧花門巷，家家風外晴穩。來時猶道江程短，定不短如愁鬢。飛絮近。作去聲酒惡寒輕，只是無人問。紅絲硯潤。便杜老傷春，江郎賦别，難寫此時恨。西湖路，最愛山聯眉暈。遊船曾記歸盡。綠楊闌角聽鶯坐，知我平生疏俊。情一寸。回首處、雲容水態還相引。天涯自哂。繞九里街中，三分月底，誰與寄芳信。

【評】

《雲韶集》卷十八：（「來時猶道江程短，定不短如愁鬢」）兩「短」字有致。一片悽感。（下闋）

玉田之疏，夢窗之密，兼而有之。

【箋】

作於雍正三年乙巳（一七二五）清明，客居揚州。

短如愁鬢：杜甫《春望》：「白頭搔更短，渾欲不勝簪。」

酒惡寒輕：趙令時《侯鯖録》卷八：「金陵人謂中酒曰『酒惡』，則知李後主詩云『酒惡時拈花蕊嗅』用鄉人語也。」毛滂《武陵春》：「人醉覺寒輕。」

紅絲硯：亦作「紅絲研」，用山東青州所産紅絲石琢製而成。杜綰《雲林石譜》卷下：「青州益都縣紅絲石産土中，其質赤黄，紅紋如刷絲，縈繞石面，而稍軟，扣之無聲。琢爲研，頗發墨。但石質燥渴，須先飲以水，久乃可用。唐林甫彦猷頃作《墨譜》，以此石爲上品。」陸游《老學庵筆記》卷八：「唐彦猷《硯録》言：『青州紅絲石硯，覆之以匣，數日墨色不乾，經夜，其氣上下蒸濡，著於匣中，有如雨露。』」

「杜老」兩句：杜甫有《傷春五首》詩，江淹有《别賦》。

「緑楊」句：「柳浪聞鶯」，杭州西湖十景之一，在西湖東南岸清波門處。王執禮《錦溪次趙令韻二首》：「困人天氣近清明，花信風來拂面輕。屏却鳴騶成獨往，緑楊陰裏聽鶯聲。」

「回首」句：杜牧《懷歸》：「塵埃終日滿窗前，水態雲容思浩然。」

三分月底：徐凝《憶揚州》：「天下三分明月夜，二分無賴是揚州。」

掃花遊

乙巳三月二十三日，客揚州。空齋積雨，孤愁特甚，問人始知是春盡日也。黯然於懷，賦寄尺鳧

折花泛舸，又夜淺燈孤，緑陰如許。舊遊間阻。聽簷聲壓酒，醉醒無據。落魄多愁[一]，尚記羅裙雁柱。向南浦。訝楊柳今朝，腰瘦慵舞[二]。　行遍深院宇。已負了春來，忍教春去。笑人易誤。似山中枕石，頓忘時序。小榼櫻桃，更憶西園勝聚。寄情處。畫當年、滿湖煙雨。

【評】

《雲韶集》卷十八：（上闋）句句精深，不獨鍊字，兼能鍊骨。（下闋）風雅。

【箋】

作於雍正三年乙巳（一七二五）三月二十三日，在揚州寓舍。

山中枕石：喻隱居。《三國志・彭羕傳》：「伏見處士綿竹秦宓，膺山甫之德，履雋生之直，枕石漱流，吟詠緼袍，偃息於仁義之途，恬淡於浩然之域，高概節行，守真不虧，雖古人潛遁，蔑以

加旃。」

羅裙雁柱：盧照鄰《辛法司宅觀妓》：「長裙隨鳳管，促柱送鸞杯。」雁柱，筝絃之柱，斜列如雁行。張先《生查子·彈筝》：「雁柱十三絃，一一春鶯語。」

西園：漢上林苑别名。曹植《公讌詩》：「清夜遊西園，飛蓋相追隨。」

【校】

［一］「落魄」：《琴畫樓詞鈔》作「落泊」。

［二］「腰瘦」：《國朝七家詞選》作「瘦腰」。

摸魚兒

首夏歸杭，過吴淞，景物清曠，有會而作

緑陰陰、江南千樹，重來桃葉依舊。十年不負煙波興，付與殢人杯酒。船唤否。度一片涼雲，最戀河橋柳。憑闌望久。趁螢影高低，漁歌斷續，摇過五湖口。　歸非偶。正是清和時候。深村樂事多有。焙茶煮繭梅風裏，换得霜鱗盈斗。詩思瘦。待小草湘蘭，已入騷人手。西泠永晝。泛五日輕橈，獨醒何事，散髮醉還又。

作於雍正四年丙午(一七二六)四月,自揚返杭,過吴淞。

【箋】

桃葉:桃葉渡,在今江蘇省南京市秦淮河畔,相傳因王獻之在此相送愛妾桃葉而得名。

「十年」兩句:黄庭堅《寄黄幾復》:「桃李春風一杯酒,江湖夜雨十年燈。」

五湖口:《水經注》卷二九:「南江東注於具區,謂之五湖口。五湖謂長蕩湖、太湖、射湖、貴湖、滆湖也。」

「焙茶」句:陸游《初夏喜事》:「採茶歌裏春光老,煮繭香中夏景長。」《太平御覽》卷九七〇引《風俗通義》:「五月有落梅風,江淮以爲信風。」李賀《湖中曲》:「横船醉眠白晝閒,渡口梅風歌扇薄。」王琦彙解引《嶺南録》:「梅雨後風,曰梅風。」

「换得」句:皮日休《釣侣二章》:「一斗霜鱗换濁醪。」

「待小草」兩句:馬熙《摸魚兒》:「只小草幽蘭,心醉離騷譜。」小草,謂蕙草。

西泠:田汝成《西湖遊覽志》卷二:「西泠橋,一名西林橋,又名西陵橋,從此可往北山。」

獨醒:屈原《漁父》:「屈原曰:『舉世皆濁我獨清,衆人皆醉我獨醒,是以見放。』」

散髮:《後漢書·袁閎傳》:「延熹末,黨事將作,閎遂散髮絶世,欲投跡深林。」李白《宣州謝朓樓餞别校書叔雲》:「人生在世不稱意,明朝散髮弄扁舟。」

吴焯《摸魚兒·樊榭歸行吴淞江,即景有作。時余至蘭陵,中途相錯,因依韻倚聲和之》:「儻逢君、一艘南下，江汀鷗侶尋舊。停邊定在蘭陵市，花下打圍沽酒。君住否。怕一翅東風，飛過吴臺柳。猶嫌客久。厭水驛昏燈，津亭暗鼓，冷月吐魚口。真非偶。可惜梅魚上候。疏林陰處蟬有。曾無斷夢隨潮尾，一任玉參横斗。吟太瘦。只幾曲傳來，大小都垂手。回思客晝。但聽水聽風，又聽柔艣，邀笛幾時又。」

喜遷鶯

賦趙谷林三十六鷗亭

風蒲低暑。見白羽帶波，翻翻還住。闌影摇人，簟文生夢，夢入藕花深處。閒笑泛湖伯越，閒笑啼湘懷楚。晚涼外，動忘機一曲，悠然琴趣。休去。尋釣艇，重理舊盟，草合垂虹路。倚扇開襟，調冰膾玉，不問是誰賓主。三十六梯明月，三十六陂秋雨。戲招手，認青天片雪，飛來詩句。

【箋】

作於雍正四年丙午（一七二六）四月，在杭州。

三十六鷗亭：在趙昱春草園内。趙昱《春草園小景分記》：「宋姜白石有《平甫放三十六鷗於吴江不及與盟》詩云：『橋下松陵緑浪横，來遲不與白鷗盟。知君久對青山立，飛盡梨花好句成。』予酷愛之，即以名亭。樊榭填《喜遷鶯》詞賦贈（按即本詞），程松門爲寫圖卷，一時名流遍詠。家學齋副憲行書勒石，置之壁間，徐魯南先生題額。」樊榭並爲寫《三十六鷗亭記》。

「見白羽」兩句：盧綸《賦得白鷗歌送李伯康歸使》：「積水深源，白鷗翻翻。倒影光素，於潭之間。」

「夢入」句：李清照《如夢令》：「興盡晚回舟，誤入藕花深處。争渡。争渡。驚起一灘鷗鷺。」

泛湖伯越：《荀子・儒效》：「一朝而伯。」伯，通「霸」。姜特立《再賦漁舍》：「范子既伯越，去泛湖海舟。」

啼湘懷楚：謂屈原。杜牧《李甘詩》：「幽蘭思楚澤，恨水啼湘渚。」

倚扇開襟：張鎡《納涼至夜深》：「披襟徑放清涼入，倚扇微教懶困催。」

調冰膾玉：杜甫《陪諸貴公子丈八溝攜妓納涼晚際遇雨》：「公子調冰水，佳人雪藕絲。」鱸魚膾色白如玉，因名玉膾。馮贄《雲仙雜記》卷一〇引《南部煙花記》：「吴都獻松江鱸魚。煬帝曰：『所謂金齏玉膾，東南佳味也。』」

「不問」句：《後漢書・逸民列傳》引《襄陽記》：「諸葛孔明每至德公家，獨拜牀下，德公初不令止。司馬德操嘗詣德公，值其渡沔上先人墓，德操徑入其室，呼德公妻子，使速作黍，徐元直向云當來就我與德公談。其妻子皆羅拜於堂下，奔走共設。須臾德公還，直入相就，不知何者是客也。」樊榭《三十六鷗亭記》：「賓，一鷗也。主，一鷗也。以鷗盟鷗，猶《春秋》以諸侯盟諸侯也。」

三十六梯：極言樓臺之高。韓嘐《浪淘沙令·豐樂樓》：「三十六梯人不到，獨喚瑶箏。」張炎《瑶臺聚八仙》：「三十六梯眺遠，任半空笑語，飛落人間。」

三十六陂：地名，在揚州，亦泛指水泊眾多。姜夔《惜紅衣》：「問甚時重賦，三十六陂秋色。」

青天片雪：陸游《秋日雜詠八首》：「正疑白鷺歸何晚，一片雪從天際來。」

鬬嬋娟

題趙飲谷《采香詞》。居近滄浪亭，自榜曰「小吴船」

中吴煙水微茫地，吟邊何限清感。夜深腰笛伴漁謳，冷玉花千點。翦秀骨、香霏露染。娃宫風景教長占[一]。錯羡舟居好，幾雁齒、橋頭解纜。回首銷黯。　仍是載酒年時，驀然低憶，蕙爐絲裊菱鑑。斷腸重唱小横塘，粉字開還掩。縱賀老、心情未減。無端世味如雲淡。好約我、垂竿手，斜雨梅黄，凭君畫檻。

【箋】

作於雍正四年丙午（一七二六）五月，自杭赴揚，途中訪趙虹於蘇州。

趙飲谷：趙虹，字飲谷，嘉定人，布衣。工倚聲，擅駢文。有《采香詞》，《國朝詞綜》存其二首。

滄浪亭：在蘇州城南。初爲吴越錢氏廣陵王元璙池館，北宋應曆年間，爲蘇舜欽得之，傍水作亭曰「滄浪」。

中吴：舊蘇州府别稱。王鳴盛《十七史商榷・晉書三》：「宋龔明之作《中吴紀聞》，此特取《史記・項羽紀》『籍避仇吴中』，倒其文耳，非别有一稱。」

娃宫：館娃宫，春秋時吴王夫差爲西施所造，在蘇州西南靈巖山上，靈巖寺即其舊址。左思《吴都賦》：「幸乎館娃之宫，張女樂而娱群臣。」

舟居好：朱彝尊《太湖罛船竹枝詞》：「舟居翻比陸居安。」

雁齒：喻橋臺階。白居易《新春江次》：「鴨頭新緑水，雁齒小紅橋。」

「斷腸」四句：賀鑄《横塘路》：「飛雲冉冉蘅皋暮。彩筆新題斷腸句。若問閒情都幾許。一川煙草，滿城風絮。梅子黄時雨。」黄庭堅《寄賀方回》：「解作江南斷腸句，只今唯有賀方回。」韓偓《春悶偶成十二韻》：「粉字題花筆，香箋詠柳詩。」宋庠《次韻范純仁和郭昌朝寺丞見寄二首》：「老去年光流似水，病來世味薄如雲。」

垂竿手：盧祖皋《賀新郎》：「猛拍闌干呼鷗鷺，道他年、我亦垂綸手。」

【校】

［一］「教長占」：《國朝七家詞選》作「長教占」。

探春

次趙飲谷韻

冷硯敲秋，枯筇倚晚，西風斜掠平楚。芋熟湖田，楓明水巷[一]，先放煙鴻飛去。還似春時節，掃不盡、閒愁吹絮。暖紅院落誰家，迎寒猶試簫鼓。　此際青門曾住。記曉碾霜輪，未教離阻。老大才華，淒涼身事，銷得箜篌知遇。三五回圓月，怕靜夜、窺人良苦。待問梅花，何時香拂衫縷。

【箋】

作於雍正四年丙午（一七二六）九月，在揚州。

青門：潛説友《咸淳臨安志》卷一八：「（城東）東青門，俗呼菜市門。」始建於宋高宗紹興年間，元末張士誠改築杭城稱太平門，明以後名慶春門。

「老大」兩句：鄭昂《感懷》：「王粲淒涼仍去國，杜陵老大竟飄蓬。」

箜篌知遇：崔豹《古今注》卷中：「《箜篌引》，朝鮮津卒霍里子高妻麗玉所作也。子高晨起刺船而櫂，有一白首狂夫，被髮提壺，亂遊而渡。其妻隨呼止之不及，遂墮河水死。

於是援箜篌而鼓之，作《公無渡河》之歌，聲甚悽愴。曲終，自投河而死。霍里子高還，以其聲語妻麗玉。玉傷之，乃引箜篌而寫其聲，聞者莫不墮淚飲泣焉。麗玉以其聲傳鄰女麗容，名曰《箜篌引》。」

【校】

［一］「水巷」：《琴畫樓詞鈔》作「水港」。

一萼紅

丁未始春，客吴興。郡治後圃有愛山臺，南宋時建，蓋取東坡「尚愛此山看不足」之句。日與客登其巔，蒼弁清苕，奔赴襟舄，情味灑然，如遇白石、草窗諸名勝於五百載上。乃歌此曲，以寄予懷

乍寒輕。被鄰園翠羽，唤起愛山情。煙草殘碑，風榛斷笛，千載誰記經行。想春在、樓痕幾曲，破曉霽、妝鏡見飛英。欲雪消時，無人知處，峨髻青青。　飄瞥少年前夢，便移舟弄水，有若平生。西塞魚肥，東林酒熟，滋味何似浮名。待傳與、蘋香暖信，醉吟地、常憶柳邊城。回首家江非遠，十四長亭。

【箋】

作於雍正五年丁未（一七二七）正月，客湖州。

「尚愛」句：蘇軾《遊道場山何山》：「我從山水窟中來，尚愛此山看不足。」

西塞魚肥：西塞山，在浙江湖州。張志和《漁歌子》：「西塞山前白鷺飛，桃花流水鱖魚肥。」

東林酒熟：東林寺，在江西廬山。《記纂淵海》引《廬阜雜記》：「遠師結白蓮社，以書招陶淵明。陶曰：『弟子惟嗜酒，若許飲，即往矣。』遠許之，遂造焉。」

浮名：《世説新語·任誕》：「張季鷹縱任不拘，時人號爲『江東步兵』。或謂之曰：『卿乃可縱適一時，不爲身後名邪？』答曰：『使我有身後名，不如即時一杯酒。』」

水龍吟

梅雨初霽，湖上山水浮動，涼氣沁人肌骨。尺鳧買舟，約予輩數人，緣孤山，掠蘇堤，入西林橋，以泊於裏湖。時意林鼓琴，敬身作小篆數幅，欒城觴碧筩勸客，予與尺鳧各賦此曲，極暮乃罷去。丁未五月二十五日也

蜻蜓偷眼涼多，飛隨小舫搖空翠。西泠五月，碧羅初染，冰壺乍洗。多麗香車，閒情

椒壁，夢塵空徙。載荷心酒苦，桐枝絃澹，看一陣、風漪細。　更譜玲瓏散水。戰長林、葉間疏吹。高寒更憶，迴峰隱舍，鳴泉僧寺。易得驚秋，菰蘆深處，此歌堪倚。漸鐘催人散，平波墜露，點青螢尾。

【評】

王昶《西崦山人詞話》卷二：此序此詞，置之《山中白雲》卷内，不可復辨。所謂不惟清虛，又且騷雅者。

【箋】

作於雍正五年丁未（一七二七）五月二十五日，在杭州。樊榭並爲此遊書聯一副：「聲華馥似當風桂，氣味清如浥露蘭。」其款識前段同本詞小序，於「敬身作小篆數幅」一句後則云：「子威寫西湖雅集圖。尺鳧索書是聯，醉眼模糊，未免雷門布鼓也。予與尺鳧各賦《水龍吟》一闋，極暮乃罷去。時丁未五月二十五日也，錢塘太鴻厲鶚並記。」

孤山：萬曆《杭州府志》：「山形坦平綿遠，矗介湖中，以其不與諸山聯屬，故名。亦名孤嶼，又名瀛嶼。」

裏湖：《西湖志纂》卷一：「中有孤山獨峙水心，山之前爲外湖，山後曰後湖，西亙蘇堤，堤以内爲裏湖。」

意林：赵信，號意林、意田，浙江上虞人，寄籍仁和。昱弟。生於康熙四十年（一七〇一）。幼與昱共讀於春草園，兄弟以詩文齊名，昱號谷林，故人稱「二林」。乾隆元年（一七三六）與昱同試博學鴻詞科。乾隆十六年（一七五一）高宗南巡，獻詩扇，得賜錦四匹，遂以「賜錦里」名其堂，沈德潛爲作《賜錦堂記》。著有《秀硯齋吟稿》。

敬身：丁敬（一六九五—一七六五），字敬身，號研林，又號龍泓山人、勝怠老人，浙江錢塘人。乾隆元年舉博學鴻詞。爲杭世駿姻親。篤好金石，嘗著《武林金石録》。又長於詩，與金農齊名，著有《龍泓山館詩鈔》。

欒城：沈嘉轍，字欒城，錢唐人。

碧筩：段成式《酉陽雜俎》卷七：「歷城北有使君林，魏正始中，鄭公慤三伏之際，每率賓僚避暑於此。取大蓮葉置硯格上，盛酒三升，以簪刺葉，令與柄通，屈莖上輪菌如象鼻，傳吸之，名爲『碧筩杯』。」

「蜻蜓」句：杜甫《風雨看舟前落花戲爲新句》：「蜜蜂蝴蝶生情性，偷眼蜻蜓避百勞。」

「多麗」兩句：杜甫《麗人行》：「三月三日天氣新，長安水邊多麗人。」《後漢書·第五倫傳》李賢注：「后妃以椒塗壁，取其繁衍多子，故曰椒房。」

「荷心」句：蘇軾《泛舟城南會者五人分韻賦詩》：「碧筩時作象鼻彎，白酒微帶荷心苦。」

「更譜」句：更譜新曲之意。散水，曲調名。白居易《代琵琶弟子謝女師曹供奉寄新調弄譜》：「一紙展看非舊譜，四絃翻出是新聲。蕤賓掩抑嬌多怨，散水玲瓏峭更清。」

清平樂

題飲谷《説劍圖》

仙源風雅。不恨知音寡。艇子采香歸去也。袖有驪珠無價。　天涯共話秋窗。吹簫載酒何妨。莫把吴鉤再看，燈前化作柔腸。

【箋】

作於雍正五年丁未（一七二七），在揚州。本年七月來揚州，歲末始歸。趙虹時亦在揚。

驪珠：《莊子·列御寇》：「夫千金之珠，必在九重之淵，而驪龍頷下。」

吹簫載酒：劉應幾《憶舊遊》：「記銅駝載酒，翠陌吹簫，曾聽相呼。」

「莫把」兩句：胡仲參《次林庭植留別韻》：「浩氣長看劍，愁腸半貯詩。」

意難忘

丁未冬杪，客蕪城將歸，次飲谷送別韻

舊苑荒灣。正怱怱別袂，草草歡筵。放歌銷白日，轉枕夢青天。風力緊，折吴綿。

寒色漸蒼然。話倦遊、不如歸去，如此湖山。　津頭已買篷船。尚樵歌共譜，琴趣閒編。沙河春拊馬，燈市夜飛蟬。花倚擔，菜登盤。節物又增年。問幾時、掀髯一笑，追逐吟仙。

【箋】

作於雍正五年丁未十二月，在揚州，將歸杭。

「放歌」句：杜甫《聞官軍收河南河北》：「白日放歌須縱酒，青春作伴好還鄉。」

「轉枕」句：慕容彥逢《晝卧偶成用前韻》：「攲枕望青天。」劉克莊《九月初十日值宿玉堂七絶》：「轉枕依然夢不成。」

折吴綿：折綿，謂氣候嚴寒。阮籍《大人先生傳》：「陽和微弱陰氣竭，海凍不流棉絮折，呼噏不通寒傷裂。」黄庭堅《柳閎展如蘇子瞻甥也作詩贈之》：「霜威能折綿。」

「話倦遊」兩句：范仲淹《越上聞子規》：「春山無限好，猶道不如歸。」

「尚樵歌」兩句：代指填詞。朱敦儒詞集名《樵歌》，宋人詞集名「琴趣外編」者凡五家。

「沙河」句：沙河有外沙河、前沙河、後沙河。田汝成《西湖遊覽志餘》卷二一：「沙河，宋時居民甚盛，碧瓦紅簷，歌管不絶，官長往往遊焉。故蘇子瞻有『雲煙湖寺家家境，燈火沙河夜夜春』之句。」《漢書·張敞傳》：「敞無威儀，時罷朝會，過走馬章臺街，使御吏驅，自以便面拊馬。」

夜飛蟬：婦女妝飾。馮贄《雲仙雜記》卷三引《放懷集》：「杜甫每朋友至，引見妻子。韋侍御見而退，使其婦送夜飛蟬，以助妝飾。」

菜登盤：《歲時廣記》卷八引《四時寶鏡》：「立春日，食蘆菔、春餅、生菜，號春盤。」

趙虹《意難忘·送樊榭歸湖上》原作：「堠火沙灣。聽戍樓摩笛，人罷離筵。雁聲寒墮地，霜色白彌天。思結託，奉纏綿。小別轉悽然。對斷魂、月揺津樹，雪罨寒山。　載將書畫歸船。有東城別録，南渡遺編。眉添京兆柳，衣畫孟家蟬。翦綵勝，蔟春盤。轉盼入新年。待與君、尋梅問鶴，共訪逋仙。」

蝶戀花

戊申春暮城東周氏小園池上作

三月風顛吹斷柳。何況薔薇，落處依苔厚。折得一枝花在手。戴花人尚平安否。　行遍回塘銷永晝。水影蘋香，只是侵襟袖。杜宇數聲春欲瘦。斜陽豔豔醺如酒。

【評】

《雲韶集》卷十八：（上闋）此種句子清絶矣，其實麗絶。但俗人學之，畢生不得耳。「春欲瘦」

三字精絶。

【箋】作於雍正六年戊申（一七二八）三月，在杭州。

憶王孫

懷紅橋舊遊

小秦淮映小紅橋。蘭舫重來酒未銷。秋雨多從蟬鬢飄[一]。夢迢迢。曾倚闌干弄柳條。

【箋】作於雍正六年戊申（一七二八）七月，在杭州。

小秦淮：揚州古城之内城河，北連北城河，南經龍頭關，流入古運河。李斗《揚州畫舫録》卷九：「小秦淮之名，不載志乘。按王文簡《虹橋遊記》云：『出鎮淮門，循小秦淮折而北，爲虹橋。』則小秦淮當在虹橋之上。《平山堂圖志》云：『小秦淮爲小東門内夾河。』又以小東門夾河爲小秦淮。今皆依《圖志》所稱，而舊名遂無知者。胡善麐沓，徽州祁門縣人，有《小秦淮賦》云：『揚州城西而北，有虹橋焉，天下艷稱之。其水號小秦淮，蓋與金陵相較而遜焉者也。』」

【校】

［一］「秋雨多從蟬鬢飄」：《秋林琴雅》作「秋雨如塵沙外飄」。

謁金門

七月既望湖上雨後作

凭畫檻。雨洗秋濃人淡。隔水殘霞明冉冉。小山三四點。　艇子幾時同泛。待折荷花臨鑑。日日綠盤疏粉艷。西風無處減。

【評】

《詞則·大雅集》卷五：「秋濃人淡」四字，寫雨後，奇而精。（末三句）中有怨情，意味便厚。否則無病呻吟，亦可不必。

《雲韶集》卷十八：「人淡」二字精妙。通首寫雨後情景，畫所不到。上半寫景，下半寄情。

《續修四庫全書·秋林琴雅提要》：感時覽物，寄託深微。

【箋】

作於雍正六年戊申（一七二八）七月十六日，在杭州。

「隔水」兩句：馮延巳《歸自謠》：「春艷艷，江上晚山三四點。」「艇子」句：《舊唐書·音樂志》：「石城有女子名莫愁，善歌謡。《石城樂》和中復有『莫愁』聲，故歌云：『莫愁在何處，莫愁石城西。艇子打兩槳，催送莫愁來。』」「日日」兩句：緑盤，指荷葉。蘇軾《六月二十七日望湖樓醉書》：「烏菱白芡不論錢，亂繫青菰裹緑盤。」吴文英《拜星月慢·姜石帚以盆蓮數十置中庭宴客其中》：「又怕便、緑減西風，泣秋檠燭外。」周密《緑蓋舞風輕·白蓮賦》：「素手採珠房，粉艷初退。」

水龍吟

春晚倚樓見海棠葉底餘花，同谷林賦

殘春能幾番風，猩雲一朵藏深翠。嫣然最小，窺人闌角，憐伊睡起。羞見當時，天衣涴蘚，宮鬟垂地。歎宣華舊色，鳥聲啼盡，遲開處、伶俜矣。　尚恐朱顏易老，倩薔薇、殷勤鉤袂。樓高十二，妝輕粉瘦，綃痕寄淚。雨雨風風，鈴兒未掣，蜂兒先退。待解愁、知道前身，記得晚花流水。

【箋】若依本集編次，本詞作年當在雍正七年己酉（一七二九）至雍正十年壬子（一七三二）間。詞用南宋人黄孝邁詞韻，與趙昱同賦，而趙昱詞題爲「甲辰春暮」，甲辰爲雍正二年（一七二四），據趙詞繫於甲辰爲宜。按趙昱詞題，同賦者尚有陳撰。

倚樓：在趙昱春草園内。趙昱《春草園小景分記》：「藥林初取名『瓶笙閣』，今易，以『長笛倚樓』句，屬族兄中丞晴軒先生書。」

「猩雲」句：陸游《驛舍見故屏風畫海棠有感》：「猩紅鸚緑極天巧。」

憐伊睡起：釋惠洪《冷齋夜話》引《太真外傳》：「上皇登沈香亭，召太真妃子。妃於時卯醉未醒，命力士使侍兒扶掖而至。妃子醉顔殘妝，鬢亂釵横，不能再拜。上皇笑曰：『是豈妃子醉？真海棠睡未足耳。』」

宣華舊色：張唐英《蜀檮杌》卷上：「（乾德三年）五月，宣華苑成，延袤十里，土木之功，窮極奢巧。」沈立《海棠記序》：蜀花稱美者有海棠焉，足與牡丹抗衡，稱獨步於西州矣。陸游《柳梢青》詞序：「故蜀燕王宫海棠之盛，爲成都第一，今屬張氏。」又《月上海棠》：「凝愁處，似憶宣華舊事。」自注：「宣華，故蜀苑名。」邵博《聞見後録》卷三〇：「近李西美帥成都，士陳甲者館於便齋。夜月色中，有危髻古裳衣婦人數輩，語笑前花圃中，甲殊不顧。有甚麗者誦詩：『舊時衣服盡雲霞，不到迎仙不是家。今日樓臺渾不識，只餘古木記宣華。』……今府第，故蜀宫，豈當時宫女尚有鬼邪？」

烏聲啼盡：孔平仲《談苑》卷四：「院中有雙鵲，棲於玉堂之後海棠樹。每學士會食，必徘徊翔集。或鳴噪，必有大詔或宣召之事，因謂之『靈鵲』。故晁翰林詩云『却聞靈鵲心應喜』，並予詩云『靈鵲先依玉樹棲』，蓋爲此也。」

「鈴兒」兩句：王仁裕《開元天寶遺事》卷上：「至春時，於後園中紉紅絲爲繩，密綴金鈴，繫於花梢之上。每有烏鵲翔集，則令園吏掣鈴索以驚之，蓋惜花之故也。」

「知道」兩句：司空圖《詩品》：「流水今日，明月前身。」

趙昱《水龍吟·甲辰春暮倚樓見海棠葉底殘花用黄雪舟韻玉几樊榭同譜》：「飄零又過清明，畫簾淺揭湘紋翠。雲妝卸却，纖膏餘在，還勾蝶睡。國色留情，紅心訴恨，緑陰滿地。數芳叢寂歷，一痕殘綴，歎春事、今休矣。　無那重攜鳳蠟，賦清筵、臨風掩袂。垂垂小住，婷婷獨殿，無多別淚。依約丰姿，玉肌香減，醉顔紅退。悄憑闌不語，羌無與伴，隔盈盈水。」

黄孝邁《水龍吟》原作：「閒情小院沈吟，草深柳密簾空翠。風簷夜響，殘燈慵剔，寒輕怯睡。店舍無煙，關山有月，梨花滿地。二十年好夢，不曾圓合，而今老、都休矣。　誰共題詩秉燭，兩厭厭、天涯別袂。柔腸一寸，七分是恨，三分是淚。芳信不來，玉簫塵染，粉衣香退。待問春、怎把千紅，换得一池緑水。」

國香慢

壬子冬至後三日，過馬半槎南齋，炙甜香以供客，風味幽絶，前明宣宗時禁中製也。坐上索予譜斯闋成。半槎謂予云：「昔熊訥齋請詹天遊賦軟香《慶清朝慢》，云願掃陳言。君於此題，當與天遊競爽矣。」明日，以緑牋請予書之，裝成小軸，高西唐篆其首，曰「甜香新唱」

雨浥芳塵。愛花瓷寶屑，百種芬氲。誰將蜜脾滋味，散作濃春。顫裊微煙猶未，寫蘭韻、如幻如真。輕翻小銀葉，舌本先參，鼻觀徐聞。　漢宮遺事遠，歎尋方難和[一]，按譜偷分。茗甌初啜[二]，依約攙了餘熏。縹緲華胥一枕，蝶飛來、猶戀梨雲。回思殢人處，寄與當時，浣罷羅巾。

【箋】

作於雍正十年壬子（一七三二）十一月初八日，在揚州。爲馬曰璐賦。是年七月自杭來揚，寓馬氏小玲瓏山館，歲末復歸。

甜香：高濂《遵生八箋》：「甜香，惟宣德年製者清遠味幽可愛。燕市中貨者，壇黑如漆，白底上有燒造年月，每壇二斤、三斤，有錫罩蓋罐子。一斤一壇者方真，今亦無之矣。近名諸品合和香料，皆自甜香改易頭面，别立名色云耳。」

詹天遊：詹玉，字可大，别號天遊，約元世祖至正二十二年（一三六二）前後在世。古郢（今湖北江陵）人，曾官翰林學士，監醮長春宫。有《天遊詞》。俞焯《詩詞餘話》：「（詹天遊）後爲翰林學士，熊訥齋嘗以軟香遺之，因作《慶清朝慢》以贈，極形容之至。詞曰：『紅雨争妍，芳塵生潤，將春都揉成泥。分明蕙風薇露，持搦花枝。款款汗酥薰透，嬌羞無奈濕雲癡。偏厮稱，霓裳霞佩，玉骨冰肌。　梅不似，蘭不似，風流處，那更著意聞時。驀地生綃扇底，嫩涼浮動好風微。醉得渾無氣力，海棠一色睡胭脂。閒滋味，殢人花氣，韓壽争知。』」

高西唐：高翔（一六八八——一七五三），字鳳崗，號西唐，又號犀堂、西堂、樨堂等，别號山林外臣。擅畫山水花卉，間作佛像人物。篆刻與汪士慎、丁敬齊名，又與高鳳翰、潘西鳳、沈鳳並稱「四鳳」，爲「揚州八怪」之一。著有《西唐詩鈔》。

密脾：潘牥《瑞香》：「香帶蜜脾甜。」

銀葉：銀片製成之茶盞、熏籠等類器物。陸游《初寒在告有感》：「香暖候知銀葉透。」

「縹緲」兩句：寫往跡如夢，兼用華胥國、莊生蝶、梨花雲三事。參見卷甲《西湖月・明慈聖李太后賜畫九蓮觀音像在靈隱寺借秋閣》（忽忽夢了華胥）、卷續《沁園春》（安穩閒房）、卷甲《一枝春・城東許氏水軒，臨流梨花一株，妍浄可念，主人命酒邀賞，已半落矣。感而賦之》（縹蒂無多）。

趙昱《國香慢·甜香和樊榭》：「旖旎氤氳，似鵝梨密劑，養鼻涎生。蘭閨味甘清軟，不數椒辛。記取秋窗雀尾，併拈得、心字燒親。波羅覓奩譜，篤耨都梁，初未簽名。內家藏秘久，認瓷留御款，歲月侵尋。忍教零落，空費剩馥殘芬。合置思香媚寢，鎖金粉、幽夢争春。同參茗甌過，舌底回時，斜倚篝熏。」

【校】

［一］「尋方」：趙昱《愛日堂吟稿》附樊榭詞作「尋芳」。

［二］「茗甌」：《琴畫樓詞鈔》作「名甌」。

澡蘭香

癸丑淮南重午用吴夢窗韻

荷聲碧檻，蒜影紋簾，詩在枕根夢覺。釵邊綴虎，扇底彈蠅，輸與彩舟佳約。記琵琶、初見灣頭，纔舒新眉半蕚。立盡梅陰，晚雨猶鳴青蒻。　贏得星星短鬢，羞照江心，一規銅魄。涼生楚簟[一]，怨入宫砂，多少玉窗羅幕。想南湖、十頃菱波，閒了微吟淺酌。還認取、天際歸帆，飛鳧闌角。

【評】
《雲韶集》卷十八：居然似夢窗，不獨貌似，神亦似。結得精湛。

【箋】
作於雍正十一年癸丑（一七三三）端午，在揚州。是年四月自杭來揚，六月歸，八月復至。

蒜影紋簾：銀蒜，簾鉤。庾信《夢入堂内》：「幔繩金麥穗，簾鉤銀蒜條。」倪璠注：「銀鉤若蒜條，象其形也。」又作蒜頭形簾墜，用以壓簾幕。蔣捷《白苧》：「一雙銀蒜鎮羅幕。」

釵邊綴虎：古俗，端午日採艾製成虎形飾物，佩戴之，謂能辟邪祛穢。陳元靚《歲時廣記》卷二一引《歲時雜記》：「端五以艾爲虎形，至有如黑豆大者。或翦綵爲小虎，粘艾葉以戴之。」王珪《端午内中帖子詞·太上皇后閣》：「釵頭艾虎辟群邪，曉駕祥雲七寶車。」

扇底彈蠅：《三國志·趙達傳》裴松之注引《吴録》：「曹不興善畫，（孫）權使畫屏風，誤落筆點素，因就以作蠅。既進御，權以爲生蠅，舉手彈之。」

「記琵琶」句：李賀《馮小憐》：「灣頭見小憐，請上琵琶絃。」

飛鳧：《荆楚歲時記》：「五月五日競渡，俗爲屈原投汨羅日，傷其死故，並命舟楫以拯之。舸舟取其輕利，謂之飛鳧。」蘇軾《端午帖子詞·皇太后閣》：「翠輿黄繖何時幸，畫鷁飛鳧盡日横。」

吴文英《澡蘭香·淮安重午》原作：「盤絲繫腕，巧篆垂簪，玉隱紺紗睡覺。銀瓶露井，彩箑雲窗，往事少年依約。爲當時、曾寫榴裙，傷心紅綃褪萼。黍夢光陰，漸老汀洲煙蒻。莫唱江南古調，怨抑難招，楚江沈魄。薰風燕乳，暗雨梅黄，午鏡澡蘭簾幕。念秦樓、也擬人歸，應翦菖蒲自酌。但悵望、一縷新蟾，隨人天角。」

【校】

［一］「涼生」：徐抄本作「涼深」。

西江月

秋晚同嶰谷登煙雨樓

浮玉塔前風色，銷金鍋畔晴瀾。都來收拾一樓間。只少青山數點。　望眼蒼黄越樹，醉魂清冷吴天。柳邊猶繫五湖船。西子煙中去遠。

【箋】

作於雍正十一年癸丑（一七三三）九月。本年八月至十二月寓揚州，歲末歸杭。詞中以瘦西湖景色比之西湖，同時有詩《晚秋夜雨有懷故園》云：「南湖煙翠色，應濕草堂前。」均不無繫念家園之感。

嶰谷：馬曰琯（一六八八—一七五五），字秋玉，號嶰谷，安徽祁門人，徙居江蘇江都。乾隆元年(一七三六)與弟曰璐同舉博學鴻詞,不赴。著有《沙河逸老集》六卷,《嶰谷詞》一卷,並《林屋唱酬集》及《焦山紀遊集》。馮金伯《詞苑萃編》卷八引陳章語:「馬嶰谷曰琯,性好交遊,四方名士過邗上者,必造廬相訪。近結邗江吟社,以倚聲與賓朋酬倡,與昔時圭塘玉山相埒。其詞清新刻削,能自名一家。」

煙雨樓:在揚州瘦西湖東岸,與小金山相對。

浮玉塔:揚州瘦西湖白塔,在五亭橋南側蓮性寺内。舊塔建於何年,已不可考,乾隆四十九年(一七八四)仿北京北海白塔就舊塔基重建。塔基下面嵌有「白塔晴雲」石額,爲揚州二十四景之一。杭州西湖亦有白塔,在湖南白塔嶺上。

銷金鍋:周密《武林舊事》卷三:西湖天下景,朝昏晴雨,四序總宜。杭人亦無時而不遊,而春遊特盛焉。日糜金錢,靡有紀極。故杭諺有「銷金鍋兒」之號,此語不爲過也。詞中借指瘦西湖。按:樊榭弟子汪沆後作《瘦西湖》詩云:「也是銷金一鍋子,故應唤作瘦西湖。」「瘦西湖」之名始著。

「柳邊」兩句:陸廣微《吴地記》引《越絶書》:「西施亡吴國後,復歸范蠡,同泛五湖而去。」蘇軾《水龍吟》:「五湖聞道,扁舟歸去,仍攜西子。」

摸魚兒

塵梅，追和元人顔吟竹

怪朝來、凝芳盈席，一枝幻出清瘦。紛紜不用將犀辟，付與散花摻手。無乍有。想漠漠輕寒，昨夜穿窗透。紗籠護否。恐疏朵横陳，探春多誤，更與灑冰溜。偷描處，漫比脂妝玉鏤。寓形休污吟袖。鹿胎幾點閒蹤跡，驚覺軟紅回首。延望久。恍翳月吹煙，正是開時候。高情似舊。笑學字蕭郎，低徊未拂，香影寫難就。

【箋】

作於雍正十二年甲寅（一七三四）或十三年乙卯（一七三五）春，在杭州。陳皋與趙昱有追和同作。

顔吟竹：顔奎（一二三四—一三〇八），字子瑜，號吟竹，江西太和人。南宋遺民詞人。

犀辟：劉恂《嶺表録異》：「辟塵犀爲婦人簪梳，塵不著髮。」李商隱《碧城》：「犀辟塵埃玉辟寒。」馮浩注引任昉《述異記》：「却塵犀，海獸也。然其角辟塵，致之於座，塵埃不入。」

散花：散花天女。《維摩經·觀衆生品》：「時維摩詰室，有一天女，見諸天人聞所説法，便現其身，即以天花散諸菩薩大弟子上。花至諸菩薩，即皆墮落，至大弟子，便著不墮。」

鹿胎：謂梅花斑，染纈花紋之名目。

顔奎《摸魚兒·塵梅》原作：「對琴臺、不堪塵涴，春風微露纖指。峥嶸鶴膝翹空勢，取次著花安蕊。偏有意。把竹外一枝，飛灑輕煙裏。月涼如洗。又底事丹青，何須水墨，虚白闞清泚。華堂暮，珍重休彈塵尾。静中留此佳致。橋西幾度香浮處，回首都隨流水。閒徙倚。歎汩没黄埃，變幻皆如此。蜚廉莫起。待别有神人，風斤一運，和影上窗紙。」

踏莎行

嘉禾道中和江皋

鴨鴨隨波，鶯鶯坐樹。天涯芳草疑無路。惱人只有燕梢船，濃春又向船中度。　　鬭酒香留，題襟墨聚。菜花黄了忘歸去。韋娘髻子曉妝成，今朝定出湔裙否。項皋謨《筆記》云：「嘉靖中，禾妓杜韋作實心髻，低小尖巧，至晚常如曉妝。時人效之，號『韋娘髻』也。」

【箋】

作於雍正十二年甲寅（一七三四）或十三年乙卯（一七三五）春，與陳皋過嘉興。

江皋：陳皋，字江皋，號對鷗，錢塘人，乾隆時貢生。陳章弟。貧不能食，嘗主天津查氏、揚州馬氏家館。工詩詞，時從樊榭印正。時廣陵社事繁興，争以得其兄弟爲勝。著有《吾盡吾意齋集》、《對鷗漫語》等，詞有《吾盡吾意齋樂府》二卷。

「鴨鴨」兩句：陳師道《擬李義山柳枝詞五首》：「鴨鴨横波去。」范梈《送施處士還東溪》：「樹曉雛鶯坐。」

「天涯」句：辛棄疾《摸魚兒》：「君不見、天涯芳草迷歸路。」

燕梢船：一種摇舲小船。

題襟：唐温庭筠、段成式、余知古常題詩唱和，有《漢上題襟集》十卷。後遂用「題襟」謂以詩文唱和抒懷。

湔裙：見卷甲《曲遊春·郊外探春作》。

陳皋《踏莎行·嘉禾道中》原作：「塔影眠莎，橋痕隱樹。留人學繡村邊路。小舟怪底疾如梭，雲窗霧閣忽忽度。　沙暖鵝翻，波涼魚聚。灣灣又逐青蘆去。沿堤春漲碧於天，人家還有脂傾否。」

露華

玉簪、秋海棠同置小瓶，詞以寫之

楚雲夢遠。覓鬟底瑶舫，悄在秋苑。素萼乍皷，遮住青鸞輕扇。最憐付與紅兒，只隔幔紗遥見。涼颸度，嫣然笑拈，鬧掃初綰。

明河墜露分半。稱香浸銅瓶，臙粉零亂[一]。幾點唾壺情淚[二]，翠襟吹濺。倚妝静看搔頭，又恐一枝敲斷。丹白想，亭亭夜深自遣。

【箋】

作於雍正十二年甲寅（一七三四）或十三年乙卯（一七三五）秋，在杭州。

紅兒：泛指歌妓。羅虬《比紅兒》詩序：「比紅者，爲雕陰官妓杜紅兒作也。美貌年少，機智慧悟，不與群輩妓女等。余知紅者，乃擇古之美色灼然於史傳三數十輩，優劣於章句間，遂題比紅詩。」

鬧掃：古代婦女髮式一種。焦竑《焦氏類林·冠服》：「唐末宫中髻，號『鬧掃妝』，形如焱風散鬌，蓋盤雅、墮馬之類。」唐張氏女《夢王尚書口授吟》：「鬟梳鬧掃學宫妝，獨立閒亭納夜涼。」

丹白：赤誠純潔之意。韋應物《馬明生遇神女歌》：「馬生一立心轉堅，知其丹白蒙哀憐。」

【校】

[一]「臙粉」：《琴畫樓詞鈔》作「脂粉」。

[二]「情淚」：《琴畫樓詞鈔》作「清淚」。

浣溪沙

乙卯冬日同抱樸載酒過湖酹耕民殯宫作

一櫂迎霜拂曉開。非關乘興訪疏梅。斷雲叫徹玉龍哀。　雞酒有情應戀此，湖山如夢可重來。隴泉幽咽語初回。

【箋】

作於雍正十三年乙卯(一七三五)冬，在杭州。

抱樸：汪臺，字抱樸，號復園，浙江仁和人。生於康熙三十一年(一六九二)，與樊榭同年。乾隆丙辰，薦試博學鴻詞。癸亥，郡歲貢，官天台教諭。

耕民：吴奐，字耕民，號藝門，一號歷園，錢唐人。有《因樹亭詩鈔》。汪臺跋其詩集云：「藝門年不滿三十，不屑屑爲進取計。於歷園中蒔花種竹，飲酒賦詩爲樂。」

玉龍：謂笛。何夢桂《三用韻》：「阿誰吹玉龍，哀響落雲間。」姜夔《疏影》：「還教一片隨波去，又却怨、玉龍哀曲。」

雞酒：王嘉《拾遺記》卷七：「田疇，北平人也。劉虞爲公孫瓚所害，疇追慕無已，往虞墓設雞酒之禮，慟哭之音動於林野。」

「隴泉」句：趙抃《送别張憲唐民》：「欲識遠人留戀意，隴泉幽咽下巴江。」

南鄉子

題《揮扇士女圖》

思夢髻慵梳。鸜鵒驚回倚井梧〔一〕。扇影似人人似月，圓初。十六盈盈十五餘。

並蔕點紅蕖。更有關心好句書〔二〕。不用近前頻掩面，生疏。水院雲廊見也無。

【箋】

本詞應袁枚之請爲題，參見卷甲《賣花聲·徐翩翩書扇自稱金陵蕩子婦》。

「十六」句：王維《洛陽女兒行》：「洛陽女兒對門居，纔可容顔十五餘。」

「更有」句：吕本中《寄知止才仲》：「往事關心空自語，新詩好句與誰傳。」

【校】

［一］上片前兩句：《秋林琴雅》作「風小暫回裾。立盡桐陰晝欲徂。」

［二］下片前兩句：《秋林琴雅》作「驀地轉清矑。爲有關心好句書。」

蕙蘭芳引

乾隆丙辰秋七月十日，行郯城道上，殘暑猶熾，夾道楊柳依依，暫有慰於倦旅。予自庚子冬經此，已十七年，爾時樹猶未種也。江潭憔悴之感，在人更有甚於樹者。賦此闋，書旗亭壁

塵沁短衣，話前事、倦途亭午。向畏景新秋，官柳自垂萬縷。繫人舊感，問翠黛、那時何處。等再來瞥見，付與騾綱鈴語［一］。

粉絮吹簾，柔枝縈扇，擁髻曾訴。念好箇江南，争似路旁低舞。少年容易，鬢霜早聚。憔悴多、長夢畫橋煙浦。

【評】

《篋中詞》卷二：闗山失路，觸緒可憐，與登車攬轡者别是一番心眼。黄莘田詩：「我亦譬如

騎竹日，所思人本不曾來。」彼教所謂轉語。

【箋】

乾隆元年丙辰（一七三六）六月，樊榭偕趙昱離杭赴京應博學鴻詞試。詞作於七月，過山東郯城道中。樊榭先於去冬與杭世駿赴京應試，正月過揚州，忽遘疾，乃返。詔令未到之徵士，俱於九月之前到京，遂又行矣。

詞序：十七年前爲康熙五十九年庚子（一七二〇），是年冬月，正是樊榭北上參加會試之時。

江潭憔悴：庾信《枯樹賦》：「《淮南子》云：『木葉落，長年悲。』斯之謂矣。乃爲歌曰：『建章三月火，黄河千里槎。若非金谷滿園樹，即是河陽一縣花。』桓大司馬聞而歎曰：『昔年移柳，依依漢南。今看摇落，悽愴江潭。樹猶如此，人何以堪。』」

騾綱：馱載貨物結隊而行之騾群。

擁髻：謂捧持髮髻，話舊生哀。伶玄《飛燕外傳自序》：「通德占袖，顧視燭影。以手擁髻，淒然泣下，不勝其悲。」蘇軾《浣溪沙》：「擁髻淒涼論舊事。」

好箇江南：許有壬《柳梢青》句。參見卷續《柳梢青・效許圭塘體》。

【校】

［一］「騾綱」：《篋中詞》作「羸綱」。

一絡索

風走葉聲簾底。夜長燈細。秋塵不肯洗征衫，有前日、分攜淚。　暗憶餘香殘醉。幾層煙水。分明新夢到伊行，但道得、相思字。

【箋】作於乾隆元年丙辰（一七三六）秋，赴京應博學鴻詞試，北上途中。

「分明」句：周邦彥《風流子》：「最苦夢魂，今宵不到伊行。」

惜奴嬌

深院無人，看分月、紋疏小。閒情約、青奴漫惱。藕惹冰絲，悄一似、紅衣拗。曾道。賦微涼、單棲悟早。　露簟煙襟，可暗憶、淩波櫂。垂楊髻、幽花玉照。夢繞香瓔，又喚醒、煩塵掃。秋到。休更怨、西風草草。

【箋】青奴：黄庭堅《青奴》：「我無紅袖堪娱夜，政要青奴一味涼。」《王直方詩話》：「東坡寄劉子玉云：『問道牀頭惟竹几，夫人應不解卿卿。』又送竹几與謝秀才云：『留我同行木上座，贈君無語竹夫人。』蓋俗謂竹几爲竹夫人也。山谷云：『竹夫人乃涼寢竹器，憩臂休膝，非夫人之職。而冬夏青青，竹之所長，故爲名曰青奴。』」

垂楊髻：謂雙髻髮縷垂如柳綫。柳永《鬭百花》：「剛被風流沾惹，與合垂楊雙髻。」

香瓔：即瓔珞，貫串珠玉而成之裝飾品，俗稱佛珠或念珠。《法苑珠林》：「波斯匿王欲賞末利夫人香瓔。」

天香

煙草，《神農經》不載。出於明季，自閩海外之吕宋國移種中土，名淡巴菰，又名金絲薰，見姚旅《露書》。食之之法，細切如縷，灼以管而吸之，令人如醉。祛寒破寂，風味在麴生之外。今日偉男髫女，無人不嗜，而予好之尤至。恨題詠者少，令異卉之湮鬱也。暇日斐然命筆，傳諸好事

瀛嶼沙空，星槎翠翦，耕龍罷種瑶草。秋葉頻翻，春絲細吐，寄與繡囊函小。荷筩漫

試，正一點、温馨相惱。纔近朱櫻破處，堪憐蕙風初裊。嬌寒戰回料峭。勝檳榔、爲銷殘飽。旅枕半敧熏透，夢闌人悄。幾縷巫雲尚在，濺唾袖、餘花未忘了。喚剔春燈，暗縈醉抱。

【評】

翁方綱批點：秀潔，無一字鬆脱。得於石帚而不爲石帚縛者，此即其人矣。（振綺堂本章鈺輯録）

【箋】

作於乾隆二年丁巳（一七三七）暮春，在揚州。去年九月博學鴻詞試報罷，十一月歸里。本年於四、五月間，及九、十月間，兩度往返揚州。《樊榭山房續集》集外文《跋煙草次韻詩》：「昔年予客邗江，曾偕同人唱煙草《天香》一闋，頗盡體物之旨。」

詞序：《神農經》，即《神農本草經》，中醫學著作，成書於東漢時期。姚旅《露書》卷十：「吕宋國出一草曰『淡巴菰』，一名曰『醺』，以火燒一頭，以一頭向口，煙氣從管中入喉，能令人醉，且可闢瘴氣。有人攜漳州種之，今反多於吕宋，載入其國售之。淡巴菰，今莆中亦有之，俗曰『金絲醺』。葉如荔枝，搗汁可毒頭蝨，根作醺。」吴顥《國朝杭郡詩輯》卷九：「（樊榭）少孤貧，其兄以鬻淡巴菰以養之。」

「耕龍」句：李賀《天上謡》：「王子吹笙鵝管長，呼龍耕煙種瑶草。」曾益注：「仙人種芝以食，故云耕。耕煙呼龍，見天上與人世自别。」王琦匯解引《十洲記》：「方丈洲在東海中心，群仙不欲升天者皆往來此洲，仙家數十萬，耕田種芝草，課計頃畝，如種稻狀。」

「勝檳榔」句：《南史·劉穆之傳》：「穆之少時，家貧誕節，嗜酒食，不修拘檢。好往妻兄家乞食，多見辱，不以爲耻。其妻江嗣女，甚明識，每禁不令往江氏。後有慶會，屬令勿來。穆之猶往，食畢求檳榔。江氏兄弟戲之曰：『檳榔消食，君乃常飢，何忽須此？』」

吴衡照《蓮子居詞話》卷三：「厲樊榭生平有煙癖，類韓慕廬。嘗譜《天香》詞，傳諸好事。同時汪韓門、翟晴江有詩，全謝山有賦，足備菰材故實。方靈皋之官禮部也，曾請飭煙禁，以裕民食。今則土葉殆遍，而吾杭製切，尤有名已。」

郭則澐《清詞玉屑》卷一一：「一時詞流競和，裒然成集。就中許周生宗彦、吴穀人錫麒兩詞，俱效奩體，尤推綿麗。周生詞云：『玉醖靈芽，霞含嫩蕊，相思種就仙草。堆繡囊青，浮筠管紫，淺撥鴨爐紅小。停鍼吸取，看颺出、柔情多少。閒傍雕闌佇立，濃馨怕被花惱。　底事消磨綺抱。剔蘭釭、片雲低繞。算是最縈情緒，酒闌人悄。半露荑尖小握，待遞與、纖纖一枝好。背啟櫻唇，幾絲翠裊。』穀人詞云：『瑶草深耕，瓊絲密縷，煙霞散入人世。吸似荷筩，敲便石火，領取炙餘風味。朱櫻小破，認朵朵、蓮翻舌底。閒趁銀釭未滅，偎衾試消寒意。　温馨引人如醉。慰孤愁、麴生差擬。翠黏秋衫猶記，唾花香膩。百種相思欲寄，奈化作、巫雲又輕墜。颺出紋簾，合成心字。』其『麯生』句，即用樊榭語也。煙草之嗜，韻流不免，故有呼爲『釣詩鉤』者，爲南粵別産。」

丁紹儀《聽秋聲館詞話》卷一七：「厲樊榭倚《天香》調賦煙草，先後和者數十家。時多縷切爲絲，截竹木如荷筩，貯而燃吸，今所謂旱煙是也。近有範銅爲管，儲水而吸之有聲者，其製愈巧，品亦差別。韓螺山中翰詠以前調云：『鏡粉銀揩，壺冰玉瑩，荷筩新樣輸巧。束紙熏蘭，凝塵碾麝，汲取井華寒曉。玲瓏豆火，算合就、丁壬婚好。纔把詩襟浣雪，煙霞吐吞多少。呼童繡囊貯早。滯人懷、半醒殘飽。昵語隔簾吹出，轆轤聲小。幾度春荑細捻，惹淺暈、檀黄透纖爪。唾地餘芬，墜煙自裊。』又有細碾爲末，貯壺中而嗅以鼻者。陳叔安明府亦倚是調賦云：『細搗還凝，輕拈欲化，氤氳竟斷斜縷。氣定方思，心清自妙，不比尋常含吐。藍田日暖，任一握、雕瓊密護。待與花香暗撲，茸茸漫凝霏霧。　點來料應頓悟。味酸辛、麯生同否。可是舊耕瑶草，别縈芳緒。狂嗅風情共許。更洛詠、真成謝公趣。蘸指餘芳，從容掩住。』高庵明經復倚前調詠阿芙蓉。……按煙草一名淡巴菰，始自明末，康熙初猶禁吸食，後乃盛行，無論男婦貴賤，嗜之幾同粟菽。阿芙蓉俗名鴉片煙，來自外洋，邊患且因之而啟，粵匪亦乘閒繼起，流毒幾遍天下。噫！一吸之微，而禍延家國，宜古人於旨酒象箸，動色相戒。惜各家詞中，未語及此。」

虞美人

遊絲不惹東風住。和悶閒吹絮。嫩寒猶護小窗紗。試比去年今日瘦些些。　飛紅只在迴塘裏。塘下差差水。水邊杜宇盡情啼。喚得春歸何似喚郎歸。

【箋】作於乾隆二年丁巳（一七三七）暮春，在揚州。

杏花天影

丁巳秋日舟過荷葉浦作

蘋花纔報西風信。早添得、清愁上鬢。短蓑開合雨濛濛，借問。小平橋、斷戍近。　沿明鏡、紅疏翠暈。聽依約、菱歌去盡。已涼天氣別人時，未穩。倩行雲、爲寄恨。

【箋】作於乾隆二年丁巳（一七三七）九月，自杭赴揚途中，過松江。《樊榭山房集》卷八《擬冬堂贈辭序》：「乾隆丁巳夏午，予抱嗽上氣之疾，歷秋乃瘳。」八月病起，九月至揚州。

「已涼」句：韓偓《已涼》：「已涼天氣未寒時。」

醉太平

戊午暮春，泛舟紅橋，同授衣、廉風聯句

楊花滿天，榆錢滿船太鴻。緑陰湖上年年。問誰尋翠鈿授衣。　橋邊酒邊。樓前眼前廉風。夕陽一角闌干。對春風可憐太鴻。

【箋】

作於乾隆三年戊午（一七三八）三月，在揚州。陳章《孟晉齋詩集》卷五有《三月十一日同厲太鴻閔蓮峰張南漪楊榆亭泛舟紅橋》詩。

廉風：閔華，生於康熙三十一年（一六九二）前後，字玉井，號廉風，一號蓮峰，江都人，監生。精金石文物，與樊榭、金農、馬曰琯、杭世駿、唐建中等爲友。著有《澄秋閣集》十二卷，集中多論金石、文物及題畫之作，有《槠葉詞》。樊榭曰：「玉井填詞在中年以後，與松泉、葑田競爽邗上，松泉清俊，葑田綿麗，玉井始欲兼二者之長。而予亦時以擊轅之音，相與往復。」（馮金伯《詞苑萃編》卷八）

減字木蘭花

過張無夜花龕

竹垣花架。四面陰陰堪結夏。手捉松枝。君是前身鶴阿师。　楞伽堆案。欲話無生誰是伴。久斷知聞。一縷茶煙裊作雲。

【箋】

作於乾隆三年戊午（一七三八）四月，在杭州，自揚州返。

張無夜：張世犖，錢唐人，字遇春，號無夜，又號無垢、夢蓮生、妙峰。乾隆九年（一七四四）解元。爲詩短韻長言，俱遒正軌。沈德潛甚推許之，比爲詩教中再舉之黄鵠。又長於經學，嘗爲《大易》、《南華》作注。著有《妙峰遺稿》。

結夏：《荆楚歲時記》：「四月十五日，天下僧尼就禪刹掛搭，謂之結夏。」

鶴阿師：孟郊《戲贈無本》：「有時踉蹌行，人驚鶴阿師。」阿師，稱僧人。鶴，喻清瘦。

「楞伽」兩句：《楞伽經》：「大慧，不自生非不生，除，住三昧，是名無生。」謂滅除妄想，離相而不生心。徐賁《贈表弟黄校書輅》：「閒來共話無生理，今古悠悠事總虚。」

久斷知聞：知聞，交往、交結。羅大經《鶴林玉露》甲篇卷四：「（唐庚）後以党禍謫羅浮，作詩云：『説與門前白鷺群，也須從此斷知聞。諸公有意除鉤黨，甲乙推求恐到君。』」

「一縷」句：杜牧《題禪院》：「今日鬢絲禪榻畔，茶煙輕颺落花風。」

水龍吟

半竿殘日江城，平蕪寒色新來淺。舊遊似夢，閒身如葉，闌干凭遍。老去劉郎，芳温一念，最難消遣。況雨聲不管，愁人厭聽，更長處、和啼雁。　無計憑他酒盞。奈依然、酒醒天遠。絲占蟢子，香盟心字，關情在眼。碧鏡春酥，青綾秋夢，紫簫幽怨。待佗時、絮語西窗今夜[二]，把蘭燈翦。

【箋】

作於乾隆三年戊午（一七三八）九月、十月間，在揚州。

「芳温」兩句：蔡松年《江神子慢・賦瑞香》：「蕭閒平生淡泊。獨芳温一念，猶未衰歇。」

絲占蟢子：劉晝《劉子》卷三：「今野人晝見蟢子者，以爲有喜樂之瑞。」

香盟心字：楊慎《詞品》卷二：「詞家多用心字香，蔣捷詞云：『銀字箏調。心字香燒。』張于湖詞：『心字夜香清。』晏小山詞：『記得年時初見，兩重心字羅衣。』范石湖《驂鸞録》云：『番禺人作心字香，用素馨茉莉半開者，著净器中。以沈香薄劈，層層相間，密封之。日一易，不待花蔫。花過香成。』所謂心字香者，以香末縈篆成心字也。」

春酥：指面上紅暈。元稹《贈雙文》：「曉行看月墮，春酥見欲消。何因肯垂手，不敢望迴腰。」

紫簫幽怨：毛幵《燕山亭》：「惆悵共誰，細繞花陰，空懷紫簫淒怨。」

【校】

〔一〕「佗時」：徐抄本作「花時」。

湘月

揚州勝處，惟紅橋爲最。春秋佳日，苦爲遊氛所雜。俗以大舟載酒，穹篷而六柱，旁翼闌檻，如亭榭然。每數艘竝集，或銜尾以進，則煙水之趣希矣。戊午十月十七日，風日清美，煦然如春，廉風、萸亭、賓谷、葑田，招予與授衣、于湘，唤舟出鎮淮門，歷諸家園館，小泊紅橋，延緣至法海寺，極蘆灣盡處而止。蕭寥無人，談飲間作，亦一時之樂也。懸燈歸櫂，吟興各不能已，相約賦《念奴嬌》鬲指聲一闋，而屬予序之

客遊未懶，記名園水鑰，誰與重叩。淡寫霜痕，愛到處、吹盡尋常歌酒。斷溆通煙，

疏籬借暖，尚掛微黄柳。移船遥去，照人都爲詩瘦。何地更著功名，天教老子，付垂綸閒手。細數闌干問往事，春共横波争秀。亂影風燈，催歸晚笛，眷此情依舊。城頭生月，作去聲成鄉思時候。

【評】

《雲韶集》卷十八：（上闋）鍊字鍊句，有此詞不負此遊。（下闋）風雅疏狂，歐、蘇風派。（結句）客裏遨遊，結筆鉤起鄉思，可謂語不忘本。

【箋】

作於乾隆三年戊午（一七三八）十月，在揚州。

詞序：王士禛《紅橋遊記》：「出鎮淮門，循小秦淮而北，陂岸起伏多態，竹木蓊鬱，清流映帶。人家多因水爲園，亭榭溪塘，幽窈而明瑟，頗盡四時之美。拿小舟，循河西北行，林木盡處，有橋，宛然如垂虹下飲於澗，又如麗人靚妝袨服流照明鏡中，所謂紅橋也。遊人登平山堂，率至法海寺舍舟而陸，徑必出紅橋下。」李斗《揚州畫舫記》卷三：「廣儲門在新城北，亦曰鎮淮門。其城外市河，上通便益門，下通天寧門，遊船所集，與便益門等。左岸有梅花書院、史閣部墓諸古跡。」又卷一二：「蓮花橋北岸有水鑰，康熙間爲土人火氏所居。林亭極幽，比之净慈寺，山路稱爲小南屏。厲樊榭與閔廉風、江賓谷、樓于湘諸人遊，序謂『小泊虹橋，延緣至法海寺，極蘆灣盡處而止』，即此地也。」法海寺，在平山堂側，元至元間僧爲正初建，康熙四十四年（一七〇五）賜名「蓮性」。

茰亭：楊大任，字茰亭，又作楡亭，江蘇南京上元縣人，居儀徵。工詩，亦善丹青。

賓谷：江昱（一七〇六—一七七五），字賓谷，號松泉。祖籍安徽歙縣，先世遷居江蘇江都。乾隆元年（一七三六）舉試博學鴻詞科，辭不赴。嗜學安貧，無改其樂，沈德潛以國士目之。精於《尚書》，著《尚書私學》，一時諸儒折服。於詞用力尤深，有論詞詩十八章，厲鶚、江炳炎等皆歎賞。刁去瑕云：「江賓谷雅好南宋人詞，尤愛其中一二家最平淡者。平日論詞及所自爲，並能追其所見。」（馮金伯《詞苑萃編》卷八）著有《松泉詩集》六卷、《梅鶴詞》四卷、《集外詞》一卷，又嘗疏證《山中白雲詞》、《蘋洲漁笛譜》及《草窗集外詞》。

葑田：吴廷采，字章五，號葑田，江蘇溧水人，原籍徽州。生於康熙四十五年（一七〇六）。工詩。

于湘：樓錡（一七一七—一七五四），字于湘，江蘇長洲人，居揚州。著有《于湘遺稿》，詞附。「付垂綸」三句：盧祖臯《賀新郎》：「猛拍闌干呼鷗鷺，道他年、我亦垂綸手。」周邦彦《一落索》：「眉共春山争秀。」

風入松

憶茶

陸家休更説遺經。負了雨前盟。當時風月花瓷畔，餘甘潄、幾許看承。戲語從佗歐九，困人不止春酲[一]。　爲茶作病病皆清。關鬲有凝冰。而今却費閒薑桂，開芳焙、可是忘情。一盞微聞蘭氣，半簾時夢松聲。

【箋】

作於乾隆三年戊午（一七三八）十月，在揚州。

「陸家」句：參見卷甲《滿庭芳・寄暢園在惠山下》。

雨前：《宋史・食貨志》：「散茶出淮南、歸州、江南、荆湖，有龍溪、雨前、雨後之類十一等。」蔡襄《茶録》：「採茶之候，貴及其時，太早則味不全，遲則神散。以穀雨前五日爲上，後五日次之，再五日又次之。」

「戲語」兩句：歐陽修排行第九，故稱「歐九」。歐陽修《茶歌》：「論功可以療百疾，輕身久服勝胡麻。我謂斯言頗過矣，其實最能祛睡邪。」

爲茶作病：范公偁《過庭録》：「劉貢父知長安，妓有茶嬌者，以色慧稱，貢父惑之，事傳一時。貢父被召造朝，茶遠送之。貢父爲夜宴痛飲，有別詩曰：『畫堂銀燭徹宵明，白玉佳人唱渭城。唱盡一杯須起舞，關河風月不勝情。』至闕，永叔直出道者院，去城四十五里迓貢父。貢父適病酒未起。永叔曰：『何故未起？』貢父曰：『自長安路中，親識留飲，頗爲酒病。』永叔戲之曰：『貢父，非獨酒能病人，茶亦能病人多矣。』」永叔，歐陽修字。陸游《烹茶》：「年來衰可笑，茶亦能作病。」

「關鬲」句：關鬲，胸腹之間。杜甫《秋日阮隱居致薤三十束》：「衰年關鬲冷，味暖復無憂。」范仲淹《謝賜鳳茶表》：「謹當餌爲良藥，飲代凝冰，思苦口以進言，勵清心而守道。」

薑桂：生薑和肉桂。孫楚《出歌》：「薑桂茶荈出巴蜀，椒橘木蘭出高山。」

蘭氣：李德裕《憶平泉雜詠·憶茗芽》：「松花飄鼎泛，蘭氣入甌輕。」

松聲：劉禹錫《西山蘭若試茶歌》：「驟雨松聲入鼎來，白雲滿盌花徘徊。」

【校】

［一］「春酲」：四庫本作「春醒」。

角招

予與趙谷林長安别三年矣。戊午初冬，谷林自北歸，相見於邗城。塵衣風帽，同話舊遊，淒然棖觸予懷也。家山漸近，又復薄遽分手。予歸杭當在冬杪，谷林家西池梅花下談讌之樂，計日可待。因用白石老仙自度曲所云黄鐘清角調者，製一闋寄之

話離索。相逢又是江天，雁影寥廓。近來偏憶著。並馬去程，茅店山郭。情懷最惡。向舊日、淮南棲託。看盡人間迎送，似官道柳垂垂，任西風梳掠。休莫。琴移别調，塵銷古怨，此意真如瘧。夢歸煙漠漠。題扇書裙，三年前約。吴船乍泊。早問取、疏梅池閣。爲怕寒香瘦削。想翻笑、我歸遲，延春酌。

【評】

《雲韶集》卷十八：（上結三句）即白石「閲人多矣，誰得似長亭柳」之意，但遣詞各别耳。「瘧」字妙。（下結）筆仗却好。

【箋】

作於乾隆三年戊午（一七三八）十月，在揚州。

「此意」句：羅隱《春日葉秀才曲江》：「别愁如瘧避還來。」

題扇書裙：《晉書·王羲之傳》：「又嘗在蕺山見一老姥，持六角竹扇賣之。羲之書其扇，各爲五字。姥初有愠色。因謂姥曰：『但言是王右軍書，以求百錢邪。』姥如其言，人競買之。」《宋書·羊欣傳》：「欣時年十二，時王獻之爲吴興太守，甚知愛之。獻之嘗夏月入縣，欣著新絹裙晝寢，獻之書裙數幅而去。欣本工書，因此彌善。」後以二事借指好友過訪。張雨《吴興道中》：「扁舟偶趁採樵風，題扇書裙莫惱公。」

按：詞序依姜夔格，姜詞過片：「猶有。畫船障袖。」「袖」字押韻。而本詞「琴移别調」句不用韻。又：姜詞一〇八字，《詞譜》不取，而以趙以夫詞一〇七字爲體，調名下云：「調見趙以夫《虚齋集》，自注：姜夔製《角招》、《徵招》二曲，余以《角招》賦梅。古樂府有大、小《梅花》，皆角聲也。」於趙詞後又注：「此調只有此詞，無别首可校。」誠自相矛盾之説。陳鋭《褒碧齋詞話》：白石詞起句「爲春瘦。何堪更、繞西湖盡是垂柳」，第三句本只六字，不知何時「湖」上多一「西」字，遂使旁注少一宫譜，此皆沿舊本之誤。朱祖謀、夏承燾亦謂「西」字誤衍。此調宋詞僅姜、趙各一首，元、明僅邵亭貞二首依趙體，清人所作則一〇八字爲多，斷句亦如本詞。

步月

己未歲吴山燈市甚盛用史梅溪韻

瞰月峰高，看街簾遠，物華取次如歸。夜深寒淺，春在六銖衣。望來處、紗籠萬點，見背後、釵燕雙飛。疏梅下、星移漢轉，勝似拜安妃。　　塵霏。行不斷，踏歌伴軟舞，隨地成圍。天教晴穩，樂事往年稀。念遊侶、餘酲尚在，問殢人、香夢誰知。怱怱裏，餳簫又、曉透羅幃。

【箋】　作於乾隆四年己未（一七三八）正月十五日前後，在杭州，去年歲末自揚州返。

燈市：周密《武林舊事》卷二：「都城自舊歲冬孟駕回，則已有乘肩小女、鼓吹、舞綰者數十隊，以供貴邸豪家幕次之玩。而天街茶肆，漸已羅列燈球等求售，謂之『燈市』。自此以後，每夕皆然。」

「夜深」兩句：《長阿含經》：「忉利天衣，重六銖。」言其輕薄。韓偓《浣溪沙》：「宿醉離愁慢髻鬟，六銖衣薄惹輕寒。」

星移漢轉：崔液《上元夜六首》：「星移漢轉月將微。」

拜安妃：《碧湖雜記》：「東都宣政間，禁中有保和殿，殿西南廡有玉真軒，軒内有玉華閣，即安妃妝閣也。妃姓劉氏，入宫，進位貴妃。林靈素以左道得幸，謂上爲『長生帝君』，妃爲『九華玉真安妃』。每神降，必别置妃位，畫妃像於其中，每祀妃像。」《宋史·后妃列傳》：宣和三年（一一二一）薨，年三十四歲。初謚明節和文，旋加册贈爲皇后。帝悼之甚。宋徽宗《醉落魄·預賞景龍門追悼明節皇后》：「無言哽咽，看燈記得年時節。行行指月行行説。願月常圓，休要暫時缺。」

史達祖《步月》原作：「翦柳章臺，問梅東閣，醉中攜手初歸。逗香簾下，璀璨鏤金衣。正依約、冰絲射眼，更荏苒、蟾玉四飛。輕塵外、雙鴛細蹙，誰賦洛濱妃。　霏霏。紅霧繞，步摇共鬢影，吹入花圍。管絃將散，人静燭籠稀。泥私語、香櫻乍破，怕夜寒、羅襪先知。歸來也，相偎未肯入重幃。」

樊榭山房詞續

梅子黄時雨

梅雨

枯坐幽窗，賺輕夢破時，驚響荷扇。正濃緑牆頭，金丸堪薦。想到一犁江上，暝愁將入吴雲遠。淙潺遍。吹笛夜船，燈影遥顫。　深院。殘寒猶戀。漫妨他燕乳，簾暗慵捲。奈掃壁看題，蝸偷銀篆。依約紅綃香潤句，襪羅應竚沿階蘚。風微便。樓前鏡波深淺。

【箋】

作於乾隆五年庚申（一七四〇）初夏，在杭州。

金丸：華岳《重午》：「梅天有雨金丸重。」

一犁：指春雨，雨量足夠開犁耕種，故云。蘇軾《如夢令》：「歸去。歸去。江上一犁春雨。」

按：《梅子黄時雨》，首見張炎《山中白雲詞》，六七兩句「鷗鷺相看驚比瘦，近來不是傷春病」，傳本或作「鷗鷺相看如瘦，近來不是傷春病」，前句脱一字。後人不查，遂以前六後七爲又一體。
掃壁看題：黄庭堅《送吕知常赴太和丞》：「掃壁覓我題詩看。」
蝸偷銀篆：毛滂《玉樓春》：「泥銀四壁盤蝸篆。」
「依約」句：王琪《望江南》：「紅綃香潤入梅天。」
「襪羅」句：趙昂夫《最高樓》：「侵階苔蘚宜羅襪，逗衣梅潤試香篝。」

摸魚兒

和葑田病耳

甚年時、楚江寒早，病懷偏惱孤旅。悠然自喚空閒字，瘦影幾番回顧。難寐處。也省聽、敲窗暗葉穿階雨。殘更漫數。總付與醒眸，青燈素被，渾未減愁緒。　人間世，幾箇知音伴侣。幽蘭渌水休譜。只應不了枯禪味，聞性捲荷猶貯。凝思苦。問隔屋釵聲，可是忘情句。因君小住。向無想山中，飛塵浣斷，相約枕流去。

【箋】

作於乾隆六年辛酉（一七四一）四月，在揚州，慰吴廷采耳疾。

空閒字：《黄帝内景經》：「耳神空閒，字幽田。」白履中注：「空閒幽静，聽物則審，神之所居，故曰田也。」

幽蘭：古琴曲名。宋玉《諷賦》：「臣援琴而鼓之，爲《幽蘭》、《白雪》之曲。」謝惠連《雪賦》：「曹風以麻衣比色，楚謡以幽蘭儷曲。」

渌水：古曲名。馬融《長笛賦》：「中取度於《白雪》、《渌水》。」李周翰注：「《白雪》、《渌水》，雅曲名。」陳子昂《春臺引》：「擊青鐘，歌渌水。」

枯禪：枯坐參禪。王廷相《雅述》卷上：「今乃以聖人言語並其動作而爲末焉，其亦不思甚矣。推此意也，真欲枯禪白坐以見性乎？」

「聞性」句：聲聞性，佛教語。《大明三藏法數》：「聲聞者，聞佛聲教而悟道之人也。謂聲聞根性，惟習生滅四諦之法，而證真空涅槃之果，樂著空寂，怖畏生死，不能起行度生，進求佛道，故名聲聞性不成佛。」捲荷，佛經以兩耳爲雙荷葉。

「想隔屋」兩句：陳著《次韻石秀叔慈雲避席自解》：「隔壁釵聲想暗聞。」韓偓《閨情》：「敲折玉釵歌轉咽，一聲聲作兩眉愁。」

「向無想」句：《金剛經》：「若有想，若無想，若非有想非無想。我皆令入無餘涅槃而滅度之。」《法苑珠林》：「或求無色，或求浄居，或求無想，故識亦不樂住也。」周應合《景定建康志》：「韓熙載讀書堂在溧水無想寺中。」張鎡《至正金陵新志》：「無想山在州南十八里，有禪寂院，院有韓熙載書堂。」嘉慶《江寧府志》：「無想寺在縣南十八里無想山，一名禪寂院。」按：吴廷采，溧水縣人。

枕流：《世説新語·排調》：「孫子荆年少時欲隱，語王武子『當枕石漱流』，誤曰『漱石枕流』。王曰：『流可枕，石可漱乎？』孫曰：『所以枕流，欲洗其耳。所以漱石，欲礪其齒。』」

瑣窗寒

初夏同葑田、松泉過深柳草堂

户小關雲，城高縋碧，嫩陰摇瓦。何年種柳，正憶漢南遊冶。想依依、香綿褪時，繡鴛不到閒庭榭。付餘花倦蝶，橋痕簾影，伴人情話。　疏野。連漁汊。聽笛弄滄浪，悄然歌罷。離蹤似寄，頓冷故溪吟社。笑輸他、桃根渡頭[一]，載來翠峰偏淡寫。看籬根、艇子縈回，任取浮萍惹。

【箋】

作於乾隆六年辛酉（一七四一）四月，在揚州。

深柳草堂：在揚州城西北隅，近大明寺，清初江都人阮玉鉉所建别業。

「何年」兩句：見卷乙《蕙蘭芳引·乾隆丙辰秋七月十日》。

香綿褪時：周密《鷓鴣天·清明》：「柳寒猶未褪香綿。」

「付餘花」兩句：張耒《寂寂》：「晚蝶守餘花。」又《冬日雜興六首》：「水落橋痕在。」

【校】

［一］「桃根」：《國朝詞雅》作「桃葉」。

天香

薛鏡

藍浪浮花，青銅淬彩，空明大好無翳。樣巧裁菱，面平揩粉，不數尚方新製。吴船載取，縈繡帶、疑迴鸞翅。低掛蘇潭，片月如描，弁峰晴翠。　華年誤人似此。杜郎看、鬢絲難避。幾對淺渦梨暈，笑臨秋水。勳業平生付與，最愛是、長宜舊銘字。聽罷懷中，窺餘睡起。

【箋】

《樂府補題》爲南宋遺民詞人同題唱和詞集，以詠物填詞寄託故國情懷。清康熙以來，擬作、續作不絶，少有深沈之思，競以捃摭爲工，鈔撮堆砌，幾成文字遊戲。誠如譚獻所言「巧構形似之言，漸忘古意」，亦無怪謝章鋌「又益餖飣一派，爲有苗氏作世譜」之譏。樊榭手訂《樊榭山房集》嚴於去捨，於《秋林琴雅》録入者僅三分之一，而《雪獅兒》詠貓四闋全收，首闋序云「作此狡獪，殆非詞家清空婉約之旨」，聊示解嘲而已。

查爲仁輯《擬樂府補題》一卷，序云：「賦物詞以宋人《樂府補題》爲極詣，浙西六家多和之。此絶唱，不當和也。樊榭、南香諸君即其詞別擬一題，纖綃泉底，杼軸自我。予結習未忘，頗有繼聲之作，因並付開雕。是書亦名《蔗塘外集》，而實在外集之外。」是集所收同調同題《天香・賦薛鏡》、《水龍吟・賦漳蘭》、《摸魚兒・賦茨》、《齊天樂・賦絡緯》、《桂枝香・賦銀魚》，作者十人，以樊榭居前，其後爲陸培、張雲錦、張奕樞、陳皋、閔華、吴廷采、萬光泰、樓錡、查爲仁。

《擬樂府補題》收樊榭本詞以下五闋，作年當在乾隆六年辛酉（一七四一）至乾隆七年壬戌（一七四二）之間。《樊榭山房續集》卷三癸亥（乾隆八年，一七四三）《書柘湖張龍威長短句後二首》詩後自注：「龍威有和予《續樂府補題》五闋，其《天香》賦薛鏡云：『粉潔休磨，塵輕不染，識取夜來名字。』深有感於予懷也。」蓋樊榭先作，其後張雲錦等人和之。其時集中作者，樊榭往來杭、揚之間，陳皋、閔華、吴廷采、樓錡在揚州，陸培、張雲錦、張奕樞在平湖，萬光泰、查爲仁在天津。樊榭首唱，諸家陸續步和，查爲仁最後繼聲並爲結集，非於一時一地而成之者也。

薛鏡：湖州銅鏡起於北宋，盛於明清。成化《湖州府志》：「郡中工人鑄鏡最得法，世稱湖州鏡。」《浙江通志》：「鏡以吳興爲良，其水清冽，能發光也。最知名者薛氏。薛，杭人，而業於湖，以磨鏡必用湖水。」湖州薛氏鏡最佳者爲薛惠公所造，以方形鏡居多，鏡背鑄四言銘文並落款，如：「既虚其中，亦方其外。一塵不染，萬物皆備。湖城薛惠公造。」

尚方新製：《漢元光鏡銘》：「漢造作尚方明竟，幽煉三商。」朱彝尊《漢尚方鑑銘跋》：「驗其背，銘辭曰：『尚方作鏡真大好，上有仙人不知老，渴飲玉泉飢食棗。』『鏡』省文作『竟』，蓋漢尚方鑑也。漢宫闕有尚方掖門官制，設尚方令丞待詔，職屬少府，主作禁器物，掌上手工作，以宦者爲之。」

蘇潭：蘇公潭，在浙江湖州。談鑰《吳興志》卷五：「蘇公潭在湖州府，自貴涇東流三百五十步，見舊經，又《統記》云在霅谿東二百五步至駱駝橋下。開元初蘇瓌子蘇頲爲烏程尉，墜此溪水間，直至潭底，聞水中有人語云『扶出蘇公』，俄出水上。有記述其事。」

弁峰：朱鶴齡《愚庵小集》卷一三：「弁峰，即卞峰，在吳興境，與震澤接壤。」蘇軾《和章七出守湖州二首》：「霅水未渾纓可濯，弁峰初見眼應明。」

「杜郎」句：杜牧《書懷》：「滿眼青山未得過，鏡中無那鬢絲何。」

秋水：喻鏡面明净。鮑溶《古鑒》：「曾向春窗分綽約，誤迴秋水照蹉跎。」

「勳業」句：杜甫《江上》：「勳業頻看鏡，行藏獨倚樓。」

聽罷懷中：王建《鏡聽詞》：「重重摩挲嫁時鏡，夫婿遠行憑鏡聽。」李光地《月令輯要》卷五：「元旦之夕灑掃，置香燈於竈門，注水滿鐺，置杓於水，虔禮拜祝。撥杓使旋，隨柄所指之方，抱鏡出門，密聽人言，第一句便是卜者之兆。」參見卷乙《東風第一枝·癸卯元夕雪晴》。

窺餘：宋玉《九辯》：「今修飾而窺鏡兮，後尚可以竄藏。」

水龍吟

漳蘭

海帆吹送瓊姿，一番又拆秋前信。雲衣裊裊，冰心的的，高情占盡。著意扶持，青瓷架小，素甌茶嫩。向風亭水檻，炎光不到，搴香夢、今纔準。　可惜幽芳易近。有誰知、楚天閒恨。逢迎只許，靈均水佩，湘娥煙鬢。驛荔程遥，蠻花種沓，不堪重問。試山空露下〔二〕，瑶琴獨按，寫深林韻。

【箋】

漳蘭：建蘭原産福建，俗稱「秋蘭」，葉狹而尖，質剛硬，易倒伏，常須盆内四周插支柱扶持。七、八月間抽生花莛，著花五至九輪。花淡黄色，稍帶緑暈，香味强烈，一花足使滿室馥郁。漳蘭爲建蘭之變種，葉稍闊而質軟，葉上端易下垂，花與建蘭相似。

的的：《淮南子》卷一七：「的的者獲。」高誘注：「的的，明也。」

靈均水佩：屈原《離騷》：「紉秋蘭以爲佩。」王維《蘭》：「根移地因偏，花老色未改。意蘇瘴霧餘，氣壓初寒外。婆娑靖節窗，彷彿靈均佩。」

湘娥：湘妃。見集外詞《臺城路・上虞百官江口舜廟》。

「驛荔」兩句：荔枝、漳蘭，俱産福建，故云。

「試山空」三句：《荀子・宥坐》：「夫芷蘭生於深林，非以無人而不芳。」蔡邕《琴操》：「《猗蘭操》者，孔子所作也。孔子歷聘諸侯，諸侯莫能任。自衛反魯，過隱谷之中，見薌蘭獨茂，喟然歎曰：『夫蘭當爲王者香，今乃獨茂，與衆草爲伍。』乃止車，援琴鼓之，自傷不逢時，託辭於薌蘭云。」張以寧《李秀才琴所卷》：「山空露下鶴孤響，林深人稀蘭獨妍。」

【校】

［一］「試山空露下」：《擬樂府補題》作「向山空露下」。

摸魚兒

芡

趁平湖、采芳艇小，荷盤初沸煙雨［一］。釵莖静照涼波影［二］，不比脆絲纏露。花點注。看傾盡斜陽，幽意憑誰訴。西洲倩女。訝碧臆纔翻，青吭漸滿［三］，脈脈水天曙。

明珠剖，誰道暗投無誤。鮫人何事相妒。擕來菱市瓜塍畔，猶著宮黄深護。論斗煮。算風味親嘗，只有涪翁語。輕圓薦俎。早縈繫心期，春葱膩雪，巧夕翦燈處。

【箋】

芡：水生，葉花漂浮水面。實曰芡實，亦稱雞頭、雞頭米。

「荷盤」句：《古今注》卷下：「（芡）葉似荷而大，葉上蹙衄如沸，實有芒刺。其實如米，可以度饑。」

西洲倩女：樂府《西洲曲》：「出門採紅蓮，採蓮南塘秋。」

「訝碧臆」兩句：賀鑄《食芡實作》：「風翻芡盤捲，萬觜争低昂。」

「明珠」兩句：黄庭堅《同錢志仲飯藉田錢孺文官舍》：「剖蚌煮雞頭。」《史記·鄒陽傳》：「臣聞明月之珠，夜光之璧，以闇投人於道路，人無不按劍相眄者。何則？無因而至前也。」

鮫人：《搜神記》卷一二：「南海之外，有鮫人，水居如魚，不廢織績。其眼泣則能出珠。」

宮黄：古代婦女額上塗飾成黄色。姜夔《角招》：「翠翹光欲溜，愛著宮黄，而今時候。」芡實嫩者呈黄色。

「論斗煮」三句：黄庭堅《次韻王定國揚州見寄》：「明珠論斗煮雞頭。」

「巧夕」句：王仁裕《開元天寶遺事》卷下記：七夕，宮中以錦結成樓殿，高百尺，上可以勝數十人，陳以瓜果酒炙。宴樂達旦。土民之家皆效之。

【校】

［一］「趁平湖、采芳艇小，荷盤初沸煙雨」：《擬樂府補題》作「認荷盤、別裁新樣，湖田初沸煙雨。」

［二］「静照」：《擬樂府補題》作「静裊」。

［三］「漸滿」：《擬樂府補題》作「漸飽」。

齊天樂

絡緯

夕陽纔作去聲微涼意［一］，幽窗便聞秋紡。怨緒回風，情絲曳雨，交戛依然摇颺。離悰記往。在楓葉横塘，豆花深巷。翠股斜攲，蕭蕭又送去年響。　何人聽時較早，舊啼銀燭背，寒素無恙。染黛形輕，翻車韻急，偏隔秦樓朱幌［二］。餘絇漫想［三］。怕短髮難搔，助愁千丈。夜色柴門，幾聲天更爽［四］。

【評】

《詞則·大雅集》卷五：怨情離緒，言外自見。

《雲韶集》卷十八：（「怨緒回風，情絲曳雨」）八字淒警。曰「去年響」，胸中之情不言自見。（結句）情景兼寫。

【箋】

絡緯：蟲名，即莎雞，俗稱絡絲娘、紡織娘。夏秋夜間振羽作聲，聲如紡綫，故名。《詩・豳風・七月》：「六月莎雞振羽。」李白《長相思》：「絡緯秋啼金井闌，微霜淒淒簟色寒。」

「翠股」兩句：李綱《絡緯》：「誰知兩股間，能作無窮聲。」

寒素：門第寒微，地位卑下。《魏書・温子昇傳》：「家世寒素。」李賀《秋來》：「桐風驚心壯士苦，衰燈絡緯啼寒素。」

翻車韻急：洪咨夔《促織》：「一點光分草際螢，繅車未了緯車鳴。」

餘絇漫想：絇，古代鞋上之絲製飾物，有孔，可以穿繫鞋帶。《儀禮・士喪禮》：「乃葛，綦結於跗，連絇。」鄭玄注：「絇，屨飾如刀衣鼻，在屨頭上，以餘組連之，止足坼也。」按：《樊榭山房集》卷一《絡緯》：「絡緯亦應候，身潛葉底鼓。刁騷風激響，斷續雨兼悲。破屋燈青色，柴門夜黑時。哀聲感寒女，能得幾絇絲。」與本詞大意彷彿。餘絇，即「幾絇絲」之意。

【校】

[一]「夕陽」：《昭代詞選》、《擬樂府補題》作「明河」。

[二]「偏隔」：《昭代詞選》、《擬樂府補題》作「只隔」。

〔三〕「漫想」：《昭代詞選》、《擬樂府補題》作「漫放」。

〔四〕「天更爽」：《昭代詞選》、《擬樂府補題》作「勞夢想」。《擬樂府補題》詞末有自注：「李賀詩：衰燈絡緯啼寒素。」

桂枝香

銀魚

平橋永晝。慣柔浪寸鱗，來問春後。長是船橫鴨觜，派流鶯脰。高人不見元真子〔一〕，但煙波、到今依舊。葦汀花岸，千絲作網，笑伊還漏。　更比似、鍼鋒細瘦。好分付吴娘〔二〕，柂樓烹就。翠釜芹芽菰乳，入甌芳溜。鷗鄉占取閒滋味，任年年、阻風中酒。幾分纖軟，堪人斷腸〔三〕，憶鱸能否。

【箋】

「長是」兩句：鴨觜船，船形扁長似鴨觜者。《江南通志》：「鶯脰湖在震澤縣西南，其源自天目，東流至荻塘，會爛溪水併出平望，匯於此。以其形似鶯脰，故名。亦名鶯鬬湖。」

「高人」兩句：《新唐書·張志和傳》：「坐事貶南浦尉，會赦還，以親既喪，不復仕，居江湖，自稱煙波釣徒。著《玄真子》，亦以自號。」張炎《瑶臺聚八仙》：「玄真子、共遊煙水，人月俱高。」

千絲作網：李商隱《寄成都高苗二從事》：「莫將越客千絲網，網得西施別贈人。」

「任年年」句：杜牧《鄭瓘協律》：「自説江湖不歸事，阻風中酒過年年。」

憶鱸：《世説新語·識鑒》：「張季鷹辟齊王東曹掾，在洛，見秋風起，因思吴中菰菜羹、鱸魚膾，曰：『人生貴得適意爾，何能羈宦數千里以邀名爵！』遂命駕便歸。」

【校】

[一]「元真子」：四庫本作「玄真子」。

[二]「分付」：《擬樂府補題》作「付與」。

[三]「斷腸」：徐抄本作「腸斷」。

木蘭花慢

賦木犀香數珠

訝熏爐未燼，分秋宇、染鉛丹。正露重銅盤，風摇鈿粟，暗和沈檀。珊珊。佩瓔零亂，擣花房、聲共曉鐘閒。一串胸垂圓相，雙心臂纏清寒。　窗閒。待洗塵煩。斜掛處、藕絲單。認現住冰輪，前身香國，不算緣慳。更番。秋期細數，勝纖痕、留印在雕闌。宛轉仍酬密願，氤氳難解連環。

【箋】

木犀：《爾雅》：「梫木，桂樹也，一名木犀。」《閩部疏》：「凡桂，四季者有子。江南桂八、九月成型，無子，此木犀也。」

露重銅盤：《漢書·郊祀志》：「其後又作柏梁、銅柱、承露仙人掌之屬矣。」顏師古注引《三輔故事》：「建章宫承露盤高二十丈，大七圍，以銅爲之，上有仙人掌承露，和玉屑飲之。」

鈿粟：木犀別称「金粟」。魏了翁《桂》：「虎頭點點開金粟。」

暗合沈檀：陳敬《陳氏香譜·木犀香》：「五更初，以竹箸取巖桂花未開蕊者，不拘多少。先於瓶底入檀香少許，方以花蕊入瓶。」

圓相：佛教徒參禪，在地上或空中畫一個圓圈，叫「圓相」。《景德傳燈録·慧忠國師》：「師見僧來，以手作圓相，相中書日字，僧無對。」羅願《題木犀》：「幽芬自出禪枝外，圓相長標法窟中。」

臂纏：婦女纏於手臂上之飾物。洪邁《夷堅丁志·陳通判女》：「外翁嫁我與大王作小妻，受聘財金釵兩雙，臂纏一雙，銀十笏，錢千貫。」

現住冰輪：陸游《木犀》：「眼明初見廣寒仙。」前身香國：香國，佛國。《維摩詰經·香積佛品》：上方界佛土有國名眾香，佛號香積，其界一切皆以香作樓閣，經行香地苑園皆香，其食香氣周流十方無量世界。楊萬里《木犀初發呈張功父》：「塵世何曾識桂林，花仙夜入廣寒深。移將天上衆香國，寄在梢頭一粟金。」解連環：《戰國策·齊六》：「秦始皇嘗使使者遺君王后玉連環，曰：『齊多知，而解此環不？』君王后以示群臣，群臣不知解，君王后引椎椎破之，謝秦使曰：『謹以解矣。』」辛棄疾《漢宮春》：「清愁不斷，問何人、會解連環。」

慶宮春

冬夜泊舟鴛湖有憶

倦柳驚鴉，澄湖低月，墜霜初度篷罅。搖落心情，交加魂夢，水天離思難寫。賦箋詞筆，憶相見、秋娘淡雅。淒涼只在，學繡村邊，曉鐘敲罷。可能負却西風，兩槳來時，暮雲凝乍。啼紅唾碧，衫痕猶涴，尚記那回簾下。怨人輕别，是𢟪識、香囊分麝。孤鴻遥去，説與教知，酒醒今夜。

作於乾隆七年壬戌（一七四二）冬，在嘉興。

【箋】

詞題：樊榭姬人朱月上於本年正月三日病故，詞題「所憶」，即憶與月上往日之情事。《樊榭山房續集》卷二《悼亡姬十二首》詩序：「姬人朱氏，烏程人。姿性明秀，生十有七年矣。雍正乙卯，予薄遊吴興，竹西沈徵士幼牧爲予作緣，以中秋之夕，舟迎於碧浪湖口，同載而歸。予取浄名居士女字之曰月上。姬人鍼管之外，喜近筆硯，影搨書格，略有楷法。從予授唐人絶句二百餘首，背誦皆上口。余素善病，姬人事予甚謹。辛酉初秋，忽嬰危疾，爲庸醫所誤，沈綿半載，至壬戌正月三日，泊然而化，年僅二十有四，竟無子。」鴛湖，即嘉興南湖。

摇落心情：宋玉《九辯》：「悲哉秋之爲氣也！　蕭瑟兮草木摇落而變衰。」王逸注：「華葉隕零，肥潤去也。」

交加魂夢：吴文英《風入松》：「交加曉夢啼鶯。」

秋娘：姚寬《西溪叢語》卷下：「《望江南》者，朱崖李太尉鎮關西日，爲亡姬謝秋娘所作，後進入教坊。」

學繡村：朱彝尊《鴛鴦湖櫂歌》：「學繡女兒行水潯，遥看三塔小如鍼。」自注：「城西學繡里，俗傳西子入吴，刺繡於此。」吴永芳《嘉興府志》：「學繡堰在嘉興縣西南九里，舊傳西子學繡於此，故名。」

兩槳來時：姜夔《琵琶仙》：「雙槳來時，有人似、舊曲桃根桃葉。」
暮雲凝乍：江淹《休上人別怨》：「日暮碧雲合，佳人殊未來。」
「啼紅」兩句：仇遠《瑣窗寒》：「小袖啼紅，殘茸唾碧，深愁如織。」
香囊分麝：秦觀《滿庭芳》：「銷魂。當此際，香囊暗解，羅帶輕分。」
酒醒今夜：柳永《雨霖鈴》：「今宵酒醒何處，楊柳岸、曉風殘月。」

換巢鸞鳳

張東園送洋雞一雙，賦此報之

一訊槎風。有雙棲錦羽，攜取筠籠。萢時春嶼裏，啼處曉波東。洪桃花下幾回逢。乍呼小名，朱朱未通。瑶窗遠，想誤却、氾人同夢。珍重。誰乞種。持比汝南，噤瘁神偏聳。幘染鑾砂，尾捎蜃雨，特地移窠分送。我已無心舞秋宵，負雛看啄苔階縫。憑丹青，喚梅家、寫伊飛動。

【箋】

作於乾隆七年壬戌（一七四二）冬，在杭州。

張東園：樊榭友人，生平未詳。

槎風：張華《博物志》卷一〇：「舊説云天河與海通。近世有人居海濱者，年年八月有浮槎去來，不失期，人有奇志，立飛閣於查上，多齎糧，乘槎而去。」

菴：孵，鳥伏卵。今作「抱」。韓愈《薦士》：「鶴翎不天生，變化在啄菴。」

「啼處」句：《神異經》：「扶桑山有玉雞，玉雞鳴則金雞鳴，金雞鳴則石雞鳴，石雞鳴則天下之雞悉鳴。」東方朔《海内十洲記》：「扶桑在東海之東岸。」

「洪桃花」句：任昉《述異記》卷下：「東南有桃都山，上有大樹名曰桃都，枝相去三千里，上有天雞，日初出照此木，天雞則鳴，天下雞皆隨之鳴。」

「乍呼」兩句：朱朱，呼雞聲。應劭《風俗通義》：「呼雞曰朱朱。俗説雞本朱氏翁化爲之，今呼雞皆朱朱也。」楊炫之《白馬寺》：「把粟與鷄呼朱朱。」

氾人：沈亞之《湘中怨詞》：垂拱中，進士鄭生晨發銅駝里渡洛橋，遇橋下一少女哭聲甚哀。遂載與俱，號曰氾人。居數歲，曰：妾湘中蛟宫之妹，謫而從君，今歲滿，無以久留。爲訣而去。後十數年，生之兄爲岳州刺史，上巳日登岳陽樓，有畫艫浮漾而來，彈絃鼓吹皆神仙，蛾眉帔服。煙霞中一人起舞，含羞怨望，形類氾人。須臾風濤崩怒，遂迷所往。

汝南：古代汝南所産之雞，善鳴。徐陵《烏棲曲》：「惟憎無賴汝南雞，天河未落猶争啼。」《後漢書·百官志》劉昭注：「蔡質《漢儀》：『衛士傳言五更。……不畜宫中雞，汝南出雞鳴，衛士候朱雀門外，專傳雞鳴於宫中。』」

噤瘁：韓愈、孟郊《鬬雞聯句》：「磔毛各噤瘁，怒癭争碨磊。」《説文》：「瘁，寒病。」《正字通》：「今感寒體戰曰瘁」。

幘染蠻砂：《搜神記》卷一八記：一書生明術數。夜半，宿安陽城南亭，有赤幘者過。生曰：「此西舍老雄雞也。」

尾捎蜃雨：《禮記·月令·孟冬之月》：「水始冰，地始凍。雉入大水爲蜃，虹藏不見。」雉，野雞。

「我已」句：《晉書·祖逖傳》：「與司空劉琨俱爲司州主簿，情好綢繆，共被同寢。中夜聞荒雞鳴，蹴琨覺曰：『此非惡聲也。』因起舞。」劉克莊《曉雞》：「年來無復中宵舞，自笑功名一念輕。」

「負雛」句：《宣和畫譜》：梅行思有《負雛雞圖》一。梅堯臣《傷白雞》：「暝棲向簷隙，朝啄循階基。」

「唤梅家」句：梅行思，南唐江夏（今湖北武昌）人。《宣和畫譜·梅行思》：「能畫人物牛馬。最工於雞，以此知名，世號曰『梅家雞』。爲鬬雞尤精，其赴敵之狀，昂然而來，竦然而待，磔毛怒癭，莫不如生。至於飲啄閒暇，雌雄相將，衆雛散漫，呼食助叫，態度有餘，曲盡赤幘之妙，宜其得譽焉。」

清平樂

元夕悼亡姬

春衫淚浣。誰問春寒淺。依舊去年正月半。錦瑟華年未滿。　重來徑曲苔荒。一屏梅影凄涼。疑在小樓前後，不知何處迷藏。

【評】翁方綱批點：實在能於此事，不得不傳。「疑」字須商量。（振綺堂本章鈺輯録）

【箋】作於乾隆八年癸亥（一七四三）正月十五日，在杭州。姬人朱月上亡逝一年。參見本卷《慶宮春·冬夜泊舟鴛湖有憶》。

錦瑟華年：見卷甲《蝶戀花》（一片東風吹艷雪）。

沁園春

聲

隔院飛來，巧囀如簧，初聞可憐。正金經學誦，生成柔軟，珠歌教唱，分外清圓。花下泠泠，簾中嚦嚦，小玉頻呼密意傳。吟郎句，慣臨流對月，韻更悠然。　道將雙字聯翩。比相見春風一笑嫣。記靧桃幽思，呪餘茸舌，折楊離恨，噎在香咽。細語歡濃，嬌啼夢淺，時送吹蘭到耳邊。關情甚，聽鶯雛燕乳，仍是笄年。

【箋】

巧囀如簧：《詩·小雅·巧言》：「巧言如簧。」

「花下」兩句：吴激《春從天上來》：「似林鶯嚦嚦，山溜泠泠。」

「小玉」句：釋仲安《頌古》：「頻呼小玉元無事，只要檀郎認得聲。」小玉，泛稱侍女。

「吟郎」三句：李光《四月十七日觀月成詠》：「臨流哦汝詩，對月飲我觴。」

「記靧桃」兩句：《太平御覽》卷二一〇引《史略》：「北齊盧士深妻，崔林義之女，有才學，春日以桃花靧兒面，呪曰：『取紅花，取白雪，與兒洗面作光悦。取白雪，取紅花，與兒洗面作光澤。取雪白，取花紅，與兒洗面作華容。』」

吹蘭：宋玉《神女賦》：「陳嘉辭而云對兮，吐芬芳其若蘭。」

又

影

賦就閒情，願逐娉婷，朝朝整隨。恰花陰行過，費他迴顧，柳絲遮住，暫爾相離。悄照春波，偷窺曉鏡，只道無雙更有伊。研丹粉，愛自描活脱，小樣崔徽。　何妨坐起輕攜。怪幾度拋人欲睡時。又低鬟月底，問來不語，凝眸燈下，抱處如癡。蹴踘幽坊，鞦韆舊徑，看未分明捉搦遲。重逢後，羨香肩斜倚，共映屏幃。

【箋】

「賦就」三句：陶潛《閒情賦》：「願在晝而爲影，常依形而西東。」

「恰花陰」兩句：傅玄《車遥遥篇》：「君在陰兮影不見。」敦煌曲子《無常取》：「欲行弄影勤迴顧。」

活脱：見卷乙《疏影・菊影和袚江》。

崔徽：見卷乙《瑞鶴仙·賦聖幾齋中牡丹》。

「何妨」兩句：向滈《如夢令》：「誰伴明窗獨坐，和我影兒倆個。燈燼欲眠時，影也把人拋躲。」

「凝眸」兩句：柳永《戚氏》：「對閒窗畔，停燈向曉，抱影無眠。」

水龍吟

題吴東壁《大洋泛月圖》

憑誰畫就滄溟，影連南極摇空碧。茫茫何在，雲帆吹送，高秋今夕。蛇種城遥，鯷人國杳，水天無跡。正銀濤上湧，冰丸倒射，應笑岸、臨風幘。　爲問乘槎此客。挹長庚、幾經淪謫。一官寄耳，乾坤奇處，肯教輕擲。身到清虚，胸吞雲夢，舊聞嫌窄。看鸞童起舞，澄輝零亂，瀉蓮花白。

【箋】

吴東壁：吴廷華，字中林，號東壁，浙江仁和人。康熙甲午舉人，官福建海防同知。生平於六經箋疏，無所不窺。撰《周禮疑義》四十四卷，《儀禮疑義》五十卷，《禮記疑義》七十二卷，稿凡百數十册，惜以卷帙浩繁，無力刊行，今傳世者止《儀禮章句》十七卷。

「影連」句：柳宗元《梅雨》：「海霧連南極。」白居易《西湖晚歸回望孤山寺贈諸客》：「煙波澹蕩摇空碧。」

蛇種城：《山海經·海内經》：「北海之内，有蛇山者，蛇水出焉，東入於海。」

鯷人國：《後漢書·東夷列傳》：「會稽海外有東鯷人，分爲二十餘國。」

岸幘：推起頭巾，露出前額，形容態度灑脱，或衣著簡率不拘。《世説新語·簡傲》：「（謝奕）岸幘嘯詠，無異常日。」

乘槎：見本卷《换巢鸞鳳·張東園送洋雞一雙，賦此報之》。

長庚：金星又稱「長庚」、「太白」。《新唐書·李白傳》：李白，字太白。白之生，母夢長庚星，因以命之。天寶初，至長安。往見賀知章。知章見其文，歎曰：「子，謫仙人也！」

一官寄耳：王維《漆園》：「偶寄一微官。」

吞雲夢：司馬相如《子虚賦》：「且齊東渚鉅海，南有琅邪，吞若雲夢者八九，於其胸中，曾不蒂芥。」辛棄疾《賀新郎》：「誰解胸中吞雲夢，試呼來、草賦看司馬。」

蓮花白：酒名，亦作「蓮華白」。李治《鷓鴣天·中秋同遺山飲文仲家蓮花白》：「情知天上蓮花白，壓盡人間竹葉青。」

清平樂

《春遊士女圖》

膠鬢新拭。正是停鍼日。小扇撲餘無氣力。風裏楊花吹急。　銷凝石畔兜鞋。不知偎暖蒼苔[一]。欲就濃香一夢，翩翩胡蝶飛來。

【評】

《詞則·別調集》卷五：婉約近北宋人手筆。

《雲韶集》卷十八：（上闋）語妙婉約，不必多著墨。（下闋）風致自勝。

【箋】

停鍼：張邦基《墨莊漫録》卷九：「今人家閨房，遇春、秋社日，不作組紃，謂之忌作。……予見張籍《吴楚詞》云：『庭前春鳥啄林聲，紅夾羅襦縫未成。今朝社日停鍼綫，起向朱櫻樹下行。』乃知唐時已有此忌，循習至今也。」

「銷凝」句：秦觀《浣溪沙》：「倚闌無緒更兜鞋。」

【校】

［一］「不知」：振綺堂本作「不如」。

臺城路

題周雪舫運判萬夫人八分遺墨

使君高會詞人處，霜風正凋疏柳。白雪徵歌，青猿授簡，不惜連車沽酒。高情感舊。展翠閣遺函，玉臺嘉偶。錯落蛟龍，光和體格最清瘦。　人間謫來未久。悵芝田路杳，鸞馭難又。伏氏經傳，吳家韻寫，空絶才華前後。紅絲小籀。合長供鈴齋，異香熏透。夢井淒涼，一編時在手。

【箋】周雪舫：周宣猷，字雪舫，號辰遠，湖南長沙人。雍正癸丑進士，歷官浙江鹽運使司運判，以事罷。家貧，就館維揚。乾隆十六年（一七五一），帝南巡，獻詩，復原銜。工詩文隸法，著有《雪舫詩鈔》。妻萬氏，亦能文工隸。

八分：書體名。字體似隸而體勢多波磔，相傳爲秦時上谷人王次仲所造。

「使君」句：蘇軾《水龍吟》：「雲間笑語，使君高會，佳人半醉。」秦觀《滿庭芳》：「使君高會群賢。」

「白雪」兩句：謝惠連《雪賦》：「梁王不悦，遊於兔園。乃置旨酒，命賓友。召鄒生，延枚叟。俄而微霰零，密雪下。王乃歌北風於衛詩，詠南山於周雅。授簡於司馬大夫，曰：『抽子秘思，騁子妍辭，侔色揣稱，爲寡人賦之。』」陸游《秋思》：「委轡看山無鐵獺，拾樵煎茗有青猿。」自注：「青猿，王元之童。」

連車沽酒：蘇軾《答王鞏》：「連車載酒來。」吴文英《西平樂慢》：「漫省連車載酒，立馬臨花，猶認蔫紅傍路枝。」

玉臺嘉偶：玉鏡臺，代指婚娶聘禮。本温嶠事，見《世説新語·假譎》。《群音類選·藍田記》：「玉臺一鏡成佳偶。」按：南朝陳徐陵《玉臺新詠》，專爲陳後主寵妃張麗華而編，撰録艷歌，多有關男女閨情之作，後世遂有玉臺體之稱。或將玉臺體視爲女性作品，故玉臺也用以代稱女性，樊榭所撰《玉臺書史》，專述歷代女性書家，即用此義。

光和體格：《光和》，東漢書法家蔡邕碑帖。張彦遠《法書要録》卷三引徐浩《古跡記》：「自伏羲畫八卦，史籀造籀文，李斯作篆書，程邈起隸法，王次仲爲八分體，漢章帝始爲章草名，厥後流傳，工能間出。史籀《石鼓文》，崔子玉篆《吕望》、《張衡碑》，李斯《嶧山》、《會稽山碑》，蔡邕鴻都《三體石經》、八分《西嶽》、《光和》、《殷華》、《馮敦》等數碑，拜伯喈章草，並爲曠絶。」

伏氏經傳：伏生，漢時濟南人，名勝，原秦博士，治《尚書》。始皇焚書，伏生以書藏壁中。漢興後，求其書已散佚，僅得二十九篇，以教於齊魯間。文帝即位，聞其能治《尚書》，欲召之。然伏生年已九十餘，老不能行，乃詔太常使掌故晁錯往受之。西漢《尚書》學者，皆出其門下。

吴家韻寫：吴睿，元代書法家。字孟思，號雪濤散人，先世爲濮陽人，移居杭州。工書法，尤精篆、隸。有《篆書千字文》、《隸書離騷》、《九歌圖卷跋》等傳世。王冕《挽吴孟思》：「百粤三吴稱獨步，八分一字直千金。」

紅絲小籀：文伯子《書法輯要》：「籀文者，周太史籀所作也，與古文大篆小異。後人以名稱書，謂之籀文。」

鈴齋：古代州郡長官辦事處所。韓翃《贈鄆州馬使君》：「他日鈴齋内，知君亦賦詩。」

夢井：元稹《夢井》詩，悼亡妻之作：「豈無同穴期，生期諒綿永。又恐前後魂，安能兩知省。」

行香子

憶焦山舊遊

落托華顛。棲泊頻年。展心胸、都付山川。名區壯觀，勝友奇緣。約弔坡公，訪綸老，謁焦仙。

鼉吼更傳。龍抱寒眠。記霜崖、佛閣燈懸。詩囊點檢[一]，莫怪蕭然。

但貯江風，貯江月，貯江煙。

【箋】

乾隆八年癸亥（一七四三）九月十六日，與閔華等人自揚州往江寧遊攝山，憶及焦山舊遊而作。馬曰琯、馬曰璐、張四科、閔華同賦。樊榭曾於雍正八年庚戌（一七三〇）冬、乾隆二年丁巳（一七三七）夏兩遊焦山。《樊榭山房續集》卷四《同方西疇閔玉井陸渟川自紗帽洲江行至青山作》詩自注：「予於庚戌晚秋遊京口三山，已十四年矣。」

焦山：乾隆《焦山志》：焦山隸鎮江之丹徒，距治東北九里大江中。昔名樵山，又作譙山。宋真宗感夢焦光入殿獻丹，詢之近臣，曰漢末洞隱樵山，三詔不起。遂封明應公，自此世艷稱之，而好事者遂以樵山爲焦山云。與金山對峙，相去十有五里。焦光，即詞中之「焦仙」。

弔坡公：蘇軾於北宋熙寧四年（一〇七一）與七年（一〇七四），兩次過鎮江遊焦山。

綸老：蘇軾於北宋熙寧七年再遊焦山，作《書焦山綸長老壁》詩。查慎行注：「先生前遊焦山詩云：『老僧下山驚客至，迎笑喜作巴人談。』當即其人也。」前遊即熙寧四年，曾作詩《自金山放船之焦山》，東坡於查注所引二句下自注：「焦山長老，同江人也。」

「鼉吼」兩句：范成大《渡太湖》：「卧聽鼉吼與龍吟。」

馬曰琯《行香子・憶焦山舊遊》同作：「買得低篷。攜得孤笻。憶年時、不負清冬。斜陽看竹，夜月聽鐘。正約吟朋，尋老衲，狎漁翁。　雨後蒼松。霜後丹楓。對煙江、塵夢都空。行隨鶴侶，飲伴猿公。但聽寒潮，聽落葉，聽飛鴻。」

【校】

［一］「點檢」：徐抄本作「檢點」。

沁園春

腕

十二樓高，隱約輕雲，全遮玉容。正簾衣半捲，斜支雪藕，香羅一握，乍斂春葱。膚薄微揎，節圓漸露，獨倚霞顋想像中。涼侵處，有退紅衫袖［二］，淺護西風。　欠伸在畫屏東。見背後凝酥兩欲融。更朱繩力怯，鞦韆齊挽，綵絲痕緊，端午深籠。對脈慵擡，傷心小搯，笑學簪花運未工。新來瘦，問那人知不，跳脱旋鬆。

【箋】

「乍斂」句：白居易《箏》：「十指剝春葱。」

「欠伸」兩句：陳師道《寄曹州晁大夫》：「困倚闌干一欠伸。」自注：「周昉畫美人，有背立欠伸者，最爲妍絶，東坡爲賦《續麗人行》也。」

「綵絲」兩句：梁克家《淳熙三山志·端午》：「舊傳：三閭大夫語人：『五色絲，蛟龍所畏。』故是日長幼悉以五色絲繫臂，一名長命縷，一名續命縷。」黄裳《喜遷鶯·端午泛湖》：「玉腕綵絲雙結。」

對脈：令狐澄《大中遺事》：「唐宫中以診脈爲對脈。」

簪花：張彦遠《法書要録》卷二引袁昂《古今書評》：「衛恒書如插花美女，舞笑鏡臺。」後稱書法娟秀工整者爲簪花格。

跳脱：手鐲。繁欽《定情詩》：「何以致契闊，繞腕雙跳脱。」

【校】

［一］「退紅」：徐抄本作「褪紅」。

聲聲慢

題《停琴士女圖》

簾垂有影，院静無聲，誰家待月闌干。兩點深顰，分付次第眉山。薄妝乍脱［一］，便低鬟、更自幽妍。心事遠，看轉將瑶軫，尚怯春寒。只有梅花知得，愛香生紘外，韻在絲前。小立徘徊，肯教流響空煙。人間尚留粉本，不愁他、輕誤華年。凝望處，想參横、依約未眠。

【評】

《篋中詞》卷二：如此方是清空不質實。

《雲韶集》卷十八：（上闋）字字淒清。（下闋）淒婉。（結句）詞不可無情，然有情無筆，竟似村歌，須觀其運筆之雅。

【箋】

待月闌干：陸游《送子遹至梅市而歸》：「獨倚闌干待月明。」

「看轉將」兩句：張喬《聽琴》：「清月轉瑶軫，弄中湘水寒。」

「只有」兩句：伊世珍《琅環記》卷上引《真率齋筆記》：「陳郡莊氏女，精於女紅，好弄琴，有琴一張，名曰『駐電』。每弄梅花曲，聞者皆云有暗香，人遂藉藉稱女曰『莊暗香』，女更以『暗香』名琴。女一日悔曰：『此豈女兒事耶？』遂絶絃不復鼓矣。」

粉本：指圖畫。蘇軾《閻立本職貢圖》：「粉本遺墨開明窗。」

【校】

［一］「薄妝乍脱」：《琴畫樓詞鈔》、《篋中詞》作「嬋娟薄妝乍脱」，多「嬋娟」兩字。

臺城路

當湖喜晤張今涪，別去以詞見寄，依韻奉酬

柘西尚有詞人在，梅邊愛聽吴語。明鏡慵窺，青山欠買，赢得吟情如縷。高陽伴侣。約小醉圍爐，孟婆能阻。斜日歸鴉，一群寒影向村塢。　殘年猶是近旅[一]。津亭仍解纜，離恨難譜。横泖蓴鱸，東湖煙水，輸與漁兒漁女。心期暗許。在第六橋頭，酒旗茶鼓。一片春光，快教胸臆吐。

【箋】

作於乾隆十四年己巳十二月。訪張雲錦、陸培等於平湖，作詩酒酬和，與張奕樞相晤。

當湖：平湖縣别名。《續漢書·郡國志·海鹽縣》劉昭注：「縣之故治，順帝時陷而爲湖，今謂爲當湖。」明宣德五年（一四三〇），自海鹽縣析出，置平湖縣。《（乾隆）平湖縣志》：「當湖在縣治東三百步，亦名東湖。舊志：周四十餘里。《吴地記》云：武原縣陷爲當湖。隆安五年，改名東武湖，或曰鸚鵡。」

張今涪：張奕樞，字掖西，號今涪，一號芀莊，晚號漁村老鮌，浙江平湖人。生於康熙三十年

(一六九一)前後,雍正諸生。幼好倚聲,長而彌篤,以刻姜夔詞有名於時。己作亦多,初集名《紅螺詞》,樊榭爲之序。稿本多佚,存《芀莊詞》二卷。

「柘西」句:謂張奕樞能繼前輩詞人沈皞日之風。沈皞日,字融谷,號柘西,浙江平湖人。明崇禎十三年(一六四〇)生。清康熙二十三年(一六八四),以貢生授廣西來賓知縣。調大河,陞辰州同知,卒於官。工詞,爲「浙西六家」之一,集名《柘西精舍詞》。當湖又名柘湖。《至元嘉禾志》:「柘湖在府南七十里,湖中有小山生柘樹,因以爲名。」

青山欠買:《世説新語·排調》:「支道林因人就深公買印山,深公答曰:『未聞巢、由買山而隱。』」

高陽伴侣:《史記·酈生傳》:酈生踵軍門見沛公。使者謝曰:「沛公敬謝先生,方以天下爲事,未暇見儒人也。」酈生瞋目案劍叱使者曰:「走! 復入言沛公,吾高陽酒徒也,非儒人也!」

孟婆能阻:楊慎《升庵集》卷七四:「俗謂風曰孟婆。蔣捷詞云:『春雨如絲,繡出花枝紅裊。怎禁他、孟婆合皂。』宋徽宗詞云:『孟婆好做些方便,吹個船兒倒轉。』江南七月間有大風,甚於舶防,野人相傳以爲孟婆發怒。按北齊李騊駼聘陳,問陸士秀:『江南有孟婆,是何神也?』士秀曰:『《山海經》:帝之女遊於江中,出入必以風雨自隨,以帝女,故曰孟婆。猶《郊祀志》以地神爲泰媼。』」《樊榭山房續集》卷七本年有《同張龍威訪陸南香北墅》詩。張奕樞《齊天樂》詞序云:「樊榭山人來湖,招往北墅,以風阻不果。」

橫泖：《平湖縣志》：「泖在縣東北四十里，其源出於谷水。按《神符圖經》：谷泖南出泖橋，東南至廣陳，又西至當湖，又東南至捍海塘而止，此谷泖故道也。谷泖之分爲長泖、東泖。當湖東北有泖港，蜿蜒至橫泖，爲泖上流，此本邑泖也。出東泖爲泖橋三泖，則華亭界矣。」

第六橋：參見卷甲《西江月》（静極翻如有待）。

張奕樞《齊天樂·樊榭山人來湖，招往北墅，以風阻不果，填詞寄意，並呈北墅，兼示藝舫》原作：「廿年風雨離懷攪，相逢可憐無語。萍影吹殘，鷗波夢冷，一半魂銷霜縷。重尋舊侶。又病骨慵添，石尤偏阻。不許愁人，一竿同醉夕陽塢。　驚心南北倦旅。移宫還换羽，幽意誰譜。紅豆飄零，青衫憔悴，多少英雄兒女。歡遊定許。便邀約吟筇，畫船簫鼓。看盡春燈，玉梅香乍吐。」

【校】

［一］「近旅」：四庫本作「逆旅」。

又

留宿張龍威藝舫，同話丁卯舊遊，有感用前韻

重來君有攙先卜，燈唇昨宵如語。問訊東湖，年時柳色，猶剩煙中殘縷。英遊俊侣。

歎范蠡船遥，黄公壚阻。一曲南莊，更無人過白雲塢。乾坤總成逆旅。化兒多戲劇，顛倒誰譜。風掩閒門，冰澌老硯，絶代空吟貧女。淹留未許。早歲晚天寒，又催津鼓。別夢依依，小樓窗日吐。

【箋】

乾隆十四年己巳十二月，在平湖。樊榭曾於兩年前丁卯二月過平湖相訪，亦宿於張雲錦之藝舫，故題云「同話丁卯舊遊」。

張龍威：張雲錦，字龍威，號鐵珊，又號藝舫，浙江平湖人。培源子，陸棻外孫。生於康熙四十三年（一七〇四）。雍正監生。乾隆元年（一七三六）舉試博學鴻詞科，見罷，遂專心著述，尤留意鄉邦文獻，著《蘭玉堂集》及《弄珠樓》、《佑聖宫》、《德藏寺》諸志。詞宗浙西，有《紅蘭閣詞》一卷，樊榭爲作序，以之與沈岸登並舉，謂「前有《黑蝶》，後有《紅蘭》」。

「重來」兩句：舊俗以燈花爲吉兆。洪芻《次韻師川題余茍龍壁間三首》：「我來占食指，客至卜燈花。」

范蠡船：《吴越春秋·勾踐伐吴外傳》：「范蠡曰：『臣聞君子俟時，計不數謀，死不被疑，内不自欺。臣既逝矣，妻子何法乎？王其勉之，臣從此辭。』乃乘扁舟，出三江，入五湖，人莫知其所適。」

黄公壚：《世説新語·傷逝》：「王濬沖爲尚書令，著公服，乘軺車經黄公酒壚下過，顧謂後車客：『吾昔與嵇叔夜、阮嗣宗共酣飲於此壚，竹林之遊，亦預其末。自嵇生夭、阮公亡以來，便爲時所羈紲。今日視此雖近，邈若山河。』」按：乾隆十二年丁卯（一七四七）平湖舊遊，相與者張雲錦、周京、杭世駿、施安、釋篆玉等人。乾隆十四年（一七四九）六月十七日，周京卒於雲間客舍。《樊榭山房續集》卷七《哭周穆門》詩：「僂指交情三十載，九原無路説相思。」

南莊：乾隆《平湖縣志》：「東皋在南門外六里，明給事馬嘉植歸田後築。古桂數十株，彌望成林，名黄雪山莊。後屬沈氏。康熙中，錢唐翁嵩年寓此，復歸州同知黄瀛，更名南莊，疊石爲岡，植梅花最盛。」

白雲塢：《清一統志》：「《吴地記》：横山又名踞湖山，在吴縣西南十六里。《吴郡志》：山有五塢，曰芳桂、飛泉、修竹、丹霞、白雲，又名五塢山。」

「乾坤」三句：朱松《秋懷十首》：「乾坤一逆旅，鼎鼎竟何爲。」范成大《立春大雪》：「化兒任惡劇，歡伯有奇懷。」按：乾隆十三年（一七三五）三月，樊榭北上參加銓選，「乃忽有宦情，會選部之期近，遂赴之。同人皆謂：『君非有簿書之才，何孟浪思一擲。』樊榭曰：『吾思以薄禄養母也。』」（全祖望《厲樊榭墓誌銘》）途中應查爲仁之邀過天津，盤桓水西莊，共爲周密《絶妙好詞》作箋，因錯過試期，不入京而返。所感喟者或爲此事。

冰澌老硯：《開元天寶遺事》卷上：「内庫中有七寶硯爐一所，曲盡其巧。每至冬寒硯凍，置於爐上，硯冰自消，不勞置火。」方岳《用佚老園叟韻簡直孺併寄園叟》：「欲攜老硯共研冰。」貧女：李白《陳情贈友人》：「願假東壁輝，餘光照貧女。」王琦注引《列女傳》：「齊女徐吾者，齊東海上貧婦人也，與鄰婦李吾之屬，會燭相從夜績。徐吾最貧而燭數不屬，李吾謂其屬曰：『徐吾燭數不屬，請無與夜。』徐吾曰：『一室之中，益一人燭不爲暗，損一人燭不爲明，何愛東壁之餘光，不使貧女得蒙見愛之恩，長爲妾役之事。使諸君常有惠施於妾，不亦可乎？』李吾莫能應，遂復與夜，終無後言。」

沁園春

己巳除夕，偶讀楊南峰循吉詩云：「買餳迎竈帝，酌水祀牀公。」吴蓋同杭俗也。予老懶無事，所須者，飽食安眠而已。因賦《沁園春》二闋，以當樂神之詞

天上歸來，司命醉餘，家人合迎。訝蒙莊書幻，神原號髻，諾皋志怪，童亦名鉶。難覓黄羊，只斟緑蟻，小市簫聲唤買餳。寒宵盡，早踞觚語好，黔突春生。瓣香脈脈通靈。訴口腹尋常累不輕。歎火需朋舉，常如僧飯，釜非嫂轑，那羡侯鯖[一]。避煬何人，先炊有典，一飽無求掩竹扃。吾儕事，向山空歲晚[二]，稍理遺經。

【箋】

作於乾隆十四年己巳除夕，在杭州。

詞序：楊循吉（一四五六—一五四四），字君卿，一作君謙，號南峰、雁村居士等，蘇州吴縣人。明成化二十年（一四八四）進士。授禮部主事，因病致仕。結廬姑蘇硎山下課讀經史，有《松籌堂集》及雜著多種。詞序所引爲其《除夜雜詠》詩句。顧禄《清嘉録》卷一二：「薦茶酒糕果於寢室，以祀牀神，云祈終歲安寢。俗呼牀神爲牀公、牀婆。……厲樊榭除夕祀牀，作《沁園春》詞以樂神。楊循吉《除夜雜詠》云：『酌水祀牀公。』蓋今俗猶以酒祀牀母，而以茶祀牀公，謂母嗜酒，公癖茶，謂之『男茶女酒』。」

「天上」三句：司命，竈神。孟元老《東京夢華録·十二月》：「二十四日交年，都人至夜請僧道看經，備酒果送神，燒闔家替代錢紙，帖竈馬於竈上，以酒糟塗抹竈門，謂之醉司命。」

「訝蒙莊」兩句：莊子蒙縣人，故呼爲蒙莊。《莊子·外篇·達生》：「桓公曰：『然則有鬼乎？』曰：『有。沈有履，竈有髻。』」成玄英疏：「竈神，其狀如美女，著赤衣，名髻也。」

「諸皋」兩句：段成式《酉陽雜俎·諸皋記》：「成式因覽歷代怪書，偶疏所記，題曰『諸皋記』。」又：「（竈神）其屬神有天帝嬌孫、天帝大夫、天帝都尉、天帝長兄、硎上童子、突上紫宫君、太和君、玉池夫人等。」

黄羊：《後漢書·陰識傳》：宣帝時，陰子方至孝有仁恩，臘日晨炊而竈神形見，子方再拜受慶。家有黄羊,因以祀之。自是已後,暴至巨富。故後常以臘日祀竈而薦黄羊焉。

緑蟻:謝朓《在郡卧病呈沈尚書》:「嘉魴聊可薦,緑蟻方獨持。」張銑注:「緑蟻,酒也。」

據觚:謂倚著竈角。《太平御覽》卷一八六引《莊子》逸文:「仲尼讀《春秋》,老聃踞竈觚而聽。」注:「觚,竈額也。」

黔突:煙囱因炊爨而熏黑。《文子·自然》:「孔子無黔突,墨子無暖席。」

瓣香:王彦泓《殘歲即事》:「謝竈新添一瓣香。」

火需朋舉:《晏子春秋·内篇雜下》:「國之簡士,待臣而後舉火者數百家。」

釜非嫂轑:《漢書·楚元王傳》:「初,高祖微時,常避事,時時與賓客過其丘嫂食。嫂厭叔與客來,陽爲羹盡,轑釜。客以故去。已而視釜中有羹,繇是怨嫂。」

侯鯖:劉歆《西京雜記》卷二:「五侯不相能,賓客不得來往。婁護、豐辯,傳食五侯間,各得其歡心,競致奇膳。護乃合以爲鯖,世稱五侯鯖,以爲奇味焉。」後用以指佳餚。

避煬:《戰國策·趙三》:「衛靈公近雍疸、彌子瑕,二人者,專君之勢以蔽左右。復塗偵謂君曰:『昔日,臣夢見君。』君曰:『子何夢?』曰:『夢見竈君。』君忿然作色曰:『吾聞夢見人君者夢見日,今子曰夢見竈君而言君也。有説則可,無説則死。』對曰:『日,並燭天下者也,一物不能蔽也。若竈則不然,前之人煬,則後之人無從見也。今臣疑人之有煬於君者也,是以夢見竈君。』君曰:『善。』因廢雍疸、彌子瑕。」謂在竈前向火,則蔽其光。後因以「煬竈」喻佞倖專權,蒙蔽國君。

先炊：炊事創始者，後祀爲炊事之神。《禮記·禮器》：「奧者，老婦之祭也。」鄭玄注：「老婦，先炊者也。」《史記·封禪書》：「晉巫，祠五帝、……先炊之屬。」張守節正義：「先炊，古炊母神也。」

「向山空」兩句：韓愈《寄盧仝》：「春秋三傳束高閣，獨抱遺經究終始。」

【校】

［一］「釜非嫂轑，那羨侯鯖」：《昭代詞選》作「釜聞嫂轑，不羨侯鯖」。

［二］「山空」：《昭代詞選》作「山高」。

又

安穩閒房，仗爾平生，寢興載司。記窗横窺月，情柔似水，屏遮聽雨，鬢改成絲。金盡低顔，玉存暖老，漸近横陳嚼蠟時。吾衰矣，但摸棱不管，趺坐偏宜。一杯酌爾休辭。想此夕殷勤也合知。笑放懷物外，年年夢蝶，求官何處，日日搘龜。早起雖慵，春來更健，睡法希夷好護持。寧須羨，設沈香八尺，花下頻移。

【箋】

作於乾隆十四年己巳除夕，在杭州。

金盡低顏：錢財耗盡而陷入困境。張籍《行路難》：「君不見牀頭黄金盡，壯士無顏色。」

玉存暖老：杜甫《獨坐二首》：「暖老須燕玉，充饑憶楚萍。」

横陳嚼蠟：《楞嚴經》：「我無欲心，應汝行事，於横陳時，味如嚼蠟。」

摸稜不管：《舊唐書·蘇味道傳》：「味道善敷奏，多識臺閣故事，然而前後居相位數載，竟不能有所發明，但脂韋其間，苟度取容而已。嘗謂人曰：『處事不欲決斷明白，若有錯誤，必貽咎譴，但摸稜以持兩端可矣。』」

「笑放懷」兩句：《莊子·齊物論》：「昔者莊周夢爲蝴蝶，栩栩然蝴蝶也。自喻適志與。不知周也。俄然覺，則蘧蘧然周也。」

「求官」兩句：《史記·龜策列傳》：「南方老人用龜支牀足，行二十餘歲，老人死，移牀，龜尚生不死。」《太平廣記》卷二七引《傳載》：「燕文貞公張説，其女嫁盧氏，嘗爲舅求官，候父朝下而問焉。父不語，但指搘牀龜而示之。女拜而歸室，告其夫曰：『舅得詹事矣。』」「搘」，同「支」。

睡法希夷：北宋道家陳摶，號「希夷先生」。《宋史·隱逸列傳》：「（陳摶）每寢處，多百餘日不起。」

沈香八尺：《法苑珠林》：魏支法存者，本是胡人。又有沈香八尺板牀，居常馚馥。

疏影

小玲瓏山館賦絮影

飛綿近遠。又綠陰弄日，吹過隋苑。比雪還輕，度水無痕，東風下上低捲。成團作隊冥濛甚，真共幻、總迷心眼。倚繡簾、誤却吹時，明滅箇人庭院。

尚憶張郎好句，正朦朧淡月，墜處初暖。漫綴征衣，點鬢休驚，欲捉兒童仍懶。悠颺夢入離亭路，寫不盡、楚江春晚。笑雨餘、一種霑泥，付與老禪爲伴。

【箋】

作於乾隆十五年庚午（一七五〇）三月，在揚州，與馬曰琯等人以「影」字分題賦詠。

隋苑：隋煬帝時所建，即上林苑，又名西苑。故址在今揚州市西北。

成團作隊：朱淑真《柳絮》：「成團作陣愁春去，故把東君歸路迷。」

「倚繡簾」句：賀鑄《吹柳絮》：「閒倚繡簾吹柳絮，問何人似冶遊郎。」

張郎好句：張先《翦牡丹》：「柳徑無人，墮絮飛無影。」

朦朧淡月：李冠《蝶戀花》：「數點雨聲風約住，朦朧淡月雲來去。」

「欲捉」句：楊萬里《閒居初夏午睡起》：「日長睡起無情思，閒看兒童捉柳花。」

「笑雨餘」三句：《説郛》卷二九引朱昂《續骫骳説》：「東坡守彭城，參寥嘗往見之，在坡座賦詩，援筆立成，一坐嗟服。坡遣官妓馬盼盼索詩，參寥笑作絶句，有『禪心已作霑泥絮』之語。坡曰：『予嘗見柳絮落泥中，私謂可以入詩，偶未曾收拾，乃爲此老所先，可惜也。』」

一翦梅

立夏後一日，同人集晚清軒，補作送春之會

吟鬢蕭疏客夢輕。春盡忘情。春去關情。問春去了幾何程[一]。鳩作雙聲。燕作雙聲。　櫻筍盤筵理舊盟。芳夜心爭。涼夜心爭。緑陰便是短長亭。歌趲春行。酒駐春行。

【箋】

作於乾隆十五年庚午（一七五〇）四月初二日，在揚州，與馬曰琯、閔華等同賦。

櫻筍盤筵：指暮春之宴會。韓偓《湖南絶少含桃偶有人以新摘者見惠感事傷懷因成四韻》自注：「秦中爲櫻筍之會，乃三月也。」

【校】

〔一〕「幾何程」：徐抄本作「幾時程」。

摸魚兒

透風透月兩明軒賦新荷

掃千紅、已隨流去〔一〕，緑雲南浦偷換。錢錢點點田田樣，浮動鏡心纔滿。青蓋軟。想早畏朱曦，爲覆雙鴛伴。全舒尚捲。似龍女㠊縅，鮫人帕束，含憶又含怨。西湖好，何處羅裙玉腕。采香休道來晚。粉紅未逐薰風嫁，扇底且藏嬌面。珠倒濺。聽驟雨聲聲，譜入歌喉囀。吟騷意懶。任細裊冰絲，低摇翠柄，衣小那堪翦。

【箋】

作於乾隆十五年庚午（一七五〇）四月，在揚州。

透風透月兩明軒：在揚州馬氏兄弟所築之街南書屋。樊榭爲題詩云：「前後風直入，東西月横陳。主既如謝譓，客合思許詢。」

「爲覆」句：王世貞《來羅》：「並蒂青蓮花，下覆雙鴛鴦。」

龍女牋緘：《太平廣記》卷四一九引《異聞集》：唐儀鳳中，有儒生柳毅於涇陽逢洞庭龍君小女，言許配涇川次子，得罪舅姑而被黜，乃請毅爲傳書洞庭。

鮫人帕束：見卷甲《大聖樂·東園餞春追和草窗韻》。

「粉紅」句：康與之《洞仙歌》：「新妝明照水，汀渚生香，不嫁東風被誰誤。」

「聽驟雨」兩句：陶宗儀《南村輟耕録》卷九：「京師城外萬柳堂，亦一宴遊處也。野雲廉公一日於中置酒，招疏齋盧公、松雪趙公同飲，時歌兒劉氏名解語花者，左手折荷花，右手執杯，歌《小聖樂》。……《小聖樂》乃小石調曲，元遺山先生好問所製，而名姬多歌之，俗以爲《驟雨打新荷》者是也。」

「吟騷」句：屈原《離騷》：「製芰荷以爲衣兮，集芙蓉以爲裳。」

「衣小」句：許渾《題韋處士山居》：「不聞砧杵動，應解翦荷衣。」

【校】

［一］「流去」：徐抄本作「流水」。

柳梢青

效許圭塘體

鬢點吴鹽。十年來去，苧翦征衫。千里鶯花，幾重煙水，一片雲帆。　鄉園試話情忺。有黛染、明湖鏡奩。佛土茶香，漁村蓴滑，好箇江南。

【箋】

以下四首分記江南遊歷，此首記金陵之遊。

許圭塘體：許有壬（一二八六——一三六四），字可用，河南湯陰人。元延祐二年（一三一五）進士，授同知遼州事。後任集賢大學士，改樞密副使，又拜中書左丞。謚文忠。著有《至正集》、《圭塘小稿》。許有壬與弟有孚、子許楨、門客馬熙分題唱和，輯爲《圭塘欸乃集》，凡詩二百餘篇，詞八十餘首。許有壬《柳梢青》詞：「窗對晴嵐。門臨流水，坐閱歸帆。爲口勞心，雪猶燒筍，霜便分柑。　酒香梅下茅庵。就湖置、新魚滿籃。夢記當年，此皆身享，好箇江南。」另作數首，及許有孚、許楨和作，俱以「好箇江南」四字收煞，是所謂「許圭塘體」。按：與樊榭同時作者有馬曰琯、馬曰璐、張四科，馬曰琯詞題《柳梢青·效許圭塘體與樊榭漁川弟半查同作》。

「千里」兩句：杜牧《江南春絶句》：「千里鶯啼緑映紅，水村山郭酒旗風。南朝四百八十寺，多少樓臺煙雨中。」

佛土：佛寺。劉獻廷《廣陽雜記》卷四：「(洪山寺)道場宏麗，爲天下第一。……平生所見莊嚴佛土，未有若斯之至者。」

又

秧田竹屋

佳處曾探。量泉惠麓，踏蘚靈巖。多少吴娃，明妝倚舫，玉面乘籃。蘆簾。指歸路、垂虹舊諳。瑟瑟波摇，彎彎月唱，好箇江南。

【箋】

此首記吴中之遊。

量泉惠麓：見卷甲《滿庭芳·寄暢園在惠山下》。

靈巖：見卷乙《鬭嬋娟·題趙飲谷采香詞》。

彎彎月唱：趙彦衛《雲麓漫鈔》卷九：「月子彎彎照幾州，幾家歡樂幾家愁。」此兩句乃吴中舟師之歌，每於更闌月夜，操舟蕩槳，抑遏其詞而歌之，聲甚悽怨。

又

女湖兒店

臘尾春緘。楓霞遍綴，梅雪相兼。新緑初成，軟紅不到，水國無炎。程添。記苕霅、秋風掛帆。洲渚神仙，樓臺煙雨，好箇江南。

【箋】

此首記吳中之遊。

女湖兒店：白居易《送劉郎中赴任蘇州》：「水驛路穿兒店月，花船棹入女湖春。」自注：「語兒店、女墳湖，皆勝地也。」《史記・東越列傳》張守節正義：「語兒鄉在蘇州嘉興縣南七十里，臨官道也。」《吳地記》：「（嘉興）縣南一百里有語兒亭。勾踐令范蠡取西施以獻夫差，西施於路與范蠡潛通，三年始達於吳，遂生一子。至此亭，其子一歲能言，因名語兒亭。」《江南通志》：「女墳湖在吳縣西北六里，相傳闔閭葬女處，以水繞墳，因名。」

苕霅：苕溪、霅溪二水並稱，在今浙江湖州市境内。唐張志和隱居於此。

又

湖儆山酣。綠蓑白雨，紫筍黄柑。蠶户新封，鷗鄉近署，當了頭銜。興來浪跡猶堪。訪酒社、詩朋快談。焦洞潮聲，攝山月色，好箇江南。

【箋】此首記焦山與攝山之遊。

焦洞：見本卷《行香子·憶焦山舊遊》。

攝山：即今南京東北棲霞山。《清一統志》：「攝山在江寧府東北。《輿地志》云：山多藥草，可以攝生。」

齊天樂

庚午夏五，將歸湖上，留別韓江吟社諸公

平生慣向蕪城客，吴絲暗斑雙鬢。雪嶺才高，青樓句好，那比前人疏俊。吟朋勝引。

愛款竹尋題，占花分韻。忽覺歸心，一燈搖夢野鷗近。湖山此時舊隱。玉壺涼萬斛，紅膩蓮暈。江雨鳴篷，林風解纜，離緒滿於潮信。流連未盡。謝送我多情，熟梅芳醞。彈指秋清，重逢期定準。

【評】

翁方綱批點：是在轂中。（振綺堂本章鈺輯録）

【箋】

作於乾隆十五年庚午（一七五〇）五月下旬，在揚州，將歸杭。此爲樊榭手訂詞集最後一首。此後仍數往返兩地之間，逾二年，乾隆十七年壬申九月十一日，病逝於杭州。

韓江吟社：《水經注》卷三〇：「昔吴將伐齊，自廣陵城東南作韓城，城下掘深溝，謂之韓江，亦名曰邗溝。」韓江吟社結社於揚州，馬曰琯創立，活動於康熙後期至乾隆、嘉慶之際。集會地點主要在馬氏兄弟小玲瓏山館，及張四科與陸鍾輝之讓圃。吟社大抵分題賦詩居多，填詞倡和人數相對較少，但亦多爲一時名家，在乾隆間影響頗爲重大。詞社前期以樊榭爲宗，後期以吴錫麒等人爲主，風尚浙西。全祖望輯有《韓江雅集》，僅收詩作。

雪嶺才高：范攄《雲谿友議》卷中：「崔涯者，吴、楚之狂生也，與張祜齊名。……嘗嘲李端端：『黄昏不語不知行，鼻似煙囱耳似鐺。獨把象牙梳插鬢，崑崙山上月初生。』端端得此詩，憂之。候涯使院飲回，遥見二子躡屐而行，乃道傍再拜戰惕曰：端端只候三郎、六郎，伏望哀之。又重題一絶句粉飾之。於是大賈居豪，競臻其户。或戲之曰：『李家娘子纔出墨池，便登雪嶺，何期一日黑白不均？』」

青樓句好：杜牧《遣懷》：「十年一覺揚州夢，贏得青樓薄倖名。」

按：《樊榭山房續集》附馬氏兄弟所作，另有多人赋詞送行，为吟社填詞酬唱重要活動之一。茲並鈔數闋於下，以見當時吟社活動之一端。

馬曰琯《齊天樂·送樊榭歸西湖》：「廉纖細雨侵衣袂，梅天最難調攝。苦荀過牆，青苔上砌，客裏光陰飄忽。懷歸念切。擬暫瀹茶鐺，少留吟篋。只恐紅衣，待君香散半湖月。吹簫何處濯髪。浸空明一片，消盡炎熱。唤艇邀涼，凭闌覓句，沙際白鷗凝雪。那堪間闊。定驀憶山齋，幾般縈結。莫負秋窗，滿林蟬亂咽。」

馬曰璐《齊天樂·送樊榭歸西湖》：「片帆約共雲陰遠，相看已縈愁緒。淡景邀詩，遥情入畫，緑暗前時來路。汀荷苑樹。有花底魚經，柳邊簫譜。水夢山魂，朗吟飛向鏡奩去。湖頭應憶舊侣。正疏篁露滴，如對幽語。病渴文園，躭佳飯顆，算是襟分幾度。離杯漫舉。待潮落江天，片時延佇。只到涼秋，翦燈同聽雨。」

張四科《齊天樂·送樊榭歸湖上》：「緑楊城郭黄梅雨，清尊故人高會。涼沁琴絲，愁翻箋葉，難寫一襟無賴。吴船旋買。悵黯黯江湄，蕭蕭篷背。數罷郵籤，滿湖煙景正相待。魚天空闊夜話，想西窗翦燭，喧枕潮籟。聽竹先秋，弄泉忘暑，看足水光山態。塵棲自悔，羨鷗鷺爲群，蒲蓮如海。別酒醒時，去帆横暮靄。」

張世進《齊天樂・仲夏送樊榭歸湖上》：「頻年作客蕪城路，今番又成歸計。舶趠風清，麥黄水漲，一路緑陰陰地。篷窗倦倚。早越岫招邀，蜀岡迢遞。小袖雲藍，峭帆遥見定心喜。扁舟同載未幾。記平湖如鏡，秋色無滓。紅藕花深，白蘋香遠，此去輸君閒醉。驪歌漫起。對清簟疏簾，且抛離思。半日論心，勝於書數紙。」

趙虹《意難忘・送樊榭歸湖上》：「堠火沙灣，聽戍樓擫笛，人罷離筵。雁聲寒墮地，霜色白彌天。思結託，奉纏綿。小別轉悽然。對斷魂、月摇津樹，雪罨寒山。載將書畫歸船。有東城別録，南渡遺編。眉添京兆柳，衣晝孟家蟬。翦綵勝，蔟春盤。轉盼入新年。待與君、尋梅問鶴，共訪逋仙。」

陳章《齊天樂・五月下浣送樊榭歸湖上》：「江南幾日黄梅雨，歸帆却乘新漲。水驛濃陰，煙郵返照，攲卧一篷疏響。雙峰夢想。羨濯罷塵纓，便呼吟舫。翠滴杯涼，雪鷗三兩泛相向。湖邊無限勝賞。最波心蕩月，吹過漁唱。扇引荷香，橋分山影，身在誰家屏障。鬢絲漸颺。算二頃難謀，甚時偕往。老屋都荒，濕苔緣砌上。」

樊榭山房集外詞（秋林琴雅）

序

余束髮喜學爲詞，同時有洪稗村、沈柳亭輩嘗爲倡和，彼皆尚《花庵》、《草堂》餘習，往往所論不合。未幾，各爲他事牽去，出處靡定，不能專工於一。今二君已化爲宿草，余猶視息人世，間作倚聲之歌，幾無一人可語者。去臘於友人華秋岳所，讀樊榭《高陽臺》一闋，生香異色，無半點煙火氣，心嚮往之。新年過訪，披襟暢談，語語沁人心脾，遂相訂爲倡和之作，共得題如干，並注以調名。乃不數日，兩家已各成其半。會余適有白門之役，孟夏解纜，羈留吴苑者二旬，又足成之。頃寓秦淮，樊榭書至，知前後俱削稿，復合以平時所作，付之梓人，先以首卷刻成者寄示。迴環讀之，如入空山，如聞流泉，真沐浴於白石、梅溪而出之者。噫！舍紫山而外，知此者亦鮮矣。獨余沈酣斯道幾五十年，未能洗浄繁蕪，尚存故我，以視樊榭壯年，一往奔詣，寧不有愧乎？時康熙六十一年壬寅白露前一日，同里紫山徐逢吉題。

詞調六百六十，體凡千一百八十有奇。一調有一調之章程，一體有一體之變化，作法既殊，音響亦異，殆難於詩遠矣。余友徐紫山嘗教余作詞，謝不能也。厲君太鴻於詩、古文之外，刻意爲長短句，拈題選調，與紫山相倡和，大約懷古、詠物之作爲多。數月之間，動成卷帙，聲諧律叶，骨秀神閒，當於豪蘇膩柳之間，別置一席。至於琢句之雋，選字之新，直與梅溪、草窗争雄長矣。余學詩垂四十年，尚不能工。太鴻工詩，工古文，而《琴雅》一刻，各極其妙，人之智愚何相去之夐絶也！石倉吴允嘉。

詞於詩，同源而殊體，《風》、《騷》、五七字之外，另有此境。而精微詣極，惟南渡德祐、景炎間，斯爲特絶，吾杭若姜白石、張玉田、周草窗、史梅溪、仇山村諸君所作皆是也。自是以還，正不乏人，而審音之善，二百餘年以來，幾成輟響。近稱西泠詞派，或蹤跡《花間》，或問津《草堂》，星繁綺合，可爲極盛，廼緣情體物，終惜其體制之未工。獨吾友樊榭先生起而遥應之，清真雅正，超然神解。如金石之有聲，而玉之聲清越；如草木之有花，而蘭之味芬芳。登培塿以攬崇山，涉横汙以觀大澤[二]，致使白石諸君，如透水月華，波摇不散。吴越間多詞宗，吾以爲叔田之後，無飲酒矣。樊榭天才軼舉，靡不洽習，而志尚高遠，泊於榮禄。其與予同寓廣陵時，當日斜花外，必相約爲倚聲，往往予未及脱稿，而樊榭點筆已就，予輒爲之罷去。此卷中懷古、詠物諸篇，皆與同里徐丈紫山酬唱者爲多。予既滯淫旅人，生意消削，從塵土挈屑中，手把是編，恍鉛槧之周旋，感素琴於秋思，傍偟弔影，殆若異身，有不禁爲之掩卷憮然也。康熙壬寅立秋日，玉几生陳撰書於正州之玉淵堂寓館[二]。

【校】

[一]「横汙」：振綺堂本作「潢汙」。

[二]「正州」：振綺堂本、倚紅樓本作「真州」。

余友太鴻《秋林琴雅》之詞，質也靈虚，學也膏腴，才也佽飛，如玉光之陸離，劒花之參差，如是而命之爲詞。苟舍是，其將焉如？雖然，猶有説。夫詞，南唐爲最艷，至宋而華實異趣，大抵皆格於倚聲，有疊、有拍、有換，不失銖黍。非不咀宫嚼商，而才氣終爲法縛。臨安以降，詞不必盡歌，明庭浄几，陶詠性靈，其或指稱時事，博徵典故，不竭其才不止。且其間名輩斐出，歛其精神，鏤心雕肝，切切講求於字句之間。其思泠然，其色熒然，其音錚然，其態亭亭然。至是而極其工，亦極其變。苟舍是，無或取焉。今太鴻之詞，不必梔其貌，蠟其言，抽其關鍵，拔其轅轘，上下五百年，居然獨樹一標壇矣。余弱年從羨門侍郎、竹垞翰林論詞，嘗取宋末諸家爲矩矱，久竟棄去。近與太鴻還往，回理前緒，不禁囅然一笑，思效邯鄲之步也。康熙壬寅清和月，鵝籠生吴焯書。

歐陽圭齋謂「雅」即「雅烏」之「雅」，以其聲能動物也。詞之聲生於宫羽，而動物者必雅。余與樊榭交垂十五年，見其偃蹇侘傺，不廢文史，而感時覽物，託寓微至。詩所不盡，必形之於詞，上者海山縹緲之音，次亦不減遊春緑水之奏。聞者意消神往，直與鄉先輩清真、玉田、山村、句曲諸公相後先矣。符曾幼魯題。

淡而彌永，清而不膚，渲染而多姿，雕刻而不病格，節奏精微輒多絃外之響，是謂「以無累之神，合有道之器」者，詎止有井水飲處必歌柳七詞，令市伶按拍稱好乎？意林趙信。

（以上《秋林琴雅》康熙六十一年刻本）

是集名《秋林琴雅》，計一百六十闋，先生三十以前之作也。越十九年，手編《樊榭山房集》，録五十六闋，有間易字句之處。餘一百四闋，不復存録。而後進得殘篇剩句，往往等諸吉光片羽，矧全帙乎？爰以集外詞附於後。光緒十年甲申孟冬，同里後學汪曾唯。

（振綺堂本《樊榭山房全集》）

真珠簾

雨夜汪青渠齋中看芍藥

疏寮自占藏真島。楝風遲、不覺花深寒悄。背檻試懸燈，護幾枝嬌小。帳觸鬢絲禪榻外，是璽栗、梢頭初好。相惱。又香潤人衣，雨聲吹到。深意不爲留春，爲飲盟吟社，不教虚了。舊種記銅駝，料此情多少。歸帔拖霞休贈别，便一任、緑房迎曉。買笑。怕破霽簾痕，添些蜂鬧。

【箋】

《秋林琴雅》刊刻於康熙六十一年（一七二二），原刻及《樊榭山房集》諸本所録均作四卷，今取《樊榭山房集》未録者，並爲一卷，序次不變。按：《樊榭山房集》所録諸首，較《秋林琴雅》原刻前後頗有調整，蓋原刻初未編次也。

藏真島：蘇鶚《杜陽雜編》卷中：憲宗時有處士伊祁玄解，縝髮童顔，乘黄牝馬，話千百年事，皆如目擊。上召入宫，居久將還東海，上未之許。過宫中刻木作海上三山，彩繪華麗，間以珠玉。上指蓬萊曰：「若非上仙，無由得及此境。」玄解笑曰：「試爲陛下一遊。」即踴體於空中，漸覺微小，俄而入於金銀闕内，竟不復見。上追思歎恨，因號其山爲「藏真島」。

楝風：《歲時廣記》卷一：「《東皋雜録》：江南自初春至初夏，五日一番風候，謂之花信風。梅花風最先，楝花風最後。凡二十四番，以爲寒絶也。」

鬢絲禪榻：杜牧《題禪院》：「今日鬢絲禪榻畔，茶煙輕颺落花風。」

蠒栗：借指植物幼芽或蓓蕾。黄庭堅《過廣陵值早春》：「紅藥梢頭初蠒栗，揚州風動鬢成絲。」

相惱：黄庭堅《王充道送水仙花五十枝欣然會心爲之作詠》：「坐對真成被花惱。」

留春：芍藥又名殿春，見卷甲《揚州慢·廣陵芍藥》。許及之《傳芍藥復用韻》：「階藥留春逗晚寒。」

「舊種」句：《太平御覽》卷九九〇引《晉官閣名》：「暉章殿前，芍藥花六畦。」鄭樵《通志略》卷七五：「芍藥著於三代之際，風雅所流詠也。今人貴牡丹而賤芍藥，不知牡丹初無名，依芍藥得名，故其初曰木芍藥，亦如木芙蓉之依芙蓉以爲名也。牡丹晚出，唐始有聞，貴遊競趨，遂使芍藥爲落譜衰宗云。」銅駝，故洛陽城中有銅駝街，借指京城。王禹偁《芍藥詩》：「曾忝掖垣真舊物。」

贈別：芍藥又名將離，見卷甲《揚州慢·廣陵芍藥》。

緑房迎曉：李賀《牡丹種曲》：「一夜緑房迎白曉。」

買笑：《説乳》卷三一引《賈氏説林》：「武帝與麗娟看花時，薔薇始開，態若含笑。帝曰：『此花絶勝佳人笑也。』麗娟曰：『笑可買乎？』帝曰：『可。』麗娟遂取黄金百斤，作買笑錢，奉帝爲一日之歡。」

天香

浴佛

櫻濕猩紅，筍垂鴨緑，今朝四月初八。調御生時，浄居降處，乍試銀盆珠沫。栴檀沈水，正小唤、廚娘煎歇。灌頂身雲吹散，盤盤洗出螺髮。　年時暗盟重撥。拜花龕、長生私乞。心字濃燒屏底，更衣香辣。又是者番情緒，愛淡裹輕梳碧山抹。寫幅金經，小名自跋。

【箋】

詞題：相傳農曆四月初八日爲釋迦牟尼生日。周密《武林舊事·浴佛》：「四月八日佛誕日，諸寺院各有浴佛會，僧尼輩競以小盆貯銅像，浸以糖水，覆以花棚，鐃鈸交迎，遍往邸第富室，以小杓澆灌，以求施利。」

「櫻濕」兩句：張侃《今歲朱櫻紅熟樽俎間日有此品口占二絶》：「櫻桃滿樹漬猩紅。」杜甫《陪鄭廣文遊何將軍山林》：「緑垂風折筍。」

調御：佛教語。衆生如馬，佛如馭手，故稱調御。《大智度論》：「佛法爲車弟子馬，實法實主佛調御，若馬出道失正轍，如是當治令調伏。」

淨居：寺廟。《舊唐書·高祖紀》：「伽藍之地，本曰淨居，棲心之所，理尚幽寂。」

廚娘：《説郛》卷七三引洪巽《暘谷漫録》：「京都中下之户，不重生男，每生女，則愛護如捧璧擎珠，甫長成，則隨其姿質，教以藝業，用備士大夫採拾娛侍，名目不一。有所謂身邊人、本事人、供過人、針綫人、堂前人、劇雜人、拆洗人、琴童、棋童、廚娘等級，截乎不紊。就中廚娘最爲下色，然非極富貴家不可用。」

身雲：佛教語，謂佛能示現種種之身，蔭覆世界如雲，因稱身雲。王維《謁璿上人》：「方將見身雲，陋彼示天壤。」趙殿成注：「《華嚴經》：或見諸菩薩，入變化三昧，各於其身，一一毛孔出一切變化身雲。又：如來應正等覺無上法王，欲以正法教化衆生，先布身雲，彌覆法界，隨其樂欲，爲現不同。」

螺髮：《般若經》：「世尊首髮，香潔細軟，潤澤旋轉。」

臺城路

蠶

晶鹽水浴齊生日，新排曲房深護。纔細鬟梢，忽圓指節，箔上低昂分貯。一春心苦。

也不爲漂花，怕他風雨。到得紅時，柔桑蛙眼已空樹。雪絲漫繅千縷。試小留蛹母，配勻蛾父。濕黛初描，閒愁易結，滿紙彎環眉聚。吳中忌處。早薦獻雙功，野祠簫鼓。贏得秦郎，碧窗聽軟語。蠶二十七日而老，謂之紅蠶，出《埤雅》。蛹母、蛾父，出《荀子》。《秦淮海集》：「婦善蠶事，故作《蠶書》。」

【箋】

作於康熙五十七年戊戌（一七一八）春暮，在杭州。《秋林琴雅》同題兩首，前一首選入卷甲，此爲後一首。

晶鹽水浴：用鹽水浸洗蠶子，爲古代育蠶選種之法。陳潤《東都所居寒食下作》：「浴蠶當社日。」

曲房：密室。劉筠《無題》：「曲房蠶懶不成絲。」

「也不爲」兩句：荀子《蠶賦》：「夏生而惡暑，喜濕而惡雨。」

「柔桑」句：陸游《初春二首》：「桑眼綻來蠶事興。」

「雪絲」句：戴昺《五禽言》：「蠶熟繅成霜雪縷。」

「試小留」兩句：荀子《蠶賦》：「蛹以爲母，蛾以爲父。」

吳中忌處：見卷甲《臺城路》同題。

繭獻雙功：《爾雅翼》卷二四：「其獨成繭者，謂之獨繭。自二以上，謂之同功繭。」
野祠簫鼓：陸游《早春出遊二首》：「更有新春堪喜事，一村簫鼓祭蠶官。」蠶官，司蠶之神。
秦郎：秦觀，字少游，號淮海居士，著有《蠶書》一卷。

玉闌干

金沙灘荷花

流金橋下清泠水。記得小船曾檥。浦風有意扇紅妝，先催放、兩三冷蕊。　露翻荷背明珠墜。算粉裙、飄揚似此。去年花裏去年人，空無言、竚立沙觜。

【箋】

金沙灘：吴自牧《夢粱録》卷一〇：「金沙澗在靈隱寺側，自合澗橋繞寺山一帶。」
流金橋：田汝成《西湖遊覽志》卷二：第二橋，金沙港之水出焉，題曰流金。自此而西，可通曲院路。參見卷甲《西江月》（静極翻如有待）。
「去年」兩句：皇甫松《浪淘沙》：「宿鷺眠鷗飛舊浦，去年沙觜是江心。」

滿江紅

鄭義門自號五嶽遊人，索予題其紀遊畫册

英氣如君，駕千丈、蕭森翠寒。尋常肯、塵中溷跡，負却躋攀[一]。屈子遠遊奇服在，尚平婚嫁此身閒。記殘冬、向我話仙蹤，無數山。　青岱去，玄嶽還。登二室，俯轘轅。看玉蓮幾瓣，搴下孱顔。太白風雲生脚底[二]，清涼冰雪現眉端[三]。詫明年、又擬訪朱陵，招紫鸞。

【箋】

詞序：鄭性（一六六六—一七四三），字義門、南溪，浙江慈溪人。康熙五十九年（一七二〇）舉人。立志走遊五嶽，自署「五嶽遊人」。著有《南溪偶刊》等。

塵中溷跡：屈原《九章·涉江》：「世溷濁而莫余知兮，吾方高馳而不顧。」陳宓《評書》：「仙人溷跡在塵世。」

奇服：屈原《九章·涉江》：「余幼好此奇服兮，年既老而不衰。」王夫之通釋：「奇，珍異也。奇服，喻其志行之美，即所謂修能也。」

尚平：即向長，字子平。《後漢書・向長傳》：「建武中，男女娶嫁既畢，敕斷家事勿相關，當如我死也。於是遂肆意，與同好北海禽慶俱遊五嶽名山，竟不知所終。」李賢注引嵇康《高士傳》「向」作「尚」。

「青岱」四句：青岱，東嶽泰山。玄嶽，北嶽恒山。二室，中嶽嵩山之太室、少室二山。轘轅山，在河南，因山路有十二曲盤旋往還得名。

玉蓮：蓮峰，西嶽華山西峰，以狀如蓮花，故名。

孱顔：山嶺高峻。蘇軾《峽山寺》：「我行無遲速，攝衣步孱顔。」

太白：太白山，在陝西眉縣東南。

清涼：清涼山，即五臺山，在山西五臺縣境内。

朱陵：朱陵洞天，道家所稱三十六洞天之一。杜光庭《洞天福地記》：「第三南嶽衡山洞，周迴七百里，名曰朱陵之天，在衡州衡山縣。」本詞下片列舉諸名山，合鄭性「五嶽遊人」之號。

紫鸞：神鳥名。李白《贈溧陽宋少府陟》：「葳蕤紫鸞鳥，巢在崑山樹。」

【校】

〔一〕「躋攀」：馮抄本作「蕭閒」。

〔二〕「太白」：馮抄本作「太華」。

〔三〕「現眉端」：馮抄本作「沁毫端」。

又

錢塘觀潮追和曹侍郎韻

何處神鼇，忽翻動、千尋銀闕。乍龕赭、中間怒吼，一痕如髮。倒捲青天吹海立，橫驅白雨連山發。被此聲、日夜洗句吴，淘於越。　奇險勝，瞿塘雪。傾城看，中秋月。壓秦皇强魄，至今驚絶。隔岸迴波摇未定，西興漁笛悠揚歇。想錢塘、破陣萬靈歸，紛幢節。

【評】

馮抄本眉批：大遜曹（溶）、朱（彝尊）之作。

【箋】

曹侍郎：曹溶（一六一三—一六八五），字秋岳，一字潔躬，號倦圃，浙江秀水人。明崇禎十年（一六三七）進士，官御史。入清後官至户部右侍郎。工詩詞，與龔鼎孳齊名，世稱「龔曹」。填詞規摹兩宋，無明人之弊，浙西詞風爲之一變。著有《静惕堂詩集》、《静惕堂詞》。

詞題：萬曆《錢唐縣志》：「錢唐江在縣東南，本名浙江，今名錢唐江。其源發黟縣，曲折而東以入於海。潮水晝夜再上，奔騰衝激，聲撼地軸。」

黿赭：黿山與赭山。陶宗儀《輟耕録》卷一二引《浙江潮候圖説》：「浙江之口，有兩山焉。其南曰黿山，其北曰赭山，並峙於江海之會，謂之海門。」《西湖志》卷三：「凡江皆有潮，而觀濤獨於浙江者，由海潮逆流而上，受黿赭二山約束，蹙不得騁，與山争勢，洶而爲濤。」周弼《吴山仁王寺》：「甌閩散驛緣江島，黿赭收潮入海門。」

「倒捲」兩句：蘇軾《有美堂暴雨》：「天外黑風吹海立，浙東飛雨過江來。」

「被此聲」兩句：《史記·吴太伯世家》：「太伯之犇荆蠻，自號句吴。」司馬貞索隱：「顔師古注《漢書》，以吴言『句』者，夷語之發聲，猶言『於越』耳。」

瞿塘：瞿塘峽，爲長江三峽之首。兩岸懸崖壁立，江流湍急，山勢險峻，號稱西蜀門户。李白《荆州歌》：「白帝城邊足風波，瞿塘五月誰敢過。」

「傾城」兩句：周密《武林舊事》卷三：浙江之潮，天下之偉觀也，自八月既望以至十八日爲最盛。江干上下十餘里間，珠翠羅綺溢目，車馬塞途，而僦賃看幕，雖席地不容間也。田汝成《西湖遊覽志餘》卷二〇：「郡人觀潮，自八月十一日爲始，至十八日最盛，蓋因宋時以是日教閲水軍，故傾城往看，至今猶以十八日爲名，非謂江潮特大於是日也。是日，郡守以牲醴致祭於潮神，而郡人士女雲集，僦倩幕次，羅綺塞塗，上下十餘里間，地無寸隙。」

「壓秦皇」兩句：《史記·秦始皇本紀》：「三十七年十月癸丑，始皇出遊。……過丹陽，至錢唐，臨浙江，水波惡，乃西百二十里，從狹中渡。」

西興：渡口名，在浙江省杭州市蕭山區西北。本名固陵，六朝時爲西陵戍，五代吴越改名「西興」。王安石《送張宣義之官越幕》：「唯有西興渡，靈胥或怒張。」

「想錢塘」兩句：杜光庭《録異記》卷七：「伍子胥累諫吴王，忤旨，賜屬鏤劍而死。臨終，戒其子曰：『懸吾首於南門，以觀越兵來伐吴。以魚皮裹吾屍，投於江中，吾當朝暮乘潮，以觀吴之敗。』自是自海門山，潮頭洶湧高數百尺，越錢塘，過漁浦，方漸低小。朝暮再來，其聲震怒，雷奔電激，聞百餘里，時有見子胥乘素車白馬在潮頭之中。」

曹溶《滿江紅·錢塘觀潮》原作：「浪湧蓬萊，高飛撼、宋家宫闕。誰蕩激、靈胥一怒，惹冠衝髮。點點征帆都卸了，海門急鼓聲初發。似萬群、風馬驟銀鞍，争超越。　江妃笑，堆成雪。鮫人舞，圓如月。正危樓湍轉，晚來愁絶。城上吴山遮不住，亂濤穿到嚴灘歇。是英雄、未死報仇心，秋時節。」

一萼紅

雁來紅

夕陽中。正蕭蕭颯颯，一陣打窗風。黄木犀殘，碧牽牛斂，天意妝點秋容。漸商略、遥夜初鴻飛丹砂換骨，扶碧篠、渾學醉顔濃。怪石苔嵌，疏汀水減，掩映蒙茸[一]。爲最憐、心情難老，度，寄江南芳信，月底相逢。是葉非花，將花做葉，今後輕薄霜楓。步微陰、閒翫藥闌東。寄語相思人道，莫誤題紅。

【箋】

雁來紅：《本草綱目·雁來紅》：「莖葉穗子並與雞冠同。其葉九月鮮紅，望之如花，故名。吴人呼爲『老少年』。」

丹砂換骨：張鎡《玉照東西兩軒有紅梅及千葉緗梅》：「一粒丹砂換骨來。」

「步微陰」句：司空圖《酒泉子》：「假山西畔藥闌東，滿枝紅。」

題紅：范攄《雲溪友議》卷下：宣宗時，舍人盧渥偶臨御溝，得一紅葉，上題詩云：「流水何太急，深宫盡日閒。殷勤謝紅葉，好去到人間。」後有詔放出宫女擇配，歸盧者即是題葉之人。劉斧《青瑣高議》、孟棨《本事詩》、王銍《補侍兒小名録》等亦載唐人紅葉題詩故事，情節略同而人物各異。

【校】

[一]「疏汀水減，掩映蒙茸」：倚紅樓本作「疏汀水淹，減映蒙茸」。

月華清

元夕同金小郯賦鞦韆燈

水影吹香，花光蕩月，燭叢光影如許。何處留仙，便擘皺裙留住。栽畫架、合傍星橋，曳綵索、還依燈樹。飄舉。似輕身燕燕，賺他遊女。　誰信巧如丁緩，早貼就眉鈿[一]，翦成腰杵。送過牆頭，疑是夜珠來誤。憶舊日、嬉戲波心，占盡了、金明池路。歸去。有紅船次第，更闌簫鼓。

【箋】

金小郯：金埴（一六六三—一七四〇），字苑孫、小郯，號鰥鰥子、聳翁、淺人、壑門，浙江山陰人。精於文字音韻之學，著有《不下帶編》、《巾箱説》等。

「何處」兩句：伶玄《趙飛燕外傳》：成帝於太液池作千人舟，后歌舞《歸風》、《送遠》之曲，侍郎馮無方吹笙以倚后歌。中流，歌酣，風大起。后揚袖曰：「仙乎，仙乎，去故而就新，寧忘懷乎？」帝令無方持后裙。風止，裙爲之縐。他日，宮姝幸者，或襞裙爲縐，號「留仙裙」。

「栽畫架」兩句：蘇味道《上元》：「火樹銀花合，星橋鐵鎖開。」

巧如丁緩：劉歆《西京雜記》卷一：「長安巧工丁緩者，爲常蒲燈，七龍五鳳，雜以芙蓉蓮藕之奇。」

「送過」兩句：張先《青門引》：「那堪更被明月，隔牆送過鞦韆影。」宋之問《奉和晦日幸昆明池應制》：「不愁明月盡，自有夜珠來。」

「憶舊日」兩句：金明池，在北宋東京汴梁城外，周圍約九里，園中全爲水上建築，池中可通大船，戰時爲水軍演練場。孟元老《東京夢華録》卷七《三月一日開金明池瓊林苑》：「三月一日，州西順天門外，開金明池、瓊林苑，每日教習車駕上池儀範，雖禁從士庶皆縱觀。」又《駕幸臨水殿觀争標錫宴》：「殿前出水棚，排立儀衛。近殿水中，横列四綵舟，上有諸軍百戲。……又有兩畫船，上立鞦韆，船尾百戲人上竿，左右軍院虞候監教，鼓笛相和，又一人上蹴鞦韆，將平架，筋斗擲身入水，謂之『水鞦韆』。」耐得翁《都城紀勝》：「西湖春仲，浙江秋仲，皆有龍舟争標，輕疾可觀，有金明之遺風。」

【校】

［一］「貼就」：倚紅樓本作「貯就」。

摸魚子

宛陵梅文常爲予寫《西溪卜居圖》，因題其上，兼懷尊人耦長先生

問誰移、亂泉一曲，藤橋宛轉河渚。青羅簪髻看皆好，羃䍥斜遮疏樹。横斷渡。指

艓子如鳧，小槳輕摇去。蘆花深處。笑蟹籪魚牀，何時料理，始有此家具。平生意，瀟灑愛山真趣。年年踏遍煙雨。百弓沙觜閒田地，輸與眠鷗翹鷺。呼燭語。仗濃淡香螺，寫出無聲句。故人間阻。更長憶梅翁，小溪春穀，獨速短蓑舞。

【箋】

詞序：梅文常，梅庚次子。梅庚，字耦長，號雪坪，安徽宣城人。康熙二十年（一六八一）舉人，官浙江泰順知縣。善八分書，尤長於詩畫。有《天逸閣集》。

蟹籪：捕蟹之具，狀如竹簾，横置河道之中以斷蟹通路。陸龜蒙《蟹志》：「（蟹）蚤夜觱沸，指江而奔，漁者緯蕭，承其流而障之，曰蟹籪，斷其江之道焉。」

魚牀：編竹木如牀席大，上投餌料，沈入水中，供魚棲息。王勃《春日還郊》：「魚牀侵岸水，鳥路入山煙。」

「百弓」兩句：晁補之《摸魚兒·東皋寓居》：「沙觜鷺來鷗聚。」蘇庠《點絳唇》：「白鷺翹沙觜。」

濃淡香螺：黛螺，黛墨作螺形者，用於畫眉或作畫，亦名螺子黛。顔師古《隋遺録》卷上：「司宫吏日給螺子黛五斛，號爲蛾緑。螺子黛出波斯國，每顆直十金。」

無聲句：蘇軾《溪光亭》：「溪光自古無人畫，憑仗新詩與寫成。」施元之注：「《古詩話》：詩人以畫爲無聲詩，詩爲有聲畫。」楊維楨《無聲詩意序》：「雲間陶叔彬氏有畫帙題曰《無聲詩意》，皆録代之名畫也，請予文序其端。東坡以詩爲有聲畫，畫爲無聲詩，蓋詩者心聲、畫者心畫，二者同體也。」

「獨速」句：孟郊《送淡公》：「脚踏小船頭，獨速舞短簑。」獨速，摇動貌。

應天長

年年不到湔裙水。懊惱越梅猶病齒。智瓊姨，飛燕姊。匀掠鬆蟬知舊事。　小長干，千萬里。枉説門前梧子。又是孟婆風起。熏香偎翠被。

【箋】

「懊惱」句：韓偓《幽窗》：「齒軟越梅酸。」越梅，梅子。

「智瓊姨」兩句：《搜神記》卷一：「魏濟北郡從事掾弦超，字義起。以嘉平中夜獨宿，夢有神女來從之。自稱天上玉女，東郡人，姓成公，字智瓊。」《漢書·外戚傳》：孝成趙皇后，本長安宫人。屬陽阿主家，學歌舞，號曰飛燕。

小長干：古建康里巷名，故址在今江蘇省南京市南。左思《吴都賦》：「長干延屬，飛甍舛互。」劉逵注：「建鄴南五里有山崗，其間平地，吏民雜居。東長干中有大長干、小長干，皆相連。大長干在越城東，小長干在越城西，地有長短，故號大、小長干。」《輿地紀胜》卷一七：「江東謂山隴之間曰干。」

門前梧子：樂府《子夜歌》：「桐樹生門前，出入見梧子。」

孟婆風：見卷續《臺城路·當湖喜晤張今涪》。

八聲甘州

京口

閲興亡多矣此南徐，我今逐沙鷗。過建陵草色，練湖柳影，春事都休。好似秋容慘淡，吹笛夕陽樓。樓外茫茫水，著箇扁舟。　綠鬢看山未老，縱凌雲意在，漂泊應羞。喚玉龍起舞，爲洗古今愁。最忘機、不如漁子，向晚來、和月一竿收。聊同宿、江煙江樹，也是風流。

【箋】作於康熙五十八年己亥（一七一九）三月，離杭赴揚，過鎮江。參見卷甲《滿庭芳》注。

京口：今江蘇省鎮江市，三國吴時名京口。《江南通志》：「《爾雅》云：絶高爲京。以其城因山爲壘，緣江爲境，故謂之京口。」

「閱興亡」句：辛棄疾《南鄉子・登京口北固亭有懷》：「千古興亡多少事，悠悠，不盡長江滾滾流。」南徐，即鎮江。《宋書・州郡志》：「武帝永初二年，加徐州曰南徐，而淮北但曰徐。文帝元嘉八年，更以江北爲南兖州，江南爲南徐州，治京口。」

建陵：梁文帝蕭順之陵墓，在今江蘇省丹陽市荆林鄉三城巷。

練湖：在今江蘇省丹陽市西北，又名練塘。

邁陂塘

荷錢

皺微波、紫屏風外，蒻根絲脆初裊。田田點點黏天影，不覺千紅如掃。縈網藻。訝水蝶翻衣，只認鯨文小。碧圓多少。問覓藕何時，見蓮幾日，難買越溪笑。　風亭畔，曾約玉纖親拗。未堪低障斜照。鵝兒欲唼清光破，偷眼依稀同調。空懊惱。誤釣綫穿來[一]，枉費江姝巧。疏簾興好。待鈿扇高擎，象箾半捲，卧聽雨聲鬧。鯨文，古錢名。

【箋】鯨文：古錢幣名，漢時所鑄，上有魚形，亦稱輕影錢。

【校】

［一］「鈞綫」：倚紅樓本作「鉤綫」。

探芳信

廣陵雨夜，同故人徐紹武、汪抱樸集飲於許渭符獵微堂，以藏花爲令，各大醉。明日抱樸將歸武林矣

冷雲墮。苦燭暗梅霏，階喧蘚破。約舊愁今雨，安排醉鄉可。風花身世渾無定，拚向花裀卧。儘淋漓、帽落青枝，盞摇紅朵。　珍重此間坐。要句泊心旌，琴開眉鎖。還剩杭州，衣上酒痕涴。只憐曉漲金焦外［二］，弱艣飄然過。照相思、一點蘆中夜火。

【箋】

作於康熙五十八年己亥（一七一九）初夏，在揚州。

許渭符：許佩璜，字渭符，號雙渠，江蘇江都人。乾隆丙辰（一七三六）舉博學鴻詞，官河南衛

輝府管河通判。著有《抱山吟》。

徐紹武：錢塘人，許佩璜舅父。

藏花令：射覆類酒令。藏花於若干酒杯之下，以猜中與不中行酒之戲。

今雨：指新交朋友。杜甫《秋述》：「秋，杜子卧病長安旅次，多雨生魚，青苔及榻。常時車馬之客，舊雨來，今雨不來。」

「衣上」句：吴文英《戀繡衾》：「少年嬌馬西風冷，舊春衫、猶涴酒痕。」

【校】

[一]「金焦」：指金山與焦山，倚紅樓本、振綺堂本作「金蕉」誤。

祝英臺近

黄薔薇

軟屏深，香霧重，春已欲歸去。短刺鉤春，更翦柘羅舞。幾回惹却斜陽，蒙將初月，但吹送、麝塵侵户。　水邊路。柳花裙罥柔條，相看色如許。點染齊紈，添了小鶯語。故人昨有新詞，殷勤盥手，曉傾下、金盤仙露。

【箋】短刺鉤春：莊南傑《紅薔薇》：「殷紅短刺鉤春色。」柘羅：柘黄，以柘木汁染成之赤黄色，隋唐以來爲帝王服色。《大明會典》卷二八〇：「御覽等曆銷金包袱，合用柘黄綫羅，行南京織染所織造送用。」齊紈：班婕妤《怨歌行》：「新裂齊紈素，皎潔如霜雪。」「故人」兩句：趙抃《次韻孔憲重九出巡未回》：「喜得詩筒盥手開。」

清平樂

陳楞山《松泉試茗圖》

空煙吹翠。峰腋雲生細。消得清涼剛斛二。勾破松根殘睡。　幾年淮左羈愁。何時嘯侶林丘。記取雪殘歸櫂，期君第二泉頭。

【箋】「消得」句：陶潛《搜神後記》卷三：「桓宣武有一督將，因時行病後虛熱，更能飲複茗，必一斛二斗乃飽，纔減升合，便以爲大不足。」沈周《茶坡爲劉長憲世熙作》：「使君嗜茶如嗜酒，渴肺沃須斛二斗。」

第二泉：見卷甲《滿庭芳·寄暢園在惠山下》。

臺城路

懷下若舊遊寄金壽田

船窗涼燭分攜後，夢遊未忘清遠。柳髮垂溪，山螺過雨，陳帝宅邊曾見。吟情恨淺。但共坐深宵，忍辜茶盌。誰料今年，又憐梗跡在隋苑。　蘋洲那時初返。笑風流不減，綠陰春晚。月墜江空，雲籠岫小，無復焚香書練。憑高望斷。悵如此幽尋，頓成星散。待續前期，葦間誰是伴。

【箋】

詞題：下若，在浙江省湖州市長興縣南。《太平寰宇記·湖州》引《輿地志》：「夾溪（箬溪）悉生箭箬，南岸曰上箬，北岸曰下箬；二箬皆村名。」《太平御覽》卷六五引《輿地志》作「上若」、「下若」。《樊榭山房集》卷一戊戌年有《同壽門遊若溪廣惠寺是陳武帝故宅》詩，是爲下若舊遊也。

山螺：謂山巒聳起如螺髻。韓維《和景仁探春》：「山色青螺髻。」

陳帝宅：《浙江通志》：「《吴興志》：廣惠寺在長興縣治東九里，相傳陳武帝故宅。」俗呼下箬寺。

隋苑：代指揚州。見卷續《疏影·小玲瓏山館賦絮影》。

焚香：李肇《唐國史補》卷下：「韋應物立性高潔，鮮食寡欲，所坐焚香掃地而坐。其爲詩馳驟建安以還，各得其風韻。」梅堯臣《儼上人粹隱堂》：「焚香坐讀書。」

書練：見卷乙《角招》。

葦間：見卷甲《采桑子·晚秋同程松門泛舟紅橋登平山堂》。

惜紅衣

賦團扇上蒲草美人

月裹盈盈，風前轉轉，嫩涼吹送。細熨桃鬟，羅衣浄無縫。東牆未見，容易得、情田先種。飛動。輕削楚腰，比桐花么鳳。　天然壓衆。愁眼啼蘭，無言正如夢。纔離小草，半面漫邀寵。别有寸心通處，拾翠水邊曾共。恰恁時憔悴，湘簟畫屏深擁。

【箋】

蓪草：小喬木，莖含大量白色髓，採爲薄片，可製蓪草花或其他飾品。和邦額《夜譚隨録·孝女》：「居民數千家，皆製蓪草像生花爲業。」

東牆：宋玉《登徒子好色賦》：「天下之佳人莫若楚國。楚國之麗者莫若臣里。臣里之美者莫若臣東家之子。……然此女登牆窺臣三年，至今未許也。」

桐花么鳳：伊世珍《瑯嬛記》卷中引《林下詩談》：「桐花鳳小於玄鳥，春暮來集桐花，一名收香倒掛，又名探花使。」蘇軾《次韻李公擇梅花》：「故山亦何有，桐花集么鳳。」又《記先夫人不殘鳥雀》：「少時所居書堂前，有竹柏雜花，叢生滿庭，衆鳥集其上。……又有桐花鳳，四五日翔集其間。此鳥羽毛至爲珍異難見，而能馴擾，殊不畏人。」

纔離小草：《世説新語·排調》：「謝公始有東山之志，後嚴命屢臻，勢不獲已，始就桓公司馬。於時人有餉桓公藥草，中有遠志。公取以問謝：『此藥又名小草，何一物而有二稱？』謝未即答，時郝隆在坐，應聲答曰：『此甚易解，處則爲遠志，出則爲小草。』」劉孝標注引《本草》：「遠志一名棘宛，其葉名小草。」陸游《澗松》：「藥出山來爲小草，楸成樹後困長藤。」

「半面」句：《南史·后妃列傳》：「（梁元帝徐妃）以帝眇一目，每知帝將至，必爲半面妝以俟，帝見則大怒而出。」

拾翠：拾取翠色羽毛以爲頭飾，泛指婦女春遊。曹植《洛神賦》：「或採明珠，或拾翠羽。」

秋霽

金山寺

樹影中流，走萬里江聲，地軸吹轉。香塔擎秋，翠蓬穿水，化人別開宮殿。古臺一半，倚空閱盡魚龍變。客思倦。長是潮生風熟布帆遠。　回首悵望，北固南徐，六朝銷沈，鈴語悽斷。問何如、還留玉帶，禪心孤月鎮相伴。清曉碎霞飛近岸〔一〕。郭公墳上，日日暗露沙痕，艣摇鷩起，叫群棲雁。

【箋】

作於康熙五十八年己亥（一七一九）十月，由揚州返杭州途中，過鎮江。

金山寺：佛教禪宗名寺，在江蘇省鎮江市西北金山上，東晉時創建，原名澤心寺，唐代因開山得金，遂稱金山寺。

地軸：張華《博物志》卷一：「地有三千六百軸，犬牙相舉。」

香塔：金山寺慈壽塔，始建於齊梁時。

「化人」句：佛教謂佛、菩薩變形爲人，以化度衆生。化人宫殿，指寺廟。

古臺：劉編《金山志》：「妙高臺在伽藍殿後，宋元祐僧佛印鑿崖爲之，高逾十丈，上有閣，一稱曬經臺。」

風熟：蘇軾《金山夢中作》：「夜半潮来風又熟，卧吹簫管到揚州。」

北固南徐：《江南通志・鎮江府》：「北固山在府北，下臨長江，迴嶺斗絶，其勢險固，故名。又名北顧山。」南徐，鎮江别稱，見本卷《八聲甘州・京口》。

「六朝」兩句：唐彦謙《過三山寺》：「遥聽風鈴語，興亡話六朝。」

「問何如」兩句：金山寺藏有蘇軾所留玉帶。蘇軾《以玉帶施元長老元以衲裙相報次韻二首》詩，王十朋集注引師民瞻曰：「（了元）時住持潤州金山寺。公赴杭過潤，爲留數日。一日，值師掛牌與弟子入室，公便服入方丈見之。師云：『内翰何來？此間無坐處。』公戲云：『暫借和尚四大，用作禪牀。』師曰：『山僧有一轉語，内翰言下即答，當從所請，如稍涉擬議，則所繫玉帶願留以鎮山門。』公許之，便解帶置几上。師云：『山僧四大本空，五藴非有，内翰欲於何處坐？』公擬議未即答，師急呼侍者云：『收此玉帶，永鎮山門。』公笑而與之。」

「郭公」兩句：張藴《金山》：「八十老僧相引説，潮痕不上郭公墳。」《世説新語・術解》：「（郭）璞别傳曰：『璞少好經術，明解筮。永嘉中，海内將亂，璞投策歎曰：黔黎將同異類矣！便結親暱十餘家，南渡江，居於暨陽。』」周必大《奏事録》：「金山龍遊寺山門，借石門山爲案，乃焦山三石峰耳。其外小山，稍有樹木，而鳥雀不棲者，世傳爲郭璞墓。」顧炎武《日知録》卷三一：「《晋書·郭璞傳》：『璞以母憂去職，卜葬地於暨陽，去水百步許，人以近水爲言。璞曰：當即爲陸矣。其後沙漲，去墓數十里皆爲桑田。』王惲集乃云：『金山西北大江中，亂石間有叢薄，鴉鵲棲集，爲郭璞墓。』按史文元謂去水百步許，不在大江之中。且當時即已沙漲爲田，而暨陽在今江陰縣界，不在京口。又所葬者璞之母，而非璞也。世之所傳皆誤。」《清一統志》：「璞葬暨陽，乃今之常州江陰縣。」

【校】

［一］「碎霞」：馮抄本作「翠霞」。

向湖邊

拜句曲外史墓

菌閣煙銷，篋樓塵鎖，片片冷雲疏木。人似秋蟬，渺餘音空谷。恍昔年、吹斷瑶笙，寥天回首，凍草此時纔宿。風翦蓉裳，恐難禁幽獨。　歸去瀛壺，便覺吟朋俗。誰再倩好手，圖孤清冰玉。一任香狸，竄殘碑深竹。理哀絲、漫鼓懷仙曲。還如倚、三尺細泉看夜緑。遼羽重來，笑飛光何速。

【箋】

句曲外史墓：張雨於元至正十年（一三五〇）歿於杭州開元宮，葬南山靈石塢。參看卷乙《木蘭花慢》。

菌閣：成化《杭州府志》：「菌閣在西馬塍，句曲外史張雨故居。」陳旅《菌閣石記》：城北有村曰馬塍。丙子歲，句曲外史来棲焉。二月艤舟西塍，宿故人朱明宇所居院，院有止堂餘壤，外史欣然爲留，因約結屋共處，治地爲閣四楹。外史舊有閣在金山吴興，趙文敏公篆榜，兹復以真蹟署新閣，意扁舟往来，所至皆山也。

篋樓：《浙江通志》：「黄篋樓。《名勝志》：在赤山埠浴鵠灣，元張伯雨居此。」

吹斷瑶笙：見本卷《霜葉飛・九日葛嶺用夢窗詞韻》。

「一任」兩句：司馬槱《蜕龍洞》：「石崖鳴野鶴，竹塢竄香狸。」

遼羽重來：《藝文類聚》卷七八引《搜神記》：「遼東城門有華表柱，忽有一白鶴集柱頭。時有少年舉弓欲射之，鶴乃飛，徘徊空中而言曰：『有鳥有鳥丁令威，去家千歲今來歸。城郭如故人民非，何不學仙冢壘壘。』遂高上沖天。今遼東諸丁，云其先世有升仙者，不知名字。」

如夢令

庭下丁香千結毛文錫。青鳥不來愁絶唐昭宗。無語倚屏風李珣，正是銷魂時節毛熙震。離別。離別韋應物。惆悵曉鶯殘月韋莊。

【箋】各句依次出於：毛文錫《更漏子》、唐昭宗《巫山一段雲》、李珣《西溪子》、毛熙震《清平樂》、韋應物《宫中調笑》、韋莊《荷葉杯》。

翻香令

題趙意田《倚樓圖》

斷雲依水晚來收辛幼安。幾行征雁下汀洲趙旭[一]。江之外吴潛，山之麓王特起，好江山、何事此時遊周密。醉香空斷楚天秋馮子振。故人多在玉溪頭元好問。尊前月沈會宗，聞遥笛吕渭老，這風情、都屬趙家樓黄昇。

【箋】

各句依次出於：辛棄疾《鷓鴣天・鵝湖歸病起作》、趙旭《浪淘沙》、吴潛《滿江紅・齊山繡春臺》、王特起《梅花引》、周密《一萼紅・登蓬萊閣有感》、馮子振《鷓鴣天・贈歌兒珠簾》、元好問《臨江仙・寄德新丈》、沈蔚《驀山溪》、吕渭老《滿江紅》、黄昇《木蘭花慢・乙巳病中》。

【校】

［一］「征雁」：《詞綜》作「候雁」。按此首《浪淘沙》又見元好問《遺山樂府》。

探春慢

孤山訪梅

清淺湖波，回環孤嶼，落日空亭凝碧。凍鶴無聲，銜蜂罷鬧，忽有苔枝横出。留取古時香，渾不是、古時春色。過牆料峭風來，吹花開了還側。　何意相思今夕。看似淡如無，半闌疏白。睡起推篷，酒醒聞角，消受高人吟癖。水月更交光，仙袂在、玉壺塵隔。禁住新寒，幾生纔此修得。

【箋】作於康熙六十年辛丑（一七二一）歲暮，在杭州。

「幾生」句：謝枋得《武夷山中》：「天地寂寥山雨歇，幾生修得到梅花。」

沁園春

塵

微步淩波，清歌繞梁，凝芳暗低。記羅窗未拂，簪花偷學，鈿箏初滿，藉草慵攜。依約爐邊，悠揚簾外，欲辟還宜舊導犀。風尖甚，上平臺望處，眼纈都迷。　浣衣苦費柔荑。正願效輕微安足辭。笑軟紅碾玉，橘中戲賭，深黄篩麴，柳際斜垂。擣麝成香，逗煙生緑，硯匣封時句懶題。銷魂也，覓去時蹤跡，休掃桃蹊。江夏王蕭鋒窗塵未拂，畫塵上學書，見《南史》。樂器塵滿，見《隋書》。沈約有辟塵爐。韓偓詩：「紅簾不受塵。」石季龍有芳塵臺。鄭源婢萱草浣衣云：「郎君塵土太多，令人手皮俱脱。」駱賓王《詠塵》詩：「願言心未翳，終冀效輕微。」橘中叟賭玉塵三百斛。麴塵，深黄色也。温庭筠詩：「擣麝成塵香不滅。」李賀詩：「薇帳逗煙生緑塵。」柳宗元詩：「硯匣留塵盡日封。」韋莊詞：「去路香塵莫掃。」

【箋】

微步淩波：曹植《洛神賦》：「淩波微步，羅襪生塵。」

清歌繞梁：《太平御覽》卷五七二：「劉向《别録》曰：漢興已來善歌者，魯人虞公，發聲清哀，蓋動梁塵。」《列子·湯問》：「昔韓娥東之齊，匱糧，過雍門，鬻歌假食，既去，而餘音繞梁欐，三日不絶。」謝朓《和伏武昌登孫權故城》：「舞館識餘基，歌梁想遺囀。」劉良注：「妙歌者發聲，聲繞梁而塵起，故見梁則想其餘聲。」

簪花：見卷續《沁園春·腕》。

藉草：孫綽《遊天台山賦》：「藉萋萋之纖草，蔭落落之長松。」李善注：「以草薦地而坐，曰藉。」

「欲辟」句：《格致鏡原》卷五五：「《丹鉛總録》：『玉導者，玉簪或冠篦之類。導，擇也，義取擇髪。然自唐以後不聞其名。』《釋名》：『導，所以導擽髪，使入巾幘之裹也。』」辟塵犀，見卷乙《摸魚兒·塵梅，追和元人顔吟竹》。

「深黄」兩句：楊巨源《折楊柳》：「水邊楊柳麴塵絲。」

驀山溪

鄭菊山翁諱起，即所南之父，有水南半隱在清波門外長橋

湖南深曲，元是漁樵社。攲壑架長橋，緑陰中、幾椽秀野。今來怊悵，不見岸烏巾，

衣砧没，釣船空，牧豎收羊馬。風蘭幾葉，應看佳兒寫。古月墜空山，似飛來、冬青樹罅。無多半隱，幽意自乾坤，休憑弔，半閒堂，螢火明秋夜。

【箋】

詞序：鄭起，初名震，字叔起，號菊山，福州連江縣人。鄭思肖父。少試禮部，不第，遂棄舉子業，潛心窮理盡性之學，束躬修行。中年遷居西湖長橋，題「水南半隱」於廬額。後又遷吴門，學行日著，淮左浙右名門争相延請。爲人方直嚴毅，與公卿大夫交往，言不及利，語不阿媚。著述有《易注》、《深衣書》、《倦遊稿》、《菊山清雋集》、《易六十卦》等。　鄭思肖，原名之因，宋亡後改名思肖。字憶翁，號所南，皆有寓意。入元後客居吴下，寄食報國寺。程敏政《宋遺民録》：「思肖，即『思趙』。憶翁與所南，皆寓意也。坐卧不北向，扁其室曰『本穴世界』，以『本』之『十』置下文，則『大宋』也。精墨蘭，自更祚後，爲蘭不畫土，根無所憑藉。或問其故，則云：『地爲人奪去，汝猶不知耶？』」卒年七十八。有詩集《心史》，舊無傳本，明末得自蘇州承天寺井中，有鐵函封緘，世稱「鐵函心史」。另有《鄭所南先生文集》、《所南翁一百二十圖詩集》等。

半閒堂：南宋宰相賈似道在西湖葛嶺所營别墅。董康《曲海總目提要》：「襄樊圍急。似道日坐葛嶺，起樓閣亭榭，作半閒堂，塑己像其中。」宋應星《憐愚詩》：「乘勝元兵已破襄，葛陂賈相半閒堂。」

徐逢吉《驀山溪》同作：「西風野水，認得長橋路。亂竹小圍牆，是高人、當年流寓。滿城車馬，從不到門前，春一度。秋一度。白首隨朝暮。　水南半隱，妙有柴桑趣。滄海忽揚塵，問誰知、畫蘭人父。草鞋藤杖，今日我來尋，東又雨。西又雨。幾處牛羊渡。」

祝英臺近

蛙

鴨頭搓，裙腰染，鼓吹鬧南浦。叫暖喧晴，似把好春訴。添他一兩三聲，荒塍斷港，爲幾陣、清明時雨。　苦無主。最苦別館華林，跳梁小池聚。到了燈昏，掩重門深户。漫勞閒聒空塘，忙催春老，又黄却、菜花無數。

【箋】

鼓吹：《南齊書·孔稚珪傳》：「門庭之内，草萊不翦，中有蛙鳴。或問之曰：『欲爲陳蕃乎？』稚珪笑曰：『我以此當兩部鼓吹，何必期效仲舉。』」

華林：華林園，東漢始建之宫苑，初名芳林園，魏正始初改名。故址在今洛陽故城内。《晉書·孝惠帝紀》：「帝又嘗在華林園，聞蝦蟆聲，謂左右曰：『此鳴者，爲官乎？爲私乎？』或對曰：『在官地爲官，在私地爲私。』」

「跳梁」句：跳梁，猶跳躍。劉克莊《蛙》：「嘈雜乘陰雨，跳梁占廢池。」

「漫勞」句：鄭思肖《即事八首》：「池塘空沸蛙。」

高陽臺

湖上感舊

野水垂楊，古牆蒼薺，傷心清淚偷沾。前夢無憑，閒情曾過鶯簾。狂紅只在西湖路，記來時、月細風尖。最情忺。同問青旗，同譜烏鹽。　酒人轉眼多星散，任塵埋蠟屐，網裹書籤。能話相思，憎他雙燕呢喃。平生不信潘郎鬢，到而今、鬢也絲添。更厭厭。葉暗空庭，雲墮晴簷。

【箋】烏鹽：江休復《江鄰幾雜志》：「始教坊家人市鹽，得一曲譜於角子中，翻之遂以名焉。」陳舜道《春日田園雜興》：「村聲邉耳烏鹽角，社酒柔情玉練搥。」

月細風尖：晏幾道《蝶戀花》：「月細風尖垂柳渡，夢魂長在分襟處。」樊榭《論詞絶句》：「鬼語分明愛賞多，小山小令擅清歌。世間不少分襟處，月細風尖喚奈何。」於此兩句尤爲愛賞。

天香

龍涎香

苦竹潭深，枯桑島遠，靈姝秋卧無味。衮霧醒初，戰沙去後，剩得唾痕凝紫。魚衣試採，重與和、宫奩花水。天上梅魂乍返，温馨似垂纖尾。　并刀斷雲暗遞。認分明、蜃窗燈穗。一縷閒情如舊，暖金難寄。焚出青蘆雨裏，伴小舫、涼聲静敲碎。松石圖開，餘煙半紙。《霏雪録》：「尤溪縣西苦竹潭中多龍涎。」《梁四公記》：「洞庭山南龍穴通枯桑島。」《雲林遺事》：「倪元鎮爲催科所擾，逃去匿菰蘆中，焚龍涎香。柯敬仲詩云：『夜雨推篷寫松石，焚香何處獨題詩。』蓋紀實也。」

【箋】

本詞及以下《摸魚兒・蓴》、《齊天樂・蟬》、《水龍吟・白蓮》、《桂枝香・蟹》諸首，皆爲擬南宋遺民詞人《樂府補題》同調同題之作。參見卷續《天香・薛鏡》注。

龍涎香：抹香鯨腸内分泌物之結晶體，舊説爲海中驪龍涎水結集而成。洪芻《香譜》：「龍涎香出大食國。國人候島林，上有異禽翔集，下有群魚游泳，則必有伏龍。吐涎浮於水上，舟人或採得之，則爲巨富。其涎如膠，每兩與金等。」

枯桑島：《太平廣記·震澤洞》：「此洞穴有四枝：一通洞庭湖西岸，一通蜀道青衣浦北岸，一通羅浮兩山間穴溪，一通枯桑島東岸。蓋東海龍王第七女掌龍王珠藏，小龍千數衛護此珠。龍畏蠟，愛美玉及空青而嗜燕。若遣使信，可得寶珠。」

衮霧：王毓賢《繪事備考》：僧傳古有《滚霧戲波龍圖》二。

唾痕凝紫：釋文珦《嚴維石端研詩》：「龍涎紫霞聚。」

暖金：曾慥《類説》卷三二：「張無頗遇袁大娘，遺玉龍膏，盛以暖金合子。曰可以返魂起死，亦偶名姝。」

摸魚兒

蓴

過清明、第三橋畔，香鈿半漾平碧。纖痕雉尾浮青紫，漫把露葵呼得。忺小摘。有蕩槳人人，黄玉嬌風色。葉圓似拭。正觸撥柔情，千絲萬縷，到手不堪織。　前期遠，曾共飄零詞客。酒闌羹送冰液。沈郎自許能知味，千里還伊吴食。秋思寂。但望斷鷗鄉，煙外愁何極。幾時肯憶。笑鱠斫蓬池，不如水際，采采趁今夕。

【箋】

第三橋畔：田汝成《西湖遊覽志餘》卷二四：「聞之漁人云：西湖第三橋近出蓴菜，不下湘湖。」

「纖痕」句：初生蓴菜。《本草綱目》：「三四月嫩莖生，葉細如釵股，名『稺蓴』，又名『雉尾』。」《齊民要術》卷八：「四月蓴生，莖而未葉，名作雉尾蓴，第一肥美。」鄭元慶《石柱記箋釋》注：「《菰城八譜》云：（湖州）蘇灣之蓴勝於蕭山、湘湖，每誦『鶴生嫩頂浮新紫，龍脱香髯帶舊涎』，便令季鷹思切。」按：所引楊蟠《蓴菜》詩句。

露葵：《顔氏家訓·勉學》：「梁世有蔡朗者諱純，既不涉學，遂呼蓴爲露葵。面牆之徒，遞相倣效。」王利器案：「《古文苑》載宋玉《諷賦》：『烹露葵之羹。』即指水産之蓴，則蔡朗所呼，不無所本。」

「千絲」兩句：《齊民要術》卷八：「葉舒長足，名曰絲蓴。五月、六月用絲蓴。」賈島《客喜》：「鬢邊雖有絲，不堪織寒衣。」

「沈郎」兩句：《南史·崔祖思傳》：「高帝既爲齊王，置酒爲樂，羹膾既至，祖思曰：『此味故爲南北所推。』侍中沈文季曰：『羹膾吳食，非祖思所解。』祖思曰：『炰鼈鱠鯉，似非句吳之詩。』文季曰：『千里蓴羹，豈關魯、衛。』帝甚悦，曰：『蓴羹故應還沈。』」

鱠斫蓬池：蓬萊池，在陝西長安縣大明宮蓬萊殿附近。李德裕《述夢詩四十韻》：「荷静蓬池鱠，冰寒郢水醪。」自注：「每學士初上賜食，皆是蓬萊池魚鱠。」

采采：《詩・周南・卷耳》：「采采卷耳，不盈頃筐。」

齊天樂

蟬

青林響接炎光永，垂緌不沾塵土。刻鈿仙形，貯風清腹，笑倒世間兒女。疏枝過雨。又咽斷殘聲，暗移深樹。涼碧勾雲，高情那信雀相妒。　曉園莎露乍滴，問何人詠得，一翦輕羽。趁夜潛飛，臨妝欲動，好助緑窗眉嫵。長嘶正苦。憶舊日瑶宫，孟家曾顧。淺畫生衣，冷颸吹不去。元祐孟后衣畫雙蟬，目爲「孟家蟬」，見《可談》。

【箋】

垂緌：褚玠《風裏蟬賦》：「垂元緌而嘶定，避黄雀而聲遷。」虞世南《蟬》：「垂緌飲清露，流響出疏桐。」

刻鈿仙形：鈿蟬，蟬形髮飾。汪藻《醉落魄》：「鈿蟬隱隱摇金碧。」

貯風清腹：陸龜蒙《蟬》：「一腹清何甚。」

疏枝過雨：王沂孫《齊天樂・蟬》：「西窗過雨。」

「又咽斷」兩句：陸游《村東晚眺二首》：「殘聲淒斷蟬移樹。」

雀相妒：賈島《病蟬》：「黄雀並鳶鳥，俱懷害爾情。」

「問何人」兩句：蘇軾《蟬》：「蛻形濁污中，羽翼便翾好。」

「臨妝」兩句：梁元帝《登顔園故閣》：「妝成理蟬鬢。」陳著《綺羅香・詠柳外聞蟬》：「堪對景、翻入新妝，鬢影低、襯教眉嫵。」蟬鬢，見卷甲《皂羅特髻・賦包頭》。

長嘶正苦：柳永《少年遊》：「高柳亂蟬嘶。」

又

前題

一番枝背旁鳴起，池塘頓添清絶。竹翠捎空，梧陰避景，占了嫩涼時節。偏驚遠别。是催落殘陽，又催殘月。獨韻幺絃，更無人爲表孤潔。　桃笙夢回静聽，每星河夜淺，餐露聲歇。耀火休驚，柔竿漫試，吟到秋來悽切。西風再熱。候緩蛻冠花，舊愁重

説。剩有癡情，繞階尋翳葉。《荀子》：「耀蟬者務在明其火。」曹植《蟬賦》：「恠柔竿之冉冉兮，還微黏而我纏。」[一]

【箋】

「偏驚」三句：周密《齊天樂・蟬》：「傷情念別。是幾度斜陽，幾回殘月。」

「獨韻」句：劉禹錫《澈上人文集序》：「世之言詩僧多出江左，靈一導其源，護國襲之；清江揚其波，法振沿之。如么絃孤韻，瞥入人耳，非大樂之音。」劉敞《新蟬》：「孤管清兼濁，么絃斷復留。」

「更無」句：李白《留別廣陵諸公》：「孤潔勵秋蟬。」蘇轍《贈杭僧道潛》：「賦形已孤潔，發響仍清圓。」

桃笙：桃枝竹所編製竹席。左思《吴都賦》：「桃笙象簟。」劉逵注：「桃笙，桃枝簟也，吴人謂簟爲笙。」

冠花：蟬冠，亦稱貂蟬冠。《後漢書・輿服・武冠》：「侍中、中常侍加黄金璫，附蟬爲文，貂尾爲飾，謂之『趙惠文冠』。」劉昭注：「説者蟬取其清高，飲露不食。」

翳葉：李百藥《詠蟬》：「未上華冠側，先驚翳葉中。」

【校】

[一] 自注引「恠柔竿之冉冉兮，還微黏而我纏」有誤。曹植《蟬賦》：「持柔竿之冉冉兮，運微黏而我纏。」（《初學記》「持」作「恠」）。

水龍吟

白蓮

緑羅萬笠高低，姑山雪擁橫塘路。鉛紅浣褪，娟然幽意，最宜涼雨。葦亂萍疏，銀囊獨立，羽衣來暮。襯鱗鱗波底，魚雲粉朵，如明鏡、添妝處。　多少輕舟溪女。歎年時、嫩瓊誰主。䆯褷開遍，滿陂照影，舊遊歡阻。香遠堂空，舞綃零落，含悽無語。念玉笙纖手，與花一色，浥殘清露。淳熙九年中秋，賞月香遠堂，池中植千葉白蓮。上皇召小劉妃獨吹白玉笙《霓裳中序》。見《武林舊事》。

【箋】

姑山雪：白居易《玉真張觀主下小女冠阿容》：「姑山半峰雪，瑶水一枝蓮。」

銀囊：白居易《東林寺白蓮》：「洩香銀囊破，瀉露玉盤傾。」

䆯褷：濃密貌。吴融《高侍御話皮博士池中白蓮因成奉呈》：「已被亂蟬催晼晚，更禁涼雨動䆯褷。」

香遠堂：在德壽宫。周密《武林舊事》卷七：堂中物用極盡奢華。堂東有萬歲橋，橋中心作四面亭。大池十餘畝，皆是千葉白蓮。南岸列女童五十人奏清樂，北岸芙蓉岡一帶教坊工近二百人。待月初上，簫韶齊舉，縹緲相應，如在霄漢。

桂枝香

蟹

江楓落早。正執穗侵星，塍畔爭擾。不住腥泥郭索，臍翻紅蓼。疏簾半映圓沙細，聽燈邊、雪聲鳴曉。漫愁翦網，骨清沫白，葑湖秋好。　憶月底、糖霜乍擣。會吟侶筠窗，擘時寒小。翠菊分香洗手，盡消樽醥。何年化石波飄出，溢金膏、故國天杪。枯梢無數，依稀粉本，尚留纖爪。《咸淳臨安志》：「西湖葑田産蟹，謂之湖蟹。」《本草》：「蟹入洞穴，年深成石蟹。」畫家有「蟹爪樹」。

【箋】

執穗侵星：陸龜蒙《蟹志》：「江東人云：稻之登也，率執一穗，以朝其魁，然後從其所之。蚤夜觱沸，指江而奔。」

郭索：蟹爬行貌。揚雄《《太玄經》：「蟹行郭索。」

糖霜乍擣：徐樹丕《識小録》卷一：「沙糖，中國本無之。唐太宗時外國貢至，問其使人，知爲甘蔗汁所煎，自此中國始有沙糖。唐以前書傳凡言糖者，大率皆糟耳。即宋時尚有之，坡公所云『蟹之將糖，躁擾彌甚』，余初疑之，謂蟹用糖，令人何可食，知此始釋然。」

樽醥：醥，清酒。吴均《酬别江主簿屯騎詩》：「吴醥金罍樽。」

溢金膏：皮日休《寒夜文宴得泉字》：「蟹因霜重金膏溢。」

粉本：見卷續《聲聲慢·題停琴士女圖》。

瑶花

東風薄劣，墜粉吹香，又去年情緒。高城亞字，煙淡抹、尋到笑桃門户。扇羅風小，憎半掩、銷凝眉語。料生來、千媚中央，解唱瀟瀟微雨。　促人纜解頹陽，悵一片吴波，堪斷腸處。黄鸝巷口，可憶否、舊日崔紅曾住。綺疏天遠，便不管、雲昏月苦。縱他時、重問芳遊，迷却緑陰歸去。

【箋】

作於康熙六十年辛丑（一七二一）三月，會試下第返杭，過吴門，頗憶舊遊情事。按：康熙五十八年三月，樊榭自杭赴揚州，應汪潭之邀，曾於吴門盤桓數日，見卷甲《滿庭芳·寄暢園在惠山下》。

千媚中央：樂府《淳于王歌》：「百媚在城中，千媚在中央。但使心相念，高城何所妨。」

「解唱」句：劉禹錫《與歌者何戡》：「舊人唯有何戡在，更與殷勤唱渭城。」

「黄鸝」兩句：《姑蘇志·古坊三十二》：「黄鸝坊，樂天詩『黄鸝巷口鶯欲語，烏鵲橋頭冰未銷』是也。」按：所引爲白居易《正月三日》詩，自注：「黄鸝，坊名。」即今蘇州黄鸝坊橋舊址。崔紅，代指歌妓。

綺疏：窗户雕刻成空心花紋。《後漢書·梁冀傳》：「窗牖皆有綺疏青瑣，圖以雲氣仙靈。」李賢注：「綺疏，謂鏤爲綺文。」

迷却緑陰：即杜牧詩「緑葉成陰子滿枝」之意。見卷甲《摸魚兒·得汪舍亭婺州晚春見懷詩》。

燕山亭

唐開成陀羅尼石幢在龍興寺。幢爲處士胡季良書，埋地中已久，下有舍利五十四粒。崇禎丙子忽放光，掘得之。都穆趙崡諸人所未見者也。同徐丈紫山賦此解，俟好古者采焉

劫化荒燐，風齧怒濤，香界尋常都捲。科斗字殘，蜥蜴碑沈，故物武林稀見。怪石能

言，夜光迸、天陰深院。奇幻。比雪後峨眉，佛燈吹遍。　追數甘露初過，又唱出翹翹，上林花亂。剛紀二年，忽湧青幢，銀鉤刻來四面。讀罷蒼涼，無片語、可銷征戰。堪歎。聊拓取、學伊懸腕。

【箋】

作於康熙六十一年壬寅（一七二二），在杭州。樊榭與徐紫山相識在本年春，相約倡和詞題若干，冬月即結《秋林琴雅》。以下《邁陂塘·仙姥墩在清波門外聚景園相近》有「攜蜜炬三條，蘭醪一斗，同唱夜飛鵲」之語，及《滿江紅·題桃花扇傳奇》、《探春慢·宋宮洗鉛池在梳妝臺側今爲僧院》等，均爲本年所作。

詞序：龍興寺故址在今杭州市下城區，創建於南朝梁大同二年（五三六），原名發心寺，唐神龍三年（七〇七），改龍興寺。元兵入杭城，寺毀。此後幾度興廢。唐開成二年（八三七），寺僧波利佛佗往五臺山取回《佛頂尊勝陀羅尼經》，將經書全文刻成經幢，供奉寺内，經幢下埋有佛祖舍利子五十四顆。幢爲處士胡季良書。《宣和書譜》及《金石録》載，胡季良工行草，字體温潤，有秀穎之氣，兼工篆書。唐會昌五年（八四五），寺院毀損，經幢遂没。阮元《兩浙金石志》：「是幢久没民間，幸於明崇禎九年放光，遂得興緣。」

香界：楊慎《丹鉛總録·瑣語》：「佛寺曰香界。」參見卷續《木蘭花慢·賦木犀香數珠》

「香國」。

科斗字：古字體一種，以其筆劃頭圓大尾細長，狀似蝌蚪而得名。《尚書》：「至魯共王好治宮室，壞孔子舊宅，以廣其居，於壁中得先人所藏古文虞夏商周之書，及傳《論語注疏》、《孝經》，皆科斗文字。」

蜥蜴碑沈：《小部・本生經》：「昔日，於波羅奈之都梵與王治國時，菩薩生爲蜥蜴。」《晉書・杜預傳》：「預好爲後世名，常言『高岸爲谷，深谷爲陵』，刻石爲二碑，紀其勳績，一沈萬山之下，一立峴山之上，曰：『焉知此後不爲陵谷乎！』」

怪石能言：《左傳・昭公八年》：「石言於晉魏榆。晉侯問於師曠曰：『石何故言？』對曰：『石不能言，或馮焉。』」

「比雪後」兩句：四川峨眉山、青城山，古來傳有佛燈。偶遇月隱之夜，山下幽巖間，可見數處螢光，人多信爲神靈攜燈路過，呼爲「佛燈」。范成大《青城行記》：「夜有燈出四山，以千百數，謂之『聖燈』。聖燈所至，多有説者，不能堅決。或云古人所藏丹藥之光，或謂草木之靈者有光，或又以謂龍神山鬼所作。其深信者，則以爲仙聖之所設化也。」

甘露：佛教語，梵語意譯，喻佛法、涅槃等。

翹翹：高而危殆貌。《詩・豳風・鴟鴞》：「予室翹翹，風雨所飄搖。」

「銀鉤」句：《龍興寺志・龍興尊勝幢記》：「石高五尺六寸，八面，周廣六尺四寸。文每面十行，惟第四面十一行。前刻經序，行書，徑七分。後經文、題記，俱正書，徑六七分不等。」

懸腕：寫字時手腕懸空。豐坊《書訣》：「昔人傳筆訣云：雙鈎懸腕，讓左側右，虛掌實指，意前筆後。」

花心動

玫瑰花

無力縈煙，馬塍邊、晴飄夾衣時候。疑是紫雲，濃笑妝臺，幻出緑叢微瘦。粉心黄顫鮫紗膩，愛香韻、年年依舊。爲花惱、芬氲一縷，破禪銷酒。　巷陌侵晨賣否。常映竹斜門，幾聲初逗。髻壓退紅，鏡點殘蕤，休傍辟塵釵溜。泥金曾拂宫人帶，歎今日、佩珠何有。翠陰裏、徘徊捻枝在手。

【箋】

馬塍：在浙江省杭州市餘杭區西，宋代以産花著名。周密《齊東野語》卷一六：「馬塍藝花如藝粟，橐駞之技名天下。」

紫雲：計有功《唐詩紀事》卷五六：「杜牧爲御史，分務洛陽。時李願罷鎮閒居，聲伎豪侈，高會朝客。杜瞪目注視，問李云：『聞有紫雲者，孰是？』李指之。杜凝睇良久，曰：『名不虛得，宜以見惠。』李俯而笑，諸妓亦回首破顏。」

「爲花惱」兩句：杜甫《江畔獨步尋花七絕句》：「江上被花惱不徹。」黄庭堅《絕句》：「花氣薰人欲破禪。」

「巷陌」句：陸游《臨安春雨初霽》：「深巷明朝賣杏花。」

辟塵釵：見卷乙《摸魚兒·塵梅，追和元人顏吟竹》。

「泥金」句：元好問《俳體雪香亭雜詠》：「畫羅休縷麝香金。」自注：「泥金色如麝香，宫中所尚。」施國祁注引《藝林伐山》：「宋徽宗宫人，多以麝香色縷金羅爲衣裙。」

徘徊：田汝成《西湖遊覽志餘》卷二四：「玫瑰花類薔薇，紫艷馥郁。宋時宫院多採之，雜腦麝以爲香囊，芬氤裊裊不絕，故又名徘徊花。」

梅子黄時雨

蠶豆

誰種南山，又蛾麥弄涼，鳩甚分醉。記似雪花開，斷畦連綴。家近羅敷牆畔，煮香暗透茅簷底[二]。三眠起。小樣翠籠，添了蔬美。　應是。豳風詩意。便新茶繡飣，柔莢猶細。待和飯調酥，楝花盈地。殺菽霜飛燕塞遠，苦相思有江鄉味。青堆市。幾人貿絲溪尾。

【箋】

誰種南山：楊惲《歌詩》：「田彼南山，蕪穢不治。種一頃豆，落而爲萁。」陶潛《歸園田居》：「種豆南山下。」

「又蛾麥」兩句：李白《荊州歌》：「荊州麥熟繭成蛾。」《詩·衛風·氓》：「于嗟鳩兮，無食桑葚。」

羅敷：《古今注》卷下：「羅敷出採桑於陌上，趙王登臺，見而悦之，因飲酒，欲奪焉。羅敷乃彈箏，乃作《陌上桑》之歌，以自明焉。」

三眠：見卷甲《臺城柳·蠶》。

豳風詩意：《豳風》，《詩經》十五《國風》之一，多寫農事主題。何鳴鳳《春日田園雜興》：「播穀競趨新禹甸，條桑猶記舊豳風。」

殺菽飛霜：蘇軾《跋王進叔所藏畫》：「年來殺菽有飛霜。」

貿絲：《詩·衛風·氓》：「氓之蚩蚩，抱布貿絲。」

【校】

［一］「家近羅敷牆畔，煮香暗透茅簷底」：振綺堂本作「家近羅敷牆畔煮，清香暗透茅簷底」多一字，誤。按：此兩句前六後七，與卷續《梅子黄時雨·梅雨》同體，參見前詞注釋，且「家近羅敷牆畔煮」句意不通。

滿宮花

細雨

看成煙，吹做水。低盡春陰垂地。霏霏拂拂又濛濛，不是養花天氣。　濕透子規聲裏。人倚疏簾無味。晚來幾滴枕邊聞，如在空江船尾。

【箋】

養花天氣：見卷甲《清平樂》（風梭織雨）。

邁陂塘

書帶草

倚閒窗、纔題倒薤，階前柔緑栽遍。離騷自古多香草，愛爾紛披纖軟。還摘看。似當日、泥中人把并刀翦。移根偏遠。總謝客池邊，鄭公鄉裏，一樣露痕淺。　東風護，野火何曾燒斷。年年生意流轉。上闌不入群芳夢，且學青絲低綰。箋注倦。笑兒女、尋常也識詩名賤。茸茸何限。對遠志猶存，忘憂早樹，留取映書卷。

【箋】

書帶草：又名階沿草，葉長而極韌，相傳漢鄭玄門下取以束書，故名。《後漢書・郡國四・東萊》李賢注引《三齊記》：「鄭玄教授不其山，山下生草大如薤，葉長一尺餘，堅刃異常，土人名曰『康成書帶』。」

倒薤：篆書體名。《南史・周顒傳》：「文惠太子使顒書玄圃茅齋壁，國子祭酒何胤以倒薤書求就顒换之。」張表臣《珊瑚鉤詩話》卷一：「（篆法）又有『倒薤』者，世傳務光辭湯之禪，居清泠之陂，植薤而食，清風時至，見葉交偃，像爲此書，以寫道經。」

「離騷」兩句：陸龜蒙《書帶草賦》：「有味非甘，莫共三山芝校。無香可媚，難將九畹蘭爭。叨詞林畔種，在經苑中榮。翠影臨波，恐被芙蓉見鄙。貞姿傍砌，愁爲芍藥相輕。」周毓正《書帶草賦》：「若其秋風蕭瑟，摇落堪憐，槑枯金谷，籜積平泉。於斯時也，芰製裂，荷裳殘，蘭佩解，惠帷搴，莫不委若敝屣，蕩爲寒煙。爾乃晚而彌勁，柔而能堅。」

泥中人：《世説新語・文學》：「鄭玄家奴婢皆讀書。嘗使一婢，不稱旨，將撻之。方自陳説，玄怒，使人曳著泥中。須臾，復有一婢來，問曰：『胡爲乎泥中？』答曰：『薄言往愬，逢彼之怒。』」

謝客池邊：《南史・謝惠連傳》：「族兄靈運嘉賞之，云『每有篇章，對惠連輒得佳語』。嘗於永嘉西堂思詩，竟日不就，忽夢見惠連，即得『池塘生春草』，大以爲工。常云『此語有神功，非吾語也』。」

鄭公鄉：《後漢書・鄭玄傳》：國相孔融深敬於玄，屣履造門。告高密縣爲玄特立一鄉，曰：「公者仁德之正號，不必三事大夫也。今鄭君鄉宜曰鄭公鄉。」

「東風護」三句：白居易《賦得古草原送别》：「野火燒不盡，春風吹又生。」詩名賤：范攄《雲溪友議》卷下：「張祜爲冬瓜堰官，憾其牛户無禮，實欲鞭笞，無如取給於其中也。然無名秀才居多，職事皆怯於祜。錢塘酒徒朱冲和小舟經過，祜令語曰：『張祜前稱進士，不亦難乎？』冲和乃自啓名，而贈詩嘲之。祜平生傲誕，至於公侯，未如斯之挫也。詩曰：『白在東都元已薨，蘭臺鳳閣少人登。冬瓜堰下逢張祜，牛屎堆邊説我能。』」

茸茸何限：陳元晉《即事》：「庭草茸茸書帶碧。」

遠志：見本卷《惜紅衣·賦團扇上蓪草美人》。

忘憂：任昉《述異記》卷下：「萱草，一名紫萱，又呼曰忘憂草，吴中書生呼爲療愁花。」錢抱素《瑣窗寒》：「書帶生香，忘憂弄色，四窗虚悄。」

又

仙姥墩在清波門外聚景園相近

水中央、一亭浮遠，風楊遮斷城角。餘杭阿姥當壚住，景物眼前如昨。思小酌。只釀法無傳，空負方平約。玉蓮杯弱。更唤取花姑，調成花液，當了萬年藥。　人間窄，除睡醉鄉堪託。沈腰何事愁削。仙山樓閣多塵劫，况此緑陰門鑰。休冷落。自遊戲壺天，謾使癡兒覺。春衫香薄。攜蜜炬三條，蘭醪一斗，同唱夜飛鵲。

【箋】

詞題：仙姥墩，在清波門外。聚景園，又稱西園，在柳浪聞鶯。

「餘杭」五句：田汝成《西湖遊覽志》卷三引《神仙傳》載：姥，餘杭人，嫁於西湖農家。善採百花釀酒，王方平嘗沽飲。是後，群仙時降，因授藥一丸，以償酒價。姥服，化去。後十年餘，有人見姥於洞庭湖邊仍賣百花酒云。陸龜蒙《和襲美友人許惠酒以詩徵之》：「得伴方平同一醉。」

玉蓮杯弱：魏泰《東軒筆録》卷七：王永年置酒延賓卞、楊繪於私室，出其妻間坐，妻以左右手掬酒以飲卞、繪，謂之「白玉蓮花杯」。

花姑：杜光庭《墉城集仙録》卷九：「有女道士黄靈徽，年邁八十，貌若嬰孺，號爲花姑，特加修飾，累有靈應。」

萬年藥：元稹《劉阮妻》：「千樹桃花萬年藥，不知何事憶人間。」

「人間窄」兩句：辛棄疾《鷓鴣天》：「人間路窄酒杯寬。」李後主《烏夜啼》：「醉鄉路穩宜頻到，此外不堪行。」

「沈腰」句：見卷乙《瑞鶴仙・賦聖幾齋中牡丹》。

壺天：張君房《雲笈七籤》卷二八：「張申爲雲臺治官，常懸一壺如五升器大，變化爲天地，中有日月，如世間。夜宿其内，自號壺天。」

夜飛鵲：曹操《短歌行》：「月明星稀，烏鵲南飛。繞樹三匝，何枝可依。」

滿江紅

題《桃花扇傳奇》

千古南朝，剩滿眼、鍾山廢緑。問誰記、渡江五馬，玉樓金屋。復社尚興風影禍，教坊偏占煙花福。笑無愁帝子莫愁湖，歡娱速。　醉舞散，灰緋燭。宫騎走，降旛矗。看湘東已了，枯棋殘局。桃葉渡邊飛燕語，桃花扇底銅仙哭。算付將此曲雪兒歌，終難曲。

【箋】

詞題：《桃花扇傳奇》，清人孔尚任所著雜劇。開場詞云：「借離合之情，寫興亡之感。」通過侯方域和李香君之悲歡離合故事，表現南明弘光朝廷覆亡歷史。

渡江五馬：指西晉末年司馬氏五王南渡長江，於建鄴（南京）建立東晉王朝事。《晉書·元帝紀》：帝初爲琅邪王。太安之際，童謡云：「五馬浮渡江，一馬化爲龍。」是歲，王室淪覆，帝與西陽、汝南、南頓、彭城五王獲濟，而帝竟登大位焉。王安石《答張奉議》：「五馬渡江開國處，一牛吼地作庵人。」

「復社」句：復社爲明末政治和文學團體，崇禎六年（一六三三）在蘇州虎丘成立。以東林黨後繼爲己任，成員多爲江南年輕士子，先後共計兩千多人，聲勢遍及海内。復社政治活動對朝政影響極大，然多結黨挾私爲快，甚而置國事安危於不顧。《桃花扇傳奇》中復社青年父輩多受閹黨迫害，故攻擊阮大鋮尤不遺餘力。

「笑無愁」句：《北齊書·幼主紀》：「盛爲《無愁》之曲，帝自彈琵琶而唱之，侍和之者以百數。人間謂之『無愁天子』。」南明弘光帝朱由崧沈湎酒色，淫靡無度，朝政盡廢，正與北齊幼主相類。莫愁湖，在今南京市建鄴區。《太平寰宇記》卷九〇：「莫愁湖在三山門外，昔有妓盧莫愁家此，故名。」明初沿湖大規模興建樓館，有「金陵第一名勝」之譽，明亡以後一度衰敗，於清乾隆間始復盛。

「宫騎」兩句：順治二年（一六四五）四月，清軍陷揚州，督師史可法不屈遇害。清軍即渡長江，克鎮江，逼南京。弘光帝出奔蕪湖。五月，衆大臣獻城降清。劉禹錫《西塞山懷古》：「千尋鐵鎖沈江底，一片降旛出石頭。」

「看湘東」兩句：南明弘光帝於順治二年五月被俘，解送北京後被殺，弘光政權覆滅。《梁書·元帝本紀》：梁世祖蕭繹，高祖時封湘東郡王。初生患眼，高祖自下意治之，遂盲一目。即帝位三年，西魏攻陷江陵後被殺。黄庭堅《弈棋二首呈任公漸》：「湘東一目誠甘死，天下中分尚可持。」

銅仙哭：李賀《金銅仙人辭漢歌》序：「魏明帝青龍元年八月，詔宫官牽車西取漢孝武捧露盤仙人，欲立置殿前。宮官既拆盤，仙人臨載乃潸然淚下。」

「算付將」句：《太平廣記》卷二〇〇引孫光憲《北夢瑣言》：「雪兒者，李密之愛姬，能歌舞。每見賓僚文章有奇麗入意者，即付雪兒協音律以歌之。」

探春慢

宋宮洗鉛池在梳妝臺側，今爲僧院

鳳去山枯，鵑啼月墮，東風吹瘦波影。脈脈流香，亭亭浸玉，空對琉璃明淨。花片魚銜得，縱還有、脂痕誰省。幾時鎖却妝臺，回頭鄉夢無定。　白雁來時秋勁。早淚滿碧紗，塵暗清鏡。楊妹詩妍，劉妃笙脆，往事十分淒冷。未浣深沈怨，謾汲取、頻煎茶鼎。換了空門，孤燈春雨鳴磬。

【箋】

宋宮：南宋都城臨安城在今杭州市南部鳳凰山東麓，行宮即建於此，元代燬於大火。

白雁來時：《夢溪筆談》卷二四：「北方有白雁，似雁而小，色白，秋深則來。白雁至則霜降，河北人謂之『霜信』。杜甫詩云：『故國霜前白雁來。』即此也。」王惲《玉堂嘉話》卷四：「宋未下時，江南謡云：『江南若破，百雁來過。』當時莫喻其意，及宋亡，蓋知指丞相巴顔也。」「百雁」，或作「白雁」。

「楊妹」兩句：楊妹，宋寧宗楊皇后之妹，工詩善畫。樊榭《南宋院畫録》卷七：「《書史會要》：楊妹子，楊后之妹，書似寧宗，馬遠畫多其所題。」劉妃，宋高宗之寵妃，見本卷《水龍吟·白蓮》自注。

霜葉飛

九日葛嶺用夢窗詞韻

最愁秋壄堂前徑，秋蛩秋草秋樹。雁雲無力護微霜，捲盡平湖雨。愛此會、清觴泛羽。君看殘菊皆千古。歎舞燕歌鶯，但博得、銅駝恨事，枉費毫素。　同是鄭客迷蕉，風埃牢落，醉中休倚能賦。欲從勾漏訪丹砂，挹袂聽仙語。憑小閣、香生幾縷。飄飖容我吹笙去。謾再尋、西峰頂，喚起金蟾，海天空處。

【箋】

作於康熙五十九年庚子（一七二〇）九月九日，在杭州。

葛嶺：道教名山勝地，在杭州西湖之北寶石山東面。相傳東晉時葛洪曾於此結廬修道煉丹，故而得名。嶺巔初陽臺，晨觀日出極佳，「葛嶺朝暾」爲錢塘十景之一。

秋壑堂：賈似道（一二一三—一二七五），字師憲，一字允從，號悦生、秋壑。台州天台縣人。宋理宗時爲宰相，權傾朝野，恭帝德祐二年（一二七六）被貶，爲監押使臣所殺。秋壑堂，即半閒堂，見本卷《蓦山溪·鄭菊山翁諱起》。

銅駝恨事：代指山河殘破。《晉書·索靖傳》：「靖有先識遠量，知天下將亂，指洛陽宫門銅駝歎曰：『會見汝在荆棘中耳！』」

鄭客迷蕉：《列子·周穆王篇》：「鄭人有薪於野者，遇駭鹿，禦而擊之，斃之。恐人見之也，遽而藏諸隍中，覆之以蕉，不勝其喜。俄而遺其所藏之處，遂以爲夢焉。」

「欲從」兩句：勾漏，山名，又作「句漏」，在廣西北流縣東北。《晉書·葛洪傳》：「以年老，欲鍊丹以祈遐壽，聞交阯出丹，求爲句漏令。帝以洪資高，不許。洪曰：『非欲爲榮，以有丹耳。』帝從之。」杜甫《爲農》：「遠慚勾漏令，不得問丹砂。」

吹笙：劉向《列仙傳》卷上：「王子喬者，周靈王太子晉也。好吹笙作鳳凰鳴。遊伊、洛之間，道士浮邱公接上嵩高山。三十餘年後，求之於山上，見桓良，曰：『告我家，七月七日待我於緱氏山巔。』至時，果乘白鶴駐山頭。望之不得到，舉手謝時人，數日而去。」

吴文英《霜葉飛·重九》原作：「斷煙離緒。關心事，斜陽紅隱霜樹。半壺秋水薦黄花，香噀西風雨。縱玉勒、輕飛迅羽。淒涼誰弔荒臺古。記醉蹋南屏，彩扇咽、寒蟬倦夢，不知蠻素。聊對舊節傳杯，塵箋蠹管，斷闋經歲慵賦。小蟾斜影轉東籬，夜冷殘蛩語。早白髮、緣愁萬縷。驚飆從捲烏紗去。漫細將、茱萸看，但約明年，翠微高處。」按：第四字「緒」字押韻，樊榭本作誤落此韻。

瑞鶴仙

詠菊爲楞山生日效蔣竹山體

林皋寒近也。看鹿眼籬根，菊錢圓也。鱗鱗雁雲也。又霜花淒緊，放秋歸也。冰泉引也。望南山、煙嵐淺也。自義熙開後，重陽甲子，幾番題也。

遊也。傾壺細泛，冒雨幽尋，足清娛也。天隨子也。和紅杞，采將也。笑桃鬟杏靨，爭春烘日，不似潭花壽也。只金衣、黃鵠多情，舞裳伴也。

【箋】　蔣竹山體：蔣捷《瑞鶴仙·壽東軒立冬前一日》詞，俱用「也」字作韻，即所謂「福堂獨木橋體」。杜文瀾《憩園詞話》卷二：「詞家有福唐體，一名獨木橋體，始於黃山谷之《阮郎歸》，全用『山』字韻。辛稼軒之《柳梢青》，全用『難』字韻。」按：辛棄疾又有《水龍吟·用些語再題瓢泉》，韻處俱用「些」

字，如「生蓬蒿些」、「寧猿猱些」、「山高些」，「些」字語助，故押韻實爲前一字，爲長尾韻。

菊錢：施樞《客中雨思》：「黄金垂地菊錢流。」

「自義熙」三句：《宋書·隱逸傳》：「（陶）潛弱年薄官，不潔去就之跡。自以曾祖晉世宰輔，恥復屈身後代，自高祖王業漸隆，不復肯仕。所著文章，皆題其年月，義熙以前，則書晉氏年號，自永初以來，唯云甲子而已。」黄庭堅《次韻謝子高讀淵明傳》：「風流豈落正始後，甲子不數義熙前。一軒黄菊平生事，無酒令人意缺然。」

「天隨子」三句：陸龜蒙，别號天隨子。龜蒙嗜菊，有《杞菊賦》云：「惟杞惟菊，偕寒互緑。」劉克莊《念奴嬌·菊》：「尚友靈均，定交元亮，結好天隨子。」

潭花：駱賓王《晚憩田家》：「唯有寒潭菊，獨似故園花。」

金衣黄鵠：劉弗陵《黄鵠歌》：「金爲衣兮菊爲裳。」

江月晃重山

月夜渡錢塘

江上已收白露，月中微辨青山。江如羅帶月如環。乘風去，江月在檣竿。　記得瓜洲問渡，舊遊光景重看。客心鷗夢兩般閒。涼煙外，一抹固陵關。

【箋】作於康熙五十九年庚子（一七二〇）秋，往慈溪省先人墓。樊榭先世本慈溪人，祖墓尚在慈溪。《樊榭山房集》卷二《展先大父墓感賦》詩云：「生遲違撫抱，僑籍隔家山。」本詞以下至《滿江紅·曹娥廟》均作於此行途中。

瓜洲問渡：瓜洲在揚州南運河入長江處，與鎮江相對。本揚子江中洲，形如瓜字，故稱。有瓜洲渡以通鎮江。張祜《題金陵渡》：「潮落夜江斜月裏，兩三星火是瓜洲。」

固陵關：《水經注》卷四〇：「昔范蠡築城於浙江之濱，言可以固守，謂之固陵。」參見本卷《滿江紅·錢塘觀潮追和曹侍郎韻》。

高陽臺

蓬萊閣望海

雲斷山痕，天黏水影，望中何處蓬萊。奇絶殘秋，茫然對此浮杯。祖龍可是慳仙骨，甚西風、不送船回。最堪哀。老却扶桑，忘却誰栽。　而今社鼓斜陽裏，已湖虧舊鏡，梁換新梅。一朵青紅，虚空那有樓臺。琴心賦筆看俱懶，洗峥泓、襟抱全開。白無涯。月又初生，潮又初來。

【箋】

康熙五十九年庚子（一七二〇）秋，往慈溪省先人墓，經紹興作。

蓬萊閣：《明一統志》：「蓬萊閣在紹興府内卧龍山上，五代時錢武肅建。舊志：蓬萊山正屬會稽，閣名蓬萊以此。」

「祖龍」兩句：《史記·秦始皇本紀》：「齊人徐市等上書，言海中有三神山，名曰蓬萊、方丈、瀛洲，仙人居之。」秦始皇曾三次遣方士入海求神山及長生不老之藥，卒無果。胡曾《東海》：「自是祖龍先下世，不關無路到蓬萊。」

扶桑：《山海經·海外東經》：「湯谷上有扶桑，十日所浴，在黑齒北。」郭璞云：「扶桑，木也。」張衡《思玄賦》李善注引《十洲記》：「葉似桑樹，長數千丈，大二十圍，兩兩同根生，更相依倚，是以名之扶桑。」

湖虧舊鏡：《會稽志》：「鏡湖在會稽縣東二里，故南湖也，一名長湖，地周三百十里。王逸少有云『山陰路上行，如在鏡中遊』，鏡湖之得名以此。」

梁換新梅：《明一統志》：「禹廟在會稽山禹陵側。」又：「梅梁，在禹廟。梁時修廟，忽風雨飄一梁至，乃梅梁也。」又引《四明圖經》：「鄞縣大梅山頂有梅木，伐爲會稽禹廟之梁。」錢泳《履園叢話·索考》：「禹廟梅梁，爲詞林典故，由來久矣。余甚疑之，意以爲梅樹屈曲，豈能爲棟梁乎？偶閲《説文》『梅』字注曰：『楠也，莫杯切。』乃知此梁是楠木也。」「一朵」兩句：韓愈《贈崔立之評事》：「頃刻青紅浮海蜃。」

蘇武慢

謝疊山先生贈家半村先生詩真蹟卷子。半村先生諱元吉，字无咎，宋咸淳七年進士，仕爲烏程縣尉，遷著作佐郎，入元徵聘不就，隱居以終。此卷今藏姚江族人處

朱鳥歌殘，白翎詞起，天地一家春别。霜凋玉樹，風折瓊花，只有野梅高潔。曾憶故人，拂袖歸來，暗霑清血。又燕臺塵杳，曹碑魂斷，夢尋薇蕨。　江上路、冷菊空籬，疏燈破屋，長記義熙時節。琅琅夜誦，滿紙驪珠，驚説半天虹月。應是怕伊，鬼泣龍愁，巧偷豪奪。放扁舟西去，從此相思晉雪。

【箋】

詞序：謝枋得（一二二六—一二八九），字君直，號疊山，信州弋陽人。以忠義自任，南宋末年率義軍在江東抗元，被俘，不屈而死。後人輯詩文爲《疊山集》。樊榭《宋詩紀事》卷七五載黄宗

義云：「疊山詩文，零落無幾，余從厲氏子孫見其墨跡如新。」謝枋得有《送半村厲元吉出尉烏程》詩：「十二街頭三尺雪，駿馬健行如跛鼈。生懷故人厲半村，拂袖前行何勇決。疊山居士强欲吟，凍筆如椎硯欲裂。京國青衫十載交，欲言不言情哽咽。願君勿作繞指柔，願君勿作在鑛鐵。甘雨幽遐冤草甦，清風宇宙貪泉竭。循良詎困聖明時，玉燭光華待調燮。」姚江，浙江餘姚縣。

朱鳥歌殘：《後漢書·張衡傳》：「前祝融使舉麾兮，纚朱鳥以承旗。」李賢注：「朱鳥，鳳也。」《新元史·謝翱傳》：「及宋亡，天祥被執以死，翱悲不自禁。適浙東，登嚴子陵釣臺，設天祥主，酬酒畢，號而慟者三，乃以竹如意擊石，作楚歌招之曰：『魂朝往兮何極，暮來歸兮關塞黑。化爲朱鳥兮，有咮焉食！』歌闋，竹石俱碎。聞者悲之。」朱彝尊《秋霽·嚴子陵釣臺》：「當此更想，去國參軍，白楊悲風，應化朱鳥。」

白翎詞起：陶宗儀《輟耕録》卷二〇：「白翎雀者，國初教坊大曲也。雀生於烏桓朔漠之地，雌雄相鳴，自得其樂，世皇因命伶人碩德閭製曲以名之。」楊維楨《白翎鵲辭序》：「按《國史》脱必禪曰：『世皇畋於林柳，聞婦哭甚哀。明日，白翎鵲飛集斡朵上，其聲類哭婦，上感之，因令侍臣製《白翎鵲辭》。』鵲能制猛獸，尤善禽鴐鵝者也。舊辭未古，爲作《白翎鵲辭》二章，以補我朝樂府。」朱彝尊《金明池》：「緑頭鴨、悲吟乍了，白翎雀、醉歌還闋。」

「天地」句：周密《武林舊事》卷四「故都宫殿·亭」：「『別是一家春』，度宗初創，或謂此非佳讖也。未幾果驗。」

「霜凋」兩句：《隋書・音樂志》：「（陳）後主嗣位，耽荒於酒，視朝之外，多在宴筵。尤重聲樂，遣宮女習北方簫鼓，謂之代北，酒酣則奏之。又於清樂中造《黃鸝留》及《玉樹後庭花》、《金釵兩臂垂》等曲，與幸臣等製其歌詞，綺艷相高，極於輕薄。男女唱和，其音甚哀。」李後主《破陣子》：「玉樹瓊枝作煙蘿。」

野梅高潔：謝枋得《武夷山中》：「十年無夢得還家，獨立青峰野水涯。天地寂寥山雨歇，幾生修得到梅花。」

燕臺塵杳：任昉《述異記》卷下：「燕昭王爲郭隗築臺。今在幽州燕王故城中。土人呼爲賢士臺，亦謂之招賢臺。」《宋史・謝枋得傳》：「至元二十三年，集賢學士程文海薦宋臣二十二人，以枋得爲首，辭不起。又明年，行省丞相忙兀台將旨詔之，執手相勉勞。枋得曰：『上有堯、舜，下有巢、由，枋得名姓不祥，不敢赴詔。』丞相義之，不强也。」

曹碑夢斷：《宋史・謝枋得傳》：「强之而北。二十六年四月，至京師。已而病，遷憫忠寺，見壁間《曹娥碑》，泣曰：『小女子猶爾，吾豈不汝若哉！』留夢炎使醫持藥雜米飲進之，枋得怒曰：『吾欲死，汝乃欲生我邪？』棄之於地，終不食而死。」《曹娥碑》，參見本卷《滿江紅・曹娥廟》。

夢尋薇蕨：《史記・伯夷傳》：「武王已平殷亂，天下宗周，而伯夷、叔齊恥之，義不食周粟，隱於首陽山，采薇而食之。」司馬貞索隱：「薇，蕨也。」

義熙時節：見本卷《瑞鶴仙・詠菊爲楞山生日效蔣竹山體》。

相思晉雪：見卷甲《齊天樂·吴山望隔江霽雪》。

臺城路

上虞百官江口舜廟

重華不見蒼梧遠，西風忽吹人世。苦竹荒濱，冷葵智井，那有窮蟬苗裔。翠峰相倚。恍二女明妝，含顰長是。日暮神歸，村簫聲歇陣鴉起。

江東客心悽絶，渺餘情飄入，湘月湘水。鳳瑲雲迷，龍裳雨壞，後五百年何事。欲行且止。漫拂拭殘碑，古香難洗。紅染楓天，灑空千載淚。

【箋】

詞題：曹娥江流經上虞縣（今浙江省上虞市）百官鎮。《水經注》卷四〇引《晉太康地記》：「舜避丹朱於此，故以名縣。百官從之，故縣北有百官橋。」向南臨江有舜帝廟，唐長慶元年（八二一）始建，清乾隆與道光間均有重修。

「重華」句：《史記·五帝本紀》：「虞舜者，名曰重華。重華父曰瞽叟，瞽叟父曰橋牛，橋牛父曰句望，句望父曰敬康，敬康父曰窮蟬，窮蟬父曰帝顓頊，顓頊父曰昌意。以至舜七世矣。自從窮蟬以至帝舜，皆微爲庶人。」又：「踐帝位三十九年，南巡狩，崩於蒼梧之野。葬於江南九疑，是爲零陵。」

智井：廢井。吴任臣《十國春秋》卷七八：「（寶正三年閏六月）王命浚上虞縣舜井，得讖記寶物及重華石等。先是，旌教寺僧義恩奏云：『按《圖經》，西北去三十五里，有舜井二口，深三丈，舜子生時，井爲湧泉，即淘金之處也。世傳秦始皇封塞，今作兩墩存焉，各高一丈，相去三十餘丈。晉、宋以來，僧爲佛寺，鄉人或遇耕鋤，多得古磚甃石。南去半里有舜廟，北去半里爲百官橋。』鎮西井有重華石一片，闊三尺，厚九寸，左右有痕深二寸，宫中令造深沙神一軀，足履四石。寶正四年六月廿九日，差錢文殷祭神，鐫云：『吴越國王寶正三年八月十九日重開舜井，收得重華石一片，切恐年移代遠，莫測端由，特令鐫刻，用記年月。』」

二女：劉向《列女傳》卷一：有虞二妃者，帝堯之二女也。長娥皇，次女英。舜陟方，死於蒼梧，號曰重華。二妃死於江湘之間，俗謂之湘君。

滿江紅

曹娥廟

簾捲冰綃，開面面、軒窗貝宫。有越上、采蓮兒女，來覓遺蹤。飛楫浮江仍競渡，畫衣拖水似淩風。佩明珠、若箇許同遊，孫媚容。花舊在，紅處紅。紛屢舞，列歌鐘。忽霏微靈雨，遠浥千峰。收釣客歸山色裏，讀碑人立暮煙中。望青林、一帶隔潮痕，都是松。唐錢塘孫戩八月迎濤，船覆死。戩女媚容巡江哭，以瓜設祭，投江抱父屍出。事見《文苑英華》。

【箋】

曹娥廟：在上虞百官鎮曹娥江西岸。《後漢書·列女傳》：「曹娥者，會稽上虞人也。父盱，能絃歌爲巫祝，漢安二年五月五日，於縣江泝濤迎婆娑神，溺死，不得屍骸。娥年十四，乃沿江號哭，晝夜不絕聲，旬有七日，遂投江而死。至元嘉元年，縣長度尚改葬娥於江南道傍，爲立碑焉。」

孫媚容：《清一統志》：「孫媚容，錢塘人。父孫戩迎濤死，女媚容巡江哭，自投江水，抱父屍出。縣司以爲純孝，立碑。此與曹娥事同，而得不死更異。」

「讀碑」句：《後漢書》卷一一四李賢注引《會稽典録》：「上虞長度尚弟子邯鄲淳，字子禮，時甫弱冠，而奮異才。尚先使魏朗作曹娥碑文成，未出。尚問朗碑文成未，朗辭不才。因試使子禮爲之，操筆而成，無所點定。朗嗟歎不暇，遂毀其草。其後蔡邕又題八字，曰：『黃絹幼婦，外孫虀臼。』」裴啓《裴子語林》：「曹公至江南，讀曹娥碑文，背上別有八字，其辭云：『黃絹幼婦，外孫虀臼。』曹公見之不解，而謂德祖：『卿知之不？』德祖曰：『知之。』曹公曰：『卿且勿言，待我思之。』行卅里，曹公始得，令祖先說。祖曰：『黃絹色絲，絕字也。幼婦少女，妙字也。外孫女子，好字也。蕹臼受辛，辭字也。謂絶妙好辭。』曹公笑曰：『實如孤意。』」

蘭陵王

三高祠

冷煙闊。笠澤茫茫釀雪。垂虹畔、摇蕩素波，鷺入蘆花兩明滅。枯沙抱斷玦。清絶。罛船唱歇。殷勤問、如此水鄉，定有飛仙弄華月。　黄金鑄重活。自一舸飄颻，忘了吴越。秋風又到愁時節。拋洛下秦地，貴遊無夢，蓴香茶熟味最潔。笑名是何物。騷屑。漫晞髮。厭格鬭蝸巢，相呴魚沫。青山今古銷豪傑。愛釣雪亭外，釣絲風刷。翱翔無所，洗眼望，翠佩戞。

【箋】

作於康熙五十九年庚子（一七二〇）十一月，赴京師應試，過吴江。本詞及以下《江城梅花引》、《釣船笛·韓侯釣臺下作》、《淡黄柳·賦曉色》，均作於北上京師途中。

詞題：三高祠，原在吴江垂虹橋底定亭南，宋元祐五年（一〇九〇）建，祀越范蠡、晉張翰、唐陸龜蒙三人，祠内有鱸鄉亭。乾道三年（一一六七）在釣雪灘上重建，范成大作記。元季毁於戰火，明洪武元年（一三六八）重建，明成化八年（一四七二）、清康熙四十一年（一七〇二）、乾隆七年（一七四二）屢有建修。

笠澤：陸廣微《吴地記》：松江一名松陵，又名笠澤，其江之源，連接太湖。范成大《三高亭記》：「邑大夫趙伯虚以故祠偪陋，將改作，於是歸來之士鄉老王份獻其地雪灘，左具區，右笠澤，號稱勝絶。乃築堂於其上，告遷於像而奠焉。」

「枯沙」句：喻陸龜蒙之堅隱不出。劉子翬《兼道攜古墨來》：「斷玦精堅磨不殺。」《新唐書·陸龜蒙傳》：居松江甫里，多所論撰，雖幽憂疾痛，貲無十日計，不少輟也。有田數百畝，屋三十楹，田苦下，雨潦則與江通，故常苦飢。身畚鍤，茠刺無休時。或譏其勞，答曰：「堯、舜黴瘠，禹胼胝。彼聖人也，吾一褐衣，敢不勤乎？」自比涪翁、漁父、江上丈人。後以高士召，不至。

「飛仙」句：李嶠《舟》：「羽客乘霞至，仙人弄月來。」

「黄金」三句：《吴越春秋》卷一〇：范蠡乃乘扁舟，出三江，入五湖，人莫知其所適。越王使良工鑄金象范蠡之形，置之坐側，朝夕論政。

「秋風」四句：《世説新語·識鑒》：「張季鷹辟齊王東曹掾，在洛，見秋風起，因思吴中蓴菜羹、鱸魚膾，曰：『人生貴得適意爾，何能羈宦數千里以要名爵！』遂命駕便歸。」

「笑名」句：見卷乙《一萼紅·丁未始春》。

晞髮：屈原《九歌·少司命》：「與女沐兮咸池，晞女髮兮陽之阿。」王逸注：「言己願託司命，俱沐咸池，乾髮陽阿，齋戒潔己，冀蒙天祐也。」

格鬬蝸巢：《莊子·則陽》：「有國於蝸之左角者曰觸氏，有國於蝸之右角者曰蠻氏，時相與爭地而戰，伏屍數萬，逐北旬有五日而後反。」

相呴魚沫：《莊子·大宗師》：「泉涸，魚相與處於陸，相呴以濕，相濡以沫。」

釣雪亭：盧祖皋《賀新郎》序：「彭傅師於吴江三高堂之前，作釣雪亭，蓋擅漁人之窟宅，以供詩境也。」嘉靖《吴江縣志》：「釣雪亭在雪灘，宋嘉泰二年，縣尉彭法建，華亭林至記。」

江城梅花引

扁舟如葉過紅橋。雨蕭蕭。雪蕭蕭。樓外闌干，闌下廣陵潮。一夜官梅開欲綻，野梅發，送將行，伴寂寥。　寂寥。寂寥。碧雲高。飲未豪。吟未調。寄也寄也，寄不便、南雁程遥。憑仗空香，吹入玉人簫。彈與北枝花上淚，千點點，有東風，不肯消。

【箋】

作於康熙五十九年庚子十二月，赴京師應試，過揚州。

廣陵潮：樂府《長干曲》：「妾家楊子住，便弄廣陵潮。」

「一夜」句：杜甫《和裴迪登蜀州東亭送客逢早梅相憶見寄》：「東閣官梅動詩興，還如何遜在揚州。」

野梅發：孟郊《旅行》：「野梅参差發。」

玉人簫：杜牧《寄揚州韓綽判官》：「二十四橋明月夜，玉人何處教吹簫。」

「彈與」句：宋之問《度大庾嶺》：「魂隨南翥鳥，淚盡北枝花。」

釣船笛

韓侯釣臺下作

清角起淮城，寒緊拍天風浪。底事不留英傑，笑乃公將將。　枯荷野鴨小洲前，却愛釣絲漾。何似客船吹笛，過南昌亭上。

【箋】

作於康熙五十九年庚子十二月，赴京師應試，過淮安。

韓侯釣臺：在淮安城西北隅里運河邊，蕭湖岸上，始建於明代萬曆年間。傳説韓信少時常於此垂釣，亦爲漂母饋食處。

將將：《漢書·韓信傳》：「陛下不能將兵，而善將將，此乃信之所以爲陛下禽也。」

南昌亭：《漢書·韓信傳》：「信從下鄉南昌亭長食，亭長妻苦之，乃晨炊蓐食。食時信往，不爲具食。信亦知其意，自絶去。至城下釣。有一漂母哀之，飯信。」《太平寰宇記》：南昌亭，在山陽縣（今淮安）西三十里。

淡黄柳

賦曉色

河斜月淡，咿喔鄰雞急。遠夢初回窗影白。纔辨鞭絲帽帶，催起勞勞早行客。度阡陌。煙中樹如織。何人破、新霜跡。料梳樓倦眼開難得。一路惺忪，半村微亮，腸斷玲瓏唱出。

【箋】

鞭絲帽帶：陸游《齊天樂》：「塞月征塵，鞭絲帽影，常把流年虚占。」

「何人」句：温庭筠《商山早行》：「雞聲茅店月，人跡板橋霜。」

「腸斷」句：白居易《醉歌示伎人商玲瓏》：「玲瓏玲瓏奈老何，使君歌了汝更歌。」

倦尋芳

揚州與江佩水别三年矣。辛丑春日，在都下重見於程蓉槎齋中。話舊悽然，因製此曲

水萍不定，煙月無端，人海逢又。曲曲萸灣，空老那回楊柳。十二街中燈過五，十三樓上寒銷九。數年華，但簫沈夢遠，鏡窺吟瘦。　共細乳、分茶清晝。門外塵緇，儂定能否。淺碧西山，贏得此懷如舊。相見猶憐雲聚散，相思應在花前後。似分明，話秋池、雨窗時候。

【箋】

作於康熙六十年辛丑（一七二一）春，時參加會試在京師。參見卷甲《揚州慢·廣陵芍藥》。

江佩水：江湑，字佩水，號蒿坪，江蘇江都人，諸生。乾隆元年（一七三六）舉博學鴻詞，不第。

程蓉槎：程哲，字聖跂，號蓉槎，安徽歙縣人。曾官崖州知府，作「天涯石刻」，後改任廣東鹽運司運同。著有《蓉槎蠡説》。

人海逢又：周紫芝《武林逢邵文伯》：「長安人海中，袞袞逢此郎。」

萸灣：茱萸灣。《揚州府志》：「茱萸灣在城東北二十里，今名灣頭。舊志云：漢吴王濞開此

通海陵倉，隋仁壽四年，又開以通漕。」《元和郡縣圖志》：「其側有茱萸村，因以爲名。」

十二街：指京師街道。鮑照《詠史》：「京城十二衢，飛甍各鱗次。」

十三樓：宋代杭州名勝，亦稱「十三間樓」。蘇軾《南歌子》：「遊人都上十三樓，不羨竹西歌吹古揚州。」《乾道臨安志》：「十三間樓，去錢塘門二里許，蘇軾治杭日，多治事於此。」

「共细乳」句：陸游《臨安春雨初霽》：「晴窗細乳戲分茶。」

「門外」兩句：陸機《爲顧彦先贈婦詩》：「京洛多風塵，素衣化爲緇。」

「淺碧」兩句：《世説新語·簡傲》：「王子猷作桓車騎參軍。桓謂王曰：『卿在府久，比當相料理。』初不答，直高視，以手版拄頰云：『西山朝來，致有爽氣。』」

「相思」句：薛道衡《人日思歸詩》：「入春才七日，離家已二年。人歸落雁後，思發在花前。」

「話秋池」句：李商隱《夜雨寄北》：「君問歸期未有期，巴山夜雨漲秋池。何當共翦西窗燭，却話巴山夜雨時。」

花發沁園春

瓊花觀春宵小飲

柳裊新栽，杏開初嫁，竹西自古隋苑。因風側帽，借月窺簾，九里繡街行半。青旗影轉。攜酒訪、深沈瑶殿。正扇暈寒拂飛鸞，釵光明動棲燕。可惜司花不見。繞無雙亭前，細訴清怨。香憔玉悴，雨絶星移，十二畫闌天遠。傷心未慣。聊一醉、問春深淺。念草草約伴籠燈，吴船江上歸晚。

【箋】

作於康熙六十年辛丑（一七二一）三月，在京會試下第，歸途過揚州，與館中友人小聚。

瓊花觀：在揚州大東門外，即古后土祠，漢成帝元延二年（公元前一一）建。宋徽宗政和間，錫額「蕃釐觀」。因觀内古有名世瓊花，又稱「瓊花觀」。

「竹西」句：杜牧《題揚州禪智寺》：「誰知竹西路，歌吹是揚州。」禪智寺原爲隋煬帝行宫，後建爲寺，竹西亭與禪智寺毘鄰。

側帽：斜戴帽子，謂瀟脱不羈之態。《北史·獨孤信傳》：「信在秦州，嘗因獵日暮，馳馬入城，其帽微側，詰旦而吏人有戴帽者，咸慕信而側帽焉。其爲鄰境及士庶所重如此。」

窺簾：形容女子對所愛男子之傾慕。《世説新語·惑溺》：「韓壽美姿容，賈充辟以爲掾。充每聚會，賈女於青瑣中看，見壽，説之。」

「深沈」三句：《異聞總録》卷一：「京兆韋安道早出至慈惠里，有兵仗如帝者之衛，有飛傘玲瓏下如玉女之飾。有後騎一宫監指里之西門曰：『公自此去，當知矣。』安道如其言，扣户，有朱衣吏出曰：『后土夫人相候已久。』……殿中微聞有環佩之聲。宮監贊曰：『夫人與公冥數合爲匹偶。』引入對坐，須臾進饌，樂人奏雙合鳳曲。於是儐相引安道入帳，合巹成親，夫人尚處子也。」

司花：顔師古《隋遺録》：長安貢御車女袁寶兒，年十五，腰肢纖墮，騃冶多態。帝寵愛之特厚。時洛陽進合蒂迎輦花，帝命寶兒持之，號曰「司花女」。後用以指掌管百卉之神。

無雙亭：盛儀《維揚志》：「無雙亭在后土廟殿西，前植瓊花，歐陽修名。劉澤移花於殿前，亭遂廢。莫濛嘗却殿之四廡重建。紹興元年，劉興裔移置於殿前。」

「香憔」三句：周密《齊東野語》卷一七：「揚州后土祠瓊花，天下無二本，絶類聚八仙，色微黄而有香。仁宗慶曆中，嘗分植禁苑，明年輒枯，遂覆載還祠中，敷榮如故。淳熙中，壽皇亦嘗移植南内，逾年，憔悴無花，仍送還之。」杜斿《瓊花記》：「紹興辛巳，金兵南侵，揭本而去，小者翦而除之，花頓憔悴。」

聒龍謡

虎丘

鬟影春船，鈴風午樹，一徑松門苔繡。北去南歸，殢幾番歌酒。聽歌侶、畫壁無蹤，覓酒伴、卷波非舊。只年年、小泊情懷，渾相識，半塘柳。吟邊石，望中樓，罨歷亂墜絮，拋殘芳晝。客心孤迥，更闌干垂手。過清明、尚未還家，問燕子、定巢能否。者些時，吴水吴山，盡成迤逗。

【箋】

作於康熙六十年（一七二一）三月，離揚返杭途中，過蘇州，遊虎丘。

卷波：卷白波，唐人酒令名。李匡乂《資暇集》：「飲酒之『卷白波』，義當何起？按東漢既擒白波賊，戮之如卷席，故酒席倣之，以快人情氣也。」黄朝英《緗素雜記·白波》：「蓋白者，罰爵之名，飲有不盡者，則以此爵罰之。……所謂『卷白波』者，蓋卷白上之酒波耳，言其飲酒之快也。」

半塘柳：范成大《半塘》：「柳暗閶門逗曉開，半塘塘下越溪迴。」半塘河在蘇州山塘街。

「吟邊」兩句：范成大《吴郡志》：「（千人石）生公講經處，大石盤陀數畝，高下如削，乃他山所無。」王鏊《姑蘇志》：「（虎丘山）又有望海樓、小吴軒、致爽閣、陳公樓、五臺山樓、千頃雲閣，他勝處尚多，不能悉載。」

「問燕子」句：周邦彦《瑞龍吟》：「愔愔坊陌人家，定巢燕子，歸來舊處。」

迤逗：耽擱，亦有牽掛之意。

百字令

表忠觀懷古

雲旗風馬，見虬姿、彷彿英雄徒步。啼得羅平妖鳥盡，自向錢塘開府。玉册樓高，錦衣城壯，百萬貔貅駐。江神心折，迴濤先避强弩。休説朱五經兒，東南霸氣，三世偏能據。天遣山河都姓趙，拱手還歸真主。麥飯空祠，柳圈寒食，緩緩歌遊女。蘇碑仍在，眼前龍鳳飛舞。

【箋】

表忠觀：《十國春秋·吴越忠懿王世家》：「熙寧時，知杭州軍州事趙抃言，錢氏父祖妃夫人子孫墳廟在錢塘者二十有六，在臨安者十有二，願以龍山妙因院爲觀，使錢氏之孫爲道士曰自然者，治其祠墳。神宗命賜名曰表忠觀。理宗給田三百畝付觀，旌功焉。」《明一統志》：表忠觀在杭州府城南二十里龍山。《西湖志》：「錢王祠在清波門外，舊名表忠觀。」祠内原鐫蘇軾所書《表忠觀碑》湮没，所立者爲明人摹刻，乾隆間於郡學泮池之下劚得蘇碑原刻二片。

「啼得」兩句：《新五代史·吴越世家·錢鏐》：景福二年（八九三），越州節度使董昌反。妖人應智王温、巫韓媪等以妖言惑昌，獻鳥獸爲符瑞。牙將倪德儒曰：「曩時謡言有羅平鳥主越人禍福，民間多圖其形禱祠之，視王書名與圖類。」因出圖以示昌，昌大悦，乃自稱皇帝，國號羅平。錢鏐攻董昌，破之，昌投水死。昭宗拜鏐鎮越州，乃還治錢塘，號越州爲「東府」。

「玉册」兩句：《新五代史·吴越世家·錢鏐》：唐莊宗賜鏐玉册、金印，鏐起玉册、鑫券、詔書三樓於衣錦軍。又載：唐昭宗詔鏐圖形凌煙閣，升素所居「衣錦營」爲「衣錦城」。

「江神」兩句：《宋史·河渠志》：「浙江通大海，日受兩潮。梁開平中，錢武肅王始築捍海塘，在候潮門外。潮水晝夜衝激，版築不就，因命彊弩數百以射潮頭，又致禱胥山祠。既而潮避錢塘，東擊西陵。」蘇軾《表忠觀碑》：「仰天誓江，月星晦蒙；强弩射潮，江海爲東。」

朱五經兒：指後梁開國皇帝朱温。朱温篡唐而立，嘗稱其父爲「朱五經」。《新五代史·梁家人傳》：「太祖置酒太夫人前，舉觴爲壽，歡甚。太祖啟曰：『朱五經平生讀書，不登一第，有子爲節度使，無忝於先人也。』后惻然良久曰：『汝能至此，可謂英特，然行義未必得如先人也。』」

「東南」四句：錢鏐自稱王始，計三十年，歷事唐、後梁、後唐，其後傳位於子元瓘，元瓘子弘佐、弘倧、弘俶先後繼位，是爲三世五王。迄宋太平興國三年（九七八），弘俶納土歸宋，計有國七十七年，爲五代國祚最長者。蘇軾《表忠觀碑》：「（錢氏）三世四王，與五代相終始。天下大亂，豪傑蜂起，方是時，以數州之地盗名字者，不可勝數。既覆其族，延及於無辜之民，罔有孑遺。而吴越地方千里，帶甲十萬，鑄山煮海，象犀珠玉之民，甲於天下，然終不失臣節，貢獻相望於道。是以其民至於老死不識兵革，四時嬉遊歌舞之聲相聞，至於今不廢，其有德於斯民甚厚。皇宋受命，四方僭亂以次削平。西蜀、江南負其嶮遠。兵至城下，力屈勢窮，然後束手。而河東劉氏，百戰守死以抗王師，積骸爲城，釃血爲池，竭天下之力，僅乃克之。獨吴越不待告命，封府庫，籍郡縣，請吏於朝。視去其國，如去傳舍，其有功於朝廷甚大。」畢仲詢《幕府燕閒録》：「繆謂術者曰：『豈有千年而有天下而無真主乎？』」

麥飯：祭祀用飯食。劉克莊《寒食清明》：「漢寢唐陵無麥飯，山蹊野徑有梨花。」

柳圈：習俗於清明節用柳條編圈戴於頭上，謂可去毒避邪。張炎《慶春宫》詞序：「都下寒食，遊人甚盛，水邊花外，多麗環集，各以柳圈祓禊而去，亦京洛舊事也。」

「緩緩」句：蘇軾《清平調引》序：「遊九仙山，聞里中兒歌《陌上花》。父老云：吴越王妃每歲春必歸臨安，王以書遺妃曰：『陌上花開，可緩緩歸矣。』吴人用其語爲歌，含思宛轉，聽之淒然。而其詞鄙野，爲易之云。」詞曰：「陌上花開蝴蝶飛。江山猶是昔人非。遺民幾度垂垂老，遊女長歌緩緩歸。」

龍鳳：喻文章。韋曜《博弈論》：「勇略之士，則受熊虎之任。儒雅之徒，則處龍鳳之署。」李善注：「龍鳳五彩，故以喻文。」

霜天曉角

華秋岳《松月圖》

查牙老樹。記得何年遇。攢出翠鍼千百，是妙手、新栽處。　過雨涼月吐。紛紛清影舞。孤鶴不成秋睡，又翻下、半空露。

【箋】「鶴翻」兩句：任翻《宿巾子山禪寺》：「鶴翻松露滴衣裳。」

南樓令

《醉仙圖》

無夢到槐柯。蓬山自踏歌。酒逡巡、頃刻花多。有酒有花吾事辦，呼冷月、出滄波。　落珮任顔酡。壺中一太和。儘長年、銷得婆娑。便道老仙真箇醉，人世醒、待如何。

【箋】

槐柯：槐安夢，又作南柯夢。李公佐《南柯太守傳》：淳于棼飲酒古槐樹下，夢入槐安國，任南柯太守，盡享榮華富貴。

「有酒」句：《魏書·李孝伯傳》：「（李瑒）轉尚書郎，加伏波將軍。隨蕭寶夤西征，以瑒爲統軍，假寧遠將軍。瑒德洽鄉閭，招募雄勇，其樂從者數百騎，瑒傾家賑恤，率之西討。寶夤見瑒至，乃拊瑒肩曰：『子遠來，吾事辦矣。』」

「壺中」句：朱熹《周易本義》：「太和，陰陽會合沖和之氣也。」元稹《酬樂天勸醉》：「半酣得自恣，酩酊歸太和。」

玲瓏四犯

南屏和徐紫山韻

九疊匡廬，恰宛在湖南，松雨新染。畫出青紅，斜照玉奩開展。隨意捨却划船，指竹尾、數峰遊遍。聽下方、鼓笛聲來，穿塔冷雲遮斷。　暮鐘初起僧歸遠。碧玲瓏、有人勾管。重尋涑水崖碑在，零落釵痕蒼蘚。還問劍氣長埋，一例魚燈吹散。唱夜涼山鬼，紛萬古，騷情亂。

【箋】

作於康熙六十一年壬寅（一七二二）春，在杭州。

南屏：萬曆《杭州府志》：「南屏山怪石聳秀，若神斧鬼工，中穿一洞，上有石壁若屏障然。」《西湖志》：「南屏山在浄慈寺右，興教寺之後，正對蘇堤。寺鐘初動，山谷皆應，逾時乃息。蓋茲山隆起，内多空穴，故傳聲獨遠，舊稱『南屏晚鐘』。」

九疊匡廬：江西廬山，在鄱陽湖畔。釋慧遠《廬山略記》：「有匡裕先生者，出自殷周之際，遁世隱時，潛居其下。或云裕受道於仙人，共遊此山，遂托室崖岫，即歲成館。故時人謂其所止爲神仙之廬，因以名山焉。」廬山有嶺名「九疊屏」，因以代指。

碧玲瓏：指山峰蒼翠。蘇軾《壺中九華詩》：「念我仇池太孤絶，百金歸買碧玲瓏。」

涑水崖碑：司馬光，山西夏縣涑水鄉人，世稱涑水先生。葉紹翁《四朝聞見録》卷一：「南屏山興教寺摩崖《家人卦》、《中庸大學篇》，司馬温公書，《新圖經》不載。」《樊榭山房集》卷一《秋日同王菊存汪青渠楊開緒渡湖至銎庵由幽居洞上看摩崖家人卦》：「快觀涑水碑，義取風火象。」

劍氣長埋：《晉書·張華傳》載：雷煥曰：「惟斗牛之間頗有異氣，寶劍之精，上徹於天，在豫章豐城。」掘地四丈餘，得石函，中有雙劍，曰龍泉、太阿。其夕，斗牛間氣不復見焉。

魚燈吹散：司馬光《故翰林彭學士乘挽歌》：「泉路幽無底，魚燈暧不明。」

「唱夜涼」三句：陸游《次韻陳機宜見贈》：「思幽屈子歌山鬼。」

八寶妝

孔雀

影孕初成，花屏未落，只傍瘴煙腥雨。萬里攜來闌檻裏，文采愁他相誤。金盆新水一泓，地錦安排，濃春時雲婆娑舞。誰惜明妝圓翠，矜誇兒女。　暗憶篣竹叢深，鷓鴣啼殺，舊棲知在何處。怎肯供、榕陰珥户。且聊向、藤整閒住[一]。待升却、聯拳左距。莫迷秦客搴芳路。正貝葉香清，佛鋪有日歸依否。《鹽鐵論》：「南方以孔雀珥門户。」鄧椿《畫繼》：「宣和殿荔枝結實，孔雀在其下，召衆史圖之。各極其思，華采爛然，但孔雀欲升藤整，先舉右脚。上曰：『未也。孔雀升高，必先舉左。』」

【箋】

影孕初成：《太平御覽》卷九二四引《南越志》：「義寧縣杜山多孔雀，爲鳥不必匹合，止以音影相接便有孕。」

花屏未落：《太平廣記》卷四六一引牛肅《紀聞》：「(孔雀)凡欲山棲，必先擇有置尾之地，然後止焉。」

瘴煙腥雨：李商隱《和孫朴韋蟾孔雀詠》：「瘴氣籠飛遠，蠻花向坐低。」朱鶴齡注引《續漢書》：「西南夷曰滇池，出孔雀。是從蠻瘴中來也。」

「萬里」兩句：李商隱《和孫朴韋蟾孔雀詠》：「此去三梁遠，今來萬里攜。」又：「可在青鸚鵡，非關碧野雞。」

「金盆」五句：李商隱《和孫朴韋蟾孔雀詠》：「地錦排蒼雁。」《淵鑑類函》卷四二一引《埤雅》：「(孔雀)尾有金翠，五年而後成，初春乃生，三四月後復凋，與花萼俱榮衰，尤自珍愛。遇芳時好景，聞絃歌，必舒張翅羽，盼睞而舞。性妒忌，自矜其尾，雖馴養已久，遇婦女童子服錦彩者，必啄而逐之。」

篣竹叢深：孔雀習居山林竹藪。左思《吴都賦》：「柚梧有篁，篻篣有叢。」

鷓鴣啼殺：元好問《唐詩鼓吹》卷三：「有孔雀處亦有鷓鴣。」陸龜蒙《奉和襲美病孔雀》：「争得鷓鴣來伴著，不妨還校有心情。」

「莫迷」句：李商隱《和孫朴韋蟾孔雀詠》：「西施因網得，秦客被花迷。」馮浩注：「謂網得珍禽，愛玩若迷也，秦客當是蕭史。他詩之『吴王苑内花』，亦正是西施。」

貝葉：古印度人寫經於樹葉，借指佛經。《法苑珠林》引《六度集經》：「昔者菩薩爲孔雀王。」

【校】

［一］「聊向」：馮抄本作「聊伴」。

掃花遊

白石蓮花燈

曲寮夜迥，正梟鬟茶煙，一枝斜颭。玉瓶數燄。勝驪山琢就，暖泉香泛。水月分清，葉葉釵頭乍斂。最淒黯。是霜苦校書，虹冷談劒。升降吹素艷。恍照破秋心，滿懷蕭澹。六時漏點。更東林夢去，岫深苔掩。絳蠟啼香，幾許風情自感。小憑檻。捧重臺、妙明無染。

【箋】

白石蓮花燈：鑿白石爲蓮花臺，捧燈禮於佛前。

梟鬟茶煙：見卷乙《減字木蘭花·過張無夜花龕》。

「勝驪山」兩句：張洎《賈氏談録》：「驪山華清宮……東南湯泉凡一十八所，第一所是御湯，周環數丈，悉砌以白石，瑩澈如玉，面皆隱起魚龍花鳥之狀，千形萬品，不可殫記。四面石座，階級而下。中有雙白石蓮，泉眼自甃口中湧出，噴注白蓮之上」。

霜苦校書：唐中期諸鎮幕府設校書郎。幕府，又稱蓮幕、蓮花府。盧綸《偶逢姚校書憑附書達河南郄推官因以戲贈》：「若問玉人殊易識，蓮花府裏最清羸。」

虹冷談劒：李白《贈宣城宇文太守兼呈崔侍御》：「安知慕群客，彈劒拂秋蓮。」

六時漏點：佛教分一晝夜爲六時：晨朝、日中、日没、初夜、中夜、後夜。李商隱《題白石蓮華寄楚公》：「白石蓮花誰所共，六時長捧佛前燈。」

東林：東林寺在江西廬山，東晉時僧人慧遠於此結白蓮浄社。張翥《南山蓮社偕韓友直伯清昆季遊龍井寺》：「長憶東林遠法師，三生張野有前期。經書貝葉繙重譯，漏刻蓮花禮六時。」

絳蠟啼香：李商隱《燕臺四首》：「蠟燭啼紅怨天曙。」黄滔《江州夜宴獻陳員外》：「數枝紅蠟啼香淚。」

重臺：花复瓣者，謂之重臺。劉禹錫《白侍郎大尹自河南寄示池北新葺水齋》：「蒲根抽九節，蓮萼捧重臺。」

妙明：佛教語。真妙之明心，以名無漏之真智。

金浮圖

元中峰禪師遺履在雲居寺

松門碧。千秋講席。不借猶存，素絇如昔。想高僧、定後工詩筆。養就新篁，自具參天標格。踏破山青雲白。雙趺解處，遊戲何人識。蛛網積。堂空磬寂。未墜真風，笑他留隻。茫茫大塊同爲客。回首連昌，蘚暗文綦跡。幾緉軟紅可惜。攜看過午，葉響煙林側。高峰謂師是竿上林新篁。

【箋】

中峰禪師：明本（一二六三—一三二三），元代高僧。號中峰，錢塘人。俗姓孫氏，出家吴山聖水寺。顧嗣立《元詩選》：中峰與斷厓義公俱爲高峰原妙禪師座下，或問優劣，曰：「義首座固是根老竹，其如七曲八曲，惟本維那（指明本）却是竿上林新篁，他日成材，未易量也。」文宗敕詞臣製碑，謚曰智覺，塔曰法雲。有《中峰廣録》三十卷，元統二年（一三三四），詔收入佛藏，藝文監丞揭傒斯爲之序，謂其提倡激揚，如四瀆百川，千盤萬轉，衝山激石，鯨吞龍變，不歸於海不已。其大機大用，見於文字有如此者。中峰屢辭名山，屏跡自放。時住一船，或僦居城隅土屋，若入山脱笠，即結束茅而棲，俱名曰幻住，自作《幻住庵記》。其居東林也，趙學士子昂、馮學士海粟爲之躬運士木以執役。初，子昂與中峰爲友，海粟甚輕之。一日，子昂偕中峰往訪，海粟出示《梅花百韻詩》。中峰一覽，走筆和之，復出所作《九字梅花歌》以示，海粟竦然，遂與定交。

雲居寺，即雲居聖水寺，在杭州萬松嶺雲居山，宋元祐間所建。

素絢：見卷續《齊天樂·絡緯》。

未墜真風：裴休《題泐潭》：「浩劫有窮日，真風無墜時。」

留隻：《後漢書·王喬傳》：「王喬者，河東人也。顯宗世，爲葉令。喬有神術，每月朔望，常自縣詣臺朝。帝怪其來數，而不見車騎，密令太史伺望之。言其臨至，輒有雙鳧從東南飛來。於是候鳧至，舉羅張之，但得一隻舄焉。乃詔尚方診視，則四年中所賜尚書官屬履也。」

「茫茫」句：《莊子·齊物論》：「夫大塊噫氣，其名爲風。」成玄英疏：「大塊者，造物之名，亦自然之稱也。」陸龜蒙《縹緲峰》：「身爲大塊客，自號天隨子。」

連昌：連昌宮，唐高宗顯慶三年（六五八）所建，故址在今河南省宜陽縣。元稹《連昌宮詞》：「連昌宮中滿宮竹，歲久無人森似束。」

文綦：彩色之帶。劉楨《魯都賦》：「纖纖絲履，燦爛鮮新。表以文綦，綴以珠蠙。」

幾緉軟紅：《世説新語·雅量》：「或有詣阮（孚），見自吹火蠟屐，因歎曰：『未知一生當著幾量屐！』神色閒暢。」「量」，通「緉」，指一雙鞋。

三部樂

流求紙

瀛海荒唐，訝未識蔡侯，素濤懸影。一簾花雪，輕揭煩他文頸。早傳遍、山北山南，坐鬬鏤樹底，石几鋪浄。碧環島女，可有譯書題贈。坑灰昔時乍冷。説先秦采藥，髮茂誰證。鬣帆又移近浦，星槎風定。展松紋、乍磨翠餅。須分寫、歡斯異境。身世似粟，蓮鬚外、天水遥永。歡斯，流求族姓也。

【箋】

詞題：流求，又作琉球，今琉球群島。周煌《琉球國志略》：「紙有數種，皆穀樹皮爲之，俗呼棉紙、清紙。」又引徐葆光《球紙》詩：「流求繭紙扶桑蠶，十華搗就藏龍龕。一縑一紙購不得，島客求書致滿函。冷金入手白於練，側理海濤凝一片。昆刀裁截徑尺方，疊雪千層無冪面。」

蔡侯：《後漢書·蔡倫傳》：自古書契多編以竹簡，其用縑帛者謂之爲紙。倫乃造意，用樹膚、麻頭及敝布、魚網以爲紙。元興元年（一〇五）奏上之，帝善其能。自是莫不從用焉，故天下咸稱「蔡侯紙」。

素濤：舒邦佐《和懶窩嚴上人紙被詩》：「素濤照眼絶鍼痕。」

闘鏤：《北史・流求傳》：流求國多闘鏤樹，似橘而葉密，條纖如髮之下垂。織闘鏤皮並雜毛以爲衣，製裁不一。

坑灰：指秦始皇焚書坑儒事。王充《論衡》：「秦始皇用李斯之議，燔燒《詩》、《書》，後又坑儒。」坑儒在焚書後二年，始皇怒方士侯生、盧生等入東海尋仙藥不果，乃廉問咸陽諸生，坑犯禁者四百六十餘人。

襞牋：折紙作書。《南史・陳紀》：「（後主）常使張貴妃、孔貴人等八人夾坐，江總、孔範等十人預宴，號曰『狎客』。先令八婦人襞采箋，製五言詩，十客一時繼和，遲則罰酒。」

星槎：見卷續《換巢鸞鳳・張東園送洋雞一雙，賦此報之》。

「展松紋」句：松紋，謂紙之紋理。徐應秋《玉芝堂談薈》卷二八：「白樂天墨蹟有印文曰『剡溪月面松紋紙』。」翠餅，墨之别稱。蘇軾《贈潘谷》：「何似墨潘穿破褐，琅琅翠餅敲玄笏。」

歡斯異境：《隋書・東夷列傳》：「流求國居海島之中，當建安郡東，水行五日而至。土多山洞。其王姓歡斯氏，名渴刺兜，不知其由來有國代數也。」

身世似粟：蘇軾《前赤壁賦》：「寄蜉蝣於天地，渺滄海之一粟。」

水調歌頭

訪吴丈志上寄老庵

撫景不自得，奈此緑陰何。試尋北郭隱處，亭角掛煙蘿。門裏簾櫳如鏡，門外帆檣如薺，静躁隔無多。大子一丘壑，舉世盡風波。　枕琴眠，看雲坐，采芝歌。老來苒苒奚事，圖史日摩挲。與我周旋作我，不恨古人不見，鶴鬢任教皤。蟬亦愛清境，流響出庭柯。

【箋】

詞題：吴允嘉，字志上，號石倉，浙江錢塘人。爲樊榭里中前輩。雅好文史，工詩，旁通六經之學。生平愛藏書，積數萬卷。輯《武林耆舊集》、《錢塘縣志補》，著有《石倉詩稿》等。

「撫景」四句：李白《尋魯城北范居士失道落蒼耳中》：「客心不自得，浩漫將何之。忽憶范野人，閒園養幽姿。茫然起逸興，但恐行來遲。」乾隆《杭州府志》：北郭市，去錢唐縣二里城北武林門外。

帆檣如薺：陳維崧《沁園春・贈别龔佩紉》：「南郭先生，門巷蕭疏，庭除寂寥。恰一灣蓼岸，遠檣列薺，數間竹屋，夜雨鳴濤。」

「静躁」句：江總《詒孔中丞奐詩》：「忘懷静躁間，自覺風塵遠。」

「夫子」句：《漢書·敘傳》：「漁釣於一壑，則萬物不奸其志。棲遲於一丘，則天下不易其樂。」《世説新語·品藻》：「明帝問謝鯤：『君自謂何如庾亮？』答曰：『端委廟堂，使百僚準則，臣不如亮。一丘一壑，自謂過之。』」

枕琴眠：白居易《閒卧有所思》：「向夕褰簾卧枕琴。」

看雲坐：王維《終南别業》：「坐看雲起時。」

采芝歌：《樂府詩集·琴曲歌辭·采芝操》：「《琴集》曰：『《采芝操》，四皓所作也。』《古今樂録》曰：『南山四皓隱居，高祖聘之，四皓不甘，仰天歎而作歌。』按《漢書》曰：『四皓皆八十餘，鬚眉皓白，故謂之四皓，即東園公、綺里季、夏黄公、甪里先生也。』崔鴻曰：『四皓爲秦博士，遭世暗昧，坑黜儒術。於是退而作此歌，亦謂之《四皓歌》。』二説不同，未知孰是。」

「圖史」句：樊榭《哭吴丈志上》詩自注：「吴丈書齋有曝畫廊。」（《樊榭山房集》卷六）

「與我」句：《世説新語·品藻》：「桓公少與殷侯齊名，常有競心。桓問殷：『卿何如我？』殷云：『我與我周旋久，寧作我。』」白居易《喜老自嘲》：「任從人棄擲，自與我周旋。」

「不恨」句：《南史·張融傳》：「不恨我不見古人，所恨古人又不見我。」辛棄疾《賀新郎》：「不恨古人吾不見，恨古人不見吾狂耳。」

「鶴鬢」句：蘇軾《用過韻冬至與諸生飲酒》：「鶴鬢驚全白。」

「蟬亦愛」兩句：虞世南《蟬》：「垂緌飲清露，流響出疏桐。」

藻蘭香

五月一日皋亭山下競渡

霞翻浦樹，雪濺汀蓮，疊鼓彩虬欲起。梭船貴買，鏡檻先開，盡逐鬧竿遊戲。定何年、鳧羽淩波，風光留人似此。打扮杭州，十里銷魂煙水。　櫂轉盤渦更險，爲憶山前，受降遺事。花釵翦艾，麝粉吹菰，越女但知沈醉。瞥回眸、衆裏盈盈，行雨防需羅袂。念散後、夢繞湘雲，涼嚇新睡。宋黄公紹《競渡櫂歌》：「朝了霍山朝岳帝，十分打扮是杭州。」

【箋】

作於康熙六十年辛丑（一七二一）五月一日，在杭州。

皋亭山：在杭州城區東北部。自西往東依次爲：半山、黄鶴山、元寶山、皋亭山、桐扣山、佛日山等，其中皋亭山爲最高峰，諸峰統稱爲皋亭山。

鬧竿：一種懸掛各種玩具或諸色雜貨之竹竿，古代貨郎所用。周密《武林舊事・西湖遊幸》：「時承平日久，樂與民同，凡遊觀買賣，皆無所禁。畫楫輕舫，旁午如織。至於果蔬、羹酒、關撲、宜男、戲具、鬧竿、花籃、畫扇、彩旗、糖魚、粉餌、時花、泥嬰等，謂之『湖中土宜』。」

櫂轉盤渦：周必大《贛江》：「盤渦隨櫂舞。」

「爲憶」兩句：皋亭山南宋時爲臨安防守要隘，德祐二年（一二七六）元兵至，宋室君臣於此出降，帝后解赴上都，臨安政權遂亡。

花釵翦艾：見卷乙《澡蘭香·癸丑淮南重午用吴夢窗韻》。

眾裏盈盈：柳永《荔枝香》：「遥認眾裏盈盈好身段。」

邁陂塘

題《洞庭龍女圖》檃括《湘夫人》辭

白雲來、洞庭渚北，雙眸眇眇愁予。秋風乍裊層波遠，木葉翾飛如雨。期又阻。獨騁望、蘋中不見巢青羽。相思欲訴。悵澧有紅蘭，沅生碧芷，公子杳何處。朝馳馬，忽向江皋羈旅。佳人邂逅低語。未能騰駕偕煙逝，築室水心如許。蛟瘦舞。算只在、椒堂荷屋香蘅宇。褋遺南浦。看霓帶繽紛，九嶷迎得，聊以共容與。

【箋】

詞題：洞庭龍女，見本卷《水龍吟・題董羽出水戲珠龍圖》。《九歌・湘夫人》，屈原所作。

「白雲」兩句：《湘夫人》：「帝子降兮北渚，目眇眇兮愁予。」

「秋風」兩句：《湘夫人》：「裊裊兮秋風，洞庭波兮木葉下。」

「期又阻」兩句：《湘夫人》：「登白薠兮騁望，與佳期兮夕張。鳥何萃兮蘋中，罾何爲兮木上。」

「相思」四句：《湘夫人》：「沅有茝兮醴有蘭，思公子兮未敢言。」

「朝馳馬」兩句：《湘夫人》：「朝馳余馬兮江皋。」

「佳人」三句：《湘夫人》：「聞佳人兮召予，將騰駕兮偕逝。築室兮水中，葺之兮荷蓋。」

蛟瘦舞：《湘夫人》：「麋何食兮庭中，蛟何爲兮水裔。」

「算只在」句：《湘夫人》：「匊芳椒兮成堂。」又：「芷葺兮荷屋，繚之兮杜衡。合百草兮實庭，建芳馨兮廡門。」

褋遺南浦：《湘夫人》：「捐余袂兮江中，遺余褋兮醴浦。」

「看霓帶」三句：《湘夫人》：「九嶷繽兮並迎，靈之來兮如雲。」又：「聊逍遙兮容與。」

金縷曲

白燕，和紫山韻

掠影分池面。訝今年、社前初到，練拋雙剪。珠館何時歸去後，不定翩翩風顫。還細認、謝家深院。却怕芹泥輕涴得，舞争高、月底依稀見。銜墜絮，舊巢伴。　倚紅杏處花微歎。恁休誇、烏衣輕俊，群遊非慣。飛上銀旛相比竝，已别春温爐炭。簾下誤、玉人低唤。莫是灞橋寒尚在，阻鈿車、寂寞音塵斷。看弱羽，帶流霰。

【箋】

作於康熙六十一年壬寅（一七二二）春，在杭州。

芹泥：杜甫《徐步》：「芹泥隨燕嘴。」

舞争高：楊巨源《宫燕詞》：「日暖争高綺陌天。」

「倚紅杏」句：《説郛》卷三一引《荻樓雜鈔》：「揚州太守圃中有杏花數十株，每至爛開，張大宴，一株令一妓倚其傍，立館曰『争春』。宴罷夜闌，人云花有歎聲。」

「恁休誇」句：王夫之《清平樂》：「乳燕莫誇輕俊，人間何處烏衣。」

湘春夜月

當歌有感

翦春燈，越羅無奈寒侵。梟梟乍囀鶯吭，清絶月穿林。丁字竿垂簾下，恐落梅風起，吹散難尋。算世間只有，酸甜幾拍，堪訴情深。　朱顔暗换，錦屏迢遞，千萬沈吟。擪透啼衫，知那裏、弄絲煙柳，猶繫人心。鱗乖雁阻，寫翠牋、誰是知音。恁怨咽，縱當時聽得，愁眉早聚，何況而今。

【箋】

「丁字」句：《唐詩紀事》卷三五：雲陽公主下降，陸暢爲儐相，《詠行障》詩曰：「碧玉爲竿丁字成，鴛鴦繡帶短長聲。强遮天上花顔色，不隔雲中笑語聲。」

落梅風：見卷乙《摸魚兒·首夏歸杭》。

酸甜幾拍：張衡《南都賦》：「酸甜滋味，百種千名。」

憶少年

朝雲湖上，春風門外，非煙牆畔。行來似無力，好花枝微顫。　評泊圓姿應未見。憶長蛾、碧山俱遠。清宵夢難到，恨雙雙銀蒜。

【箋】

「評泊」句：評泊，思量、忖度之意。史達祖《蝶戀花》：「幾夜湖山生夢寐。評泊尋芳，只怕春寒裏。」顧炎武《金石文字記・鎮軍大將軍吴公墓銘》：「其文有曰『夫人李氏圓姿替月，潤臉呈花』，唐人寫狀婦容云爾，猶有《碩人》詩意，今人以爲嫌，不肯作此語矣。」

銀蒜：見卷乙《湀蘭香・癸丑淮南重午用吴夢窗韻》。

戀繡衾

羅屏低隔塵繞街。冷香茸、初卸小釵。見説道、分攜近，悄無言、愁黛費猜。　雁燈花共珠啼墜，寫烏絲、剛捲又開。始信有、銷魂賦，最銷魂、蘭槳未催。

【箋】

雁燈：雁足燈，燈座刻有雁足形狀。歐陽修《前漢雁足燈銘》：「熖守丹陽日，蘇氏者出古物，有銅雁足燈，製作精巧。」

烏絲：烏絲闌，亦作「烏絲欄」，代指箋紙。李肇《唐國史補》卷下：「宋亳間有織成界道絹素，謂之烏絲欄、朱絲欄。」袁文《甕牖閒評》卷六：「黄素細密，上下烏絲織成欄，其間用朱墨界行，此正所謂烏絲欄也。」

銷魂賦：江淹《别賦》：「黯然銷魂者，唯别而已矣。」

「最銷魂」句：柳永《雨霖鈴》：「方留戀處，蘭舟催發。」

玉樓春

銀塘冰泮晴波溜。照影獨來凝立久。一痕風帶不須寬，兩翦山螺依舊秀。　釵梁蜂蝶勞纖手。底事暗驚朱粉瘦。欲絲未絮恰纔芽，漸逗新愁渾似柳。

【箋】

「漸逗」句：馮延巳《蝶戀花》：「河畔青蕪堤上柳。爲問新愁，何事年年有。」

清平樂

香塵不起。鏡屜清於水。親試盤鴉簾影底。細雨蘭膏微膩。　徘徊欲就雲綰。些些轉側橫波。聽得花冠唱也，料應階日斜趖。庾信賦：「還抽鏡屧。」

【箋】

「親試」句：朱彝尊《金縷曲·憶静憐》：「看掛鏡、親盤鴉髻。」

雲綰：李後主《長相思》：「雲一綰，玉一梭。」

賣花聲

艷韻遍芳蹊。幾字高低。宋牆東畔謝橋西。喚到將離春事減，腸斷紅閨。　解語定淒迷。留綴鸞篦。香隨口角賤如泥。猶勝風欺並雨妒，分付鶯啼。

【箋】

宋牆：見本卷《惜紅衣·賦團扇上蓪草美人》。

謝橋：謝娘，或謂唐李德裕侍妾謝秋娘，後以謝橋代指情人所居附近。晏幾道《鷓鴣天》：「夢魂慣得無拘檢，又踏楊花過謝橋。」

將離：芍藥別稱。見卷甲《揚州慢·廣陵芍藥》。

解語：《開元天寶遺事》卷下：「明皇秋八月，太液池有千葉白蓮數枝盛開，帝與貴戚宴賞焉，左右皆歎羨。久之，帝指貴妃示於左右曰：『争如我解語花。』」

「香隨」句：范成大《連夕大風凌寒梅已零落殆盡三絶》：「玉雪飄零賤似泥，惜花還記賞花時。」

鳳凰臺上憶吹簫

瓷簫

紫竹猶多，白牙翻賤，別有哀玉清圓。盡奪得、千峰翠色，寄與秦仙。一夜秋生指下，通宛轉、星孔匀鐫。瓊枝瘦、脆管似鵜，輕翳如蟬。　誰知越窯古製，好吹出氤氳，五色飛煙。莫負却、青鸞素約，冷倚襟前。風外花甌共戛，修新譜、悠咽逾妍。空明境、依約赤壁回船。

【箋】

「紫竹」兩句：紫竹、白牙，竹簫和玉簫。宋徽宗《宫詞》：「應慕鳳臺吹紫玉，夜闌時按白牙簫。」

哀玉：如玉聲之淒清。杜甫《又於韋處乞大邑瓷碗》：「大邑燒瓷輕且堅，扣如哀玉錦城傳。」

「盡奪得」句：見卷甲《高陽臺・成窯九十九子瓷合》。

秦仙：蕭史。見卷甲《永遇樂・戊戌閏中秋》。

脆管似鵝：李賀《天上謠》：「王子吹笙鵝管長，呼龍耕煙種瑶草。」王琦注：「鵝管，謂笙上之管以玉爲之，其狀如鵝管。」

「好吹出」兩句：劉向《列仙傳》卷上：「甯封子者，黄帝時人也。世傳爲黄帝陶正，有人過之，爲其掌火，能出五色煙。」

修新譜：《欽定詞譜》：「《祝英臺近》：張輯詞有『趁月底重修簫譜』句，名《月底修簫譜》。」

「空明」句：蘇軾《前赤壁賦》：「於是飲酒樂甚，扣舷而歌之。歌曰：『桂櫂兮蘭槳，擊空明兮溯流光。渺渺兮予懷，望美人兮天一方。』客有吹洞簫者，倚歌而和之。其聲嗚嗚然，如怨如慕，如泣如訴，餘音裊裊，不絶如縷。」

水龍吟

題董羽《出水戲珠龍圖》，上有御前之印並宣和御押

千年紙上風雲，弄珠飛出宣和殿。滄波湧雪，銀鱗墨爪，騰空如練。閒却綃宮，橘花開盡，有何人見。只拳龍舊姓，毘陵啞子，吹腥雨、穿枯硯。　回首天家頓遠。尚塵中、忽忽流轉。神湫易改，青燈素壁，鎖痕休斷。笛裏吟殘，梭邊眠熟，不勝清怨。望冰簾影外，香銷幾縷，海山秋晚。

【箋】

詞序：董羽，字仲翔，常州毘陵人。有口吃之疾，俗號董啞子。善畫龍水、海魚。始事南唐後主爲翰林待詔。既歸宋，爲圖畫院藝學。太宗嘗令畫端拱樓四壁，觀者畏懾。郭若虛《圖畫見聞志》卷四：「鍾陵清涼寺，有李中主八分題名、李蕭遠草書、羽畫海水，爲三絶。」宣和，宋徽宗年號。汪砢玉《珊瑚網》卷二一：「宣和『天水雙龍』印，有方圓二樣，法書用圓，名畫用方。更宣和、明昌二帝題籤，法書用墨，名畫則用泥金。」

「閒却」三句：《太平廣記》卷四一九引《異聞集》：洞庭龍君小女，許配涇川龍君次子，得罪舅

姑而被黜，乃請柳毅爲傳書洞庭，曰：「洞庭之陰，有大橘樹焉，鄉人謂之社橘。君當解去茲帶，束以他物。然後叩樹三發，當有應者。因而隨之，無有礙矣。」李覯《東湖》：「水仙坐下魚鱗赤，龍女門前橘樹香。」

豢龍舊姓：《春秋・昭公二十九年》：魏獻子問於蔡墨曰：「吾聞之，蟲莫知於龍，以其不生得也，謂之知，信乎？」對曰：「人實不知，非龍實知。古者畜龍，故國有豢龍氏，有御龍氏。」獻子曰：「是二氏者，吾亦聞之，而不知其故，是何謂也？」對曰：「昔有飂叔安，有裔子曰董父，實甚好龍，能求其耆欲以飲食之，龍多歸之，乃擾畜龍，以服事帝舜，帝賜之姓曰董，氏曰豢龍。」

穿枯硯：龍尾硯，用龍尾石製成之硯，産江西省婺源縣，爲硯中上品。陳繼儒《珍珠船》卷一：「李後主留意筆札，所用澄心堂紙、李廷珪墨、龍尾硯，三者爲天下冠。」「神湫」六句：《晉書・陶侃傳》：「侃少時漁於雷澤，網得一織梭，以掛於壁。有頃雷雨，自化爲龍而去。」李賀《有所思》：「西風未起悲龍梭，年年織素攢雙蛾。」馬融《長笛賦》：「龍鳴水中不見己，截竹吹之聲相似。」李白《陪宋中丞武昌夜飲懷古》：「龍笛吟寒水，天河落曉霜。」

賀新涼

秋日登八詠樓

衫袖秋情逼。倚闌干、一時收盡，金華山色。多謝連朝西風緊，吹我萍蹤江國。又吹上、層樓孤立。欲洗胸懷忙呼酒，但溪聲西去鴻來北。雲渡水，天爲黑。　參差城郭今猶昔。念休文、一麾去後，聲名輝赫。宴罷樽前惟家令，老妓依然相識。惹滿座、傷心皆泣。大好東田歸應早，便詩傳八詠真何益。聊小住，聽漁笛。

【箋】

作於康熙六十年辛丑（一七二一）七月，往永康訪房師張昉，過金華。

八詠樓：見卷甲《摸魚兒·得汪舍亭婺州晚春見懷詩》。

金華山：在金華市北。胡應麟《少室山房筆叢》卷二九：「吾郡金華山，道書爲三十六洞元之天，世傳神仙窟宅。」

參差城郭：見本卷《向湖邊·拜句曲外史墓》。

「念休文」兩句：沈約，字休文，吴興武康人，歷仕南朝宋、齊、梁三代，南齊隆昌元年（四九四）

任金華東陽郡太守。亦見卷甲《摸魚兒·得汪舍亭婺州晚春見懷詩》。「宴罷」三句：沈約仕齊時曾任文惠太子家令。《南史·沈約傳》：「嘗侍宴，有妓婢師是齊文惠宫人，帝問識座中客不。曰：『唯識沈家令。』約伏地流涕。帝亦悲焉，爲之罷酒。」唐彦謙《文惠宫人》：「認得前家令，宫人淚滿裾。不知梁佐命，全是沈尚書。」「大好」兩句：《梁書·沈約傳》：「約性不飲酒，少嗜慾，雖時遇隆重，而居處儉素。立宅東田，矚望郊阜，嘗爲《郊居賦》。」沈約輔佐梁武帝成就帝業，官至尚書令，晚年與武帝生隙，帝使譴責者數焉，約懼而卒。沈約《登玄暢樓詩》有「信美非吾土，何事不抽簪」之語。

瑶臺聚八仙

題徐丈紫山黄雪山房，在學士港口湖山幽勝處也

湖影拖藍。門巷冷、秋氣盡在茅簷。掉頭歸興，隨分繡了霜鐔。一夜幽蛩聲乍咽，小窗幾片葉聲添。正吟酣。瘦筇得意，黄遍千巖。　心空掃屏艷冶，便後身似住，雪北香南。渭水西風，塵土亦復何堪。閒開琴趣自賞，只相識孤鴻半捲簾。籬花候，愛有名濁酒，無用閒談。

【箋】

作於康熙六十一年壬寅(一七二二)秋,在杭州。

學士港:《西湖志纂》卷四:「一名夾字港,在清波門外。《杭州府志》:相傳宋時有學士家此,故名港。屈曲深隱,低篷沿洄,方出湖口,古木鱗皴,最爲幽勝。上有學士橋。」

霜鐔:韓琦《題覽勝亭》:「清風誰會我,太息撫霜鐔。」

渭水西風:周邦彦《齊天樂》:「渭水西風,長安亂葉,空憶詩情宛轉。」

有名濁酒:《三國志·徐邈傳》:「平日醉客,謂酒清者爲聖人,濁者爲賢人。」

無用閒談:清談,魏晉時期崇尚老莊、空談玄理之風,亦稱玄談。始於三國魏何晏等人,至晉王衍輩而益盛。《晉書·桓温傳》:「踐北境,與諸僚屬登平乘樓,眺矚中原,慨然曰:『遂使神州陸沈,百年丘墟,王夷甫諸人不得不任其責。』袁宏曰:『運有興廢,豈必諸人之過。』」

水龍吟

雪中憶西溪

白天碎碎飛綿,打窗又是年時雪。火銷香鉦,凍膠吟管,傷懷念別。前度衝風,江南江北，酒旗明滅。似寒鴉身世，驚棲不定，歸來後、欲華髮。　心事無人能說。憶西溪、此中清絕。壓蘆浦冷，吹花橋斷，玉山遥列。三兩煙舠，捕魚初罷，柴門如月。便長鑱荷了，自尋黄獨，也堪怡悦。

【箋】

「便長鑱」兩句：杜甫《乾元中寓居同谷縣作歌》：「長鑱長鑱白木柄，我生托子以爲命。黄精無苗山雪盛，短衣數挽不掩脛。」仇兆鼇注：「黄精，又曰黄獨，狀如芋子，肉白皮黄，蔓延生，葉似蘿摩，梁漢人蒸食之。江東謂之土芋。」

點絳唇

燈夕同宋杏洲、周少穆集吴尺鳧瓶花齋

柳院燈疏史達祖，朦朧淡月雲來去李冠。年華似羽陳允平。無計相分付毛滂。　萍梗孤蹤晁補之，往事隨風雨黄公度。君知否晁沖之。煩君妙語王沂孫。留我花間住姜夔。

【箋】

作於康熙六十一年壬寅（一七二二）正月十五日，在杭州。

周少穆：周京，字西穆，一字少穆，號穆門。祖鄞縣人，先五世遷杭。布衣，有詩名。著《無悔齋詩集》。

宋杏洲：杭州人，與樊榭同遊，生平不詳。

各句依次出於：史達祖《喜遷鶯》、李冠《蝶戀花·春暮》、陳允平《摸魚兒·西湖送春》、毛滂《青玉案·新涼》、晁補之《水龍吟·始去齊路逢次膺叔感别敘舊》、黄公度《卜算子·别士季弟之官》、晁沖之《感皇恩》、王沂孫《摸魚兒》、姜夔《念奴嬌》。

渡江雲

題汪祓江《紅藥橋邊吟客圖》

蕪城當此際，峭風捲雨，黄柳尚蕭疏。玉勾亭畔月，底事飛來，瀹彩照西湖。襟情雪鍊，儘乾坤、清氣偏孤。同調處、花間花外，麗句也堪圖。　何如。一分無賴，十里銷魂，記樊川前度。閒瘦損、燈邊繭栗，葉上盤盂。君歸爲問花安否，想艷紅、依舊紛敷。春夢闊，江南夜夜啼烏。

【箋】

玉勾亭：即玉鉤亭，在今揚州市江都區境内。《江南通志》：「玉鉤亭，在江都縣。唐李夷簡鎮淮南，於城西南見新月如鉤，遂建此亭。」

襟情雪鍊：李群玉《送魏珪覲省》：「襟情當雪滌。」

花間花外：後蜀趙崇祚編《花間集》，南宋王沂孫詞集名《花外集》。

「二分」三句：徐凝《憶揚州》：「天下三分明月夜，二分無賴是揚州。」杜牧《贈别》：「春風十里揚州路，捲上珠簾總不如。」杜牧號樊川居士。

繭栗：見本卷《真珠簾・雨夜汪青渠齋中看芍藥》。

盤盂：玉盤盂，白芍藥之别稱。蘇軾《玉盤盂》：「兩寺妝成寶纓絡，一枝争看玉盤盂。」自序云：「東武舊俗，每歲四月大會於南禪、資福兩寺，以芍藥供佛。而今歲最盛，中有白花正圓如覆盂，其下十餘葉稍大，承之如盤，姿格絶異。云得之於城北蘇氏園中，周宰相莒公之别業也，而其名俚甚，乃爲易之。」

紛敷：猶紛披。王逸《九思・守志》：「桂樹列兮紛敷，吐紫華兮布條。」

綺羅香

送紫山之秣陵，和留别韻

象管題花，冰絃彈雪，難得詞場同氣。白髮相逢，眼底何論餘子。已闖破、竹屋藩籬，更探取、梅溪涯涘。喜從今、軟繡湖山，青旗風外踏歌起。　無端堪此小别，凝竚浮雲墜絮，離蹤應似。舊院煙銷，去問秦淮春水。待肯寄、研北香牋，還勝寫、江南眉史。夢隨君、片月斜明，鵑聲帆影裏。

【評】

馮抄本眉批：用韻多未穩，少作瑕瑜居半，老境精進，若前後兩人。

【箋】

作於康熙六十一年壬寅（一七二二）四月，送徐逢吉之金陵。徐逢吉《秋林琴雅序》云：「會余適有白門之役，孟夏解纜。」

「白髮」兩句：樊榭與紫山相識於去年，時紫山已六十五歲。《後漢書·禰衡傳》：「唯善魯國孔融及弘農楊修。常稱曰：『大兒孔文舉，小兒楊德祖。餘子碌碌，莫足數也。』」蘇軾《秦少游夢發殯而葬之者》：「餘子紛紛何足數。」

「已闖破」兩句：高觀國，字賓王，號竹屋，山陰人，有詞集《竹屋癡語》。史達祖，字邦卿，號梅溪，開封人，詞集名《梅溪詞》。二人相與友善，常爲唱和，時稱「高史」。

研北香箋：張邦基《墨莊漫録》卷一〇：「《漢上題襟集》段成式書云：『杯宴之餘，常居硯北。』又云：『長疏硯北，天機素少。』又云：『筆下詞文，硯北諸生。』蓋言几席面南，人坐硯之北也。」「研」，通「硯」。

江南眉史：陶穀《清異録》卷下：「瑩姐，平康妓也。玉浄花明，尤善梳掠，畫眉日作一樣。唐斯立戲之曰：『西蜀有《十眉圖》，汝眉癖若是，可作《百眉圖》，更假以歲年，當率同志爲修《眉史》矣。』」

六么令

春陰

雲留春住，濃與恨重疊。欲飛雨絲還懶，水際天低帖。漠漠穿簾疑暝，燕子愁時節。誰家羅襪。翩翾無影，惟見沿堤草痕接。　風姨空帶妒性，未解輕吹裂。閒壓幾曲疏闌，盡上眉心結。最不分明似夢，欲説終難説。樓東悽絶。芳期仍誤，錯認梨花是斜月。

【箋】

風姨：亦作「封夷」、「封家姨」、「封十八姨」，古神話傳説中風神。鄭還古《博異志》：唐崔玄微夜遇美人緑衣楊氏、白衣李氏、絳衣陶氏、緋衣小女石醋醋與封家十八姨。崔命酒共飲。十八姨翻酒污醋醋衣裳，不歡而散。明夜諸女又來，醋醋言諸女皆住苑中，多被惡風所撓，求崔於每歲元旦作朱幡立於苑東，即可免難。是日東風刮地，折樹飛沙，而苑中繁花不動。玄微乃悟諸女皆衆花之精，封十八姨乃風神也。

「最不」句：張泌《寄人》：「一場春夢不分明。」

摸魚子

簡吴尺鳬

乍歸來、參旗還轉，清幽繡谷無恙。蘿垣拂翠低桐塢，時有鳴鳩相向。搜討廣。愛似爾、詞人心力抛非枉。輕煤佛帳。更换芋書多，彈蕉文好，點筆石闌上。　當年事，複壁應堪惆悵。揚舲洗眼頻望。披襟不比燕臺雪，佳月新燈春釀。難競爽。寫雙調、吴蠶食葉毫尖響。澄湖熨浪。約曬笠秋晴，碧山如髻，漁笛譜漁唱。尺鳧近和予《臺城路》詠蠶二首，最工。

【箋】

參旗：星名。屬畢宿，共九星，在參星西。又名「天旗」、「天弓」。周邦彦《夜飛鵲·别情》：「相將散離會處，探風前津鼓，樹杪參旗。」

「清幽」四句：丁申《武林藏書録》卷下「繡谷瓶花齋」：「（吴焯）喜聚書，凡宋雕元槧與舊家善本，若饑渴之於飲食，求必獲而後已，故瓶花齋藏書之名稱於天下。所輯《繡谷薰習録》八卷，則記所藏秘册也。家九曲巷，園有古藤一本，花時柔條下垂如瓔珞，構亭曰繡谷，命酒觴客，賦詩爲樂。」

「愛似爾」句：温庭筠《蔡中郎墳》：「今日愛才非昔日，莫抛心力作詞人。」

輕煤佛帳：蘇軾《歐陽季默以油煙墨二丸見餉各長寸許戲作小詩》：「書窗拾輕煤，佛帳掃餘馥。」

換芋書多：釋贊寧《宋高僧傳》卷一九：唐衡嶽寺有僧，性懶而食殘，自號懶殘。李泌異之，夜半往見。時懶殘撥火煨芋。見泌至，授半芋而曰：「勿多言，領取十年宰相。」

彈蕉文好：沈約有《修竹彈甘蕉文》。賀裳《臘梅花賦序》：「故屈平頌橘，沈約彈蕉，張衡奏憶桂之篇，宋玉製泛蘭之曲。……凡以寄幽懷於香草，抒艷思於名花，古今一也。」

「點筆」句：杜甫《重過何氏五首》：「石欄斜點筆，桐葉坐題詩。」

複壁：《舊唐書·王涯傳》：「前代法書名畫，人所保惜者，以厚貨致之；不受貨者，即以官爵致之。厚爲垣，竅而藏之複壁。」

「寫雙調」句：歐陽修《禮部貢院閱進士就試》：「無嘩戰士銜枚勇，下筆春蠶食葉聲。」

「漁笛」句：周密有詞集《蘋洲漁笛譜》，陳允平有詞集《日湖漁唱》。

詞末自注：按吴焯《玲瓏簾詞》，《臺城路》詠蠶僅見一首。

臺城路

富景園，《宋史》所云東園也。舊在新門外，今草橋門内近城，即其故址。空池喬木，閭巷蕭寂。予每經行，不知古情之頓深也

生年落托東城下，溪雲素心都負。跡似潛夫，身如灌圃，只記南朝衰柳。牆根井口。抱一片晴沙，眼波微溜。縱不關愁，露桃愁到不言後。　探春那回行遍，泠餳猶未

賣，人尚中酒。藏謎花樓，戲嬰水館，别有憑闌紅袖。新煙信否。過幾度酸風，翠梢眉鬬。竚立誰知，暝鴉飛去久。

【箋】

詞序：富景園，見卷甲《大聖樂·東園餞春追和草窗韻》。《宋史·孝宗本紀》：乾道七年（一一七一）秋九月甲申，從太上皇、太上皇后幸東園。《光宗本紀》：紹熙五年（一一九四）夏四月乙未，壽皇聖帝幸東園。潛説友《咸淳臨安志》卷一三：「富景園在新門外之東。」

潛夫：《後漢書·王符傳》：「符獨耿介不同於俗，以此遂不得升進。志意蘊憤，乃隱居著書三十餘篇，以譏當時失得，不欲章顯其名，故號曰『潛夫論』。」

灌園：《史記·魯仲連鄒陽列傳》：「於陵子仲辭三公爲人灌園。」裴駰集解引《列士傳》：「楚於陵子仲，楚王欲以爲相，而不許，爲人灌園。」

藏謎花樓：《宣和畫譜》有《藏謎士女圖》。

戲嬰水館：見卷甲《高陽臺·成窯九十九子瓷合》。

又

南湖感舊和蘭嵎韻

陰陰古水横寒緑，誰家繞門煙樹。十載閒蹤，三生昨地，銷得吹香詩句。眉彎老去。剩暈秀遥山，半低晴渚。盡日人稀，碧蜻蜓罥蓼花住。　傷離還有舊伴，周情兼柳思，檀拍無誤。岸缺連雲，闌空進月，絶憶單衾眠雨。幽悰未苦。更草暗王孫，待歸遲暮。欲覓風流，問鷗鷗不語。楊誠齋《贊張功甫像》云：「約齋子方内歟，方外歟，風流歟，窮愁歟。老夫不知，君其問諸白鷗。」

【評】

馮抄本眉批：二首（本詞與前首「富景園」）絶妙，何以不存。

【箋】

蘭嵎：施蘭隅，與樊榭、陳撰等人有詩詞往來，生平不詳。

「碧蜻蜓」句：張鎡《行次下渚湖二首》：「蜻蜓猶愛蓼成叢。」

「周情」句：謂如周邦彦與柳永之情思。張炎《甘州》：「多少周情柳思，向一丘一壑，留戀年光。」

「檀拍」句：《三國志·周瑜傳》：「瑜少精意於音樂，雖三爵之後，其有闕誤，瑜必知之，知之必顧。故時人謡曰：『曲有誤，周郎顧。』」

單衾眠雨：張耒《寓寺八首》：「獨擁單衾聽雨聲。」

「更草暗」兩句：淮南小山《招隱士》：「王孫遊兮不歸，春草生兮萋萋。」

又

五月十八日，東城閒居，風雨騷屑，忽動吟秋之思，書寄吴石倉先輩

閒人不作閒居賦，新涼遽侵槐夏。徑暗雲生，池鳴雨到，誰共聯牀今夜。平林急灑。便招得秋風，扇情疏謝。十載江湖，起看窗畔釣筒掛。　須聽田水瀧瀧，插秧殊未晚，盈耳陶寫。屋捲重茅，籬觀朝槿，此意從無知者。殘書懶把。料城外荷聲，小樓清野。夢遠重尋，白頭燈底話。

【箋】

作於康熙六十一年壬寅（一七二二）五月十八日，在杭州。

閒居賦：《晉書·潘岳傳》：「既仕宦不達，乃作《閒居賦》。」

槐夏：歐陽修《六一詩話》：「龍圖趙學士師民，以醇儒碩學，名重當時。……詩思尤精，如『麥天晨氣潤，槐夏午陰清』，前世名流，皆所未到也。」

「誰共」句：武元衡《秋夜雨中懷友》：「幾年不共聯牀吟。」

屋捲重茅：杜甫《茅屋爲秋風所破歌》：「八月秋高風怒號，捲我屋上三重茅。」

籬觀朝槿：王維《積雨輞川莊》：「山中習静觀朝槿，松下清齋折露葵。」

又

用儲華谷韻

銷魂橋畔青青樹，樹猶似此依戀。却扇涼肌，垂釵秀髮，争得微波心暖。花遊易斷。早吹散尊前，艷歌珠貫。説與鴛鴦，晚汀自結緑陰伴。　重樓依舊十里，小屏留倩影，歸路猶短。七孔鍼邊，雙蓮節後，知否移燈書怨。行雲不管。悄隔了盧家，玳梁棲燕。好比江皋，弄珠帆漸遠。

【箋】

儲華谷：儲泳，字文卿，號華谷。宋嘉興華亭人。工詩，有《華谷詩稿》已佚。精陰陽五行。存《華谷祛疑説》一卷。

銷魂橋：唐時指灞橋。王仁裕《開元天寶遺事》卷下：「長安東灞陵有橋，來迎去送，皆至此橋爲離別之地，故人呼之『銷魂橋』也。」

花遊：李賀《花遊曲》序：「寒食日，諸王妓遊，賀入座，因採梁簡文詩調，賦《花遊曲》，與妓彈唱。」

七孔鍼：舊俗七夕婦女穿鍼以乞巧。《西京雜記》卷一：「漢綵女常以七月七日，穿七孔鍼於開襟樓。」《荆楚歲時記》：「七夕，婦人結綵樓，穿七孔鍼以乞巧。」

雙蓮節：《廣群芳譜》卷五引《説林》：「七月七日，陳豐以青蓮子十枚寄葛勃。勃啖未竟，墜一子於盆水中，有喜鵲過，惡污其上，勃遂棄之。明早有並蒂花開於水面，如梅花大。取置几頭，數日始謝，房亦漸長，剖之各得實五枚，如豐來數。自是鄉人改雙星節爲雙蓮節。」

「悄隔了」兩句：沈佺期《獨不見》：「盧家少婦鬱金堂，海燕雙棲玳瑁梁。」

「好比」兩句：張衡《南都賦》：「耕父揚光於清泠之淵，遊女弄珠於漢皋之曲。」李善注引《韓詩外傳》：「鄭交甫將南適楚，遵彼漢皋臺下，乃遇二女，佩兩珠，大如荆雞之卵。」

儲泳《齊天樂》原作：「東風一夜吹寒食，枝頭片紅猶戀。宿酒初醒，新吟未穩，憑久欄杆留暖。將春買斷。恨苔徑榆階，翠錢難貫。陌上鞦韆，相逢誰認舊時伴。　輕衫粉痕褪了，絲緣餘夢在，良宵偏短。柳綫經煙，鶯梭織霧，一片舊愁新怨。慵拈象管。待寄與深情，難憑雙燕。不似楊花，解隨人去遠。」

又

懷大滌舊遊

白雲多處飛仙住，相思與雲争繞。泥酒衣單，修琴歲换，零落來時瑶草。塵緣未了。見舞罷山香，墜花侵帽。瘦却詩肩，翠奩看影自成笑。　清遊無伴最好。亂峰開九鎖，曾許行到。石脚跳泉，松髯滴露，千古長懷坡老。何堪俗擾。待寄語芝童，洞天仍掃。一覽篝燈，浩歌星斗曉。

【箋】

詞題：大滌山，在杭州市餘杭區西南。潛説友《咸淳臨安志》卷二四：「此山清幽，大可洗滌塵心，故名。」樊榭於康熙己亥、甲辰等時曾有大滌山洞霄宫之遊。

「見舞罷」兩句：南卓《羯鼓録》：「（汝陽王璡）常戴砑絹帽打曲，上自摘紅槿花一朵，置於帽上筲處。二物皆極滑，久之方安。遂奏《舞山香》一曲，而花不墜落。」

「翠奩」句：《餘杭縣志》：「鏡潭在縣西南十八里青潭山，曰小石門。有泉如綫，自石罅出，注石穴，名曰洞酌。洞酌下有石竇，其泉清可鑑物，名曰鏡潭。」

「亂峰」句：鄧牧《洞霄圖志》：「九鎖山，自餘杭西郭外行十有八里，逆溪水上，左右合，七峰皆拔地數百尺，其址犬牙相錯，行路並溪曲折者九，故云九鎖。好事者悉命以名：一曰天闕，二曰藏雲，三曰飛鸞，四曰浚虛，五曰通真，六曰龍吟，七曰洞微，八曰雲璈，九曰朝元。」蘇軾《洞霄宮》：「青山九鎖不易到。」

「石脚」三句：蘇軾任杭州通判時，嘗與友人至大滌山作林泉之遊。《洞霄圖志》：「來賓巖在宮東南青檀山前，嵌空數丈，盤石叢竹，可以遊息。宋熙寧間，東坡賦詩，有『長松怪石宜霜鬢』句。後人名巖曰來賓，作亭其上，曰宜霜。」

洞天：大滌山洞霄宮，道教宮觀。《咸淳臨安志》卷七五：「洞霄宮在餘杭縣西南十八里，漢武帝元封三年，創宮壇於大滌洞前，爲投龍祈福之所。唐高宗時，選於前谷爲天柱觀。光化二年，錢王更建。國朝大中祥符五年，漕臣陳文惠公堯佐以三異奏，賜額爲洞霄宮。」鄧牧《大滌洞天記》引《茅君傳》：「第三十四洞天，名大滌玄蓋之天。」

月下笛

送周少穆北遊，兼懷是諫在上虞

草長鶯啼，江南節物，送君南浦。無情弱艣，慣話聲聲離緒。抱蘭絃、空山共期，滿衣雨雪生妙悟。向遊塵撲馬，垂楊籠袂，此懷誰訴。　杯行易盡，挽碧水東流，晚煙何許。勞歌散處，便是衰燈孤旅。太飄零、未垂鬢絲，壯心好在如意舞。雁書來、試問看碑，有客先寄與。

【箋】

作於康熙六十一年壬寅（一七二二）三月，在杭州。

詞序：周京《無悔齋集》卷六有詩《康熙壬寅春莫束裝北遊同人餞於湖上》。是諫，樊榭友人，生平不詳。

「草長」兩句：丘遲《與陳伯之書》：「暮春三月，江南草長，雜花生樹，群鶯亂飛。」

勞歌：憂傷、惜別之歌。駱賓王《送吴七遊蜀》：「勞歌徒欲奏，贈别竟無言。」

「壯心」句：曹操《步出夏門行》：「老驥伏櫪，志在千里。烈士暮年，壯心不已。」庾信《對酒歌》：「山簡接羅倒，王戎如意舞。」倪璠注引《語林》：「王戎以如意指林公曰：『阿柱，汝憶搖觵時不？』阿柱，乃林公小名。」《世説新語·任誕》：「王長史、謝仁祖同爲王公掾。長史云：『謝掾能作異舞。』謝便起舞，神意甚暇。王公熟視，謂客曰：『使人思安豐。』」王戎封安豐縣侯，人稱王安豐。

摸魚子

詠窩絲糖追和陳迦陵韻

剪瓊霜、翠蓬深處，蔥纖費盡料理。果奩已逐銅仙散，異味何人能嗜。忉利市。勝猜遍、晶猊玉乳雕闌底。春絲若此。想掃雪三千，揀花五百，甘冷未沾齒。　冬郎去，塵滿金鑾密記。多情樂府分製。等閒粉繭消元夜，偷裹銀泥衫子。評泊似。也不似、君謨遠貢輕紅茘。燕姬解事。悄比並當時，鏡鸞撲碎，墮馬一窩細。

【箋】

陳迦陵：陳維崧（一六二五—一六八二），字其年，號迦陵。江南宜興人。以縣學生應博學鴻詞試，授檢討。駢文及詞，冠絶一時。清初詞壇巨擘，陽羨詞派領袖，與浙西朱彝尊並稱「朱陳」。詞作一千六百餘首，爲歷代詞人之冠。有《湖海樓集》。

「果奩」兩句：陳維崧原作題下自注：「糖出大内遺製，今西山一老中監尚能爲之，後恐遂失傳矣。」

利市：吉利，好運氣。蘇軾《減字木蘭花》：「犀錢玉果，利市平分沾四坐。」

「冬郎」兩句：韓偓，小字冬郎，曾拜翰林學士承旨，爲唐昭宗所倚重，後遭貶斥，避地閩中。所著《金鑾密記》三卷，爲晚年追述天復中參與機密及聞見之事。

「多情」句：陳維崧詠窩絲糖詞，同時梁清標、尤侗、徐釚等人俱有和作。

「等閒」句：楊萬里《誠齋集》有诗《上元夜里俗粉米爲繭絲書吉語置其中以占一歲之福禍謂之繭卜因戲作長句》。

「君謨」句：蔡襄，字君謨，福建仙遊人，宋治平二年（一〇六五）官至端明殿學士，著《荔枝譜》。杜甫《宴戎州楊使君東樓》：「輕紅擘荔枝。」陳維崧原作云「又似楊妃荔」，徐釚和作云「可似閩中荔」，蓋其形似也。

墮馬：《後漢書·梁冀傳》：「（孫）壽色美而善爲妖態，作愁眉，啼妝，墮馬髻，折腰步，齲齒笑，以爲媚惑。」李賢注引《風俗通》：「愁眉者，細而曲折。啼妝者，薄拭目下若啼處。墮馬髻者，側在一邊。」

陳維崧《摸魚兒·詠窩絲糖》原作：「裊春燈、赤瑛盤内，絲絲縷縷難理。平生説餅題糕興，慣與群兒争嗜。銅駝市。曾趁遍、賣餳小擔簫聲底。何曾見此。總輸與筵前，輕鬆纖軟，弱雪不勝齒。　摩挱罷，彷彿夢華小記。依稀南内遺製。當初赭帕低籠處，分賜龍孫鳳子。今何似。

似宋嫂魚羹，又似楊妃荔。天家往事。也不信宮娥，曉寒呵手，搓得恁般細。」

瑣窗寒

為吴耕民賦因樹亭

老緑迷空，閒園已過，百年風雨。陰陰幾日，得意鳥聲喧處。儘無人、攲牀勘書，碧浮篆蚓簾波午。話洗桐舊事，移橙佳境，問梅清句。　前度。鷗朋聚。笑對影忘言，覆棋非誤。江湖散盡，冷淡杯泉衣露。料中宵、桃根共攜，待將片月臨翠羽。領秋光、未要深山，踏葉橋邊去。

【箋】

碧浮篆蚓：葛長庚《陪莊歲寒夜坐小酌》：「博山香篆浮青蚓。」

洗桐舊事：王錡《寓圃雜記》卷六：「倪雲林潔病，自古所無。晚年避地光福徐氏。一日，同遊西崦，偶飲七寶泉，愛其美，徐命人日汲兩擔，前桶以飲，後桶以濯。其家去泉五里，奉之者半年不倦。徐往謁，慕其清秘閣，懇之得入。偶出一唾，雲林命僕繞閣覓其唾處，不得，因自覓，得於桐樹之根，遽命扛水洗其樹不已。徐大慚而出。」

移橙佳境：杜甫《遺意》：「衰年催釀黍，細雨更移橙。」仇兆鰲注：「釀黍移橙，乃閒居適情之事。」

問梅清句：孫光憲《北夢瑣言》卷七：「唐相國鄭綮，雖有詩名，本無廊廟之望。……或曰：『相國近有新詩否？』對曰：『詩思在灞橋風雪中驢子上，此處何以得之？』蓋言平生苦心也。」按：後人多以踏雪尋梅事誤屬孟浩然。

對影忘言：《晉書·山濤傳》：「後遇阮籍，便爲竹林之交，著忘言之契。」

覆棋非誤：《三國志·王粲傳》：「觀人圍棋，局壞，粲爲覆之。棋者不信，以帕蓋局，使更以他局爲之。用相比校，不誤一道。」

白苧

偶閱《瑶華集》載紫山此調，愛其婉麗，依韻和之

引愁來，伴愁住，眉長眼細。愁無貯處，染得桃花似醉。倩雛鶯、趁閒喧破翠衾睡。應悔。月沈鉤，語未盡、怱怱分袂。離悰怕覺，歸屐柔羅補淚。怪淚痕、近時都化苔生砌。

驚起。社前等燕，巧夕藏蛛，小鬟輕笑，難道何曾省記。便證絮拈萍，與伊爲誓。而今異昔，漸檀霞褪靨，玉香銷臂。悄立閒庭，劃損瑶簪，春又相棄。甚日逢迎，不

枉丹青寄。

【箋】

作於康熙六十一年壬寅（一七二二）四月，有懷徐逢吉在金陵。

《瑶華集》：蔣景祁編撰，清初詞家選本，以詞調爲序，共二十二卷，康熙二十五年（一六八六）刊行。

眉長眼細：蘇軾《減字木蘭花》：「眉長眼細。淡淡梳妝新綰髻。」

巧夕藏蛛：《荆楚歲時記》：七月七日，爲牽牛、織女聚會之夜。是夕，人家婦女結綵縷，穿七孔鍼，或以金、銀、鍮石爲鍼，陳几筵酒脯瓜果於庭中以乞巧，有喜子網於瓜上，則以爲符應。

玉香銷臂：吴文英《滿江紅》：「自香消紅臂，舊情都別。」

徐逢吉《白苧·閨怨》原作：「冷悽淒，小樓外、月明風細。玉尊酒滿，此際與誰同醉。紗窗閉、爐香燒罷自孤睡。展轉不成眠，又怨道、涼生羅袂。黯然無語，暗裏自彈雙淚。那堪他、陰蟲唧唧鳴荒砌。　提起。柳下相逢，花間密約，如塵似雨，歷歷舊情能記。正剪紙題詞，指燈作誓。緑羅窗曉，見釵梁墮枕，粉痕在臂。剗地分飛，忍便將伊，真個拋棄。好倩秋鴻，再把香牋寄。」（《瑶華集》卷十九）

南浦

玉几久客真州，不得消息，歌以懷之

分手隔年期，問而今、忍見清陰如幄。摇曳箇蟬鳴，懷人句、還似淒然同作。吞花卧酒，兩湖煙月都蕭索。應爲青山無計買，只把薄遊銷却。長安飛雪深窗，與梅花主客，西溪曾約。歸到定秋陰，悲秋意、仍在小園籬落。今晨剥啄。翠篁風動敲疏箔。何事因循書不寄，知倚那家江閣。

【箋】

詞序：真州，雍正元年（一七二三）改名儀徵，今江蘇省儀徵市。陳撰早年長期客於儀徵項絪之玉淵堂。項氏好藏古玩、書籍，陳撰則精於書畫，擅古玩鑒定，故被邀。陳撰並爲項氏校訂古籍、刻印出版。

吞花卧酒：耶律鑄《重和惜春詩韻》：「擔月擔風留後日，吞花卧酒莫過時。」

「應爲」句：見卷乙《臺城路·當湖喜晤張今涪》。

百字令

六月望夜，宗陽宫老君臺玩月，括楊仲弘詩

老君臺迴，夜涼多如水，卧看分明。穿出冰輪松桂外，二更將轉三更。大地塵消，山河影小，風露上頭生。寒侵環珮，九天飛過無聲。　誰唤絶唱楊郎，龍蛇並起，金榜掃初成。笞鳳鞭鸞遊賞極，玉纖雙載吹笙。不信人間，輸君才調，猶阻弱流程。醒心今夕，此身真到蓬瀛。

【箋】

作於康熙六十一年壬寅（一七二二）六月十五日，在杭州。

詞序：楊載，字仲弘，浦城人，徙居杭州。年四十未仕，以布衣召爲國史院編修官。後中進士，官至甯國路總管府推官。「元詩四大家」之一。有《楊仲弘集》八卷。田汝成《西湖遊覽志》卷一七：「宗陽宫，本宋德壽宫後圃也，去吴山東北五百步，新宫橋之東，三聖廟橋之左。先是，紹興間望氣者言其地有鬱葱之祥，遂建德壽宫，高宗禪位後居之。咸淳四年，以後圃築道宫，曰宗陽，祀感生帝。……延祐間，真人杜道堅重建，築老君臺，肖老聃像於中。……杜道堅，號南谷，當塗人，風度清雅，嘗以中秋集儒彦，登老君臺玩月，分韻賦詩，楊仲弘爲絶倡。其詩云：『老君堂上涼如水，坐看冰輪轉二更。大地山河微有影，九天風露寂無聲。龍蛇並起承金榜，鸞鳳雙飛載玉笙。不信弱流三萬里，此身今夕到蓬瀛。』」

笞鳳鞭鸞：朱翌《寄方立義方曾在詩》：「笞鳳鞭鸞下散仙。」

「玉纖」句：李白《古風》：「兩兩白玉童，雙吹紫鸞笙。」

「不信」兩句：沈盼《續仙傳》載：謝自然泛海求蓬萊，一道士謂曰：「蓬萊隔弱水三萬里，非舟楫可行，非飛仙不可到。」蘇軾《金山妙高臺》：「蓬萊不可到，弱水三萬里。」

西子妝

同符幼魯、趙谷林、意田西池納涼

敧榭何峰，穿簷那樹，步過緑陰斜徑。天然十畝瘦西湖，恍相思、采蓮人靜。闌干更迴。壓風鷺、絲飄不定。遠香生，頓夢辭冰簟，涼歸衫影。　攜幽興。隔竹山童，小煮紅囊茗。一篇秋水趣無多，澹娟娟、柳深沙淨。疏蟬曳瞑。看催展、綃煙籠鏡。任螢飛、自照回塘夜永。

【箋】紅囊茗：陸游《過武連縣北柳池安國院煮泉試日鑄顧渚茶》：「只應碧缶蒼鷹爪，可壓紅囊白雪芽。」自注：「日鑄貯以小缾，蠟紙丹印封之；顧渚貯以紅藍縑囊。皆有歲貢。」

「一篇」句：《莊子》外篇有《秋水》篇。陸游《秋夜遣懷》：「一篇秋水笑蒙莊。」

露華

玉簪

峽雲夢遠。覓鬟底瑶肪，悄在秋苑。露朵半攲，遮住青鸞輕扇。絶憐淡雅風姿，只隔幔紗遥見。涼颸度，嫣然笑拈，鬧掃初綰。　銜來貼地腰軟。稱香浸銅瓶，幽素零亂。脆萼猶函黄粉，何事吹綻。幾日静抱花愁，恩重碧潯芳宴。闌影外，琤琤雨敲又晚。

【箋】鬧掃：見卷乙《露華・玉簪秋海棠同置小瓶》。

貂裘換酒

得子珍廬江書，詞以代答，並及繪友消息

世事今無味。卧風前、晚涼岸幘，停雲思起。驢背黄塵歸先後，不道分攜似此。似社燕、秋鴻相避。巢姥湖邊安吟笈，弔曹公、寂寞英雄地。歸不速，負春水。草衣我亦隨緣耳。愛東園、清蟬古木，説羲皇意。一卷傳來天台句，移得泉聲在紙。定袢暑、明朝都洗。屋角斜陽明沙外，剩斯人、近又遊燕市。竹溪約，幾時是。

【箋】

作於康熙六十一年壬寅(一七二二)夏，在杭州。

子珍：倪國璉，字子珍，一字西崑，號糉疇，仁和人。雍正庚戌進士，官吏科給事中。山水得元人意，工分書，善弹琴。有《春及堂詩集》二十卷。

停雲思起：陶潛《停雲》：「靄靄停雲，濛濛時雨。」自序：「停雲，思親友也。」

驢背黄塵：杜甫《奉贈韋左丞丈二十二韻》：「騎驢十三載，旅食京華春。」

「似社燕」句：蘇軾《送陳睦知潭州》：「有如社燕與秋鴻，相逢未穩還相送。」

「巢姥」兩句：巢姥湖，即巢湖。巢湖太姥，傳爲巢湖之神，劉斧《青瑣高議》載其事。《清一統志》：「巢湖在合肥縣東南六十里，廬江縣北七十里。」三國時魏、吴之間曾四次在巢湖交戰。諸葛亮《出師表》：「曹操四越巢湖不成」。

「歸不速」兩句：賀鑄《吴門柳》：「春水歸期端不負。」

羲皇：指伏羲氏。古人想像羲皇之世其民皆恬静閒適，故隱逸之士自稱羲皇上人。陶潛《與子儼等疏》：「常言五六月中，北窗下卧，遇凉風暫至，自謂是羲皇上人。」

「一卷」兩句：巢湖有天台禪寺在含山縣太湖山，寺中有清泉終年從石龍嘴中湧出，謂之龍泉。按倪國璉《廬江吟草》詩卷，壬寅正在巢湖，其本年所作九首並無登臨之作，或作而未收，樊榭似應有所本也。

袢暑：溽暑，炎暑。姜夔《念奴嬌・謝人惠竹榻》：「楚山修竹，自娟娟、不受人間袢暑。」

「剩斯人」句：金志章時北遊在京師。《樊榭山房集》卷二《題金繪卣江聲草堂圖》自注：「時將入都。」

竹溪約：《新唐書・李白傳》：「更客任城，與孔巢父、韓準、裴政、張叔明、陶沔居徂來山，日沈飲，號『竹溪六逸』。」

徵招

為蔣丈雪樵賦

忘機石上行歌去，清寒自然堪耐。萬玉綴疏林，笑青山顏改。徑迷歸鳥外。怕埋却、幽人蘿帶。白斷溝中，濕侵焦尾，問誰能買。　南北兩番風，仙家事、重看冷塵飛灑。酒熟倒葫蘆，有山童相待。梅花猶可戴。指千古、煙梢春在。會心處、與伴披裘，已洗空銀海。

【箋】

蔣雪樵：蔣宏道，字賓侯，號雪樵，浙江仁和人。蔣淑弟。工詩，有《雪樵集》。

「白斷」兩句：喻被遺棄之材。《莊子·天地》：「百年之木，破為犧尊，青黃而文之，其斷在溝中。比犧尊於溝中之斷，則美惡有間矣，其於失性一也。」成玄英疏：「犧，刻作犧牛之形，以為祭器，名曰犧尊也。間，別。既削刻為牛，又加青黃文飾。其一斷棄之溝瀆，不被收用。若將此兩斷相比，則美惡有殊，其於失喪木性一也。此且起譬也。」《後漢書·蔡邕傳》：「吳人有燒桐以爨者，邕聞火烈之聲，知其良木，因請而裁為琴，果有美音，而其尾猶焦，故時人名曰『焦尾琴』焉。」

韓愈《題木居士》：「爲神詎比溝中斷，遇賞還同爨下餘。」

銀海：道家稱人眼爲銀海。莊綽《雞肋編》卷中：「東坡作《雪》詩云『凍合玉樓寒起粟，光摇銀海眩生花。』人多不曉『玉樓』、『銀海』事，惟王文正公云：『此見於道家，謂肩與目也。』」

浣溪沙

獨背低花一欠伸。舊攜手處緑生塵。怪他鸚鵡語如人。　未肯無情抛好月，長將多病伴濃春。樓中凝望鏡中顰。

【箋】

緑生塵：范成大《種竹了題愛山亭》：「灑掃宣華舍此君，煙中月下緑生塵。」

踏莎行

湖上有感

屐齒沙痕，鬢絲煙影。十年迷却探春徑。憑誰重唱竹枝歌，凄涼不是當時聽。

敗舫紅凋，危闌香凝。湖風還我登臨興。梨雲柳霧捲俱空，而今纔放青山醒。

【箋】

「而今」句：韋應物《對芳尊》：「遥見青山始一醒。」

摸魚兒

七夕雨中集小山堂分得「漸」字

問天邊、妒津何許，今宵銀浦偏暗。巧棚兒女關情事，贏得英雄悽黯。渾是感。算雨雨風風，盡把心期賺。青樓夢澹。任不嫁娉婷，應須覓箇，蘿屋竹香掩。開襟話，洗出平池菡萏。詩思多在涼簟。秋光挽住憑杯酒，莫放鬢霜來漸。雲半斂。傍幾葉高梧，淅瀝聽殘點。濕蟾未滅。恐靈鵲明朝，訴伊辛苦，花水羽衣染。

【箋】

作於康熙六十一年壬寅（一七二二）七夕，在杭州。

小山堂：在趙昱、趙信兄弟之春草園内。小山堂藏書宏富，著稱東南，全祖望《小山堂藏書記》云：「近日浙中聚書之富，必以仁和趙徵君谷林爲最。」

妒津：妒婦津。段成式《酉陽雜俎》卷一四：「晉大始中，劉伯玉妻段氏，字明光，性妒忌。伯玉嘗誦《洛神賦》曰：『娶婦如此，吾無憾矣。』明光曰：『君何得以水神美而輕我，吾死何愁不爲水神？』其夜自沈而死。七日托夢語伯玉曰：『吾今得爲神。』有婦人渡此津者，皆壞衣毀妝，然後敢濟。不爾，風波暴發。」

巧棚：見卷續《摸魚兒・芡》。

不嫁娉婷：杜甫《秦州見敕目薛三璩授司議郎畢四曜除監察》：「唤人看腰褭，不嫁惜娉婷。」

阮郎歸

殘香漠漠雨垂垂。寒輕猶戀衣。無端箏柱似佳期。參差常暗移。　慵曉起，怕春歸。咒教花放遲。桃花也有念人時。倚窗窺畫眉。

【箋】

「無端」兩句：庾信《詠畫屏風詩》：「不畏歌聲盡，先看箏柱攲。」

洞仙歌

秋陰

癡雲何事，做人間秋窄。倦柳衰蘭更無色。想登山臨水，宋玉愁多，風吹去、遮盡湘天暮碧。　孤村煙草外，一片淒迷，白鳥明邊倚樓立。情味近中年，最怕傷心，都付與、數聲長笛。問那處天涯有斜陽，待雁寄書來，定知消息。

【箋】

倦柳衰蘭：陶潛《擬古九首》：「蘭枯柳亦衰。」

「想登山」兩句：柳永《戚氏》：「當時宋玉悲感，向此臨水與登山。」

「白鳥」句：杜甫《雨》：「白鳥去邊明。」

「情味」三句：《世説新語・言語》：「謝太傅語王右軍曰：『中年傷於哀樂，與親友別，輒作數日惡。』王曰：『年在桑榆，自然至此，正賴絲竹陶寫。』」

清平樂

宿符聖幾秋聲館同幼魯作[一]

酒香人定。冷落黃花徑。吟到江楓寒未勁。雨入瓶笙堪聽。　自饒宋玉才情。何妨榜以秋聲。今夜秋聲重做，斷雲新雁程程。

【箋】

瓶笙：蘇軾《瓶笙》詩引：「庚辰八月二十八日，劉幾仲餞飲東坡。中觴聞笙簫聲，杳杳若在雲霄間，抑揚往返，粗中音節。徐而察之，則出於雙瓶，水火相得，自然吟嘯。蓋食頃乃已。坐客驚歎，得未曾有，請作《瓶笙》詩記之。」

「自饒」兩句：宋玉《九辯》：「悲哉，秋之爲氣也。」

斷雲新雁：陸游《秋雨》：「目送斷雲歸谷口，身隨新雁寄江干。」

【校】

[一]「聖幾」：原刻作「聖基」，馮鈔本、倚紅樓本俱同，茲爲改之。

跋

樊榭先生幽居道古，翛然清遠，詩文之外，鋭意於詞。嘗病倚聲家訑蕩者失之靡，豪健者失之肆，因約情斂體，深秀綿邈，興至思集，輒自比之孫氏一絃、柳家雙鎖，要以自寫胸抱，非求悦衆耳也。十年以來，已有三數曲流傳朋遊間，賞音者以所見未多爲憾。予因請於先生，盡發篋衍之藏，釐爲四卷，鋟而行之。夫昔賢論詞，雅正爲宗，故清真堂名「顧曲」，草窗堂名「志雅」，惟志雅而後可言顧曲也。嗣是必有援琴受譜者，予仍得而讀之，快何如已。壬寅十一月三日，宛平瓮熺履吉謹跋。

樊榭山房集外詞補

河傳

題顧升山蔬果畫冊【十五首】

青浮卵盌。餅煮槐芽，竹胎猶短。園丁掣鎖，疏籬煙滿。我來參玉版。　一村嫩雨林梢泫。如嗁眼。鴉觜和苔剷。洋州詩句曾柬。有人炊晚飯。筍

三月。小桃吹謝。緑到荒原。英雄種菜不堪論。蕪菁。晝閉門。　卧龍已去天星隕。軍聲盡。戰士猶微墳。至今遺種乞鄰翁。殘冬。滿畦黃葉風。蘿蔔

顆顆。黃破。一林盧橘，縣金欲墮。吸紅螺。愛新鵝。婀娜。亂壓東園舸。　跳脱玲瓏美人腕。牽銀蒜。映得光零亂。蠟兒團。汁兒酸。搓丸。欲將書寄難。枇杷

天涼似水。霜黃梧子。斜陽返照，秋香一樹。纍纍。靃靡。鯉魚風又起。　晶盤買向閒坊市。空齋裏。點綴烏皮几。遠還疏。澹如無。清虛。酒醒聞著渠。香橼

低罥萸灣，亂覆蘭渚，蟹舍魚叉。斜撐艇子照鬟鴉。家家。采菱娃。　江南水國堪消夏。涼風灑。粉刺兜羅帕。生憎辜負鏡奩花。天涯。浮梁去賣茶。水紅菱

貢兼橘柚。南方無偶。烏爪休搯。倚闌閒弄，脈脈想見銷魂。玉纖痕。　碾香漬入搓酥粉。西風緊。一夜芙蓉冷。檀奴有意，爲遮交午腮紅。傍簾櫳。木瓜

村陌。吹笛。水風涼。綠蠣牆邊路長。牛衣古柳紫瓜香。商量。爲他加蜀薑。　園官菜把無蒿苣。清貧處。且汲流泉煮。折項瓠。白雕胡。山廚。多堪敵落蘇。茄

秋早。懷抱。龍涎味滑，雀頭名好。江鄉幽興最堪憐。年年。蹲鴟不論錢。

矮鐺折脚煨殘火。山僧坐。往事今無那。斫侯鯖。擣金橙。閒評。何如玉糝羹。芋

湖天平碧。鴉頭十五，雙摇輕楫。清歌學唱想夫憐，采得。緑房和子擘。家鄉消夏灣前後。愁時候。心苦君知否。館娃宫。水煙空。秋風。銷魂墜粉紅。蓮子

鶴巢兔柴。濃陰瀟灑。樹問紅碎滿江城，堪愛。楝花風大。筠籠和葉賣。堆盤磊磊楊家果。玫瑰顆。掐得檀痕破。淚淋漓。濕臙脂。沾衣。問郎知不知。楊梅

霜後。紅透。榴房初剖。伴栗黄皺，和橙緑皺。石醋姊妹淒其。秋來子滿枝。粉裙曾染鸞腥血。華時節。光景真飄瞥。向牆陰一樹，猶記舊風流。墜搔頭。石榴

溪漲。風浪。籠瓜船上。蜜筩虎掌。許多新樣。團麝揉酥醞釀。誰將雙鼻餉。散筵香粉祈河鼓。當風露。黏著黄金縷。夢瞢騰。事難憑。東陵種時熟未曾。

香瓜

閩嶺。幽境。海天遥。緑荔丹蕉最饒。何如青子綴長條。風標。紅鹽點不消。
幔亭峰下家千里。沾牙齒。諫味無如此。試燈天。擘柑筵。春纖。裹來和茗煎。

橄欖

頳頩。堪摘。舊湖州。水驛旗亭小留。重來杜牧惱春愁。紅樓。一時不奈秋。
吴娘桃葉傷心曲。聲聲蹙。歌罷難教續。破時新。翠嫵顰。嬌嗔。中心别有人。

桃子

風颭。月暗。曲廊斜。别夢依依謝家。牽牛籬落掛青花。夭邪。豆棚閒著他。
豆花八月吹涼雨。秋深處。翦響裁吴紵。犀鎮帷。换袷衣。依稀。一篸香又肥。

扁豆

(以上十五首，振綺堂本《樊榭山房全集》輯自郭麐《靈芬館詩話》卷十一。《靈芬館詩話》：「蔣君夢華以顧升山蔬果畫册索題，上有樊榭《河傳》十八首。後予與二娱皆以《菩薩蠻》詞題之。曹種水亦用《河傳》調而止用一體，樊榭則一首用一調也。樊榭詞集中不存，今録以補其亡。」按：所列僅十五首，「八」疑爲「五」之誤。「一調」應爲「一體」。）

人月圓

甘露寺懷古

夕陽江上吴朝寺，曾記昔留題。火焚松徑，塵埋蓮鑊，雨洗苔碑。　樓空多景，鐘聲今古，帆影東西。花開花謝，潮生潮落，物是人非。

（此首陸勇强輯自《（光緒）丹徒縣志》卷五十三「藝文八」，載《玉溪師範學院學報》二〇一七年第五期）

高陽臺

窗紙吟風，瓶笙破凍，閒坊寂似深村。已是飄零，那堪客裏懷人。秦關迢遞三千里，想程程、撲馬沙痕。夢初回，嶽雪侵衾，河月當門。　年時共賦壚邊句，悵檠空蠟鳳，書阻箋鱗。屈指朋遊，相思應也平分。謂嶰谷、于湘之京師。知君有恨消難得，過華嶽、不弔香魂。倩何人，折取江梅，寄一枝春。

（此首張鵬輯自張四科《響山詞》所附樊榭同作，載《安陽工學院學報》二〇二〇年五月第十九卷第三期。張四科詞題云：「歲暮自秦中歸讀家叔真州舟次見懷，及樊榭、竹町、玉井三君子繼聲之作，勉述所懷，敬次原韻奉答，時樊榭已返湖上。」）

附録一　樊榭論詞

論詞絶句

美人香草本離騷，俎豆青蓮尚未遥。頗愛花間腸斷句，夜船吹笛雨瀟瀟。

張子野柳耆卿詞名枉並驅，格高韻勝屬西吴。可人風絮墮無影，低唱淺斟能道無。

鬼語分明愛賞多，小山小令擅清歌。世間不少分襟處，月細風尖喚奈何。

賀梅子昔吴中住，一曲横塘自往還。難會寂音尊者意，也將綺障學東山。洪覺範有和賀方回《青玉案》詞，極淺陋。

舊時月色最清妍，香影都從授簡傳。贈與小紅應不惜，賞音只有石湖仙。

頭白遺民涕不禁，補題風物在山陰。殘蟬身世香蓴興，一片冬青冢畔心。《樂府補題》一卷，唐義士玉潛與焉。

玉田秀筆遡清空，净洗花香意匠中。羨殺時人喚春水，源流故自寄閒翁。鄧牧心云，張叔夏詞本其父寄閒翁。翁名樞，字斗南，有作在周草窗《絶妙好詞》中。

中州樂府鑒裁別，略仿蘇黄硬語爲。若向詞家論風雅，錦袍翻是讓吴兒。

送春苦調劉須溪，吟到壺秋羅志仁句絶奇。不讀鳳林書院體，豈知詞派有江西。元《鳳林書院詞》三卷，多江西人。

寂寞湖山爾許時，近來傳唱六家詞。偶然燕語人無語，心折小長蘆釣師。朱竹垞檢討《静志居琴趣》中語。

閒情何礙寫雲藍，淡處翻濃我未諳。獨有藕漁工小令，不教賀老占江南。錫山嚴中允蓀友《秋水詞》一卷。

去上雙聲子細論，荆溪萬樹得專門。欲呼南渡諸公起，韻本重雕菉斐軒。近時宜興萬紅友《詞律》，嚴去上二聲之辨，本宋沈伯時《樂府指迷》。予曾見紹興二年刊《菉斐軒詞林要韻》一册，分東紅、邦陽等十九韻，亦有上去入三聲作平聲者。

（《樊榭山房集》卷七）

《紅蘭閣詞》序

近日言詞者推浙西六家，獨柘水沈岸登善學白石老仙，爲朱檢討所稱。張君龍威於岸登爲後輩，其詞清婉深秀，擯去凡近。如詠宋故宫芙蓉石云「指一抹、牆角斜陽，不照蓬萊舊城闕」，詠秋柳云「莫再問靈和，剩秃髮、毵毵如此」，詠蘆花云「有誰能畫出，楚天秋晚」等句，直與白石争勝於毫釐。求詞於柘水，前有《黑蝶》，後有《紅蘭》，質之鄉曲諸公，當無不以予言爲然也。

陸南香《白蕉詞》序

癸丑秋，有客傳《白蕉詞》至，鵁水陸君南香作也。清麗閒婉，使人意消。詢知南香以南宫上第，出宰東流，歎詫以爲此酒邊花外風調，腰章手版間無是人也。既而南香竟以不合上官意，拂衣歸里，爲汗漫遊。今年春暮，得晤於蕪城僧舍，相與縱論詞家流别，因及近時名勝，大都新綺有餘，而深窈空凉之旨，終遜宋賢一籌。蓋南香辱引予爲同調，亦已久矣。南香復出續稿二卷，則燕山後遊及客梁園之作，其中訪邯鄲之瑟，覓銅臺之瓦，年長多愁，聲情每變而愈上。昔東坡賞毛澤民《惜分飛》一闋，謂郡有詞人而不知。此既不可望之今人，即欲如梅溪、夢窗諸公遨嬉於山緑湖光、歌雲舞繡，以寄其淪落無聊之思，亦不易得。可勝歎哉，可勝歎哉。

張今涪《紅螺詞》序

檇李，今詞鄉也。自朱竹垞太史導其源，李秋錦、魏水村諸公和之，而柘上二沈，同姓著稱。南濠以秀澹勝，融谷以婉縟勝。於時一篇始出，四方傳唱，敏若風雨。雖茶檣酒幟、井眉椒壁間，偉男髫女皆能道其名字。二十年來，遂無繼聲者。詞雖小道，非善學者不能爲，爲之亦不能工也。乃今得與二沈同里而工於詞者，曰張君今涪。僕未至柘上，亦未識今涪之爲人。去年王君介眉手一編來，則今涪之詞也，且致今涪書，索序於僕。僕少時索居湖山，抱侘傺之悲，每當初鶯新雁，望遠懷人，羅綺如雲，芳菲似雪，輒不自已。佇興爲之，有三數闋，而徐丈紫山、陳君楞山、吴君尺鳧轉相倡酬，紙墨遂多。今則尺鳧物故，楞山遠遊，紫山亦老且病。僕塊然獨處，襟懷索寞，結習都忘，其何敢序今涪之詞哉。嘗以詞譬之畫，畫家以南宗勝北宗。稼軒、後村諸人，詞之北宗也。清真、白石諸人，詞之南宗也。今涪詞淡沲平遠，有重湖小樹之思焉；芊眠綺靡，有暈碧渲紅之趣焉；屈曲連瑣，有魚灣蠏堁之觀焉。僕讀其詞，如與今涪泛東泖以望九山，相羊吟嘯而不知返。其爲詞家之南宗，二沈之替人，不虚矣。夫張氏之工於詞者，前有子野，後有叔夏。今涪爲之不已，將揜二張之長而有之，豈獨齊名二沈已乎。

吴尺鳧《玲瓏簾詞》序

兩宋詞派，推吾鄉周清真，婉約隱秀，律吕諧協，爲倚聲家所宗。自是里中之賢，若俞青松、翁五峰、張寄閒、胡葦航、范藥莊、曹梅南、張玉田、仇山村諸人，皆分鑣競爽，爲時所稱。元時嗣響，則張貞居、凌柘軒。明瞿存齋稍爲近雅，馬鶴窗闌入俗調，一如市伶語，而清真之派微矣。本朝沈處士去矜號能詞，未洗鶴窗餘習。出其門者，波靡不返，賴龔侍御蘅圃起而矯之。尺鳧《玲瓏簾詞》，蓋繼侍御而暢其旨者也。尺鳧之爲詞也，在中年以後，故寓託既深，攬擷亦富，紆徐幽邃，惝怳綿麗，使人有清真再生之想。予素有是好，與尺鳧倡和，見其掐譜尋聲，不失刌度，且兢兢於去上二字之分，若宋人鬲指、正平諸調遺論猶未墜者，亦可見其使才之工矣。尺鳧將開雕，屬序於予，媿不能文，聊述其派别如此。

【校】

同治刻本《玲瓏簾詞》厲鶚序：「所宗」作「圭臬」，「俞青松」後有「張約齋」三字，「本朝」作「我朝」，「尺凫」均作「繡谷」。文末有：「雍正七年，歲次己酉人日，厲鶚書於無盡意齋。」

《群雅詞集》序

詞源於樂府，樂府源於《詩》。四《詩》大、小雅之材，合而有五。材之雅者，《風》之所由美，《頌》之所由成。由《詩》而樂府而詞，必企夫雅之一言，而可以卓然自命爲作者，故曾端伯選詞名《樂府雅詞》。周公謹善爲詞，題其堂曰「志雅」。詞之爲體，委曲嘽緩，非緯之以雅，鮮有不與波俱靡而失其正者矣。邗上江君研農，清修嗜古，翛然塵壒之表，酷喜詞學。小阮冷紅詞客久寓斯土，與之遊處，而詞益工。研農勤於取友，又得同里徐君桐立、程君孟飛、汪君中也、錢唐黄君夢珠、族子慎言與之唱酬，而工益進。昔晏小山自序云：「往者浮沈酒中，試習南部諸賢餘緒，作五七字語，斯以自娱。時沈十二廉叔、陳十二君寵有蓮、鴻、蘋、雲，能清謳娱客，每得一詞，即以草授諸兒。昔之狂篇醉句，遂與兩家歌兒酒使，俱流傳於人間。」予愛小山詞，惜沈、陳二子不能詞，而不得與小山俱傳也。又惜小山必待寄情聲律，流連惑溺，而致涪翁有「鼓舞不厭」之嘲譏也。今諸君詞之工不減小山，而所託興乃在感時賦物、登高送遠之間，遠而文，澹而秀，纏綿而不失其正，騁雅人之能事，方將淩鑠周、秦，頡頏姜、史，日進焉而未有所止。研農編次，都爲一集，將鏤版以問世，冷紅詞客標以「群雅」，豈非倚聲家砭俗之鍼石哉。

《絶妙好詞箋》序

《絶妙好詞》七卷，南宋弁陽老人周密公謹所輯。宋人選本朝詞，如曾端伯《樂府雅詞》、黄叔暘《花庵詞選》，皆讓其精粹，蓋詞家之準的也。所採多紹興迄德祐間人，自二三鉅公外，姓字多不著。夫士生隱約，不得樹立功業，炳焕天壤，僅以詞章垂稱後世，而姓字猶在若滅若没間，無人爲從故紙堆中抉剔出之，豈非一大恨事耶。津門查君蓮坡，研精風雅，耽玩倚聲，披閲之暇，隨筆札記，輯有《詩餘紀事》如干卷，於是編尤所留意，特爲之箋。不獨諸人里居出處十得八九，而詞中之本事，詞外之佚事，以及名篇秀句，零珠碎金，攟拾無遺，俾讀者展卷時，恍然如聆其笑語，而共其遊歷也。予與蓮坡有同好，向嘗綴拾一二，每自矜創獲。會以衣食奔走，不克卒業。及來津門，見蓮坡所輯，頗有望洋之歎，並舉以付之，次第增入焉。譬諸掇遺材以裨建章，投片瓊以厠懸圃，其爲用不已微乎。蓮坡通懷集益，猶不忘所自，必欲附賤名於簡端，辭不得已，因述其顛末如此云。

【校】

《四庫全書》集部《絶妙好詞箋》序，文末有：「乾隆戊辰閏七夕前三日，錢唐厲鶚書於津門之古春小茨。」

（以上《樊榭山房文集》卷四）

《絶妙好詞箋》跋

張玉田《樂府指迷》云：「近代詞如《陽春白雪集》、《絶妙詞選》，亦有可觀，但所取不甚精一，豈若草窗所選《絶妙好詞》爲精粹。惜此板不存，墨本亦有好事者藏之。」據此，則是書在元時已爲難得。有明三百年，樂府家未曾見其隻字，徒奉沈氏《草堂選》爲金科玉律，無怪乎雅道之不振也。幸虞山錢遵王氏收藏抄本，禾中柯孝廉南陔、錢唐高詹事江村校刊以傳，是書乃流布人間矣。近時購之頗艱，余最有倚聲之癖，吴丈志上掇殘帙以贈，僅得二卷，又借於符君幼魯，屬門人録成，乃爲完好，聊志歲月於簡端。時康熙六十一年十二月九日，錢唐厲鶚題於無盡意齋。

（《絶妙好詞箋》，道光八年刻本）

《半緣詞》跋

長短句權輿於唐，盛於北宋，至南渡而極工。當日江湖諸人，自劉後村梅花公案後，改業爲之，蓋併五七言之精力，專攻於此，宜其空前絶後，爲不可及也。向來作者以秦、黄爲法，自竹垞翁標舉南渡，爲此中别開户牖，或剽擬太過，尚雕繢而乏自然，遂成澀體。東海查君七倫《半緣詞》，以澹雅爲宗，稍加粉澤，彌覺韻格之勝，可謂善學南渡者。使竹垞翁復起，必曰浙西六家一派，近又在横漲橋邊矣。乾隆庚申重九日，錢塘同學弟厲鶚。

（查學《半緣詞》，乾隆刻本）

《山中白雲》跋

元張炎叔夏《山中白雲》八卷，吾鄉龔侍御蘅圃得鈔本於秀水朱檢討竹垞，因鏤版以傳。侍御晚節家居食貧，物故後，琴書散落，是版幾入庸販手，吾友趙君谷林幸購得之。谷林好畜僻書，必留其真，力於校勘，弗愜流布人間，可謂得所歸矣。侍御序考叔夏生於宋理宗淳祐戊申。循王五子，叔夏未知出誰後。《宋史》不載，固無從考索。第袁伯長《送叔夏歸杭疏》云：「古梅千檻，空懷玉照之風流。」玉照，張鎡功甫堂名，功甫是循王諸孫，叔夏出功甫後，無疑也。叔夏父名樞，字斗南，號寄閒，鄧牧心《伯牙琴》中有《張寄閒詞序》云「子炎能世其學」者是也。功甫名，偏旁從金，以五行相生之次計之，叔夏於功甫爲三世，於循王爲五世，與袁伯長贈詩注云「爲循王五世孫」者相符矣，特功甫、斗南之父均未審耳。功甫生自朱門，儒雅好事，楊誠齋以佳公子、窮詩客目之，有《玉照堂詞》一卷。斗南所作六首，見弁陽翁《絶妙好詞》，陸輔之《詞旨・屬對》又載其「金谷移春，玉壺貯暖。擁石池臺，約花闌檻」之句，今逸其全。叔夏聲律之學，師承有自蓋如此。鄧牧心又云：「叔夏『春水』一詞，絶唱今古，人號之曰『張春水』。」孔行素

《至正直記》云：「錢唐張叔夏嘗賦『孤雁』詞，有『寫不成書，只記得相思一點』，人皆稱之爲『張孤雁』。」二詞今具見集中，亦唐詩人劉夜坐、鄭鷓鴣之比也。附識於首，俟後之讀《山中白雲》者考焉。

（《樊榭山房文集》卷八）

《蜕巖詞》跋

蜕巖，河東人，幼從父官於杭。與貞居子張伯雨俱學於仇山村先生之門，故詩文俱有源本，而詞筆亦復俊雅不凡，足繼白石、梅溪、草窗、玉田之後。惜山村、伯雨詩集僅存，而詞止三數闋，使人有零珠斷璧之恨，不若《蜕巖詞》二卷一百二十餘首之完好無恙也。是本爲余友金君繪卣鈔於龔田居侍御家，余從繪卣令子以寧借鈔，遂得充几席研玩之娱。侍御所藏異書甚多，生平清介自處，罷官後絶不竿牘當事，貧至食粥。聞其身後書籍大半散佚矣，爲之累歎。雍正改元十月二十三日，樊榭生厲鶚書。

（《知不足齋叢書》第六集，又見《兩般秋雨盦隨筆》）

《元草堂詩餘》跋

元鳳林書院《草堂詩餘》三卷，亡名氏選，至元、大德間諸人所作，皆南宋遺民也。詞多悽惻傷感，不忘故國，而於卷首冠以劉藏春、許魯齋二家，厥有深意。至其採擷精妙，無一語凡近，弁陽老人《絕妙好詞》而外，渺焉寡匹。余於此二種，心所愛玩，無時離手，每當意會，輒欲作碧落空歌、清湘瑤瑟之想。雍正甲辰四月十七日，樊榭山民鶚記。

（《粵雅堂叢書》第十三集）

附録二　傳記序跋

厲樊榭墓碣銘

全祖望

余自束髮出交天下之士，凡所謂工於語言者，蓋未嘗不識之。而有韻之文，莫如樊榭。樊榭少孤家貧，其兄賣淡巴菰葉爲業以養之，將寄之僧寮，樊榭不可。讀書數年，即學爲詩，有佳句。是後遂於書無所不窺，所得皆用之於詩，故其詩多有異聞軼事，爲人所不及知，而最長於遊山之什，冥搜象物，流連光景，清妙軼舉。又深於言情，故其擅長尤在詞，深入南宋諸家之勝。然其人孤瘦枯寒，於世事絶不諳，又卞急不能隨人曲折，率意而行，畢生以覓句爲自得。其爲諸生也，李穆堂閣學主試事，闈中見其謝表而異之曰：「是必詩人也。」因録之。計車北上，湯侍郎西崖大賞其詩。會報罷，侍郎遣人致意，欲授館焉，樊榭襆被潛出京。翌日，侍郎迎之，已去矣。自是不復入長安。及以詞科薦，同人强之始出，穆堂閣學欲爲道地，又報罷，而樊榭亦且老矣。乃忽有宦情，會選部之期近，遂赴之。同人皆謂：「君非有簿書之才，何孟浪思一擲。」樊榭曰：「吾思以以薄禄養母也。」然樊榭竟至津門興盡而返。予謂之曰：「是不上竿之魚也。」嗚呼！以樊榭爲吏，固非所宜，而以其清才，使其行吟荒江寂寞之間以死，則不可謂非天矣！予交樊榭三十年，祁門馬嶰谷兄弟延樊榭於館，予每數年必過之。嶰谷詩社，以樊榭爲職志，連牀刻燭，未嘗不相唱和。已而錢塘踵爲詩社，予亦豫焉。數年以來，二社之人死亡相繼，樊榭每與予太息。今年予有粤遊，槐塘以書告樊榭之病，不意其遽不起也。嗚呼！風雅道散，方賴樊榭以主持之，今而後江淮之吟事寂矣！

樊榭姓厲氏，諱鶚，字太鴻，本吾鄉之慈谿縣人，今爲錢唐縣人。康熙庚子舉人。生於某年月日，卒於某年月日，享年六十有一。曾祖某，祖某，父某。娶某氏，無子，以弟之子爲之後。葬於湖上之某峰。所著有《宋詩紀事》一百卷、《樊榭山房集》二十卷，已行於世。又有《遼史拾遺》十卷。樊榭以求子故，累買妾，而卒不育。最後得一妾，頗昵之，乃不安其室而去，遂以怏怏失志死，是則詞人不聞道之禍也。且王適不難謾婦翁以博一妻，而樊榭至不能安其妾，則其才之短又可歎也。嗚呼！樊榭屬予序其《宋詩》、《遼史》二種，忽忽十年，息壤在彼，而今隕涕而表其墓。悲夫！是爲銘，其詞曰：

沖恬如白傅兮，尚有不能忘情之吟。人情所不能割兮，賢哲固亦難禁。只應尋碧湖之故槳兮，與握手以援琴樊榭苕上之故姬也。（振綺堂本按：苕上故姬指月上，康熙己亥三月十四日辰時生，乾隆壬戌正月初三日戌時没，先徵君逝世十年。最後去妾是所納揚州劉姬也，見趙意林、丁龍泓兩先生詩注。）

（《鮚埼亭集》卷二十）

薦舉博學鴻詞庚子科舉人樊榭厲君墓表

張雲錦

余幼寡交，雍正庚戌年，寓於西湖昭慶山房，長老嘖嘖稱錢塘孝廉厲君太鴻不置口。因從長老訪君於無盡意齋，古心古貌，無塵俗氣，遂定交。辛亥歲，君以有司薦入通志館，余亦厠其中，一時名士匯聚於南榷署。諸君負意氣，皆以風華相尚，君獨褐衣布履行稠人中。時與余把臂談詩文，原原本本，悉有依據。暇或訴其家事，乃知君上有老母，凡修脯所入，輒以供甘旨，蓋好學篤行之君子也。壬子秋，志事告竣，余返里，君適授經揚州馬氏，遂契闊。甲寅九月，君與余各以縣令薦應試鴻博，復遇於湖上，詩酒流連，凡匝月。庚申，君復館馬氏，余就金衢嚴道葉公幕，相別又數年。辛未三月，皇上南巡，余以學使薦，試行在，寓湖上，君適家居，每肩輿過昭慶寺樓，信宿流連而後去。忽聚忽離，忽離忽聚，未有如吾兩人者。

君富於學問，善考核，所著《宋詩紀事》一百卷、《樊榭山房正續集》二十卷，俱已梓行。未刻者《南史纂》、《遼史注》、《宋詩紀事補遺》、《東園雜志》若干卷，藏於家。他年數書若出，學者宜知爲君作。

君康熙庚子舉於鄉，乾隆戊辰謁選至京師，無所遇而歸。復顏東園之書屋曰「兩無塵齋」，將奉母以終老焉。近歲復以馬氏故，挈眷至揚州，而竟於揚州遘疾，歸卒，知君未免抱恨於九原也。

君名鶚，字太鴻，原號樊榭，以乾隆壬申年九月卒，得年六十有一。嗣子黼將葬於某鄉之某原。相契如余，義不能默默也，謹詮次而爲表。

（《蘭玉堂文集》卷十四）

《清史列傳·厲鶚傳》

厲鶚，字太鴻，浙江錢塘人。康熙五十九年舉人。少貧，性孤峭，不苟合。始學爲詩，即有佳句，於書無所不窺，所得皆用之於詩，故時多異聞軼事。内閣學士李紱典浙江試，闈中得鶚卷，閱其謝表，曰：「此必詩人也。」亟録之。計偕至京，尤以詩見賞於侍郎湯右曾。試禮部，報罷，右曾欲止而授之館，比遣迎之，則已襆被出都矣。十餘年間，再上公車。乾隆元年，浙江總督程元章薦應博學鴻詞科，試日，誤寫論在詩前，又報罷，而年亦且老。值部銓期近，思得薄禄養親，復入京，行次天津，舊友查爲仁留之水西莊，同撰周密《絶妙好詞》箋，遂不就選而歸。十八年卒，年六十二。

鶚搜奇嗜博，館於揚州馬曰琯小玲瓏山館者數年，肆意探討，所見宋人集最多，而又求之詩話、説部、山經、地志，爲《宋詩紀事》一百卷、《南宋院畫録》八卷。又著《遼史拾遺》，採摭群書至三百餘種，常自比裴松之《三國志注》。又著《秋林琴雅》、《東城雜記》、《湖船録》諸書，皆博洽詳贍。先世本慈谿，徙居錢塘，故仍以四明山樊榭名其居。所著《樊榭山房集》二十卷，幽新雋妙，刻琢研錬，尤工五言，取法陶、謝及王、孟、韋、柳，而别有自得之趣。同時以博學鴻詞徵者，有胡天遊、全祖望，論者謂鶚之詩、天遊之文、祖望之考證，求之近代，罕有其比。其詩餘，尤擅南宋諸家之勝。

鶚無子，殁後，栗主委榛莽中。何琪見之，取送黄山谷祠，灑掃一室供之。侍郎王昶屬同人於忌日薦酒脯焉。

（《清史列傳》卷七十一）

《四庫全書總目提要·〈樊榭山房集〉》

國朝厲鶚撰。鶚有《遼史拾遺》，已著録。是集，因所居取唐皮日休句題曰「樊榭山房」，是以爲名。生平博洽群書，尤熟於宋事，嘗撰《宋詩紀事》一百卷、《南宋院畫録》八卷、《東城雜記》二卷，又與同社作《南宋雜事詩》七卷，皆考證詳明，足以傳後。其詩則吐屬嫺雅，有修潔自喜之致，絕不染南宋江湖末派。雖才力富健，尚未能與朱彝尊等抗行，而恬吟密詠，綽有餘想，視國初西泠十子則翛然遠矣。前集詩分甲、乙、丙、丁、戊、己、庚、辛八卷，附以詞，分甲、乙二卷，爲康熙甲午至乾隆己未之作。續集亦詩八卷，而以北樂府一卷、小令一卷附焉，則己未至辛未作也。（按：續集所附實爲詞一卷、北樂府小令一卷。）

《樊榭山房集》自序

昔唐楊綰爲文，恥於自白，非知己不可得而見，而魏丁敬禮嘗求人定其文。夫恥於自白者，自珍其文者也，求定其文者，自疑其文者也。僕少好篇詠，晚頗知難。三十年以來所作，隨手棄斥，存篋中者僅十之二三，暇日編次古今體詩爲八卷，長短句二卷。譬之山謠村笛，雖無當於鐘吕之響，而向來所閲閒居羈旅、怡愉憂悴，歷歷在目，每一開視，聊以省憶生平，竊亦自珍自疑，願與審音者共定之。外有雜文若干卷，叢綴若干卷，特次第排纘焉，得毋蹈詅癡符之誚邪。乾隆四年三月朔，錢唐厲鶚自序。

《樊榭山房續集》自序

僕詩前集，自甲午至己未凡二十六年，僅編成八卷，詞二卷附焉。己未至今辛未，十二年來，復次第成續集如前之數。豈中年以往之作工於少時耶。自念齒髮已衰，日力可惜，不忍割棄，輒恕而存之。幸生盛際，懶迂多疾，無所託以自見，惟此區區有韻之語，曾繆役心脾。世有不以格調派别繩我者，或位置僕於詩人之末，不識爲僕之桓譚者誰乎。後綴詞一卷。北樂府小令一卷，則年來因詞而及之，雖乏酸甜風味，或不至貽笑傖父面目也。

《樊榭山房文集》序

汪沆

吾師樊榭厲先生以詩古文名東南者垂四十年。少孤貧，僦居杭城東園，蔬畦麥壟間，敝屋數椽，讀書不輟。甫補博士弟子員，績學攻古文詞，聲雋一黌。領康熙庚子鄉薦，兩上春官不售。乾隆丙辰，應制科之徵，重入都門。及廷試，復被放，隨翻然遄歸。同徵諸公祖道國門外，賦詩争歎息。先生曰：「吾本無宦情，今得遂幽慵之性，菽水以奉老親，薄願畢矣。」自此亦不復謁選人。居傍南湖，結文酒之社，與鄉閭諸老酬唱之作日益多。間客遊揚州，馬嶰谷員外、半查徵士兄弟延主其家。馬氏儲書甲江浙，先生學殖本富，又得諸未見之遺文秘牒，朝夕漁獵，故其發爲詩文，削膚存液，辭必己出，以清和爲聲響，以恬澹爲神味，考據故實之作，搜瑕剔隱，仍寓正論於敘事中，讀者咸斂手懾服。尤工長短句，瓣香乎玉田、白石，習倚聲者，共奉先生爲圭臬焉。憶前此十餘年，大江南北，所至多争設壇坫，皆以先生爲主盟，一時往來，通縞紵而聯車笠。韓江之雅集，沽上之題襟，雖合群雅之長，而總持風雅，實先生爲之倡率也。憶康熙甲午至戊戌，先生授經予家聽雨樓，兄浦偕沆朝夕承提命，去今五十年，先生之緒論猶在於耳。今先生已久歸道山，而沆景迫崦嵫，髮禿齒落，學業一無成就，有負吾師明訓，愧可言耶。先生殁於乾隆壬申九月，易簀前一日，詔沆而語之曰：「予生平不諧於俗，所爲詩文亦不諧於俗，故不欲向不知我者而索序。詩詞二集已自序而授之梓，尚留小文二册藏敝篋。子知我者也，他日曷爲我序而存之。」沆泣而受命。乃日月不居，人事乖違，逋諾未償，實疚於懷。今年己亥，從先生嗣君繡周茂才索得原稿，付諸剞劂氏。工竣，問序於沆。夫先生之文晚出，其原本經術，自成一家，當世自有子雲，沆則何敢别置一辭。惟感念知我一言，遺命諈諉，用忘譾劣，謹述先生之生平及沆從遊承訓之本末次第，以紀其梗概，附諸簡末，報先生於九原云。乾隆四十三年歲次戊戌秋七月，受業汪沆拜序。

《樊榭山房集》跋

汪曾唯

厲先生居東園，高大父魚亭公居古驛後，相去二里，過從最密。讀書務根柢之學，每著一書，輒訂可否，手稿皆留余家。《遼史拾遺》、《東城雜記》、《湖船録》先後雕於振綺堂》、《宋詩紀事》、《南宋院畫録》、《玉臺書史》、《南宋雜事詩》、《絶妙好詞箋》、詩文詞曲諸集，或先生自刊，或後進續刊。咸豐庚申、辛酉，板燬於兵燹。越二十載，余檢《樊榭山房集》、《續集》、《文集》，與錢塘范誠民士麒、海寧朱英甫士俊讐校重雕，又以先生與吴甌亭城同撰之《迎鑾新曲》，及少年所作之《遊仙詩》、《秋林琴雅詞》，並採集中未載諸作，都爲集外詩文詞曲。昔者，先生没，葬西溪，無子，以從子志黼爲嗣；没，又無子，木主遂祔供湖墅黄文節公祠偏室。道光戊子，世父小米公集邑人移奉近墓之交蘆庵。越三十四年，庵以浩劫被毁。同治庚午，經營復舊，設位供奉，創之者滿州赫舍里冠九如山，成之者仁和許益齋增、錢塘丁松生丙。當蘆花盛時，文人學士，每以隻雞斗酒薦先生，宿草尚存，莫不感慨繫之。生平軼事，摭拾諸書，録而存之，並諸先輩所撰之輓辭、銘、記，彙爲一卷，附於集後，俾後之尚論者，有所資焉。光緒十一年乙酉夏，錢塘汪曾唯。

（以上振綺堂重刻本《樊榭山房集》附録）

《續修四庫全書提要·〈秋林琴雅〉四卷》

清厲鶚撰。鶚有《遼史拾遺》，已著録。此其詞集。第一卷四十七首，第二卷三十八首，第三卷三十五首，第四卷四十一首，共一百六十一首。鶚學力甚深，天才軼舉。詞似同於朱彝尊一派，故有朱、厲二家之稱。其實鶚詞不爲朱派所限，蓋彝尊以南宋爲最高，鶚並不以姜、張、周、王爲止境也。其騷情雅意，曲折幽深，聲調高清，丰神摇曳，此境不易到也。《謁金門》（憑畫檻）感時覽物，寄託深微。又鶚詞雕琢字句，不見其迹，彌覺其筆力精拔。如《壺中天》（秋光今夜），又《憶舊遊》（遡溪流雲去），皆騷雅遒逸，讀之忘疲。細繹鶚詞，碻以南宋爲基，然逞其才力，頗欲沿流以泝源也。此本爲重刻者，中有校語，最爲適用，惜刊印不工，時見模糊之處也。（按：此本偶有圈點，並無校語。）

附録三　詞集總評

王初桐《小嫏嬛詞話》

錢唐厲鶚，先世居慈溪，故以四明山樊榭爲號。其詞生香異色，無半點煙火氣，清真雅正，超然神解。所少者，大家動盪之氣耳。（卷三）

吴錫麒《有正味齋駢體文》

吾杭言詞者，莫不以樊榭爲大宗。蓋其幽深窈眇之思，潔静精微之旨，遠緒相引，虚籟相生，秀水以來，厥風斯暢。然其遊歷所在，邗上爲多。踵六一之風流，助竹西之歌吹，此倡彼和，前喁後于。館借秋聲，譜傳《琴雅》。於是乎倚聲一道，特盛於維揚。（卷八，《詹石琴詞序》）

郭麐《靈芬館詞話》

近見淩仲子論詞云：「詞以南宋爲極，能繼之者竹垞，至厲樊榭則更極其工，後來居上。」……至謂樊榭勝竹垞，鄙意大不謂然。樊榭《論詞絶句》云：「偶然燕語人無語，心折小長蘆釣師。」愚謂竹垞小令固佳，即長調紆餘宕往中，有藻華艷耀之奇，斯爲極至。即小令中佳者，亦未必惟此語爲可心折也。大抵樊榭之詞，專學姜、張，竹垞則兼收衆體也。（《詞話》卷一）

詞之爲道，詩文之小者。而國初之最工者，莫如朱竹垞，沿而工者，莫如厲樊榭。樊榭之詞，其往復自道，不及竹垞，清微幽眇，間或過之。白石、玉田之旨，竹垞開之，樊榭濬而深之。故浙之爲詞者，有薄而無浮，有淺而無褻，有意不逮而無塗澤詬囂之習，亦樊榭之教然也。（《雜著》卷二，《夢緑庵詞序》）

吴衡照《蓮子居詞話》

吾浙詞派三家，羨門有才子氣，於北宋中最近小山、少游、耆卿諸公，格韻獨絶。竹垞有名士氣，淵雅深穩，字句密緻，自明季左道言詞，先生標舉準繩，起衰振聲，厥功良偉。樊榭有幽人氣，惟冷故峭，由生得新，當其沈思獨往，逸興遄飛，自成情理之高，無預搜討之末。全謝山爲樊榭作墓碣，謂深於言情，故其擅場尤在詞。謝山初不攻倚聲之業，然斯言獨得樊榭之概。謝山又云：樊榭畢生，以覓句爲自得。春闈報罷，湯西厓少宰欲授館焉。樊榭襆被潛出京，翌日迎之，則已去矣。既以詞科薦，同人咸强之，始出。又被放，幡然遄歸。會選部之期近，將赴之。同人皆謂君非有簿書鞅掌才，何孟浪思一擲。曰：吾冀以薄禄養母也。竟至津門，興盡而返。數語想見前輩不諧俗之趣。

（卷三）

阮元《定香亭筆談》

厲徵君樊榭詞，清空婉約，得白石、叔夏正傳。建炎湖山之妙，尚可於移宫换羽間得之。

蔣敦復《芬陀利室詞話》

浙派詞，竹垞開其端，樊榭振其緒，頻伽暢其風，皆奉石帚、玉田爲圭臬，不肯進入北宋一步，況唐人乎？（卷一）

丁紹儀《聽秋聲館詞話》

詞至南宋而極工，然如白石、夢窗、草窗、玉田，皆胥疏江湖，故語多婉篤，去北宋疏越之音遠矣。我朝竹垞太史嘗言小令當法五代，故所作尚不拘一格。逮樊榭老人專以南宋爲宗，一時靡然從之，奉爲正鵠。（卷六）

綜古今詩詞而論列之，貴有特識，尤貴持平。若於古人寓微詞，而於近人多溢美，適形其陋而已。樊榭論詞，古多今少，最爲醇正。（卷十二）

謝章鋌《賭棋山莊詞話》

宋詞三派，曰婉麗，曰豪宕，曰醇雅，今則又益一派曰餖飣。宋人詠物，高者摹神，次者賦形，而題中有寄託，題外有感慨，雖詞實無愧於六義焉。至國朝小長蘆出，始創爲徵典之作，繼之者樊榭山房。長蘆腹笥浩博，樊榭又熟於説部，無處展布，借此以抒其叢雜。然實一時遊戲，不足爲標準也。乃後人必群然效之。即如詠貓一事，自葆馚、竹垞、太鴻、繡谷而外，和作不下十數家。予少日曾爲集録，亡友張任如見之笑曰：「弄月嘲風之筆，乃爲有苗氏作世譜哉。」予失笑，投筆而起。是言雖虐，然實詠物家鍼砭也。或曰：「多識之學，風詩不廢，子何獨於詞而呰謷之，一言不已，而至再至三乎。」予曰：「《詩》三百篇，開卷第一言即是詠物，然使第曰『關關雎鳩，在河之洲』，第曰『參差荇菜，左右流之』，而盡去其下文，則此詩何以爲風化之原乎。而當日尼山秉筆，吾知必從删棄矣。且今之爲此者，動曰吾瓣香姜、史也。然《暗香》、《疏影》之篇，『軟語商量』之句，豈二公搜索枯腸，獨無一二冷典，乃賦空而不爲徵實哉。蓋詞貴清空，宋賢名訓也。」

至今日襲浙西之遺制，鼓秀水之餘波，既鮮深情，又乏高格。蓋自樊榭而外，率多自

鄙無譏。（《詞話》卷九）

雍正、乾隆間，詞學奉樊榭爲赤幟，家白石而户梅溪矣。（《詞話》卷十一）

詞者，詩之餘也，昉於唐，沿於五代，具於北宋，盛於南宋，衰於元，亡於明。……我朝斯道復興，若嚴蓀友、李秋錦、彭羨門、曹升六、李耕客、陳其年、宋牧仲、丁飛濤、沈南渟、徐電發諸公，率皆雅正，上宗南宋，然風氣初開，音律不無小乖，詞意微帶豪艷，不脱《草堂》前明習染。唯朱竹垞氏，專以玉田爲模楷，品在衆人上。至厲太鴻出，而琢句煉字，含宫咀商，浄洗鉛華，力除俳鄙，清空絶俗，直欲上摩高、史之壘矣。又必以律調爲先，詞藻次之。昔屯田、清真、白石、夢窗諸君，皆深於律吕，能自製新聲者。其用前人舊譜，皆恪守不敢失，況其下乎。（《詞話續編》卷三，《淩廷堪論詞》引《梅邊吹笛譜目録跋後》）

至朱竹垞以姜、史爲的，自李武曾以逮厲樊榭，群然和之，當其時亦無人不南宋。迨其後，樊榭之説盛行，又得大力者負之以趨，宗風大暢，諸派盡微，而東坡詞詩、稼軒詞論，骫髒激蕩之調，尤爲世所詬病。（《詞話續編》卷三）

國朝詞家最盛，王蘭泉《詞綜》、姚茝階《詞雅》、蔣子宣《詞選》，撰録不下數百人。然自浙派盛行，大抵挹流忘原，棄實佩華。强者詘吺，弱者塗澤，高者單薄，下者淫猥，不攻意，不治氣，不立格。而詠物一途，搜索蕪雜，漫無寄託，點鬼之簿，令人生厭。嗚乎！其盛也，斯其衰也。豈知竹垞、樊榭之所以挺持百輩、掉鞅詞壇，在寄意遥深，不在用事生澀。捨其閒情逸韻，而師其襞積，學者何取焉？（《文集》卷二，《張惠言〈詞選〉跋》）

國朝詞學，浙最盛。竹垞倡於前，樊榭騁於後，羽翼佐佑，俊才輩出，而派别成焉。祖宋窺唐，意内言外。竹垞以情，樊榭以格，作者莫之或先。又揭其涉獵之緒餘，搜奇徵僻，以相誇耀。昔昌黎之詩，時多險澀，皆其文之所吐棄者積之於詩而已矣。朱、厲體物數典，其遊戲殆亦若是哉。或專效之，浙詞之盛反衰。（《文集》卷五，《抱山樓詞序》）

譚獻《篋中詞》

填詞至太鴻，真可分中仙、夢窗之席。世人争賞其餖飣窳弱之作，所謂微之識碔砆也。

《樂府補題》别有懷抱，後來巧構形似之言，漸忘古意，竹垞、樊榭不得辭其過。

浙派爲人詬病，由其以姜、張爲止境，而又不能如白石之澀、玉田之潤。録乾隆以來詞慎取之。（卷二）

陳廷焯《雲韶集》

樊榭詞，窈然而深，悠然而遠，能令動者静，躁者安，桀驁者馴。詞之可以化人氣質者，其惟樊榭乎。樊榭詞泠泠有泉石之響，而不流於禪。國朝除其年、竹垞外，斷推先生爲巨擘。

太鴻詞别有韻味，隨舉一篇，非唐宋詞，非元明詞，非國初諸老詞。太鴻詞如姑射神人，風流自賞，未許俗人問津，吾如何不服，吾如何不拜。

詞貴有絃外之音，能令人探索不盡。樊榭詞，每讀一篇，試問讀者探索得盡否？（卷二十四）

陳廷焯《白雨齋詞話》

明代無一工詞者，差强人意，不過一陳人中而已。自國初諸公出，如五色朗暢，八音和鳴，備極一時之盛。然規模雖具，精蘊未宣。綜論群公，其病有二。一則板襲南宋面目，而遺其真，謀色揣稱，雅而不韻。一則專習北宋小令，務取濃艷，遂以爲晏、歐復生。不知晏、歐已落下乘，取法乎下，弊將何極，况並不如晏、歐耶。反是者一陳其年，然第得稼軒之貌，蹈揚湖海，不免叫囂。樊榭窈然而深，悠然而遠，似有可觀，然亦特一邱一壑，不足語於滄海之大、泰華之高也。

學古人詞，貴得其本原，舍本求末，終無是處。其年學稼軒，非稼軒也。竹垞學玉田，非玉田也。樊榭取徑於楚騷，非楚騷也。均不容不辨。（卷一）

厲樊榭詞，幽香冷艷，如萬花谷中，雜以芳蘭。在國朝詞人中，可謂超然獨絶者也。論者謂其「沐浴於白石、梅溪」（徐紫珊語），此亦皮相之見。大抵其年、錫鬯、太鴻三人，負其才力，皆欲於宋賢外别開天地，而不知宋賢範圍必不可越。陳、朱固非正聲，樊榭亦屬别調。

樊榭詞拔幟於陳、朱之外，窈曲幽深，自是高境。然其幽深處，在貌不在骨，絶非從楚騷來，故色澤甚饒，而沈厚之味終不足也。

樊榭措詞最雅，學者循是以求深厚，則去姜、史不遠矣。

樊榭亦精於造句，如《齊天樂》云：「將花插帽，向第一峰頭，倚空長嘯。」《高陽臺》云：「秘翠分峰，凝花出土。」《憶舊遊》云：「溯溪流雲去，樹約風來，山翦秋眉。」下云：「又送蕭蕭響，盡平沙霜信，吹上僧衣。憑高一聲彈指，天地入斜暉。」《齊天樂·秋聲》云：「微吟漸怯。訝籬豆花開，雨篩時節。獨自開門，滿庭都是月。」《念奴嬌》云：「起坐不離雲鳥外，倒影山無重數。柳寺移陰，葑田拖碧，花氣涼於雨。詩成猶未，遠蟬吟破秋句。」下云：「月逗籬聲前浦。」結云：「水荇摇曳煙路。」《桃源憶故人·螢》云：「殘月剛移桐屋，一箇牆陰緑。」似此之類，自其外著者觀之，居然一樂笑翁矣。（卷四）

詞有貌不深而意深者，韋端己《菩薩蠻》、馮正中《蝶戀花》是也。若厲樊榭諸詞，造語雖極幽深，而命意未厚，不耐久諷，所以去古人終遠。

樊榭詞筆幽艷，蓋亦知陳、朱之悖乎古，而别出旗鼓以争勝。淺見者遂謂其從風騷來。其實不過襲梅溪、夢窗、玉田面目，而運以幽冷之筆耳。然不可謂非作手。

陳、朱詞顯悖乎風騷，樊榭則隱違乎風騷，而不知風騷門徑，必不容與之相背也。

陳以雄闊勝，可藥纖小之病。朱以雋逸勝，可藥拙滯之病。厲以幽峭勝，可藥陳俗之病。不可謂之正聲，不得不謂之作手。

迦陵雄勁之氣，竹垞清雋之思，樊榭幽艷之筆，得其一節，亦足自豪。若兼有衆長，加以沈鬱，本諸忠厚，便是詞中聖境。

朱、陳、厲三家，可謂極詞之變態，以云騷雅，概未之聞。（卷六）

陳廷焯《詞壇叢話》

樊榭詞之妙，窈曲幽深，脱盡凡艷，如空山流泉，清夜鐘聲，沁人醉夢。詞中有此妙品，真乃空絶古今。

讀諸家詞後，讀竹垞詞，令人神觀飛越。讀竹垞詞後，讀其年詞，令人拔劍悲歌。讀其年詞後，讀樊榭詞，令人神閒意遠，時作濠濮上想。國朝有此三絶，所以度越前代歟。

張德瀛《詞徵》

愚謂本朝詞有三變，國初朱、陳角立，有曹實庵、成容若、顧梁汾、梁棠村、李秋錦諸人以羽翼之，盡袪有明積弊，此一變也。樊榭崛起，約情斂體，世稱大宗，此二變也。茗柯開山採銅，創常州一派，又得惲子居、李申耆諸人以衍其緒，此三變也。（卷六）

徐珂《近詞叢話》

康、乾之際，言詞者幾莫不以朱、陳爲範圍，惟朱才多，不免於碎，陳氣盛，不免於率。故其末派，有俳巧奮末之病。錢塘厲鶚、吴縣過春山，近朱者也。興化鄭燮、鉛山蔣士銓，近陳者也。

乾嘉之際，作詞者約分浙西、常州二派。浙西派始於厲鶚，常州派始於武進張惠言。鶚詞宗彝尊，而數用新事，世多未見，故重其富。後生效之，每以捃摭爲工，後遂浸淫，而及於大江南北。然鈔撮堆砌，音節頓挫之妙，未免蕩然。

沈軼劉《繁霜榭詞札》

厲鶚以詩心爲詞心，風清月白，山虚水深，如琅璈天半，自具仙音。

朱彝尊起元、明積弊，衍爲浙宗，其鍼對手段兩端：以醇美化詭薄，以淵雅救俚鄙。其嫡系凡兩人：前者爲李良年，後者則爲厲鶚。其餘皆不過羽翼鼓吹而已。或惜鶚以曠世雋才，誤入於朱，不能自立門户。此不但不知鶚，又不知朱，並不知清詞。浙宗無鶚，格局不全，不能完成體系。鶚自用其特長，爲浙宗中期以後砥柱。或説初無據也。

杭州詞人厲鶚爲浙派中堅，力能集南渡各家之大成而平揖之。其所爲詞高迥清絶，涼月一龕，秋雪盈肘，詞境在花外、馬塍間。短笛飛瀧，玉壺冰鑒，神骨俱静，表裏通明，除改琦外無人平視。其《百字令·嚴陵瀨》等，峭不傷雅，奇不流薄。浙派無厲，決不能綿祀中期，而厲固無待於浙宗也。或惜其爲浙宗所誤，顧即其所作，顯未入元、明人語，自不能以啼鴃測朱鷺也。

朱庸齋《分春館詞話》

浙西派倡自朱彝尊，然朱氏僅提出「家白石而户玉田」，其手法面目至厲鶚始告於成。

浙西派至樊榭始爲健全，其詞幽深雋拔，有時或過於竹垞。厲鶚爲浙派中堅，其詞清逸靈秀，仍以白石之風骨寫幽峭之意境，法度精密，格調典雅，確是一時無兩。然其生長於清代盛世，生活平庸單調，故其詞未臻沈鬱深厚，所謂水清無魚。